CW00953110

Le roman de Charette

Du même auteur

Aux Éditions Albin Michel

Lettre ouverte aux coupeurs de têtes et aux menteurs du Bicentenaire, 1989.

La chienne qui miaule, 1990.

Notre Europe sans Maastricht, 1992.

Avant qu'il ne soit trop tard, 1993.

La Société de connivence, 1994.

Dictionnaire du politiquement correct à la française, 1996.

L'Aventure du Puy du Fou, 1998.

La Machination d'Amsterdam, 1999.

Vous avez aimé les farines animales, vous adorerez l'euro, 2001.

La 51ᵉ étoile du drapeau américain, 2003.

Quand les abeilles meurent, les jours de l'homme sont comptés, 2004.

Les Turqueries du grand Mamamouchi, 2005.

Les Mosquées de Roissy, 2006.

Les Secrets du Puy du Fou, 2012.

Le Roman de Saint Louis, 2013.

Le Roman de Jeanne d'Arc, 2014.

Le moment est venu de dire ce que j'ai vu, 2015.

Les cloches sonneront-elles encore demain ?, 2016.

Le Mystère Clovis, 2018.

Aux Éditions du Rocher

Une France qui gagne : la preuve, 2007.

Le Puy du Fou, un rêve d'enfance, 2018.

Aux Éditions Fayard

J'ai tiré sur le fil du mensonge et tout est venu, 2019.

Philippe de Villiers

LE ROMAN DE CHARETTE

éditions du
ROCHER

Pour la présente édition :
© **2019, Groupe Elidia**
Éditions du Rocher
28 rue Comte Félix Gastaldi – BP 521 - 98015 Monaco

www.editionsdurocher.fr

ISBN : 978-2-268-10191-0
EAN epub : 9782268102146

« Les brigands n'ont pas le temps d'écrire
ou de faire des journaux.
Cela s'oubliera comme tant d'autres choses. »

Merlin de Thionville,
Représentant en mission de la Convention,
Lettre au Comité de salut public
le 19 octobre 1793.

« Rien ne se perd jamais! »

Charrette, mars 1796.

« Tant que la charrette aura une roue, la charrette roulera ! »

Tel fut — paraît-il — le mot prononcé par mon père, en poussant le berceau de mon frère aîné. Il était hanté par l'idée de pérennité. J'ai eu peur, toute ma vie, d'être la « dernière roue de la charrette ».

Je sentais que j'étais né dans une famille pauvre et glorieuse. Depuis le Moyen Âge jusqu'à cette fin de siècle, accumulé au fil du temps, notre patrimoine familial, transmis comme une charge et un legs de fidélité, fut un patrimoine moral, composé de champs de bataille dont les noms — Saint-Jean-d'Acre, Gravelines, Zahis, Chisey, Fontenoy — évoquaient, pour notre famille d'officiers de tradition, la trace d'un panache de fumée et de gloire éteinte. Le métier familial, sacrificiel, était de payer l'impôt du sang.

Dans nos pérégrinations au-devant du danger, nous n'avons rien préservé d'autre que les serments et les symboles, avec la même parole millénaire : nous étions en « tenue de service ». Dans les registres paroissiaux, revenait l'expression séculaire, au moment de transmettre l'épée ou le sabre d'abordage : « Il est entré au Service en telle année… »

Nous entrions au « Service » et nous nous portions là où on nous appelait, sur les marches incertaines du pré carré français. Notre bonheur tenait à cette provision de courage, de voyage, de poudre et de péril. Nomades de garnison, nous poussions la charrette sur le champ d'honneur. Nous défendions une terre, la terre des autres, que nous foulions sans l'avoir jamais cultivée. Nos semailles étaient celles du sang versé. Nos moissons furent des moissons de souvenirs. Nos seuls titres de propriété furent des titres de gloire. Nous n'avions pas le temps de nous établir car l'urgence, toujours, nous appelait au feu.

La « Maison Charette » était une vieille maison à blason, mais sans adresse, sans domicile.

De cette lignée de soldats, c'est mon père qui fut le premier à vouloir fixer la famille. Sous un modeste toit d'ardoises breton, au cœur de la paroisse de Couffé — qui signifie la couffe, le « panier à provisions » —, nous avons posé le sac, le havresac.

LE HÉRISSON

NOTRE FRATRIE a grandi en lisière du bourg de Couffé ; j'ai vécu une enfance de petit paysan, ramassant les nèfles et chapardant le raisin. Je riais, avec mes frères, d'entendre ma sœur Marie-Anne hurler quand on saignait le cochon. Je rapportais à la maison, pour ma mère, aux fêtes de Toussaint, une jatte de fressure. J'allais au ruisseau écouter la musique fragile des peupliers-trembles. Ma timidité de petit lapin de garenne était maladive. Je ne parlais qu'aux grillons, dans la compagnie desquels je traçais le cercle exclusif de mes bonheurs et de mes audaces de timide ; je levais une armée, une armée de grillons.

En traversant le bourg, j'entendais les artisans derrière moi, le sabotier qui brandissait son rabot et le barbier ses ciseaux :

— Alors, Athanase ?

Je prenais mes jambes à mon cou sans écouter la suite. On m'appelait « le petit hérisson », et ma sœur

Marie-Anne « la petite charette ». Ces sobriquets, dans nos campagnes, étaient des marques d'affection. J'avais du mal à l'admettre.

La frontière du jardin était l'étranger proche. Je sortais très peu.

J'ai attendu longtemps avant d'accompagner mes frères à la kermesse, aux petits chevaux du préveil ou aux noces.

À la mort de mon père, j'avais douze ans. C'est à ce moment-là qu'a commencé le manège de l'aubergiste.

C'était notre voisin. Il venait à La Contrie — la maison familiale — déposer des bouteilles de muscadet. Avec un mot pour chacun. Il ne manquait pas de s'extasier devant les confitures de cerises du jardin, cuites par notre cuisinière — notre deuxième mère — Julienne Gazeau, qui courait partout dans la maison et qu'on appelait « la gazelle ». Il nous parlait de son moût élevé sur lie, des vendanges à venir, du Progrès, du port de Nantes où il allait livrer son vin blanc aux Hollandais, et d'où il rapportait des fûts de Bordeaux. Il dansait d'un pied sur l'autre, l'air massif et l'œil humide. Un pied dans la vigne, l'autre dans le bourg. Il avait de la rondeur, un petit air de cave, la veste frottée de salpêtre et la lèvre perlante.

« Tiens, voilà le baricaut ! » pouffait Marie-Anne quand il frappait à la porte.

Un soir qu'il vint faire ses honnêtetés à ma mère, il s'enquit du futur de nos vignes :

— Combien de boisselées possédez-vous au juste ?

— Cinq, répondit seulement Maman qui avait deviné son dessein secret : il voulait s'agrandir.

En tournant autour de nous, il tournait autour de nos vignes.

Notre mère le sentait calculateur et cupide ; elle en avait appris sur les dessous de son mariage récent avec sa voisine Chantal, de vingt ans son aînée. Il s'était confié à maître Rondeau : « Ce n'est pas pour sa beauté, mais elle a un champ qui m'arrange ! »

Le champ en question était dans le prolongement immédiat de notre jardin. Pas besoin d'être grand clerc de notaire pour comprendre que la topographie nous désignait comme la prochaine cible. Ce petit patrimoine, acquis en son temps pour fixer la famille, allait devenir la prochaine vendange de l'aubergiste.

Maman, qui souffrait de la poitrine, n'avait plus de quoi faire face aux besoins élémentaires de la famille. Et nous étions du gibier idéal pour être désignés comme « biens nationaux ».

Soucieuse et chancelante, elle fut broyée par le chagrin lors de la mort subite de notre petit frère Louis-Nicolas, dont je n'oublierai jamais la date de la sépulture, le vingt-six février 1776. J'étais comme amputé. La vie pour moi était finie avant d'avoir commencé. J'avais treize ans.

Malgré tout, le temps passa. Les enfants qui avaient grandi se dispersèrent et nous apprîmes que la propriété était mise aux enchères, comme pour un failli ou un déserteur.

Ce fut un arrachement et une humiliation. Par adjudication solennelle du district d'Ancenis, la maison et le jardin de nos enfances furent décomptés de nos rêves et évalués en boisselées pour être vendus à l'aubergiste.

Très vite d'ailleurs, après avoir réalisé cette bonne affaire, il se sentit à l'étroit dans le bourg de Couffé. Il parlait avec le même dédain de ses « arpents de vigne de la Loire » que les cafetiers parisiens de nos « arpents de neige du Canada ». Ce dont il rêvait au fond de lui, ce n'était pas de s'agrandir en surface mais en hauteur. Il entendait désormais gravir, monter, « prendre de l'étage », comme on disait à la ville.

Après avoir tout liquidé, il quitta la campagne de Couffé pour s'installer en bourgeoisie à Nantes, sur l'île Feydeau, qui était devenue le nouveau rendez-vous des réussites fulgurantes du commerce et des colonies. Sa nouvelle ambition n'était plus de surveiller les verres de vin blanc, mais les eaux du port, depuis ses hautes fenêtres à petits carreaux, dans un hôtel à balcon en fer forgé, où les convives de la Bourse du commerce levaient le coude au-dessus d'un bras de Loire en trinquant au destin, à l'état de nature et à Jean-Jacques Rousseau. L'ancien aubergiste avait changé de monde, il s'était associé avec un armateur des « Îles du Sucre » et du Nouveau Monde.

Ainsi donc, au bout de la vigne de Couffé, il y avait l'Amérique. La Chantal se mit en toilette. Elle se piqua d'une mouche sur la joue gauche quand elle revint à Couffé chercher un bahut oublié. Elle était poudrée à frimas. Elle avait conquis la fortune et la considération. Et l'hôtel avait gagné les ornements de la « noblesse de cloche » : on rajouta au porche des mascarons sculptés. On chargea la façade d'un peu de ferronnerie et, au sommet du toit, on perça des fenêtres à lucarnes pour voir d'en haut la ville, où s'écrivait désormais l'Histoire.

Je ne devais pas revenir à Couffé. Ce fut ma première blessure, cette éclipse douloureuse de nos souvenirs d'enfance, le silence définitif de la ruche bourdonnante de nos premiers envols, avec le grouillement de nos impatiences en ce logis trop étroit, où, d'une pièce à l'autre, de l'office jusqu'au pigeonnier, jaillissaient le rire et la vie.

Hiver comme été, il y avait toujours du monde dans la maison : des gens de passage, des cousins, des amis, qui franchissaient la Loire pour venir nous voir à La Contrie. Ma mère accueillait tous les nécessiteux et les marchands de poupées de lin venus chercher chez nous une petite poignée de feu.

À chaque fête de famille, nous recevions nos oncles et tantes. Parmi eux, un homme important, que ma mère appelait le « parlementaire », que nous aimions beaucoup, Louis Charette de la Gascherie. Il venait de loin, il « descendait de Rennes ». C'était mon parrain.

En entrant dans la maison, il n'oubliait jamais les enfants. Avant même de parler avec mon père des « choses du monde », il déposait, sur la table de famille, une cargaison toute fraîche d'histoires bretonnes, de mers en furie, de galops de feu venant de rivages infinis et qui couraient dans les bruyères du soir. C'était un enchantement.

Nous savions qu'il était le doyen du parlement de Bretagne. Ce statut le créditait à nos yeux d'une autorité magistrale. Il répétait avec fierté : « Je suis né natif de Bretagne », comme s'il y était né deux fois. Tout, en lui, nous parlait de la Bretagne. Il en connaissait la langue, les mystères, les recoins, les confins. On ne savait pas très bien si c'était la Bretagne qui l'avait vu grandir où si c'était lui qui avait grandi la Bretagne. Mon père le désignait ainsi à l'affection des siens : « Voilà mon cousin à la mode de Bretagne. »

Nous n'étions donc pas surpris qu'étant à la « mode de Bretagne », il s'efforçât de mettre la Bretagne à la mode, avec toutes ces histoires qu'il égrenait depuis les îles d'écume jusqu'à la forêt de Brocéliande. Nous avions compris, dans nos intuitions enfantines, mûries par les fables de La Fontaine lues à la veillée, qu'un juge a accès aux savoirs supérieurs et que, par définition, il sait tout sur tout.

Nous devinions qu'il avait à démêler tant d'écheveaux compliqués ! La disposition même de ses lunettes sur le bout de son nez nous indiquait qu'il travaillait sur le dessous des choses : de la mer il connaissait les abîmes et du monde les aveux.

Quand il commençait à parler, nous l'écoutions et le regardions comme une archive vivante. Au fil de ses récits accompagnés du dessin d'une main de toge vers le haut et vers le bas, c'était tout un monde qui émergeait puis s'effaçait, englouti : il faisait surgir la sirène blanche aux cheveux d'herbe flottante, perfide comme le serpent, sur ces dunes désertes où errait la Marie Morgane, la mauvaise fée de l'Océan. Puis nous partions avec lui à Saint-Malo, sur le haut rempart où courait le pirate Quiquengrogne, au foulard rouge noué derrière sa nuque raide. Nous étions effarés en devinant, depuis les nuits de grande marée, un voilier fantôme qui, dans le lointain, réapparaissait avec son gréement loqueteux.

Couraient au-dessus de nos têtes des barques sans équipage dans les brumes et des armées de korrigans, ces petits lutins qui profitaient de la nuit pour se détacher des murailles d'églises et courir la lande ou manger les brebis.

Notre père, qui était capitaine d'infanterie, faisait alors un petit signe au juge pour ramener tout le monde à terre. Nous passions de la Légende à l'Histoire, la vraie, la grande : le fantassin nous expliquait que, selon la rumeur la mieux établie, notre famille venait d'Italie, et que le premier des Charette, Galeas Caretto, un compagnon de Philippe Auguste en Terre sainte, aurait choisi de s'établir en terre bretonne au XIIIᵉ siècle.

Plus tard, en 1372, notre ancêtre, le chevalier Jean Charette aurait été adoubé, après la bataille de Chisey, par le célèbre Du Guesclin. Et mon père concluait avec un petit envoi bien senti :

— À chacun de vous, mes enfants, de vous faire un prénom.

— Un prénom ? reprenait mon grand frère. Mais pourquoi m'a-t-on appelé Marin, Louis-Marin, alors que je veux être fantassin ?

— Et moi, Athanase, alors que je n'ai jamais été grec ?

Seule ma sœur affichait la satisfaction de son prénom :

— Marie, reine du ciel, Anne, reine de Bretagne, plaisantait-elle, l'air taquin.

Mon père me reprit avec un mot déconcertant :

— Le grec, tu vas partir l'étudier à Angers. Je te confie à ton parrain pour t'inscrire au collège, où tu feras tes humanités.

Je remerciai mon oncle qui prenait en charge la pension et les études dans cette institution prestigieuse. Fini le chant des grillons. Je n'entendrai plus cette symphonie de verdure qui était la petite musique de mon enfance. Les grillons, mes pensionnaires, poursuivraient sans moi leur oratorio. On me conduisit chez les oratoriens — ce fut une tout autre musique, un silence d'une autre nature, où la nature n'avait plus sa place, celui de la philosophie.

J'apprenais à méditer, sous de grands tilleuls d'antique sagesse, la phrase de Pascal : « Le silence éternel des espaces infinis m'effraie ! » Ce qui m'effrayait surtout, c'était le « silence éternel » de ma famille. Elle me manquait. Heureusement, de temps en temps, les vacances me délivraient du grand confinement et me ramenaient à La Contrie.

LE HÉRISSON
TRAVERSE LA ROUTE

On voulut nous faire connaître des amis « de nos âges ». Et nous apprendre la vie en société. Nous nous rendions chez les voisins de nos parents, les Bézolles, les Busson.

Puis le temps vint où on nous laissa la bride sur le cou. Le cercle des promenades à cheval s'élargit. On passa de la visite au séjour, jusqu'à Lucinière, chez les Cornulier ou, à Saint-Georges-de-Montaigu, chez monsieur Hector, qui était un haut gradé de la Marine royale. Il avait commandé déjà plusieurs vaisseaux et même traversé l'Océan. Il n'aimait pas les Anglais. Donc un marin, un vrai.

Il parlait avec mon père de LA revanche.

— J'ai hâte de brûler de la poudre, lui disait-il en tisonnant quelques brindilles dans une immense cheminée qui devait dater des Plantagenêts.

— Bien sûr, on va à la guerre, se réjouissait mon père.

De temps en temps, nous partions à Rezé, chez les Monti. Ils nous donnaient des plantes extraordinaires, rapportées d'Amérique, dont les boutures avaient été ensuite cultivées au jardin des Apothicaires de Nantes — des chênes verts de La Nouvelle-Orléans et des magnolias de l'Illinois. Mon frère parlait souvent avec Augustin de Monti. C'était un jeune lieutenant de vaisseau « à la carrière prometteuse », soulignait ma mère. Chacun y allait de son salut à la révolte des colonies d'Amérique contre la cruelle Albion : « Il est absurde qu'un continent soit gouverné par une île. »

Augustin se réjouissait à l'idée d'en découdre avec l'Anglais.

— Il faut effacer l'humiliation de la guerre de Sept Ans… et laver l'honneur sali du Pavillon.

Le sens même des propos m'échappait la plupart du temps, mais je sentais de la gravité, de l'urgence. Aux marches de l'adolescence, je percevais que, dans toutes les familles amies, et surtout chez les marins, on était dans les préparatifs.

Et puis les événements s'enchaînèrent, portés par des rumeurs et des clameurs. Un jour que nous allions souper chez les Duchaffault, la traversée de Nantes fut soudain comme une plongée dans un chaudron bouillant. La ville était surchauffée. Il y avait une effervescence inouïe. Tout le monde était dans la rue. Les gens couraient, criaient, tournoyaient comme des vagues d'hirondelles un soir d'orage.

Partout, on se questionnait, de fenêtre à fenêtre, de pignon à pignon ; d'un pavé à l'autre, on voulait savoir : où est-il ?

« Il », c'était un hôte inattendu qui, par la seule annonce de son séjour à Nantes, avait provoqué ce soulèvement d'enthousiasme.

Il avait débarqué dans le petit port de Saint-Goustan à Auray, et, faute de chaise de poste, avait rallié Nantes avant de se rendre à la Cour ; il venait chercher de l'aide. Pour le compte de la Virginie et des colonies révoltées, là-bas, au nom de la Liberté. On cherchait partout, dans les rues, l'ambassadeur prestigieux. On se renseignait sur le parcours de ses visites, pour le saluer ou juste l'entrapercevoir.

Ma mère arrêta notre voiture. Le cocher était debout. Même les chevaux se mettaient de la fête. Nous étions stationnés à l'abri de grands platanes d'Amérique, sur la place des Agriculteurs. Sous les fenêtres, noires de monde, défilaient les « amis de l'Amérique ». Un spectacle étonnant. La ville s'enflammait.

Sans trop comprendre, je regardais, qui marte-laient le pavé, des jeunes gens arborant une toque de fourrure. Mon père m'expliqua :

— Ils veulent lui ressembler, avec son bonnet de fourrure des grandes forêts américaines.

— Ressembler à qui?

— Au docteur Benjamin Franklin. Il est arrivé à Nantes hier soir.

Les jours suivants firent monter la liesse. À la hâte, les commerçants et les artisans se mirent en coquetterie de petites fabrications de circonstance.

On n'achetait plus que du Franklin. On vendait des cannes — par imitation de son célèbre bâton blanc —, des lunettes, des tabatières « à double foyer », des bracelets à son effigie.

Nantes vivait à l'heure de la Virginie. Franklin et son portrait étaient partout. On le fixait en médaillon sur les tapisseries indiennes. On l'incrustait sur les pantoufles, on le frappait en argent, on le moulait en biscuit, on le vendait en bonbonnière. Les enfants mangeaient du Franklin en chocolat. Un soir, tante Louise, la tante à gâteries de La Gascherie, la « vieille Charette », revint à la maison, chargée de « gourmandises d'Amérique ».

Contagieux, l'engouement se glissait partout. Il entrait dans les cabarets, dans le chœur même des églises, et jusque dans les baptistères de toute la Bretagne. On baptisait — parfois même dans le pays bigouden —, auprès des Patrick et des Corentin, des petits Franklin. Tel qui se fût appelé

Yves, patron universel de la Bretagne, était ainsi prénommé Franklin. Telle qui se fût appelée Anne était prénommée Virginie. Il y avait quelque chose de l'Amérique qui flottait en Armorique, un nouvel emblème revisitant jusqu'aux eaux baptismales.

Les recteurs des paroisses eux-mêmes se faisaient sonner les cloches, et finissaient par accorder les anciens parvis à tous ces bébés du Nouveau Monde. Après tout, on appelait bien les Anglais « ces diables d'Anglais ». Dieu reconnaîtrait les siens dans ce cercle des saints patrons protecteurs.

Et puis, un beau matin, le docteur Franklin échappa à ses admirateurs. Une chaise de poste l'enleva et l'entraîna sur la route de Versailles où il devait rencontrer le ministre des Affaires étrangères et peut-être même le roi.

La liesse se dissipa. On me ramena à Angers, sur la même route, jusqu'à ma prison d'étude.

Chaque fin de vacances était pour moi un supplice recommencé. J'attendais, moi aussi, la liberté. Mais elle passait par l'examen. Je n'avais pas de goût pour l'étude, mon esprit s'évadait et s'ouvrait à de nouvelles curiosités sur la nature et ses sortilèges.

Je m'étais éloigné des grillons. Je m'éveillais aux fleurs, aux fleurs de la vie, aux amies des fleurs et aux amies de ma sœur, qui venaient fleurir la maison en vacances.

Mon regard sur le monde changeait. Seule hélas demeurait mon infirmité, une paralysie en « société ». J'avais des chuintements de timide, mais pas de conversation. Avec une hantise : qu'on me parlât, car il fallait répondre.

Peut-être était-ce l'abus des mathématiques qui m'avait ainsi appauvri, aplati comme une règle. Décidément, je me sentais plus proche du Latin Virgile que du Grec Pythagore.

Les galops de vacances me portaient plus loin que sur les bords de la Loire, mes rêveries aussi. J'allais souvent au « pays des jonquilles », au cœur de ce vallon où était accrochée la demeure de quatre fées qui étaient mes cousines. C'était un ravissement que l'accueil de cette famille étonnante, qui habitait au Poiré-sous-la-Roche, au château de La Métairie.

Il y avait Gabrielle, l'archange, âgée de dix-sept ans, Marguerite et Claire, les anges plus jeunes, et les deux diablotins, le petit Césaire et la petite Olympe, qui avait le même parrain que moi, l'oncle du parlement de Bretagne. La Métairie était un vrai pavillon de musique d'où s'échappaient des notes de cristal. Gabrielle pinçait le violoncelle.

Cette famille était un poème symphonique qui le portait sur son nom, elle s'appelait Vaz de Mello ; peut-être était-ce l'ascendance portugaise qui avait déposé dans l'émeraude de ces sourires d'altitude quelque chose d'étrange, d'aérien, de céleste, une paix, une pureté qui étaient comme des caresses de l'âme.

LE SIAMOIS

Et puis vint le jour du grand voyage. Les adieux à Marie-Anne, les chaudes larmes de Maman, le visage défait de « la gazelle », le parrain qui piaffe devant les chevaux harnachés, impatients : il faut partir, c'est l'heure. La route est longue. Mon sac est lourd ; et, pourtant, je n'y ai entassé que des effets de rechange, un peu de linge de corps et quelques souvenirs.

Un dernier regard vers la maison. Je tends la main, dans le vide, puis m'éloigne en pleurant. Avec, au fond de moi, un brin de ressentiment. Je n'ai pas eu mon mot à dire alors que j'ai quand même aujourd'hui seize ans. On a décidé pour moi.

Le petit hérisson se met en boule et traverse la route. Je me retourne, désarmé, désemparé ; me trouvant à une portée de pistolet du berceau familial, je croise le regard agacé de mon oncle : il m'indique le marchepied de la berline.

C'est ma dernière marche civile, une marche funèbre. Le cœur poissé, l'esprit en caillebotte, j'avance lentement jusqu'à cette voiture aux lourds panneaux foncés à feuilles d'acanthe surmontés de glands pourprés de deuil.

Je monte dans le « corbillard ». Ma vie bascule. À cet instant, j'en viens à regretter ma réclusion scolaire à Angers ; par la pensée, je revisite avec nostalgie le « Loir gaulois », le « petit Liré », la « douceur angevine ».

Cette berline de malheur m'emmène — j'en suis sûr — vers une terre sans lumière, la fin de la terre. Je lis dans le regard de ceux qui restent, les bras ballants, tout mon désarroi et leur sacrifice. On croirait une famille de pêcheurs, sur le port, avec une couronne de fleurs.

Mon oncle, lui, me semble curieusement épargné par la tristesse de ce déchirement. Il est d'humeur grandiloquente ; j'ai même l'impression que ce voyage flatte en lui ce qui le rattache aux grandeurs d'établissement. D'une main ferme de capitaine recruteur, il indique au timonier le cap : la ville de Rennes. Au moment où la berline s'arrache au pavé, à nouveau il me regarde mais sans me voir, tout occupé à écarter le rideau de tulle brodé pour envoyer un dernier salut à la famille.

Sa première question relève de l'interrogatoire administratif :

— Athanase, as-tu pensé à emporter ta « lettre de nomination dans le corps des vaisseaux de la Marine royale » ?

Ma « lettre de nomination » ? bien sûr, je la porte sur moi. Pas un autre mot de consolation. Mon oncle a changé : ce n'est plus un parrain affectueux, jovial, c'est un douanier ponctuel avec un trousseau de clés.

En arrivant dans la capitale du parlement de Bretagne, je prends congé du doyen pour poursuivre, seul, ma route. Il veille à rembourser par avance les frais de poste et, me glissant quelques louis, me confie à la Providence :

— À Dieu vat, comme disent les marins bretons !

J'ai bien peur que la Providence n'aille pas jusqu'à la fin de la terre et qu'elle s'arrête en route à Rennes. Je m'apprête à partir pour la dernière étape, la fin du monde, par des chemins où désormais le soleil se tait.

Après une nuit de repos au bord de la Vilaine, je prends donc la poste à franc étrier pour Brest, et, courant devant le courrier de la malle, j'arrive aux portes de la ville le jour du printemps 1779, épuisé. Comme dirait ma mère, « je suis réalisé ».

Dans le roulis de la berline où je noyais mes pensées de naufragé, mon oncle Louis m'avait délivré ma « lettre de course », une promesse de lauriers :

— Quelle récompense pour la famille après tant d'épreuves! Tu vas rentrer dans le Grand Corps, y revêtir l'uniforme des officiers rouges.

En arrivant à Brest, et en voyant peu à peu se découper la silhouette millénaire du château, j'entendais l'écho de ses sentences qui faisaient chanter le bronze des canons :

— Brest est une merveille de forteresse, imprenable. C'est le plus beau joyau dont la duchesse Anne ait enrichi la couronne de France… La seule ville d'Europe que les Anglais ne prendront jamais… Tu vas vivre avec Richelieu et Vauban. Souviens-toi, Athanase! Une ville attaquée par Vauban est une ville perdue, mais une ville construite par Vauban est une ville sauvée.

Cet aphorisme préparait l'envoi en mission :

— Il faut sauver l'honneur du Pavillon. Tu arrives au bon moment. C'est ta vocation, Athanase. Tu as rendez-vous avec la France, avec le Monde, avec l'Histoire. Ton tour est venu.

Mon tour? Il me pesait, mon sac aussi sur mon dos brisé, mais, perdu au bord de la Penfeld, cherchant mon chemin, j'avais tout à coup sous les yeux les œuvres de Vauban, de Richelieu, la France, le Monde, l'Histoire : l'architecture, les paysages, le va-et-vient de la foule qui se presse, le grouillement des curieux, l'entremêlement des marchands et des matelots composaient un univers exotique, un petit miroir des antipodes et des derniers enclos bretons.

Mon parrain n'avait pas exagéré : dans le Goulet, étaient affourchés d'immenses navires dont les noms me renvoyaient à toutes les provinces de France ; elles avaient délégué là, dans la rade de Brest, leur legs flottant, payé par chacune d'elles, pour la grandeur du pays. Immobiles à l'ancre, les unes derrière les autres, s'alignaient les citadelles de la France : *La Bretagne, Le Languedoc, La Bourgogne, L'Artois, La Provence, La Ville de Paris.*

Je suis subjugué : ce spectacle donne l'impression que quelque chose comme un choc furieux se prépare en haute mer. L'Atlantique, la Manche et la Méditerranée, toutes les mers françaises sont là, prêtes à en découdre. La France regarde vers Brest. Mais pas seulement la France, le monde entier se croise à Brest.

Cela se devine, cela se voit, cela se sent. Je suis rattrapé par un cortège d'odeurs étranges qui montent de l'arsenal vers la ville et se mêlent, dans une fréquentation aux contrastes inattendus, aux émanations domestiques. Dans ces ruelles étroites qui retiennent ce que l'homme laisse d'exhalaisons, tout se mélange : l'âcre senteur des goudrons de radoub de Troulan vient se charger, au bout de la rue de la Rampe, d'embruns d'iode et de parfums de fleurs inconnues, venues de mondes vierges aux ivresses excessives.

À Recouvrance, on décharge des caisses de bois au long cours ; des commis du port affairés en sortent des gouyamiers, des herbes à caresses, des pieds de faunes, des bois d'amourette. Qui viennent de terres lointaines. Un peu plus loin, au parc aux vivres, on débarque du soufre de Sicile et du chanvre du Trégor.

J'observe cette constellation hasardeuse de marins assis sur des barriques de vins d'Alicante, burinés par les Tropiques, qui racontent leurs campagnes à des robes à paniers qui jouent de l'éventail et s'escamotent en montant les escaliers déchaussés.

En tous sens, se croisent la Louisiane, les Antilles, la Chine, l'Inde, la Suède. Des petits chariots surchargés vont et viennent, avec des sillages chaotiques d'odeurs de café et d'épices. Je m'attends à voir surgir des Indiens d'Amérique, venant découvrir le Royaume, des Algonquins, des Iroquois, le Sauvage de monsieur de Bougainville.

Cent fois cette ville a fait le tour du monde. Tous les sangs de la terre sont venus s'y confondre. Des haleurs de Riga aux sensualités orientales, l'inattendu des rencontres trouve finalement sa place dans cette tradition portuaire où le plus proche voisin vient du bout du monde.

Le passage de la rive droite à la rive gauche se fait en barque. Le lieu où je dois me rendre me paraît maintenant porter un nom banal : « la rue de Siam ».

En m'enfonçant dans la ville, après avoir croisé d'altières jeunes femmes empanachées, l'enchantement se dissipe. Elles ne sont pas d'ici. Dès qu'on s'enfonce dans le cœur de Brest, sur les hauteurs, on revient à des couleurs ternes, cette ville est blême. Le temps est gris, les toits sont gris, la mer est grise. Quand ce n'est pas le gris, c'est le noir. Les femmes de Recouvrance portent toutes le noir, jusqu'à la coiffe garnie d'un grand nœud haut placé. Et puis il pleut sans cesse. Je n'aime guère cette pluie fine. Elle est insidieuse, incessante ; pas franche. Quand je serai installé à bon port, on m'expliquera que les Brestois appellent cela le « baptême de crachin ». Me voilà baptisé. Je suis brestois.

Je dévale l'escalier boiteux du « Bras d'Or ». C'est là, dans l'ancien hôtel Saint-Pierre, qu'est installée l'École des gardes de marine. On me conduit ensuite chez madame Dubois — une logeuse de garni —, juste derrière la tour de l'Horloge.

Elle m'accueille avec une bienveillance presque maternelle. Prenant mes marques, je découvre mon nouvel univers. Ma chambre est tout en haut, une mansarde. Depuis la lucarne ouverte, on entend tous les commérages qui montent de la rue.

Les toitures s'enchevêtrent et font le bonheur des chats de gouttière qui jouent à toit perché. Évidemment, ils sont gris ; madame Dubois les désigne à mon attention :

— La vie brestoise se nourrit de deux craintes : l'incursion des Anglais et l'invasion des rats. La Marine royale s'occupe des Anglais et notre armée de chats s'occupe des rats. Nos chasseurs veillent, ils ne quittent pas la rue, mais ils sont sauvages ; comme les corsaires, ils travaillent à leur compte, ils se rémunèrent à la prise. Notre compagnie de siamois maintient les rats à bonne distance de la rue de Siam.

Je ne suis pas le seul interlocuteur de ces siamois de haute lignée et de belle besogne. Nous sommes plusieurs locataires, élèves de la Marine. Ma couchette est royale : une équerre de lit avec une couette en balle d'avoine bretonne et une couverture de chanvre, avec un ballin, une grosse toile d'étoupe.

De la grande cuisine, chaleureuse et sombre, montent des relents de plats de caractère ; à la cheminée est appendue une énorme crémaillère, des trépieds et une poêle à crêpes. Près de la grande table coulissante, avec deux bancs mal assujettis, un garde-manger sur lequel sont disposés pour le souper, échappés d'une serviette grossière, une masse de pain de seigle et un grand couteau en forme de faucille.

Je n'ai pas faim. Ni envie de parler. Juste envie de dormir. Le hérisson se blottit dans son ballin. Hérissé de fatigue, il s'abandonne.

LE SIAMOIS
TRAVERSE LA VILLE

Difficile hibernation siamoise, car chaque heure était ponctuée par une volée de cloches qui m'arrachait en sursaut à ma somnolence inquiète.

Au petit matin, ma logeuse me donna l'explication :

— C'est par les cloches de la tour Saint-Louis que passent ici l'ordonnance des jours et le rituel des heures qui accordent les premiers marteaux des calfats du port au livre d'heures des capucins. Vous verrez, lorsque vous serez sur le gaillard, c'est encore une cloche, la cloche du bord, qui marque le quart des navires. À Brest, c'est l'horloge qui rythme la vie. Chacun s'y tient. À dix heures du soir, sonne le beffroi, qui annonce le couvre-feu. Je vous conseille de ne pas traîner dans les venelles. On éteint les lanternes, on ferme portes et soupiraux qui donnent sur la voie publique. La maréchaussée commence sa ronde. Dans les cafés, les auberges et même les billards, on suspend les bordées, les paris et les jeux. L'activité s'évanouit avec les chandelles…

Difficile de s'absenter de Brest, même en sommeil. On s'endort avec la ville et on se réveille avec elle. La première volée sonne les quatre heures, pour les bagnards, les premiers à être sur le pont. Le port s'éveille avec la reprise des travaux de carénage et la symphonie des maillets recommencée là où la nuit l'a interrompue. C'est le moment où, sur la place de la Médisance, viennent s'installer, aux meilleurs endroits pour attirer le chaland, les marchands de volailles de Keravel, les artisans du lin de Landerneau et les vendeurs de poissons de l'Élorn. C'est le premier marché de Brest, on y vient de Recouvrance et de toutes les campagnes du pays léonard. Madame Dubois n'aime pas trop y faire ses courses :

— Cette place de la Médisance est le marché de toutes les fièvres. Elle porte bien son nom. On y médit par profession. On en repart avec sa provision de basses nouvelles et on y vient livrer les derniers petits bruits de fond de cale, tout juste débarqués… Ici, à Brest, vous comprenez, on ne parle jamais du temps qu'il fait puisqu'il fait toujours le même temps. Il faut donc trouver d'autres sujets de conversation : les gens qui passent et leurs travers. Et comme à Brest, on voit passer beaucoup de monde, les occasions ne manquent pas d'enrichir la clientèle de son petit panier à rumeurs.

Après deux jours de repos réparateur, je fus me présenter au commandant de la Marine, au château. J'avais sur moi, à même la peau, comme un de ces précieux cataplasmes à la moutarde posés par ma mère, la fameuse « lettre de nomination » comme aspirant-garde de la Marine, nécessaire à mon incorporation au premier avril 1779.

En descendant vers le port, je pris la rue des Sept-Saints ; j'allais de surprise en surprise : je rencontrais des métiers insoupçonnables, qu'on ne trouve probablement que dans cette grande ville : des écaillers, des molletiers, des lanterniers, des soieriers, des fourbisseurs, des miroitiers, des passementiers, des perruquiers, des marchands de musique.

Je fis halte quelques instants au magasin du maître tailleur portuaire pour prendre livraison de mon uniforme commandé par mon parrain. Tout autour de moi, il y avait du beau monde en talons rouges à boucles d'argent, des justaucorps au verbe haut qui se bousculaient élégamment. Sur une petite tablette étaient disposées, pour le temps de l'essayage, des vestes de tresse en or, ornées de franges à graines d'épinard, quelques boutons à l'ancre et des pistolets d'officiers à tête de veaux marins.

Le maître tailleur parlait peu ; il se déplaçait avec précaution, une aiguille à la bouche, accrochant leurs épaulettes à de haut gradés chamarrés. On le sentait tout à son métier, un brin cérémonieux, dûment habilité, avant même les amiraux, à vous accrocher du galon.

Lorsque je sortis de la boutique, j'étais un autre homme. Le petit hérisson pouvait maintenant traverser la route car on le regardait passer. Je marchais désormais dans un habit bleu de roi, doublé de rouge, culotte et bas rouges, avec un ceinturon de peau d'élan par-dessus l'habit, une aiguillette mêlée de soie bleue, et sur la tête, un chapeau galonné en or surmonté d'un plumet blanc.

Je repris le chemin du port, me hasardant dans un lacis de ruelles tortueuses, sombres, surplombées par les toits qui se tutoient et s'avancent comme des visières au-dessus de venelles étroites. On croit marcher mais on dévale ces rues qui claudiquent ; elles ont moins de quarante pieds de largeur et elles sont dépavées, impropres à la marche. Les crevasses les rendent fâcheuses pour les gens de pied, les chevaux et les voitures.

Juste avant d'arriver au port, j'aperçois une affiche de recrutement collée sur un mur d'enceinte. Je m'approche pour en lire le texte :

« Avis à la brillante jeunesse…

… Régiment d'Anjou… Infanterie… En garnison à Brest. »

Ah ! Le régiment d'Anjou, quel clin d'œil !

J'entrai sous le porche du château. J'avais noté, par précaution, sur un petit papier de voyage, le nom compliqué du commandant de la Marine. Devant la garde d'honneur, je pris soin de me relire : « Luc Urbain du Bouëxic », vraiment un nom impossible à retenir. Cette formalité m'ennuyait. Je n'aurai rien à dire à cet officier de plume, soldé pour enregistrer mon inscription.

Et puis la porte s'ouvrit : c'était un officier d'épée. D'emblée, pour me mettre à l'aise, et en signe de bienvenue, il eut une exclamation chaleureuse :

— Ah ! Un garde de marine ! Je me revois à seize ans. Je suis votre « grand ancien ».

Il se met à me parler dans le langage fraternel des officiers du bord. Pour me hisser à sa hauteur. L'esprit de corps du Grand Corps. Je tends ma lettre. Il la saisit, m'écoute prononcer mon nom, me serre la main et, sacrifiant sans doute à la tradition de la Marine, affecte de répondre à mon nom par le sien :

— Charette…

— Guichen.

— Mon Dieu !

Je tombe du bahut breton. Il devine mon immense surprise. Avec une maladresse de marin d'opéra, j'essaye de le saluer en portant la main au chapeau. Il sourit :

— Asseyez-vous.

Le fauteuil est beaucoup trop grand pour moi. L'uniforme aussi. Je flotte dans mon déguisement. Je suis comme écrasé. La voilà, la grande Histoire dont parlait mon oncle, voilà que j'y suis plongé, ébouillanté. Je réalise que je me trouve en face du comte de Guichen, le patronyme breton, Bouëxic, m'aura trompé. L'homme qui m'accueille est une haute figure de la Marine royale. À moi qui ne connais de la mer que les sables des dunes et quelques ex-voto, il me fait l'aumône de ses minutes précieuses volées au temps des Périls et de la Revanche. Ce grand nom au port altier a défié les tempêtes. C'est un lieutenant général qui s'est illustré dans de célèbres batailles, on le regarde comme le maître de la tactique navale. Son portrait est déjà partout dans Brest. Mon père le citait souvent : « On devrait écouter Guichen ! »

Je suis assis devant un héros redouté de la Marine britannique. La seule évocation de son nom est, paraît-il, pour l'amiral Rodney, un sujet de frayeur. L'homme qui parle, en me souriant paternellement, a commandé les plus grands vaisseaux que j'ai aperçus hier : *La Ville de Paris, La Couronne.* Sa simplicité me fait comprendre ce qu'est la chaleur du cercle marin quand on y est admis.

Je viens d'entrer dans la Marine royale par la porte de la Légende.

LA VILLE DES POUDRES

En prenant congé, monsieur de Guichen me confia à un vieux capitaine de vaisseau, chargé de m'affranchir sur la vie à Brest et l'activité du port, sans doute pour m'apprendre à lire l'effervescence des quais, noirs de monde, et le vacarme de l'arsenal.

Mon guide était un personnage, les traits creusés par les embruns, l'air mâtin, l'air salin, le juron facile, avec un petit filet d'écume à la lèvre tombante. Un vieux loup de mer au visage sculpté par les tempêtes, la démarche roulant d'un bord sur l'autre au retour de bordée.

Il agrémentait la visite de chiffres cuivrés qu'il égrenait avec fierté :

— Corbleu, la Boulangerie… quarante-cinq fours.

— Corbleu, le Magasin… quarante mille fromages.

— Corbleu, la Corderie… mille deux cents cordiers.

Nous marchions de plus en plus vite. Devant l'alignement des cafés du port, il s'arrêta net. À côté du café de la Misaine et de la Boudeuse, il me tutoya.

— Regarde, corbleu! Ils ont changé l'enseigne de l'auberge. Elle s'appelait La Poule au Pot... Lis, corbleu, ce qui est écrit au-dessus du linteau.

Je lis lentement la peinture toute fraîche de l'enseigne, surmontée d'une miniature de navire en fer forgé : « La Belle Poule ».

Je ne sais pas d'où vient cette belle poule-là.

— Ici, on ne parle que d'elle. C'est la frégate de la Victoire. La France a battu l'Angleterre pour la première fois depuis très longtemps!

Il sortit de sa poche un papier sur lequel il avait recopié le journal de bord d'un de ses amis, monsieur d'Aubigny :

« Le sieur de la Clocheterie, qui commandait *La Belle Poule*, reçut un coup de canon qui lui emporta les deux gras de ses jambes. Il chancela puis demanda à être relevé et mis sur la lisse du fronteau du gaillard d'avant. Il encourageait les officiers mariniers, les matelots et les soldats à tenir bon et à ne point descendre à l'amphithéâtre pour y être pansés... »

Le vieux loup écrasa une larme et s'inclina :

— C'est ça la Marine, petit. On ira leur bouter le feu. Tu rencontreras des familles comme les

La Clocheterie : quatre générations de marins, cent seize années de service. Les descendants ont droit à un titre de reconnaissance honorifique : on les appelle des « enfants du Corps ».

En sortant de l'auberge, je remarquai que, dans les rues, tout le monde cherchait à se parer des plumes de *La Belle Poule*.

À côté de nous, sortant d'une boutique de tatoueurs, un matelot, couvert de goudron, les cheveux nattés dans le cou, exhibait, chemise ouverte sur la poitrine, un « vaisseau » tout frais. Et il levait son verre à la santé de *La Belle Poule*, sur l'air du *Trente et un du mois d'août*, avec un refrain, repris en chœur par des matelots édentés, où il était question « d'allumer la pipe à l'Anglais ».

Un peu plus loin, le spectacle était plus étonnant encore : quatre dames élégantes avaient amarré dans leurs cheveux poudrés, posée sur un haut chignon, une frégate légère.

— Elles portent la coiffure de *La Belle Poule*, m'expliqua, admiratif, le vieux capitaine de vaisseau.

Il allait de « corbleu » en « corbleu », et moi de surprise en surprise.

Sur notre passage, on entendait parler toutes les langues : celle de Brest, le français, et, venant de l'autre rive de la Penfeld, la langue de Recouvrance, le breton. Mais aussi l'espagnol, l'allemand et le suédois. On voyait se fondre des petits mondes éloignés mais qui participaient de la même fébrilité : de jeunes nobles à tricorne, les cheveux attachés en catogan par un ruban de soie, entourés de jeunes fleurs aux robes légères, de femmes d'officiers bleus aux manteaux de dentelle, avec tout un jeu de cannes et d'ombrelles, versant dans la conversation avec des paysans de sortie — la sortie du dimanche —, ajustant leurs grandes braies, les bragous, et leur lourde veste de laine.

J'étais fasciné, et le vieux loup s'en amusait, par les tenues féminines du parc aux vivres et des quais. On croisait des femmes d'amiraux surmontées d'édifices parlants et des étoupières au corselet brodé, aux cotillons rapetassés de berlinge blanche. L'excès et la grâce. On voyait bien que les coiffes sortaient des chaumières alors que les coiffures sortaient de la bonnetière enjoliveuse. Le naturel et l'artifice. Et puis, il y avait les femmes de Brest coiffées de leur marmotte. Je buvais des yeux ces fines visagières avec leur bavolet et la discrète féminité de ces mentonnières légères qui tombaient sur leurs frêles épaules.

Le vieux loup me fit passer dans la rue des Sept-Saints, puis la Grand-Rue, devant la boutique célèbre du poudreur-parfumeur de Brest, qui s'appelait Aux Esprits Persans. La devanture présentait les deux fragrances les plus prisées du moment : L'Eau couronnée, inventée pour la reine Marie-Antoinette, et l'Eau de Cologne, rapportée à Brest par les troupes du roi, après la guerre de Sept Ans, à son retour de garnison en la ville de Cologne. Le vieux marin vantait cette coquetterie enivrante :

— Brest est la ville de la poudre, la poudre de beauté et la poudre à canon. Il est recommandé de parfumer la montée au feu. Le parfum, c'est la vie.

Très vite, revenant de ces frivolités, le vieux loup me ramena à la gravité des temps :

— On va à la guerre, répétait-il.

Je lui glissai que mes parents étaient liés aux Duchaffault, une antique famille du comté nantais. Il me proposa de poser l'ancre. Nous entrâmes à La Belle Poule ; le vieux loup reprit son souffle. Il s'assit et commanda un bol de cidre chaud. C'est moi qui engageai la conversation, en le questionnant sur la bataille d'Ouessant :

— Mon oncle Louis m'a raconté que cette bataille « au sang » s'est déroulée près de Brest, l'an dernier, dans les eaux anglaises…

— Non, pas dans les eaux anglaises… Ouessant, Ou-es-sant, articula-t-il en détachant chaque syllabe, est une île en face de la mer d'Iroise, au large de Brest. L'île d'Ouessant est aussi appelée l'île de l'Épouvante ou l'île des Naufragés.

L'ÉCOLE DES PRESTIGES

MA FAMILLE me manquait. Je n'avais aucune nouvelle.

Au petit matin, au beau milieu de la rue de Siam, je voyais se regrouper les uniformes, au pied des marches d'un magnifique édifice de facture classique.

J'entrai dans la salle d'honneur. Immense, hors du temps. Elle était placée sous le signe de l'épigraphie maritime de la mythologie grecque, parsemée de figures de proue en bois de cèdre. À l'entrée, à côté du porche, nous étions accueillis par Poséidon, le drapé pris dans la crinière de ses chevaux marins, avec, sur le piédouche du buste, une devise qu'on mettait ainsi à la portée de nos jeunes cervelles : « Le Trident de Poséidon est le Sceptre du monde. »

Un peu plus loin, fixée dans le mouvement de sa danse sur l'île de Naxos, portée par un dauphin, la fille du titan Océan me sourit. Heureux présage. C'est la première rencontre du petit « Grec » Athanase avec

Amphitrite, la déesse de la mer. Me voilà fier de mon prénom, il me met soudain en bonne compagnie. Avec tous ces noms de bateaux et ces figures de proue — Vénus, Minerve, etc. —, la maîtrise des mers reste grecque et non pas britannique.

Sous le grand escalier de granit, on change complètement d'univers, avec une figure d'Indien assis sur une tortue géante, brandissant son carquois ; cette allégorie de l'Amérique nous parle de l'esprit du temps, le rêve marin du Nouveau Monde.

Cette salle d'honneur est celle des origines et des promesses. Parmi tous ces hauts-reliefs, disséminés sur les murs ocre, quelques grands tableaux nous instruisent par l'image : l'*Arrivée des Français à l'île de la Désirade* côtoie des représentations de vaisseaux signées Ozanne…

Et puis, il y a cette gravure discrète, qui nous prépare une drôle de vie : un officier du Grand Corps, sabre en l'air, la tête prise dans la boussole des vents, s'élance vers les quatre infinis, poursuivi par un spectre déhanché aux mains griffeuses ; le squelette déclame une exhortation, un appel aux officiers de marine pour qu'ils s'habituent à côtoyer la mort :

C'est en vain que pour l'étonner
Le feu, les vents et la tempête

Viennent partout l'environner.
Il s'avance et rien ne l'arrête.
De gloire, il n'a pas de part
S'il ne met sa vie au hasard.

« Au hasard » ? J'intègre cette école pour « mettre ma vie au hasard » ?

C'est sans doute là l'expression du détachement des hommes de la mer. Toute chose sur terre a donc un prix. On apprend que le prix de la gloire, c'est le deuil, le sacrifice des jours heureux.

Je comprendrai plus tard que le « hasard » des marins n'est pas celui des coquins ; il est éclairé par la Bonne Étoile — la *Stella Maris* — et relié à l'Ancre de miséricorde... de là-haut, on nous pilote.

La salle d'honneur est maintenant bien remplie. Une cloche sonne, une cloche de bord de réemploi. On sent une atmosphère d'impatience, de recueillement et de résignation ; il va falloir « embarquer ».

Soudain s'ouvre la grande porte à doubles battants décorée de deux poupes à fanaux. Il n'y a que quelques pas à faire pour entrer dans la salle d'instruction. Je cherche une place. On a disposé des lettres sur les pupitres pour nous orienter. La lettre « C » est au deuxième rang. Je m'installe. Un brigadier nous adresse un petit signe pour presser le mouvement. Je regarde mes congénères, à ma gauche et à ma droite. Je ne connais personne et ils se saluent presque tous. Il faut croire que la plupart des élèves, assis sur ces bancs, sont des « enfants du Corps », dont les familles d'ancienne extraction entretiennent une relation multiséculaire avec la mer. Ce sont des arrière-petits-fils et petits-neveux des officiers de vaisseau, dont ils ont conservé le patronyme et les quartiers.

Je découvre mes voisins, dont les noms commencent par la lettre « B » : Basterot, Boberil, Bayard. Bayard ? La liste est égrenée par un sous-brigadier au ton solennel : « Vasselot… Daudart… Montcalm… » J'ai l'impression d'avoir pris place dans un mausolée de la Survivance. Sur chaque nom, on pourrait mettre une date, et sur chaque date, une bataille. C'est le dialogue à distance de Aigues-Mortes, Hastings, Rocroi, le tableau vivant de la Mer et de la Mémoire. Les grands engagements du passé sont là.

D'un seul mouvement, tous les gardes se lèvent pour saluer l'arrivée du commandant de la compagnie des gardes de marine, le chevalier de Monteil, revêtu d'un « petit uniforme de fatigue ». Il nous explique que toute la ville nous regarde et que la France attend de sa Marine qu'elle efface le sinistre traité de Paris :

— Appelés à devenir des officiers, vous devrez toujours vivre sur un pied de bravoure. Mais attention! Le métier a changé. De nos jours, le sextant devient plus utile que l'épée. La science astronomique et nautique progresse. On ne peut plus naviguer comme hier : la formation des amiraux s'établit désormais sur le calcul de la longitude par les distances lumière. Vous devrez connaître par cœur la table des marées, la déclinaison de l'aiguille aimantée, et surtout la hauteur des astres. Ce n'est qu'après cette instruction que vous prendrez la mer. La mer se mérite…

Il y eut un grand silence. Le chevalier dessina lentement des deux mains une ogive, formant la voûte d'une salle d'armes virtuelle au-dessus de nos têtes de cadets-écuyers. Puis il martela du plat du sabre d'abordage qu'il avait solennellement dégainé :

— C'est la mer qui adoube… Allez, en haut, le monde…

Il leva la séance. La mer nous était promise, on venait de nous confier une mission exaltante : « laver l'honneur des marins français ». Car nous savions que les Anglais, que nous traitions de « poules mouillées » depuis la victoire de *La Belle Poule*, multipliaient les railleries sur les jeunes officiers de Brest : « Ce sont des moucherons qui craignent la fumée et la poudre, et qui sont juste capables de faire grand feu et bonne chère. »

Alors, dans les jours qui suivirent, commença l'instruction, réglée comme un exercice militaire. De l'aube au crépuscule, c'était une course en tous sens, entre les salles magistrales, l'arsenal, l'Académie, le port. Pas le temps de souffler, des horaires de feu, peu de sommeil, pas de temps pour nous.

Nos chefs veillaient à nous laisser quelque loisir seulement quand nous étions épuisés. À peine avions-nous la force d'écrire à nos familles : « Bonne santé, bon moral. » Le plus expéditif, mon voisin, François de Combles, me montra sa première lettre :

« Mon père,
Ne sachant que faire, je vous écris.
Ne sachant que vous dire, je finis ;
Votre fils. »

Nos études, conçues en des temps de mer calme, s'annonçaient longues, mais nos maîtres étaient pressés et nous pressaient. Nous sentions venir la tempête, les boussoles s'affolaient. Le crachin sentait le soufre. Il y avait le feu à la mer. En ville, courait une rumeur folle : le roi avait décidé d'envoyer une flotte franco-espagnole courir sus aux vaisseaux anglais, jusqu'aux Sorlingues, dans leurs eaux domestiques, pour leur chatouiller la plante des pieds.

Alors, physiquement présents à nos études, nous avions la tête ailleurs, prise entre le Nouveau Monde et l'Ancien. La « folle du logis » nous portait vers les colonies d'Amérique. Nous étions des insurgés, des Insurgents. Nous attendions les bulletins de victoire de l'expédition conduite par monsieur d'Orvilliers. Nous guettions les mouvements du port, avec ce va-et-vient des bateaux chargés de malades qui rentraient à Brest, et des frégates remplies de vivres frais qui quittaient la rade. Spectacle inquiétant, exaltant, à l'issue incertaine.

Il y avait de quoi enflammer nos jeunes esprits et nous détourner des mathématiques et des pas de danse. Lorsque Rome brûle, on pose la lyre et le sextant. Imagine-t-on Roland, à Roncevaux, abandonner son cor et ouvrir un livre de trigonométrie sphérique pour calculer l'angle de la montagne et la hauteur de la lune ? Nous le sentions sans oser l'exprimer : ce qu'il fallait au temps présent, ce n'étaient pas tant des « officiers savants » que des « officiers servants », qui se jettent à l'eau.

Nous étions prêts à partir, sans avoir jamais navigué ; prêts à débarquer là-bas, chez les Anglais, à la rame s'il le fallait, pour y inscrire, sous les hautes

falaises de craie, le vieux rêve séculaire de nos pères :
les saisir au collet, chez eux.

Sous ce ciel chargé, il était difficile pour nous
d'être à nos études et de garder nos cœurs tranquilles,
à l'abri de l'exaltation de la ville et de la frénétique
agitation du Goulet.

L'aumônier nous y aidait pourtant. C'était un
jésuite, frotté de grec. À six heures du matin, nous
assistions à sa messe en la chapelle de la Marine.
Il nous instruisait de nos devoirs et nous orientait
vers les bonnes pensées — la Nouvelle-Angleterre
plutôt que l'ancienne —, et les bonnes fréquenta-
tions — les sacrements plutôt que les jurements. Sa
péroraison quotidienne se nourrissait d'une double
exhortation : « Ayez l'esprit en guerre — c'est votre
métier ; ayez l'âme en paix — c'est votre condition ;
soyez toujours en tenue de service. »

Les deux heures qui suivaient réclamaient notre
fraîcheur et notre patience ; elles étaient consacrées à
l'hydrographie, au dessin, à l'« état du ciel », à l'étude
des six volumes d'algèbre, de géométrie, d'hydrosta-
tique, de logarithmes du célèbre examinateur Bézout,
qui faisait le voyage depuis Paris pour vérifier nos
savoirs, qu'il jugeait toujours lacunaires.

Le moment le plus fastidieux était la leçon
d'anglais, qui nous était délivrée par un « Irlandais
de nation » ; il tentait de capter notre attention par

l'humour, avec un proverbe sur les flûtes d'Irlande :
« Il faut apprendre au serpent à jouer de la flûte. Pour
s'approcher du flûtiste et mieux le piquer. »

Le « flûtiste », c'était l'Anglais. Heureusement,
l'heure suivante était plutôt au serpentin, au biniou
et à la bombarde. Avec la leçon de danse : « un
officier est un ambassadeur », nous expliquait-on. Un
ambassadeur de la France dans le monde. Donc un
bon danseur.

Nous apprenions la nouvelle danse de la Cour,
la contredanse. C'était un moment plaisant : les
traverses, la queue du chat, le grand moulinet, le pas
de gavotte, le chassé-croisé et la poussette. À temps
nouveaux, figures nouvelles. À la mer, la contremarche ; à la fête, la contredanse. On dansait beaucoup
à Brest. Avec mes amis Boberil et Cotignon, nous
formions la ronde en composant des « fars bretons »
qui mélangeaient les figures : les contre-chats de
Versailles et la gigouillette des « fest-noz » du Léon.
On nous réclamait sur la place des Sept-Saints.

Il y avait d'autres disciplines physiques que la
danse : l'escrime savante, la pique d'abordage.

Et puis venait le « temps des maîtres » : nous
descendions à l'Arsenal pour y rencontrer le maître
canonnier qui nous apprenait à pointer, le maître
charpentier, l'homme du bois, le maître calier,
l'homme du tréfonds, etc.

On passait de la salle des mousquets à la salle des constructions, où étaient échoués des petits bâtiments de guerre en modèles réduits. Devant le *Royal Louis*, on apprenait le vocabulaire des cordages, des mâtures et des carènes.

Nous avions la chance de rencontrer parfois les architectes eux-mêmes. Ils nous présentaient leurs œuvres — leurs « œuvres mortes », leurs « œuvres vives » : leurs chefs-d'œuvre.

Virtuellement, nous grimpions déjà dans les haubans. Nous apprenions à distinguer les « manœuvres dormantes » qui sont fixes, et les « manœuvres courantes » qui sont mobiles. Nous partagions l'extase de nos maîtres devant le « soixante-quatorze canons » qui était une merveille, une cathédrale chavirée, un poème de l'esprit humain, dont l'encre des plans était encore fraîche.

L'ÉCOLE DES FRASQUES

Les séances de l'Académie royale de Marine n'étaient pas ouvertes au public. Sauf à nous, les gardes, pour notre édification. Nous profitions aussi de l'immense bibliothèque qui abritait toute l'intelligence française du moment.

L'Académie avait gravé sur ses portes une sentence de bronze : « *Per hanc prosunt omnibus artes* » (Grâce à elle, les arts profitent à tous). Elle était dirigée par un homme important et qui le savait : monsieur de Morogues. Les marins l'appelaient « monsieur de Morgue ».

L'Académie abritait les ébullitions les plus savantes dans un temps d'effervescence intellectuelle inouïe. Elle venait d'éditer une *Encyclopédie de la Marine* qui ferait date. Elle organisait la rencontre de tous les mondes de la mer. On y voyait dialoguer les conservateurs des dérives à l'ancienne, munis de sabliers à poudre d'écaille d'œuf, avec les inventeurs des nouvelles montres marines, qui se mettaient à l'heure anglaise.

Ma première séance fut la plus mémorable : on y entendit, après quelques démonstrations sur la nouvelle architecture navale, des développements qui en disaient long sur les progrès à venir.

Il y avait là un certain Forgerit qui présentait des études visant à préserver les vaisseaux de la foudre, à conserver la viande froide, à purifier l'eau de mer. Et puis ce fut l'intervention très attendue du docteur Deshayes. L'Académie s'interrogea tout l'après-midi sur son projet visant à apaiser les flots et à sauver les vaisseaux des naufrages en calmant les vagues « avec de l'huile et des paillasses ».

Nos esprits subjugués partaient à la dérive, nos cœurs tanguaient, nous goûtions les vertus cachées des « paillasses ».

Parfois, les débats tournaient mal. On était à la limite de l'empoignade car personne ne voulait céder, surtout lorsqu'il s'agissait de questions touchant à la « tactique navale ».

Toutes ces sommités en venaient à se crêper la perruque ou à la déposer sur leur tablette en signe de protestation. Monsieur de Morgue en appelait à l'humilité des uns et des autres. On comprenait qu'il y avait deux écoles qui s'affrontaient sur la manière de manœuvrer en mer. L'une prônait la bataille. L'autre, la non-bataille.

Une publication de monsieur de Buor de la Chevrolière avait allumé la mèche. Le chef de division de Thy rappela l'orthodoxie :

— La seule tactique pertinente est celle de la ligne de file, avec deux rangs de vaisseaux face à face, parallèles, qui se canonnent. Cette tactique, ancestrale, a fait ses preuves. Pourquoi donc en changer ?

Les jeunes officiers se levaient pour protester :

— Cette bataille en ligne, de deux escadres ennemies, évoluant parallèlement en se canonnant, n'apporte aucun résultat décisif. Aujourd'hui, une bataille navale est un carrousel : on se rencontre, on se canonne, on se sépare et la mer n'en est pas moins salée. On dessine, sur l'eau, de belles figures géométriques. C'est de l'escrime savante.

— Et vous proposez quoi ? reprirent les vieux amiraux.

— Eh bien, qu'on écoute monsieur de Suffren. Et qu'on passe de la « non-bataille » à la « bataille » qui consiste justement à rompre la ligne de file, à la traverser. Vous, vous cherchez à éviter l'adversaire, pour avoir le moins de pertes possible. Ce que propose le bailli de Suffren, c'est au contraire d'aller chercher l'ennemi, c'est-à-dire de « livrer bataille ».

Il faut choisir la besogne plutôt que le bruit : tenir la mer, forcer le vent, rompre la ligne, crocher dedans et faire feu des deux bords à la fois. Voilà l'avenir.

« Monsieur de Morgue » agita une petite cloche de bord, considérant sans doute qu'il était plus prudent de sonner la récréation sur le gaillard d'avant :

— La séance est levée. Nous reprendrons nos travaux jeudi prochain.

Avec l'arrivée de l'été, les jours s'allongeaient, les soirées aussi. Le soleil de Brest qui, malgré la belle saison, continuait à faire la grasse matinée, se couchait plus tard. Nous aussi. On sortait après le souper pour moucher les chandelles et les écrivains de marine.

Usurpation du titre, car ils n'étaient ni écrivains ni marins, juste commis aux écritures. On les appelait les « marins à quai », ils regardaient la mer sans jamais y saler le pied et manœuvraient dans des bureaux.

Les gens qui écrivent n'ont pas le temps de naviguer et les gens qui naviguent n'ont pas le temps d'écrire. On les reconnaissait à leur uniforme bleu et nous, les rouges, nous n'aimions pas les bleus. C'est pourquoi ils avaient droit à nos patrouilles.

Certains gardes cédaient aux égarements charnels et mettaient le cap sur la rue des Soupirs ou le Bois d'Amour où ils estropaient le verre de trop et couraient la bouline en claquant leur solde.

Avec Boberil et Basterot, nous descendions la rue de Siam pour participer aux « soirées de l'Épée ». Il s'agissait, pour nous, les futurs officiers d'épée, de chercher querelle aux élèves officiers de plume. Ils allaient au théâtre et nous les attendions au café de la Comédie, munis de nos bâtons, les « Penn braz ». Nous patientions jusqu'à la fin de la pièce et, à la sortie, nous les provoquions en duel. Il suffisait d'un regard un peu haut pour que l'un d'entre nous tire l'épée et demande réparation.

Si l'incident nécessaire venait à ne pas se produire, un autre, juché sur une chaise de poste, s'avisait de tourner un compliment gorgé de délicatesse, produisant l'étincelle. Il lançait sa harangue :

— Avis aux matelots en écriture. Approchez, s'il vous plaît…

— Qui fait plus de remous que de sillages à la mer ? interrogeait le provocateur,

— La plume ! La plume ! reprenait-on en chœur.

— Qui voudrait nous faire croire qu'ils font marcher le bateau avec leur porte-plume ?

— La plume ! La plume !

Alors, chacun de nous se précipitait pour plumer la plume. Très vite, il fallait ensuite s'éclipser pour échapper aux argousins et à la ronde de la maréchaussée.

Il nous arrivait aussi d'organiser les « Nuits du calfatage » : il s'agissait, à l'aide de braies dérobées à l'arsenal, chez le maître calfat, de murer les portes bourgeoises des trop belles maisons de l'imprimeur Malassis, ou des gantiers, des marchands de grains et des greffiers de la judicature, ou encore de déplacer les chaises de poste ou les bateaux pour que plus personne ne s'y retrouve, au petit matin, dans le charivari.

Cotignon avait inventé le « jeu de la seringue » : on frappait à une belle porte cochère, elle finissait par s'ouvrir. Il fallait être deux pour opérer, le premier tirait un coup de pistolet à poudre et le second, dans un geste parfaitement synchronisé avec la détonation, vidait une seringue que nous avions pris soin de remplir de sang. La réaction était toujours la même : le visage couvert de sang, le bourgeois visé, en chemise de nuit toute maculée, se croyait assassiné. Il hurlait à la mort et nous l'encouragions en riant aux éclats et en faisant mine de courir après les assassins. Toute la rue était ameutée et c'est seulement à l'arrivée du prêtre, pour l'extrême-onction, que la blague était éventée.

Nous regardions la scène, tout en haut de la Grand-Rue, que nous dévalions, avec une gourde de tafia pour arroser la guérison du « bourgeois gentil-homme », élu par nous pour la soirée.

Quelques jours plus tard, nous fûmes chez notre maître à dessiner, monsieur Ozanne. Il appartenait à une vieille famille de peintres et de graveurs. Il travaillait à Recouvrance, dans la maison de la Fontaine, qui avait été construite jadis pour abriter l'aumônier du cimetière des noyés.

On venait de loin à la fontaine, chercher son eau, la plus pure de Brest. Il faisait chaud, nous avions soif. Au moment de boire, mon attention fut attirée par un écusson surmonté d'une inscription qui datait de 1761 :

Si ta soif, Brestois, est apaisée,
Par cette onde,
Grâce au Maire Lunven,
Gardes-en le souvenir
Dans ton cœur reconnaissant.

Ainsi, chaque gorgée se voulait une pensée ; une gorgée pour la soif, une pensée pour le maire. « Voilà de la bonne politique », aurait dit le cardinal de Richelieu, qui avait en son temps visité la maison de la Fontaine.

Pierre Ozanne nous la fit découvrir avec le regard et la flamme du peintre sculpteur :

— Touchez cette pierre. Elle est unique au monde. Praxitèle en aurait rêvé. C'est la pierre de Logonna. Elle compense par sa lumière les absences du soleil. Une pierre blonde, aux cernes de cristaux qui pleurent de rouille et chantent les ocres de la ville. Et puis touchez maintenant cette pierre de velours, la pierre philosophale du sculpteur, la pierre de Kersanton. Aucune pierre au monde n'a ces propriétés : dans l'eau, elle s'attendrit ; sous le ciseau, elle s'assouplit, aussi facile à travailler qu'une motte de sable mouillé ; et, quand on la remet à l'air libre, alors, elle se durcit, se cuivre et se bronze. Douce au toucher, elle est à jamais fixée, insensible à l'ouvrage du temps. Elle retient toutes les finesses avec la promesse de ne jamais les dégrader. C'est la pierre inaltérable.

Monsieur Ozanne nous parla de son art de dessiner sur le vif. Nous étions à la fête de la Mer, devant un immense poète qui, avec drôlerie, s'excusait sans cesse auprès de nous de n'être que le petit des Ozanne, de n'être « que le frère » :

— Ah, mon frère !

Il parlait de Nicolas, qui avait été, avant lui, le maître à dessiner de la compagnie des gardes de marine. Mais qui n'y resta point. Car il fut enlevé à la Cour, victime de son génie. Pour se voir confier l'instruction nautique du Dauphin et de ses deux frères. Il fabriquait là-bas, à Versailles, des maquettes de navires qu'il faisait naviguer sur le Grand Canal. Ainsi apprenait-il à ses élèves de grande conséquence les rudiments de la navigation et les beautés de ces petits vaisseaux du Roy.

— C'est mon frère Nicolas, avec ses miniatures de vaisseaux, qui a donné à Louis XVI son goût pour la construction navale. Mon frère commandait les maquettes en carton, le roi commande les vaisseaux en vraie grandeur. Savez-vous quelle est la différence entre les enfants royaux et les souverains adultes ? C'est le prix de leurs jouets. Et la différence entre mon frère et moi ? À mon frère, on a confié les Enfants de France, c'est une charge. Et à moi, on a confié les cadets de marine, c'est une chance.

Pour lui, peut-être. Pour nous, certainement.

L'ÉCOLE DES ENTRAILLES

La vie de l'arsenal était entrée dans nos vies. Toutes les occasions étaient bonnes de courir au port, pour une impertinence ou une rumeur gourmande. Il arrivait qu'on nous appelât pour ouvrir un cortège de rameurs d'honneur, à l'avant d'un canot d'apparat qui, sous un tendelet à festons princiers, abritait de la bruine les plus belles perruques d'Europe — russes, autrichiennes, etc.

Les gardes les plus sollicités d'entre nous étaient deux virtuoses sonneurs de trompe de la compagnie. Mon ami Cotignon, à lui seul, remplissait toute la rade. Il ouvrait le convoi en sonnant à l'étrave *L'hallali du Léopard anglais.*

Parfois, certains d'entre nous empruntaient une barque pour aller à la pêche. Entre les vaisseaux empannés, les lougres en partance, les bricks à l'ancre, il fallait manœuvrer jusqu'à la sortie du Goulet. La barque était chargée de quelques tricornes et de larges chapeaux de paille d'élégantes demoiselles qui, montées à bord pour tendre des lignes à saumon, venaient en réalité pêcher du garde. Cotignon, qui amarinait souvent de belles prises, appelait notre barque le « filet à demoiselles ».

Un jour, la partie de pêche dégénéra. Un garde avait emmené un tromblon. Il se laissa glisser à l'arrière de la barque, et, dans un équilibre instable, il commença à faire feu sur les goélands qui rôdaient dans les parages, au ras du clapot. Il nous réservait une surprise pour le souper : un pâté d'oiseau de mer. Il n'y eut qu'un seul coup de fusil. La rade était en émoi. Au loin, on voyait s'agiter un officier du port qui hélait au porte-voix cuivré le patron de notre expédition, appelé à faire demi-tour. Il fallut abandonner la pêche et la chasse pour revenir à quai. Je ne comprenais pas cet affairement exagéré. On nous pointait du doigt, en nous désignant comme des « déterreurs de cadavres », des « profanateurs de tombes marines ». Quand le silence se fit, le porte-voix hurla un terrible dicton d'ancienne sagesse bretonne qui nous donnait l'explication et fixait notre sort :

Tue le Goéland,
Marin méchant!

Bientôt tu te noieras
Crabe te mangera!...

Nous ignorions qu'il était interdit aux marins de tuer les goélands, qui rôdent auprès des hommes, parce qu'ils recèlent l'âme des « péris en mer ». Nous laissâmes à quai la barque empruntée, la barque du sacrilège, car c'était, de plus, un dimanche.

Chaque journée de la semaine avait son rythme. Les premières heures étaient consacrées aux travaux de l'esprit. Puis nous allions, le tantôt, plonger dans les entrailles du port, à la rencontre des métiers de l'arsenal. C'étaient les maîtres de navire qui nous accueillaient. Ils détiennent le trésor des traditions immémoriales. Ils ont aussi, entre leurs mains, les secrets des batailles à venir. Chaque maître vit sa vie dans son monde et protège son code d'honneur. La mer n'est pas la même pour tous. Certains vivent à la lumière et connaissent les fiertés du cormoran sur la pomme du grand mât. On élève le regard vers eux. D'autres travaillent, invisibles, dans les ténèbres et ne voient jamais le jour. Ainsi le maître calier livide, qui m'accueille au fond d'un vieux bateau :

— Voici mon royaume. Je règne sur des légions de rats.

Il était penché, inerte, l'oreille collée sur une poutre. J'ose une question naïve :

— Vous écoutez quoi ?

— L'âme du vieux bois.

— Le vieux bois a une âme ?

— Oui. Et il parle.

— Pour dire quoi ?

— Tout dépend du moment et de ce qu'il veut dire : gémissement, grincement, craquement, murmure...

— Comment interpréter ces bruits ?

— C'est à moi de comprendre ce qu'il dit. Le bateau parle sa langue. C'est pas dans le Bézout des Mathématiques que t'apprendras ça, petit. Un vaisseau, c'est une personne, avec des sentiments. Et moi, mon métier, l'oreille collée en lest, c'est de les traduire. S'il a un problème, il me prévient. S'il est blessé, c'est moi qui le soigne. Et c'est à moi de monter les échelles, pour transmettre à l'équipage. Je soigne les œuvres vives. Je suis le médecin du bois, c'est moi qui alerte le radoub, l'hôpital des navires. On y prend en pension le bateau. On le couche sur le côté, puis on l'opère ; on lui dégage tout le flanc jusqu'à la quille, pour le prévenir de la gangrène des vers, on l'abat en carène. Les chirurgiens du radoub lui brûlent les plaies avec des racines d'ajoncs enflammés — un remède de bonne femme de mer

—, puis ils lui appliquent de l'onguent, un mélange de brai et d'huile de poisson répandu à la main sur le bois nu...

Le vaisseau parle. Je suis bouche bée. Passant devant les charpentiers des hautes futaies, au milieu des maîtres fagotiers, à côté du maître timonier et du maître mâteur, parmi les fûts et les écheveaux de chanvre, je marche maintenant vers celui qu'on m'a présenté comme le maître des maîtres, le plus discret, au métier le plus accompli, celui qui, de son premier et dernier coup de marteau, réveille Brest et l'endort. On le consulte, on le salue, on l'honore : « Il est la mémoire du navire. Il en connaît les pansements et les misères, il l'a calfaté pendant cinquante ans. »

C'est maître Lesgouit, le maître calfat, de Recouvrance. Il m'accueille dans son atelier :

— Bienvenue à Recouvrance, une excellente terre à calfat ! plaisante-t-il.

Il m'offre un verre d'eau-de-vie de noyer, un alcool de bois, l'alcool des calfats. Il m'ouvre ses mains noires, qui ont trop connu le goudron :

— Tous les vaisseaux du roi sont passés entre ces mains. Elles ont perdu la peau mais elles ont donné la vie.

Je l'interroge sur sa vie de calfat. Il raconte... Il a commencé à l'âge de cinq ans comme fileur d'étoupe. Pour quatre sous par jour, il travaillait des cordons de filasse goudronnée. Il attendit d'avoir vingt ans pour accéder au deuxième degré de l'ordre :

— Oui, à vingt ans, le jour de la Saint-Yves, on m'a remis mon premier maillet.

Alors il lui revint — promotion soudaine — d'enfoncer l'étoupe entre les fentes de bordage. Il avait par-devers lui son ciseau de fer et son maillet, ce que les calfats appellent la « bijouterie ». Il était calfat de tout son être. À quarante ans, il avait été appelé à un exercice périlleux où il risquait sa vie : retenu par un simple cordage, dans la tempête, on l'appela à plonger sous les flancs du navire pour y aveugler une voie d'eau.

Je regardais cet homme penché en avant par soixante ans de posture accroupie. Il avait la dignité, la constance, l'humilité des gens de mer. Une grande, une vieille noblesse.

En plein mois de juillet, un beau matin — de brume — brusquement, l'École suspendit nos travaux. Nous suffoquions. Une épaisse fumée noire s'était abattue sur le port, montait dans toutes les venelles et envahissait la rue de Siam. Brest était asphyxié. La panique était générale. C'était un calfatage qui avait mal tourné et dégénéré en un gigantesque incendie. Parti de l'atelier de clouterie des bassins de Pontaniou, il menaçait d'emporter l'arsenal.

Le Royal Louis en construction, dont nous avions la réplique en miniature à l'École, était prisonnier de l'incendie qui s'approchait. Il fallait couper le feu car les flammes commençaient à lécher la sublime carène. Comme nous étions là en curieux, on nous appela à la rescousse. Nous participâmes au sauvetage en remplissant des seaux dans la rivière, main dans la main avec les ouvriers de l'arsenal, dont certains pleuraient, autant à cause de la fumée que du sinistre. Grâce au courage et au sang-froid d'un jeune enseigne de vaisseau, Siochan de Kersabiec, le sinistre fut circonscrit, on sauva *Le Royal Louis.* Ce fut mon premier engagement, mon premier feu.

Quelques mois plus tard, un événement inattendu nous tira du sommeil. En pleine nuit, on entendit un coup de canon. Il venait du port. Puis un deuxième, puis un troisième. Les murs tremblaient. C'était une nuit de foudre. Je sortis de ma chambre. Il y avait déjà du monde dans la rue. J'étais persuadé que c'était la guerre.

— Pour que tonne la batterie du fer à cheval, en pleine nuit, me glissa Boberil, c'est qu'il y a quelque chose de grave.

Et il ajouta, étalant sa science toute fraîche :

— C'est au moins du vingt-quatre livres.

Basterot qui courait cria :

— Les Anglais ! les Anglais !…

Les chats de Siam, sans doute plus aguerris que nous, miaulaient sur les toits endormis. Le maître gantier qui habitait en face de chez nous hurlait en chemise, le bonnet à la main :

— La prime ! la prime !

Madame Dubois souriait de nous voir en transe. La vieille Brestoise était sur le pont. Elle avait compris et nous calma :

— C'est pour le bagne… une évasion. Les gardes-chiourme viennent de s'en apercevoir. Le tonnerre de Brest annonce à la population la récompense pour celui qui retrouvera l'évadé.

J'attendis le lendemain matin avec impatience. Le chevalier de Mautort m'accompagna jusqu'au port, pour assister à l'arrivée des bagnards, assignés aux travaux de grande fatigue. Ils marchaient enchaînés deux à deux dans un accoutrement particulier : les bonnets rouges étaient des forçats condamnés à temps, et les bonnets verts avaient une empreinte laissée par le fer brûlant sur l'épaule droite — la flétrissure : « T.P. », qui voulait dire « travaux à perpétuité ».

Le chevalier de Mautort guidait mon regard :

— Là-bas les forçats, attachés par trois avec des chaînes plus longues, ce sont les scieurs de long. Regarde ceux-là devant nous. On prend le soin d'enchaîner un galérien condamné pour un temps limité avec celui qui doit terminer ses jours au bagne. Par ce moyen, le premier, qui a la certitude de voir finir sa peine, se prête moins volontiers au complot qui pourrait être ourdi par le second, dont la peine doit durer aussi longtemps que la vie.

Le bagne faisait partie de notre vie. La présence des bagnards mettait de la gravité dans nos pas insouciants. Pour les forçats et pour les gardes, la mer signifiait l'évasion et la liberté. Pas pour moi. J'en avais peur.

LE MAL DES HAUBANS

Avant d'arriver à Brest, j'ignorais qu'il y eût des vagues et des marées. Je n'avais jamais vu la mer.

L'eau n'était pas mon élément. Sans doute à cause d'un souvenir enfoui sous les sables de Loire, lors d'un hiver diluvial et d'une crue épouvantable. D'un coup d'échine, bousculant le cadastre, la Loire, si sage et si fidèle, était sortie de son lit, elle avait noyé les arbres, les pies et les grillons. Mon voisin Guénolé, qui était bouilleur de cru, m'en fit une leçon :

— Athanase, un vrai Breton se méfie de l'eau qui dort et même de l'eau tout court.

Beaucoup d'eau coula sous les ponts entre Nantes et Brest. La Loire n'était plus qu'un souvenir et la mer allait devenir mon métier. Un matin, le « bonhomme Bezout » regagna Paris, la malle remplie de ses six volumes. Quittant l'École, il nous adressa un dernier trait d'ironie, un dernier coup de règle :

— Demain, vous allez faire trempette !

Il était convaincu que notre indigence en mathématiques allait nous envoyer sur les rochers. Il appartenait à cette époque où on rêvait, à l'Académie des sciences, de l'« officier-ingénieur », capable de mettre la mer en équation.

Le lendemain matin, à l'heure des bagnards, on nous conduisit au port. Il fallut prendre la mer. Je ne sais d'ailleurs pas pourquoi on dit « prendre la mer », alors que c'est plutôt elle qui vous prend.

Donc, la mer me prit, en plein hiver, à la fameuse saison des crues. Le maître d'équipage, Mathurin Goizec, nous accueillit, sur le ton de la confidence, c'est-à-dire en hurlant :

— Quand on est à bord, il faut parler plus haut que le vent qui siffle et la mer qui gronde.

Et il cria à tue-tête un mot grinçant qui anéantissait des mois de travail :

— À partir de l'instant où vous êtes à bord, tout ce que vous avez appris, vous l'oubliez. Bonjour les mousses !

Puis, avec un brin de roublardise qui nous comblait, il ajouta :

— Allez donc chercher le « bonhomme Bezout », et je lui confierai la conduite de ce bâtiment. On verra bien s'il réussit à vous sortir du port.

Ce fut un éclat de rire de tous les gardes. Auquel même les officiers ne manquèrent pas de s'associer.

Car la Marine royale, depuis des temps anciens, avait eu à souffrir sous la férule du volumineux Bezout.

Le bonhomme Bezout reparti, on pouvait enfin respirer… et naviguer. Mathurin Goizec ne faisait que traduire l'état d'esprit des officiers de Brest. Pour se couvrir, il citait même monsieur Duchaffault :

— La science du bonhomme Bezout n'est d'aucune utilité dans un combat. Nous avons besoin de gens de manœuvre qui savent naviguer à l'estime. La pratique, la tactique, le sens marin ne peuvent s'acquérir qu'à la mer.

Il y avait, selon lui, beaucoup trop d'officiers mathématiciens, si malhabiles en mer que les capitaines rechignaient à l'idée de leur commander un quart :

— Là-bas, à l'École, vous avez appris à parler, à compter. Ici, avec moi, vous allez apprendre à manœuvrer. Pour moi, vous êtes des mousses. Peut-être que, dans le tas, il y en aura quelques-uns qui, plus tard, deviendront… qui deviendront quoi, au juste ?

Il suspendit son effet. Un brigadier complice poursuivit, sollicitant notre réponse :

— Alors, ils deviendront « quoi », messieurs les gardes ?

Mon voisin Narcisse de Saint-Maurice, le phare de la promotion en mathématiques, se risqua avec assurance :

— Ils deviendront des officiers.

Il fut séché par le maître d'équipage :

— Non, monsieur, ils deviendront des matelots. Il y aura peut-être quelques gardes qui deviendront des matelots! hurla le maître d'équipage.

Nous nous amusions de voir le Narcisse renvoyé à son hamac.

L'officier de quart, Clément d'Aujard, un ancien garde de marine, appuya le propos de Mathurin :

— L'officier de marine doit être un homme de condition, peut-être. Un homme de savoir, sans doute. Mais un homme de mer absolument. Son capital est de beaucoup naviguer.

Mathurin Goizec nous fit visiter le bateau. Il commandait les manœuvres avec un petit sifflet qu'il appelait son rossignol.

Nous suivions le rossignol de Mathurin :

— Chante, rossignol, chante…

Mais, à la sortie du port, ce fut une autre chanson, celle des mouettes, les messagères du désordre. Il ne s'agissait plus de faire travailler nos méninges mais nos bras. C'était ma première journée de matelotage. Et ce fut ma première sortie de la rivière, la Penfeld. Par chance, nous étions poussés par le vent, il n'y avait pas trop de houle, la frégate-école était bonne rouleuse, bonne marcheuse.

On nous demanda de monter aux mâts et d'escalader les enfléchures. Malgré le roulis et le tangage, certains gardes grimpaient avec les mains dans les cordages, sans solliciter aucune aide, avec une agilité de vrais gabiers. Ils glissaient le long des vergues.

Quand mon tour fut venu, une immense frayeur me submergea. J'avais le vertige — une maladie d'enfance — auquel s'ajoutait un mal soudain : le mal des haubans, le mal du vide.

Deux matelots s'approchèrent pour me soutenir afin de m'aider à me hisser seulement jusqu'aux « gambes d'hune ». Ma tête, mon cœur, mon estomac chaviraient au-dessus d'un pan de mer oblique. Je gisais sur le passavant. Les autres gardes m'enjambaient comme un cormoran échoué à bord.

Alors Mathurin Goizec nous rassembla pour un nouvel exercice, qu'il disait avoir appris d'un de ses amis qui formait les gardes de marine à Toulon. C'était « l'épreuve de l'écureuil ». Il disparut un instant dans la grand-chambre et revint avec une petite cage qu'il installa au pied du mât d'artimon. Il ouvrit la cage. Un écureuil s'en échappa sans demander son reste et fit ce qu'un écureuil a l'habitude de faire : il grimpa. Sautant de cordage en cordage, cherchant à survivre sur le haut des mâts — les arbres de la mer.

— Allez tout là-haut me chercher cet écureuil. Le premier qui le ramène aura une ration supplémentaire à la gamelle.

Voilà qui n'était pas dit pour me rassurer. Je n'avais pas faim.

De mémoire de mousse, un écureuil là-haut sur les barres de perroquet, c'est plus difficile à attraper qu'un lapin dans les entrailles d'une carène. En un éclair, l'écureuil change de mât. Vous le croyez en haut du mât de misaine, il a déjà bondi vers le beaupré tout à l'avant.

Alors, la chasse s'organisait. Le bateau était divisé en zones de recherche. Pendant des journées entières, les gardes s'adonnaient à cet exercice de gabiers, se familiarisant ainsi avec le gréement.

La compétition était rude : c'était à celui d'entre nous qui le capturerait et nous ne soupions pas qu'il ne le fût. Il sautait d'une drisse à l'autre, descendait et remontait le long des galhaubans. Cette chasse à l'écureuil amusait toute la compagnie des gardes. Sauf moi. Je me forçais à rire, à courir. Je faisais mine de grimper. Mais j'avais la poitrine en feu.

Ma première sortie se termina à l'entrepont. On y avait répandu des fumigations pour le « parfumer », on y brûlait des « moines », des petites pyramides de poudre humectée de genièvre et de vinaigre, c'était le branle-bas de propreté. Ce n'était pas du luxe. Le chirurgien m'interrogea :

— As-tu lancé le renard ?

— Non, mais j'ai couru après l'écureuil.

Il riait aux éclats. Je n'avais pas compris sa question :

— Va te pencher à bâbord et reviens.

Un ancien garde m'expliqua que le « renard » était le dernier repas. Je m'éloignai pour « lancer le renard » et revins pour les soins. D'une main lourde de médecin légiste, le chirurgien Robillard nota sur son « procès-verbal de santé en mer » : « Complexion faible et délicate, peu propre aux fatigues de la mer et de la guerre. »

De retour dans la rade, après avoir affourché, le maître d'équipage nous sépara en deux groupes : sur le gaillard d'arrière, il désigna, pour le prochain embarquement, les « marins ». Et sur le gaillard d'avant, sans ménagement, il relégua les « mal amarinés ». On aurait dit, comme au bagne, les bonnets rouges et les bonnets verts. Sur l'avant, nous n'étions que trois bonnets d'âne, trois parias qui « comptaient leurs chemises ». Il y avait avec moi Sarette de Montmarin, le mal dénommé, immédiatement surnommé « Montmarin d'eau douce », et Louis-Émile du Fou, qui ne l'était pas du tout.

De chez madame Dubois, j'étais le seul ainsi flétri. La remontée vers la rue de Siam devenait une marche souffrante, le mal de mer, le mal de terre, le mal de vivre.

« Complexion délicate », avait écrit le chirurgien, ce qui me rappelait le diagnostic du médecin de Couffé pour ma mère. Sachant que j'avais effectué ma première sortie en mer, elle m'avait écrit, la veille, ces mots touchants : « Couvre-toi bien en mer. Mets ton cache-col en laine. Dans la famille, tu sais que nous sommes fragiles de la poitrine. »

Elle toussait de plus en plus. Louis-Nicolas était mort d'un mal de poitrine. Je ne reverrais peut-être jamais Maman. Elle était presque morte, et moi, je me croyais mourant. Le lendemain matin, on m'obligea à une nouvelle journée de chasse à l'écureuil. Puis, de guerre lasse, on me débarqua.

Le maître d'équipage, Mathurin, avait tellement à cœur que je fusse enfin amariné qu'il me réserva un traitement à part. On me mit entre les mains de pilotes hauturiers et côtiers qui faisaient diversion. J'étais occupé, à bord, à préparer la chausse — un grand filet aux rets fous. Les bonnes pêches me distrayaient de mes haut-le-cœur et des haubans à vertige. Je passais mes journées sur des galiotes et des brigantins, avec des pêcheurs qui surveillaient mon « acclimatement nautique ».

Malgré ce régime de rattrapage, je ne guérissais pas. Dès que je mettais le pied sur une embarcation, à la première vaguelette, le pied tournait, j'étais pris de malaise. Je ne sortais plus de la rade. Mon uniforme devenait exotique. À quai, on se moquait sur mon passage, car, sur les deux rives de la Penfeld, les peintres de marine, qui cherchaient des sujets, s'étaient emparés de moi pour me croquer. La rue de Siam, en me voyant revenir, se poussait du coude :

— Tiens, voilà le marin de gravure !

Devenir un modèle pour les ateliers, naviguer pour les peintres, c'était une vocation inattendue de marin de salon, un panache renversé. Je ne pouvais m'y résoudre. Je me battais contre moi-même, j'y mettais toutes mes tripes. J'étais un malade zélé, mais chaque jour je « comptais mes chemises ».

Peu à peu, je m'enhardis. On me faisait courir des bordées dans le port. La navigation y était parfois dangereuse, car, même si la rade avait bon fond partout, elle était mal abritée par les terres.

Un soir, le port de Brest fut envahi par une rumeur maligne : la mort était en mer. Mon mal des haubans se dégrada en une faiblesse de bien portant.

LE MAL DE SIAM

En quittant le port de Brest, le trois juin, le chevalier de Monteil avait pris le pari devant toute la compagnie des gardes :

— Ce sera une nouvelle victoire. Celle de l'escadre franco-espagnole.

Nous étions inquiets car les divisions françaises conduites par monsieur d'Orvilliers devaient se joindre à la flotte espagnole. Or nous savions que les Espagnols n'étaient pas des marins. Les nouvelles, qui parvenaient au port, se gâtèrent durant l'été. Les messages envoyés par les frégates décrivaient une armée navale dévastée par une épidémie, qui naviguait désormais sans eau et, bientôt, sans vivres. Un peu plus tard, on vint nous lire la lettre de monsieur d'Orvilliers : « Le Seigneur m'a ôté tout ce que j'avais dans ce monde. »

C'était de son fils unique qu'il parlait. Il écrivait ces quelques mots depuis son bateau. La Marine venait de perdre un brillant enseigne de vaisseau. Le malheureux père avait assisté à l'agonie de son fils chéri qui servait à ses côtés sur *La Bretagne*. Un amiral au combat a-t-il le droit, un seul instant, d'enfouir sa tête dans les mains et de pleurer ?

Le quinze août, après la procession du vœu de Louis XIII, les nouvelles se précipitèrent. Un capitaine de brûlot, devant l'église Saint-Louis, lisait un message d'alarme : « La grosse mer, le vent forcé, tout rend la communication impossible, et c'est par des bouteilles attachées à des bouées que j'essaie de vous faire passer ces lettres. »

Les appels de détresse envoyés par monsieur de Rochechouart, commandant de *L'Auguste*, décrivaient la course de la fièvre maligne, plus rapide que la foudre : « Mes maîtres de tous les états sont attaqués par l'épidémie et elle gagne l'état-major. Je n'ai plus de bœuf et je suis obligé de faire le bouillon avec des salaisons. Mes trois gardes de la marine sont attaqués depuis hier soir. Tous mes chirurgiens sont sur le gravat. Je n'ai plus d'hommes pour lever les ancres. L'aumônier est au plus mal. J'ai abandonné la grand-chambre aux malades et je me suis retiré dans la chambre du Conseil. »

La fièvre vermineuse avait tué une armée. Le chevalier de Monteil nous mit en alerte pour accueillir la lugubre procession de ces hôpitaux gréés en vaisseaux fantômes.

On nous parlait de débarquer huit mille malades. Où donc les loger, les soigner ? Je vis escorter *Le Bien-Aimé*, *La Victoire*, *L'Intrépide*, *Le Saint-Michel* et *La Ville de Paris* ; des mouroirs flottants. Cette armée était notre famille. Il fallait lui porter secours. Ou plutôt tenter de sauver ce qu'il en restait. Car elle avait laissé, en haute mer, cinq mille morts.

Le débarquement des malades fut une épreuve. Nous n'étions pas des infirmiers et n'entendions rien aux précautions à prendre contre la contagion de la fièvre. Brest se souvenait encore de l'épidémie de 1757. Il subsistait, de cette tragédie, conservés dans quelques placards, des plans d'urgence précieux qui étaient restés chez les intendants de Bretagne et les chirurgiens-majors.

L'École des gardes, l'hôtel Saint-Pierre, les cours et les églises des Carmes, des Capucins, devinrent des hôpitaux. Puis nous dirigeâmes nos brancards vers les cafés et les billards. On manquait de tout — de linge, de draps, de chemises. Le peuple de Brest fut admirable d'humanité et de courage. Les maisons ouvrirent leurs caves et parfois leurs étages.

Madame Dubois faisait bouillir ses marmites. On portait du bouillon et des tisanes à toutes les mains tendues, aux doigts gourds et aux nuques raides. On entendait, la nuit, le jour, une longue plainte. La ville râlait. Même les chirurgiens, les prêtres mouraient. On acheminait deux à trois fois par jour, à pleines charretées, les morts aux nouveaux cimetières. Les Brestois voyaient passer continuellement, sous leurs fenêtres, les voitures couvertes qui portaient les morts en terre. Nous étions devenus gardes-malades.

Madame Dubois nous faisait ingurgiter, par précaution, une décoction de tamarin et de gelée de groseilles, avec quelques graines de tertre. Entre deux appels au secours, nous buvions le breuvage protecteur. Même les forçats venaient proposer leur aide, surtout les déserteurs qui se portaient volontaires : ils entendaient courir le risque du rachat.

Le jour vint où on nous demanda de soigner les convalescents ; on commençait à brûler les pailles des paillasses, à échauder les draps, à enduire les sols d'eau de chaux, à rendre les billards et les cabalots à leur insouciance, à ouvrir les volets fermés depuis trois mois, à sortir les chats, à retourner chez Rozenn, l'épicière qui, avec sa toux grasse, encourait encore le soupçon d'être contagieuse.

La ville aux hardes neuves revivait. Un soir de veillée, devant une bonne crêpe de blé noir, madame

Dubois, consolant un chaton, questionnée sur cette fièvre putride, identifia le sinistre :

— C'est le mal de Siam. Il vient de l'Orient.

Voilà que la fièvre des mers qui décimait les équipages portait le nom de la rue où j'habitais.

À partir de ce soir-là, je cessai de caresser les chats de ma rue. Je voyais partout s'étendre, dans leurs miaulements convulsifs, le terrible mal inexpliqué, le mal de Siam.

LES HOMMES AU SANG SALÉ

La tour de l'Horloge sonna les douze coups de midi. Sur un dernier envoi, la leçon d'escrime prit fin.

Nous nous précipitâmes au port où la foule se pressait déjà sur les rives de la Penfeld, portée par le pressentiment d'un glorieux et tragique dénouement. Ce n'étaient plus des malades que nous allions accueillir, mais des blessés, des combattants, des héros de la mer.

J'apercevais au loin un cortège d'une centaine de bateaux, au milieu d'une nuée de chaloupes et de canots, surmontés de pavillons qui flottaient dans tous les sens. La rade était une forêt de mâtures. Il y avait tellement d'embarcations sur l'eau que l'escadre semblait ne pouvoir manœuvrer. Ce long serpent de mer aux ondulations triomphales rendait l'hommage du port à une frégate qu'on célébrait mais qu'on ne voyait pas encore.

Je savais qu'à bord de ce navire, il y avait mes amis, tous gardes de marine, Vergier de Kerhorlay, ainsi que les fils et neveux du capitaine du Couëdic. Je les guettais, sans les voir, par-delà la haie des vaisseaux de ligne français et espagnols, escortés par des dizaines de frégates, de corvettes et de bâtiments de transport. À la proue des bateaux, le pavillon était espagnol ; à la poupe, il était français.

On cherchait du regard la frégate glorieuse. On la devinait à peine, mais il suffisait de suivre des yeux le ballet des équipages de tous les vaisseaux qui, sur le passage même du bâtiment de l'épopée, montaient aux mâts, garnissaient les vergues et saluaient le valeureux capitaine.

Le cortège nautique ne cessait de grossir. À mesure qu'il s'approchait de l'entrée du port, les pêcheurs se mettaient de la partie. Quel symbole, dans la rade de l'apothéose, que cette rencontre de toutes les bravoures, entre ceux qui vivent de la mer et ceux qui en meurent !

L'émotion monta encore d'un ton lorsque les pêcheurs, profitant d'un calme plat, sous les nuages haut pendus, décidèrent de remorquer la frégate illustre aux voiles éteintes. Au milieu des acclamations de toute la Bretagne, qui se bousculait sur les rives, on put enfin voir se détacher la frégate. C'était une épave à fleur d'écume, prête à couler bas. Tous les mâts abattus. La coque déchiquetée ; sans doute y avait-il plusieurs pieds d'eau dans la cale.

Dès qu'elle fut au mouillage, des matelots vigilants vinrent l'entourer d'un corset de futailles, juste à temps pour la maintenir hors de l'eau. Elle menaçait de se défaire. Avec le chevalier de Mautort, je m'approchai pour la voir de plus près : c'était un amas de débris explosés, une ruine flottante.

Du château de poupe — naguère un chef-d'œuvre de peinture et de statuaire —, il ne restait rien d'autre que la ceinture accastillée qui pendait dans le vide, en signe d'une magnificence déchue. Ce corps éventré de bois désunis était méconnaissable. C'était *La Surveillante.*

Le pont était couvert du sang des morts et des blessés. Démâtée, décapitée, elle avait été tellement criblée par le canon que deux sabords n'en faisaient plus qu'un. La foule saluait les survivants. Parmi eux, secouru sans doute après le choc, chancelant sur le pont, un spectre d'officier anglais ; il n'avait qu'une épaulette et une demi-botte, il tentait de soutenir son bras cassé avec un cordage déchiré et noirci au feu. On sentait bien qu'il y avait eu un abordage : les gardes de marine, sur ce qui restait du gaillard, étaient en haillons, les chairs à vif, leurs escarpins arrachés, leurs bas de soie criblés, leurs épées de bal brisées.

Le moment vint de débarquer les restes d'équipages. Un lieutenant de vaisseau s'approcha de nous, hagard. Il était méconnaissable, la tête en sang, un œil crevé, l'autre poché, pieds nus, sans veste, la mâchoire fracassée. C'était le chevalier de Lostanges, que nous connaissions bien à l'École. Il alla chercher ses dernières forces pour nous raconter :

— Jusqu'à la fin du combat, le capitaine du Couëdic est resté sur la dunette. Ce sont les gardes de marine de sa famille qui ont assuré l'abordage. Il leur a crié : « Allons mes enfants, c'est à vous de donner l'exemple ! » Et juste sur ce mot-là, il fut frappé par une balle qui vint se loger dans ses reins. Il s'écroula.

Le chevalier s'éloigna en titubant, convoqué pour une haie d'honneur qui se formait sur le quai. Elle était commandée par le second, monsieur de la Binaye, qui n'avait plus qu'un bras. Puis débarquèrent les neveux du Couëdic, nos amis, gardes de marine.

Ils portaient le brancard de leur oncle. Le port retenait son souffle. La ville versait toutes les larmes de la Bretagne.

Étendu sur un matelas ensanglanté, le capitaine de vaisseau du Couëdic reçut de son équipage, qui l'acclama, un salut qui ressemblait à un hymne et à un adieu. Au milieu d'une foule recueillie, montait lentement, dans la ville, le brancard orné d'emblèmes, porté par les bombardiers de la Marine, coiffés de leurs bonnets d'oursin. L'escorte des autorités était interminable, jusqu'à l'hôtel de monsieur de Landelle, l'ami de la famille du Couëdic, où on tenta de lui extraire la balle fatale.

En regardant passer le brancard, je remarquai au moins deux blessures, une sur le côté, une autre à la tête. Le héros trouvait encore assez d'énergie pour saluer la population qui s'inclinait devant le cortège de l'honneur français.

Partout, de Brest à Recouvrance, le récit du choc entre *La Surveillante* et *Le Québec* s'enrichissait de détails nouveaux. On comprit que le navire anglais, dévoré par les flammes, avait explosé et que, sous un ciel de fumées noires, constellé de flammèches, une panique inouïe s'était ensuivie. La bataille avait été terrible. Des gabiers anglais, suspendus aux vergues du *Québec*, hurlaient de désespoir. Des gardes jetèrent à l'eau des canots pour repêcher les rescapés anglais qui surnageaient dans une nappe de feu, accrochés à des planches, des cages à poules, des éclats de mâts. Ce fut une victoire française.

La rumeur du port portait chaque matin les nouvelles les plus fraîches de la santé du capitaine de vaisseau : la guérison était donnée pour certaine — quelques Brestois l'auraient même vu debout à sa fenêtre —, un peu plus tard, elle fut donnée pour seulement probable, puis incertaine, improbable, impossible ; le chevalier de Mautort nous annonça la fin :

— Un abcès s'est formé dans le ventre à cause d'un morceau de drap de sa veste que la balle y avait chassé en entrant.

Un soir, depuis tous les clochers de Brest, on entendit sonner le glas ; c'était mauvais signe. Mathurin Goizec vint nous prévenir :

— Messieurs les gardes, il y a tout juste une heure, le capitaine du Couëdic a appareillé pour la grande traversée.

Nous allâmes veiller le corps qui n'était pas loin de l'hôtel Saint-Pierre.

La sépulture solennelle eut lieu le huit janvier 1780. Brest était pavoisé, tous les drapeaux étaient retenus par un crêpe, les tambours couverts de serge noire et les hautbois munis de sourdine ; les binious et les bombardes jouaient la lente marche de l'Ankou, relevée et rythmée par les canons de toutes les batteries endeuillées.

Nous, les gardes du Pavillon et de la Marine, nous portions les armes traînantes. Le Corps royal de l'infanterie de marine, le chapeau sur la garde de l'épée, mit un genou à terre devant le passage du cercueil, depuis le Goulet jusqu'à l'église Saint-Louis.

Tous les vaisseaux rendirent les honneurs funèbres, scandés par des salves répétées de demi-heure en demi-heure. Le port s'était mis en deuil : mâts de hunes guindés, perroquets garnis, vergues en pantenne, hissées à mi-mât, pavillons de poupe en berne.

La cérémonie des obsèques fut poignante. L'entrée du cortège funèbre dans l'église déchirait les orgues.

Derrière le cercueil, marchait, toute de noir vêtue, madame du Couëdic, suivie de ses enfants, devenus « enfants de l'État ».

Puis, d'un pas ralenti, à la suite de la famille, entra le Grand Corps : le lieutenant général Duchaffault, avec sa minerve d'argent et son épaule fracassée prise dans une écharpe aux armes de France. Derrière lui, le lieutenant général d'Orvilliers, l'air vidé, le cœur meurtri par la mort de son fils. Deux grands officiers, deux pères accablés par la disparition de leur enfant péri en mer, à nouveau réunis pour pleurer.

Suivirent les Grand-Croix de Saint-Louis, les cordons rouges, les lieutenants de vaisseaux, les ambassadeurs, la Marine espagnole.

Je reconnus, dans la foule, parmi les veuves et les chefs d'escadre, monsieur de Guichen, le bailli de Suffren et monsieur de Kerguelen, un aventurier des Terres australes, assis sur la chaise voisine de l'amiral d'Estaing, à la coque fatiguée, porté par des béquilles.

Et puis entra la Bretagne : les échevins et les bannières de Quimper, Quimperlé, Douarnenez, Pouldergat, qui avaient vu naître et grandir la famille du Couëdic en son berceau de Kergoaler.

L'évêque du Léon lut l'inscription gravée sur une plaque de marbre, auprès du pilier droit du chœur :

— Jeunes élèves de la Marine, admirez l'exemple du brave capitaine de vaisseau du Couëdic, premier lieutenant des gardes de la Marine !

Il voulut ajouter un mot pour toutes les familles frappées depuis plusieurs mois :

— Tant de deuils !

Mais sa voix se noua. Il ne put poursuivre. Il y avait trop d'émotion, l'irruption d'une souffrance trop soudaine. Les larmes qui coulaient n'étaient plus de sel mais de sang. La sortie du cortège, derrière un simple battement de tambours, fut plus poignante encore, baignée par un incompréhensible soleil d'automne.

Je pensais à ces marins, partis au bout du monde qui, par tradition, faisaient renvoyer leur cœur dans une urne, à leurs épouses, à leurs enfants, à leurs paroisses natales.

Je pensais à toutes ces petites paroisses bretonnes où on apprenait le *Fiat* virginal, « Que votre volonté soit faite », et à toutes ces chapelles de famille où les pierres tombales sont effacées par l'usure du temps et le pas des hommes, parce que, malgré tout, l'appel de la vie est le plus fort.

Je pensais aux enfants de marins, à tous les enfants orphelins, dont la vie bascule quand la quille s'en va. Ces enfants de douleur qui, demain, à leur tour, retrouvant, de leurs pères, le sillage d'écume, iront au fond d'eux-mêmes puiser, dans le dessin d'un vieil écusson de famille, la force nécessaire pour reprendre la mer, comme on revient au pied, battu par la marée, d'une forteresse imprenable.

Le cortège se dispersa.

Je vis se fondre dans la foule anonyme cette passementerie d'or et de soie rouge, comme reprise par la grande marée des humbles.

Je regardais disparaître ces épaules fracassées, ces mâchoires brisées, ces hautes figures estropiées.

En voyant passer tous ces marins d'extraction chevaleresque, amputés, endeuillés, accablés, j'entendais une petite voix de mon enfance :

— Tu regarderas passer les hommes au sang salé.

L'INSURGENT

Q<small>UELQUES JOURS</small> plus tard, je fus faire mes honnêtetés au chef d'escadre Hector, une vieille connaissance de la famille, devenu par extraordinaire, depuis
quelques semaines, le commandant du port. Je
l'aperçus de loin. Il me tendit les bras :

— Ah ! mon petit Athanase, le mousse de la Loire !
As-tu emporté ta boîte à grillons ?

Il plaisantait, comme un parent qui taquine un
enfant de la famille. Ces retrouvailles affectueuses
furent, pour moi, d'un grand réconfort. Il avait
commandé *Le Neptune*, dans l'armada franco-espagnole. Il en était marqué, physiquement méconnaissable. On aurait dit un vieillard de soixante ans.

Il me proposa de l'accompagner jusqu'au souper,
ce qui me donna l'occasion d'assister, sur le port,
à une conversation animée devant *La Surveillante*,
avec tous les hommes de l'art réunis en colloque autour
du maître charpentier. Je retrouvai là le maître calfat,

le maître calier qui s'entretenaient avec le maître voilier. Tous les médecins des navires de la forme de radoub échangeaient leurs doutes quant à l'opportunité de restaurer l'épave flottante. Les œuvres vives, sous la flottaison, étaient mortes.

Monsieur Hector trancha le débat :

— C'est un symbole ! *La Surveillante* doit repartir à la mer et au combat. Il faut panser ses plaies, la doter d'une nouvelle mâture. Après quoi, elle rejoindra l'Amérique, avec le corps expéditionnaire. Là-bas, elle sera reçue comme une ambassade de la gloire française auprès du général Washington. Les *Insurgents* la regarderont comme une relique flottante, le symbole même du combat contre l'insolente nation.

Puis monsieur Hector me confia le secret de ce qui se préparait :

— Il ne s'agit plus de débarquer à Plymouth mais à Rhode Island, pour aider les *Insurgents*, chez eux. Les fantassins que tu croiseras partout dans la ville se préparent à partir en Amérique.

Sur le quai de Recouvrance, il s'arrêta net :

— Regarde le général, là-bas, au bout du quai, c'est le comte de Rochambeau, un officier solide qui s'est illustré au siège de Maastricht ; sa devise familiale lui sert de viatique : « Vivre en preux, y mourir. » Il a des raideurs dans le dos, des séquelles de Clostercamp, il marche avec une balle perdue dans l'épaule.

Puis monsieur Hector salua un de ses amis en partance, le duc de Lauzun, un homme agité, volubile, qui maniait la canne et l'ironie. Il nous peignit l'ennui des officiers généraux, dans l'attente des bons vents pour le grand départ :

— L'impatience leur incline le caractère vers leurs travers : Rochambeau ne parle que de guerre ; il manœuvre, même chez le perruquier ; il prend des dispositions militaires sur la lande bretonne ; dans sa chambre, il fait donner la cavalerie sur sa table de nuit ; il est plein de son métier. Tout l'état-major se morfond. Le baron de Montesquieu se plaint de la chère empoisonnée — du lard mal salé — qu'on nous sert à table, ici, à Brest ; le comte de Caraman arrête dans la rue tous les gens dont l'habit est boutonné de travers. Monsieur de Coigny fume dans l'antichambre du général pour avoir l'air d'un vieux partisan. Monsieur Wall, ce vieil officier irlandais qui boit du ponche toute la journée, se prend, le soir, pour un Écossais.

Monsieur Hector interrompit le duc, qui alla chercher un autre public. Lors du souper, le commandant du port en vint à quelques confidences sur les instructions ambiguës que le roi avait envoyées à Brest : Sa Majesté avait confié le commandement de ses troupes au général Washington auquel la France rendait ainsi les honneurs habituellement dus aux maréchaux de France. Les amiraux en étaient choqués. Cela voulait dire que toutes les campagnes seraient commandées par un général américain.

Mais, en même temps, dans une instruction plus récente, le lieutenant général de Rochambeau se voyait ordonner de ne faire aucun dispersement des troupes françaises. Elles étaient appelées à servir toujours en un corps d'armée unique et sous les ordres des généraux français.

Dans les jours qui suivirent, je sentis monsieur Hector de plus en plus soucieux. Il cherchait à rassembler un convoi de voiles et d'uniformes pour embarquer cinq mille hommes. Mais les contretemps se mettaient à l'heure du ministre Sartine dont la montre, se plaignait-on, était toujours en retard d'une guerre.

Le lieutenant général de Rochambeau perdait patience. Certains régiments n'avaient pas reçu tous leurs effets, depuis les services de l'armée de terre à Rennes, faute de rouliers et à cause des chemins rompus qui les effrayaient.

Peu à peu, l'atmosphère du port se chargeait de gravité. On remplissait les chaloupes. Toute une vie s'organisait autour des vaisseaux de haut bord :

Le Neptune, Le Conquérant, L'Ardent, Le Jason, La Provence ouvraient leurs entrailles à tous les préparatifs. C'était un ballet de chariots, insolite : on apportait des pelles, des pioches, des marmites, des chemises et des paires de souliers, des tabliers d'apothicaire et des robes de chambre. Les matelots et les bagnards déversaient les chargements dans les faux-ponts par les écoutilles.

Je vis passer l'imprimeur, monsieur Malassis — l'homme à la seringue de sang —, qui arrivait de la Grand-Rue, avec un lot savant d'imprimeries portatives « pour les proclamations ». Car on partait, non pour murmurer à l'oreille des Anglais, mais pour « proclamer » la Liberté de l'Amérique.

Un brigadier contrôlait un inventaire de « cadeaux pour les sauvages » : des pendants d'oreilles venant de chez l'orfèvre, des gants d'apparat, des bracelets d'argent, des médailles aux armes du roi, des tentures d'Aubusson, des madeleines de Commercy, des bêtises de Cambrai et des pintes d'eau-de-vie de cidre breton.

Je reconnus tout à coup, qui s'apprêtait à embarquer sur *Le Pélican*, mon fameux chirurgien, le docteur Robillard, l'oiseau de malheur des poitrines délicates :

— Petite perte pour Brest, grand profit pour la Virginie.

Sur *La Guêpe* et *Le Fantasque*, s'embarquait une théorie livide de couteliers, de bourreliers et de charrons, qui voyaient la mer pour la première fois.

Partout on sentait de l'exaltation — que serions-nous sans l'Amérique ? Chez les commerçants, il y avait même de la ferveur : l'Amérique était une bénédiction ; elle faisait marcher les affaires. Certains magasins ne manquaient pas de se faire payer en piastres d'Espagne par les officiers et les soldats qui vidaient leurs goussets.

Les cabarets ne désemplissaient pas de tous ces jeunes soldats libérateurs qui venaient prendre une bordée ou polissonner.

Le défilé continu des uniformes blancs à parements rouges de l'infanterie et des bonnets à poil des grenadiers ne provoquait pas le même engouement dans les campagnes. Car, en attendant leur embarquement, les régiments avaient été disséminés autour de Brest. Leur cantonnement suscitait parfois désagrément et impatience. À Quimper, séjournait la légion du volubile Lauzun, il saoulait la lande. À Lamballe, le Bourbonnais ; à Hennebont, le Soissonnais ; dans la baie de Camaret, les soldats de Saintonge réveillaient le bourg endormi avec des chansons de marins aux consonances poétiques douteuses. Le curé s'était fâché :

— Qu'ils aillent au diable !

Il fut exaucé. Les soldats s'en allèrent. Le corps expéditionnaire rallia le Goulet. On attendait que les vents tournent.

Au matin du deux mai, ils étaient devenus bienveillants. La flotte leva l'ancre. Le temps était idéal. Les vaisseaux s'éloignaient; ils avaient eu la plus belle partance. C'était un heureux présage pour le lieutenant général de Rochambeau; il avait incliné les vents pour qu'ils fussent favorables au « premier soldat français de l'armée du général Washington ». On appelait les gardes de marine les « *Insurgents* de Brest ».

À cet instant, sur le port de Brest, dans les cœurs, la France et l'Amérique ne formaient plus qu'une seule nation.

LE PREMIER EMBARQUEMENT

Le 24 mai, monsieur Hector me transmit mon premier ordre d'embarquement pour la haute mer et la guerre d'Amérique. Il allait me falloir oublier les bateaux de pêche et les bordées dans le port.

La guerre allait m'amariner. Enfin !

J'étais nommé pour servir à bord du vaisseau de ligne *L'Auguste*, un immense bâtiment qui attendait dans le Goulet depuis plusieurs mois, après son retour de la pitoyable aventure franco-espagnole. Les équipages avaient été décimés par le mal de Siam, sous les ordres du malheureux comte d'Orvilliers — malheureux au point d'avoir quitté la Marine.

Monsieur Hector m'expliqua :

— Tu vas servir sous les ordres du célèbre amiral Duchaffault, dans une division navale où les gardes seront répartis entre les trois vaisseaux : quatorze rejoindront *L'Auguste* et les autres iront courir sur *Le Northumberland* ou attraper *Le Saint-Esprit*…

J'osai lui demander la mission de cette division.

— Vous allez croiser dans le golfe de Gascogne car nous pensons que s'y trouvent plusieurs navires anglais qui cherchent à faire le coup de grisou. On va donc les traquer et les poursuivre… Mon petit Athanase, je suis heureux pour toi. Si ta sœur Marie-Anne était là, je sais ce qu'elle dirait : il n'y a pas que les vaches et les dindons qui vont monter à bord. Il y aura aussi le petit hérisson de Couffé. Elle serait fière de toi.

L'heure du baptême du feu se rapproche. Je descends vers le port à grandes enjambées. J'entends déjà les sabords qui s'ouvrent. Je vois les mantelets qui se relèvent et je me décompose à l'idée d'entendre la cloche de bord du gaillard d'arrière :

— Charette, c'est à vous, le quart qui commence !

Officier de quart ! Impossible !

L'Auguste est là, immobile, impérial. C'est un vaisseau de haut bord imaginé et construit à Brest. Encore tout neuf ; il n'a pas deux ans. Avec une magnifique décoration. Même l'ornementation de la poupe se ressent du nom du bateau : les bouteilles, les fanaux, la muraille, les châssis vitrés de la grand-chambre, tout a été sculpté d'une auguste main. À l'étrave, s'élance une immense figure de proue en bois de cèdre qui, selon l'architecte lui-même, monsieur Guignace, annonce la grandeur d'un souverain dont le vaisseau porte le nom.

Je n'eus pas longtemps à attendre. On me fit savoir que monsieur de Rochechouart voulait rencontrer les gardes de marine qui seraient à bord sous ses ordres. Je fus aussitôt rendre mes devoirs à mon capitaine. C'était un homme d'une courtoisie inattendue et d'une rare élégance. Il me fit beaucoup de bontés. Par moments, j'avais l'impression qu'il semblait me remercier de ce que je voulais bien servir sous ses ordres. Je suivis l'armement du vaisseau. Puis le jour de l'embarquement arriva.

Madame Dubois m'embrasse et me glisse une petite boîte :

— C'est contre le mal de mer. J'ai trouvé les bonnes herbes. Mâchonne-les sur le pont.

Je descends la rue de Siam avec mon petit sac à chemises. L'animation du port est anormale. Un de ces grouillements qui annonce les grands départs. Bien sûr, il y a les gens de routine qui prolongent dans leur cœur le temps de paix et ne s'intéressent qu'à leur ouvrage, mais il y a aussi beaucoup de Brestois qui ont compris que les temps ont changé. Ce ne sont plus des botanistes et des rêveurs de terres nouvelles qui embarquent, ce sont des soldats, qui ne risquent plus leurs connaissances mais leur propre vie. Et ces soldats appartiennent, la plupart du temps, à des familles bretonnes.

La tension monte. C'est l'instant des derniers chargements. Chacun est à son affaire : les portefaix du quai aux vivres, accablés d'énormes ballots, manœuvrent une grue à tambour dans la tranquillité des plus anciennes habitudes. Ils ont vu tant de départs depuis la guerre de Sept Ans !

Des chariots tirés par des haridelles viennent jusqu'aux chaloupes décharger des caisses de mousquets et des haches d'abordage.

On charge des dames-jeannes à hautes poignées, des malles d'officiers et des jarres géantes qui avaient été oubliées près de la fontaine. Derrière le rang des familles, se forme lentement, discrètement, le rang des curieux. Je reconnais la poissonnière de la Grand-Rue en coiffe de toile. Derrière elle, quelques petites goélettes à matelots, les soubrettes du café de la Misaine. On charge encore, et jusqu'au dernier moment, quelques barils de grenaille et de longs écouvillons. Et puis arrive, en courant à perdre haleine, un jeune chef de pièce, coiffé d'un tricorne en feutre noir et portant à la ceinture une corne d'amorce : il pousse une brouette à bombes portant une pièce montée de boulets ramés, ces fameux boulets à chaîne qui déchirent les gréements.

On est en guerre. C'est donc un chargement guerrier. La sainte-barbe, la soute aux poudres, déborde de gargousses et de boutefeux. Par moments, dans le désordre de l'embarquement, on dirait que l'avant-port tient de la basse-cour : les paysans léonards, en culottes bouffantes, livrent leurs commandes — des veaux de lait arrachés à leurs mères et un troupeau de moutons qui viennent de la lande bretonne. Un commis aux vivres, au bâton agile, les fait monter à bord jusqu'au parc à bétail. Voilà de la viande précieuse, de la viande sur pied. Celle-là au moins échappera aux rats, qui ne s'attaquent pas au cheptel vif. En même temps, la précaution de cette ménagerie semble présager qu'on embarque pour longtemps, pour des mois.

Un peu plus loin, des cages à canards ont chaviré et se sont ouvertes. Des femmes en pèlerine courent après une guerouée de poussins qui échappent aux volaillers du port. Une oie en fuite alerte tout le capitole et remonte vers la rue Charronnière où un maréchal-ferrant s'allonge en vain pour lui barrer la route. L'oie continue de courir. Elle ne veut pas embarquer. Peut-être a-t-elle le mal de mer ?

En un contraste saisissant, des jeunes gens, presque nus, profitent du beau temps pour plonger dans le bassin de radoub, entre les canots à tendelets.

C'est, paraît-il, une tradition du mai brestois, ou plutôt l'insouciance de la jeunesse et du temps de paix.

Et puis voilà que s'accélère le va-et-vient des vinaigrettes et des chaises à porteurs devant les magasins de chaudronnerie; on risque l'accident avec un encombrement de la chaussée à gros pavés où les hommes de peine trébuchent. Là-bas, une femme, la tête dans les mains, tonitrue : son grand panier d'osier s'est renversé, faute d'avoir vu le caniveau où viennent et vont les eaux de cuisine de la tuerie de la rue Keravel, là où les bouchers écorchent à même le haut du pavé. On ramasse les fruits — des pommes de Saint-Pol —, que les voisines essuient dans leurs tabliers. Ce sera la dernière cargaison admise avant le coup de sifflet du maître d'équipage qui s'impatiente.

Le vaisseau est encore affourché mais une dizaine de matelots qui ont déjà mis leur bonnet de laine de haute mer s'exercent à lever les deux ancres. On sent que le départ est tout proche car c'est au tour des équipages d'embarquer.

Je traîne encore un peu. J'attends qu'on vienne me chercher. Les gabiers sont déjà sur les vergues, occupés à desserrer les voiles. Les femmes des officiers de l'état-major, en robes de dentelle, sont venues pour le dernier adieu. Une fillette lève les bras.

Elle appelle son père. Partout on s'embrasse. C'est l'étreinte de la mer, le dernier cordage de tendresse, la dernière ancre des promesses. Tout à l'heure, les affections deviendront des silhouettes floues, incertaines, irréelles, perdues dans les brumes infinies.

On sait que le vaisseau qui va partir est un bateau chargé de bouches à feu et de poudre à canon, et on sait aussi qu'il part à la rencontre d'autres bouches à feu. *L'Auguste* est armé jusqu'à la gueule — quatre-vingts canons. Les mèches sont prêtes, caressant les affûts. Depuis *La Belle Poule*, le combat d'Ouessant, les ravages de la grande épidémie, le retour brillant et tragique de *La Surveillante*, on sait qu'en mer, le Soleil et la Mort se regardent fixement. Le Soleil rôde et la Mort attend son quart.

Je suis là, désemparé, tout seul. Personne n'est venu me dire « adieu ». J'ai juste pris sur moi la dernière lettre de Maman qui est arrivée pour mon anniversaire, le deux mai 1780.

— Oui, Maman, j'ai pris mon cache-col. Oui, Maman, je te promets, je n'aurai pas le mal de mer. Madame Dubois m'a donné des herbes, de la centaurée et des clous de girofle.

Cette fois-ci, on siffle le grand départ. C'est un arrachement. Je vais couper les haubans de mon enfance. Je referme le livre de ma première vie, tout ce qui me rattachait à la terre charnelle est rompu.

Je monte à bord. Le vaisseau s'ébranle. Une masse énorme, lente, lourde. Le pont est tellement haut que nous sommes de plain-pied avec les batteries du château. On sort de la Penfeld. Le cœur passe de la poupe à la proue. On fait demi-tour sur soi-même. Vers l'avant. Vers la haute mer, qui nous attend.

Alors, je me sens habité par un nouveau sentiment. La côte, peu à peu, devient une nuée de petites lumières insignifiantes.

Quand on a passé le Goulet, on a vraiment quitté le monde étroit de la terre ferme. C'est un petit continent qui se détache. Tout bascule dans les espaces sans fin. À la sortie de la rade, en face de nous, s'élève une montagne d'écume où la vague et les embruns se prennent dans l'abîme des nuages infinis. Je ressens ce court moment d'ivresse. On est passé de la foule à la houle. On ne se retourne plus. Devant nous, c'est un autre univers qui s'ouvre. On a largué les amarres, largué les discussions inachevées, les marottes dérisoires et même les passions humaines. On a laissé à quai les potins de la ville, les rumeurs des lavoirs, les relents, les rêves et les fantaisies du voisinage qui nourrissaient nos vies confinées et les saisons de nos cœurs. On s'est coupé de la terre, on s'éloigne. Elle rapetisse, on a le pied dans le vide, la tête ailleurs, dans les immensités. On se dit que ce qu'on a quitté était bien petit. On va vite comprendre que ce qui vient est plus petit encore, plus exigu.

Tout s'organise à partir de la vie à bord où on ne croise que des inconnus, qui vous bousculent et vous piratent l'espace. Et pourtant, il va bien falloir faire connaissance avec cette petite société brutale, où il n'y a pas d'autre confidence que le vacarme.

On est sur une île flottante, une petite république à la dérive où le doge est le capitaine, seul maître après Dieu, monsieur de Rochechouart.

On a tout laissé à terre, nos bannières, nos serments, les bornages de nos souvenirs, l'éclat de nos jeunesses, les gentillesses de madame Dubois. Les soucis des terriens ne sont plus les nôtres. Nous nous arrachons à une grande partie de nous-mêmes. Nous allons vivre avec d'autres angoisses, de nouvelles amitiés vont naître. Déjà les coteries se forment. La méfiance s'installe quand ce n'est pas la médisance qui commence à infecter les regards de l'entrepont et qui court sous la cape et le vent, depuis les gaillards d'avant jusqu'aux gaillards d'arrière. Je savais que la plume et l'épée ne se parlaient pas : « La plume brasse de l'air et l'épée brasse du vent. » Je découvre maintenant tout un petit monde de récriminations et de suspicion. Les canonniers affichent leur mépris pour les animaliers. Les cuisiniers, que, d'ailleurs, on jalouse, suspectent les voleurs de poules. Tout est exagéré. Jusqu'aux voix qui hurlent sur le pont et la poulaine, même par temps calme.

On pressent qu'on ne pourra se supporter que par l'irruption, à bord, des malheurs à venir. Au fil des quarts, la fatigue s'infiltre, les esprits s'aigrissent, les caractères et les humeurs se contredisent. Tel qui voudrait dormir ne supporte plus tel autre qui ne se repose jamais et qui chante à tue-tête.

Je vois bien, tout à côté de moi, mon camarade Lefort de Carneville, mal amariné comme moi. Il cherche l'appétit dans les creux de la vague et s'agace du vieux gabier qui s'exerce à projeter ses crachats contre le vent en mastiquant sa chiquaille de tabac moisi.

Drôle de vie dans le roulis. Les uns sur les autres. Il n'y a pas de place pour les esprits indépendants. Il n'y a pas de place tout court. On vit tête baissée. On se marche dessus et on titube, courbés, cassés en deux.

Entre les petites et les grandes échelles, dans le bruit infernal et les haut-le-cœur, c'est la gêne. On se heurte aux haubans, on glisse, on tombe, on se reprend, on apprivoise l'espace, on apprend l'indifférence au regard dédaigneux des vieux loups de mer. On apprend à encaisser l'ironie qui cingle sur le pont.

Je me mets en boule. Comme un oursin — le hérisson de la mer. Et je mange mes herbes dans les premiers roulis.

LE MAL DE BREST

Le MOMENT est venu où l'océan a séparé la mer et la terre. J'imagine que les gens de la côte regardent encore un petit point dans l'eau, qui s'éloigne, une réminiscence. Les marins essaiment comme une nuée à l'envol. C'est la transhumance; la colonie retrouve ses lois. Elle s'en va vers d'autres besognes. À bord, chaque marin butine selon son métier. Chaque abeille ouvrière est à sa tâche.

— En haut le monde!

Le commandement énigmatique a retenti sur la dunette. Et les marins ont couru dans le gréement et se sont précipités sur les vergues. On dirait vraiment des abeilles, mais agiles comme des écureuils. Qui attendent là-haut que les cloches tintent quatre fois. Un autre code. Un nouveau signal.

— Envoyez! s'écrie l'officier de quart.

En un éclair, on met en croix les perroquets et les voiles sont desserrées. Et puis vient le commandement qui enveloppe la fin de la manœuvre.

— En bas le monde !

Et, en un clin d'œil, la mâture se dépeuple. En haut, en bas le monde ? Pourquoi ces ordres ? D'où viennent ces mots ? C'est un univers à part que cette ruche flottante, où seuls les essaims de matelots comprennent la vague et le vent, grimpés dans les voiles de perroquets et de perruches ou sur le trou du chat. On a changé d'univers. Dans les manœuvres, on ne parle pas avec les mots des jours ordinaires. Ce monde de la mer a sa rudesse, il vient de plus loin que celui de la terre. Je regarde autour de moi : je vois des gueules singulières, sculptées par les embruns et les vents sauvages qui ont tanné des peaux de rescapés, creusé des traits de survivants et appris à parler avec les hauts fonds. Cette langue n'est plus la même qu'à terre. On s'est détaché des mots qui font du bruit au marché de Landerneau. La monition criarde qui désigne un récif n'est jamais prononcée deux fois. Sinon, c'est trop tard, on coule. C'est une langue dans laquelle on braille. On ne badine ni ne glose. On prévient. Une langue qui s'engouffre, une langue lunaire. Une langue du temps court, immédiat, où la règle d'or tient au mot juste. Le bateau s'enfonce dans la nuit, tous feux éteints. On parle avec les astres et avec des mots qui n'incitent pas au sentiment mais au pressentiment :

Lune jaune, lune pisseuse,
Demain, mer pleureuse.

Il va falloir m'exercer à cette langue salée des quartiers-maîtres, des servants de canon et du coq en cuisine. Savoir frapper les voiles et choisir les sonorités, écouter les ordres de ce vieux lieutenant de vaisseau au visage cuivré, à la lèvre bistre qui ruisselle et crache son jus de chique entre deux blasphèmes, une figure du bord que les anciens appellent « l'oiseau de mauvais augure », parce que sa mission le conduit à faire le tour du bateau pour y recueillir les testaments et, plus tard, y récupérer les effets des morts, à remettre aux familles. Drôle de monde que ce petit monde qui parle cette langue de fin du monde.

Je vois des visages aux traits exagérés par des torpeurs anciennes. Je croise des yeux exorbités de noyés revenus à la vie, qui ont dérivé vers des rivages abolis que les mots n'ont jamais fréquentés, là où la marée a déposé des colliers naufragés et oublié ces fulgurances ramassées par de très vieux pêcheurs à l'affût des aveux de la mer.

Sur le pont, dans le roulis et bientôt en ouvrant les sabords, on hurle, à la vie, à la mort, entre les nausées et les *miserere*, les frayeurs et les paroles englouties ; on tangue, les membranes geignent. La carène souffre.

La mer est devenue ingouvernable. Je vois bien que le timonier s'inquiète. On m'a demandé de tenir le quart. Chacun son tour. Pas de chance. Le vent se lève. La mer est formée. Et c'est moi qui hérite du quart de la tempête. L'officier supérieur qui me surveille me répète à tue-tête :

— Il faut que le bateau sente que tu le tiens !

Je ne tiens rien du tout. Il m'échappe complètement, le bateau. Il vrille comme une toupie. La mer est plombée, c'est l'enfer. Je vois des abîmes verdâtres surmontés de baïonnettes d'écume. Les pêcheurs de l'Élorn m'avaient parlé de la vague scélérate, qui vient de l'arrière et qui vous submerge par surprise. Mais là, je vois une lame lointaine qui vient sur nous, un ourlet de montagne, une boursouflure, un mur d'eau, dans lequel le bateau vient piquer du nez. La mer déchaînée donne un furieux coup d'échine et prend le vaisseau comme un jouet, dans le creux de la lame.

Le timonier me fait un signe désespéré : le safran ne répond plus, le bateau n'est plus gouverné. Il est soulevé, couché, projeté en l'air, puis redéposé l'instant d'après un peu plus loin ; il va se briser. La mer a de ces égarements qui sont des jeux pour elle. Elle joue à la toupie.

L'Auguste a perdu sa superbe et moi, mon sillage. Que vais-je écrire sur le journal de bord ? Je ne vois plus les autres vaisseaux de l'escadre : je me demande où est *Le Northumberland*. Il aura sans doute changé de route.

J'ai peur de ces gouffres du diable, où les oiseaux eux-mêmes ne s'aventurent plus, d'où la vie s'est enfuie à jamais.

Heureusement, la fin du quart sonne à la cloche de la timonerie. Je suis soulagé de retourner au purgatoire. L'officier de service invite un autre garde à me succéder sur le banc du quart. Je m'éclipse. L'officier prend sa longue-vue. Il cherche les autres bateaux. J'entends derrière moi l'embrun d'un soupçon :

— Où est passé *Le Saint-Esprit* ?

Je me le demande bien moi-même. Je me glisse en rampant pour aller sous le gaillard d'arrière à bâbord du grand cabestan. La cloche du grand fronteau sonne. Tout le monde court. C'est l'heure de la gamelle.

L'état-major rejoint la grand-chambre : le service de la table y est, malgré tout, raffiné. On s'y présente soigné. On y mange à la fourchette, sur des nappes de fil damassées.

Les matelots, eux, s'installent entre les affûts de canons; assis sur les bordages du pont, toujours en alerte, ils gardent leurs bonnets de laine à la dragonne. Il n'y a jamais de temps mort à bord.

On ne goûte rien de solide, la bouillie est reine en ce monde édenté. Et quand on est malade, on a droit au bouillon de poule. Seul le capitaine mangera le morceau du chef, le foie de poulet. De temps en temps, il y a la surprise du coq, Mériadec, l'unijambiste, appuyé sur son pilon, qui a laissé sa jambe sous un palan aux Indes, mais qui a pris soin d'embarquer, pour le souper d'anniversaire du commandant, une terrine de gibier de Hennebont et des sardines de Croix-de-Vie.

C'est un coq de tradition, un coq des îles et de l'ancienne cuisine; il se vante de savoir préparer un filet de requin, servir un pâté en chair d'albatros, un rôti à la tortue ou faire sauter les beignets de cervelle de marsouin. C'est le genre de coq à guetter les giboulées de mars pour ramasser, sur le pont, la bonne grêle dont on fait les heureux mélanges avec des bâtons de vanille écrasée pour offrir, par surprise, à monsieur de Rochechouart et à ses invités, entre les lanternes à bougies rouges, au soir de Pâques, un sorbet imprévu.

Nous, les gardes, notre menu ne varie pas : c'est celui du biscuit de mer, une galette de farine dure, sèche, avec un morceau de lard salé. Quand le biscuit s'effrite, on récupère à la main la poussière — la machemoure —, pour nourrir la volaille, celle en tout cas qui n'a pas le mal de mer.

La peur ferme l'appétit, mais la mer creuse. Je me précipite sur ce délice de froment, qu'on trempe dans la rincette de gratte-gosier pour la ramollir. La faim anoblit ce qu'on mange. Cette petite galette est un rêve. Mais j'observe, en la regardant, que les matelots ne sont pas les seuls rationnaires à bord. Mon biscuit est chargé de passagers clandestins, qui pendouillent : ils ont creusé quelques galeries gourmandes.

Il va falloir s'y faire. Apprendre à partager avec ces convives importuns qui se sont invités à même mon biscuit.

Le coq nous a recommandé, à la première mise en bouche, de « vider les verres à bord et de jeter les vers par-dessus bord ».

Très vite, je m'exerce à frapper des petits coups sur mon biscuit avec le manche de mon couteau. C'est ma première guerre. La guerre avec les vers. Il faut vaincre et manger pour survivre.

Tout près de moi, je vois un commis rationnaire qui fouette le charnier, un petit tonneau d'eau douce où, depuis plusieurs mois, l'eau s'est altérée. J'ai soif. Boire est un risque à prendre. On s'abreuve au charnier — un nom prédestiné —, avec une corne de bœuf, sans jamais poser les lèvres sur le bord de la corne. Des fois qu'on serait malade…

Heureusement, on ne voit pas le fond du tonneau. L'eau croupie s'est peuplée d'une foule de gros vers blancs. On y a versé pourtant du fer, du soufre. Une odeur rebutante s'en dégage. Je suis tranquille car, selon les anciens, l'eau doit pourrir trois fois avant de redevenir potable. On a bien compté. On en est au troisième pourrissement. L'eau est puante mais saine. Je bois. Un bonheur.

Les mois passent. Je ne dors pas. Le vacarme, le tangage, le tour de veille et ce maudit hamac aux crochets à roulis rouillés qui grince, tout m'épuise. Depuis quelques jours, je me sens gagné par une fièvre nouvelle. Je ne tiens plus debout. On me conduit à la salle d'opération. Un aide-chirurgien, en drap gris d'épine, m'accueille.

Je m'allonge sur un cadre chambardé par la houle, entre un placard apothicaire et une boîte de trépanation, où traîne un tire-balles égaré ; on y voit à peine. Un seul quinquet est allumé. J'écoute le diagnostic de cet homme de grande pratique qui dicte à l'aide-major :

— Visage gonflé, rouge, langue blanche, yeux injectés, dépôt noirâtre sur les lèvres… Encore un nouveau cas : la fièvre des vaisseaux.

Je reçois l'ordre de tenir le hamac, jusqu'à la prochaine escale. J'ai compris : on va me débarquer. Un bateau me ramène à Brest. La fièvre jaune. Le brancard, ce n'est plus pour les autres — comme du temps où les gardes de marine faisaient les gardes-malades —, c'est pour moi.

Est-ce l'eau pourrie, une farine gâtée, le vert-de-gris des ustensiles de cuisine, la piqûre d'un moustique enjominé par des pirates anglais jeteurs de sorts, ou tout simplement la contagion du bord ? En tout cas, me voilà à terre, et bientôt entre les mains de la médecine, juste à côté du bagne. Sisyphe dégringolé, avec sa pierre fatale, redescendu au pied de la montagne.

Je commençais tout juste à être amariné et voilà que je tiens le lit. On me transporte à l'hôpital de marine. Embrasé, il y a plusieurs années, il est à moitié détruit. Il faudra se serrer. Ma chambre, la plus petite, ne compte que deux cents lits. J'ai hâte de savoir ce dont je souffre. On me confie à l'apothicaire-major, monsieur François Gesnouin. Il diagnostique le « mal de Brest ». C'est plutôt rassurant. Madame Dubois me dit que ce n'est pas mortel. Grâce au jardinier-botaniste, Antoine Laurent, on m'administre les herbes qui vont vaincre l'affection mauvaise.

Je n'aime pas trop l'infirmier qui passe au pied des lits chaque matin, pour changer les pansements. Il me semble dispersé, on me dit qu'il partage ses journées entre ses activités de barbier, de coiffeur et de cuisinier hospitalier. Il nous compte comme des lardons frits.

Les religieuses qui me soignent sont, en revanche, d'une grande douceur. Elles rapportent du « jardin des simples » et des « armoires d'outre-mer », au creux de leurs mains délicates, des préparations savantes qui intimident les fièvres : le matin, le sirop de nénuphar, la râpure d'ivoire et les orties blanches ; le soir, la tisane à la feuille de ronce, l'hellébore noir et le baume du commandeur. Grâce à ces drogues bienveillantes, je commande à nouveau à mes membres et je retrouve mes esprits.

Ma curiosité m'entraîne de chambre en chambre pour me remettre à vivre. La disposition des salles relève d'une affectation toute militaire. C'est à la salle Saint-Jacques qu'on m'a accueilli, celle des officiers, au-dessous de la salle Saint-Claude, où on soigne les mourants, à côté de la salle Saint-Hubert, réservée aux galeux.

Je descends l'escalier jusqu'à la salle Sainte-Reine, affectée aux vénériens. On y chante des chansons salées. Monsieur Gesnouin nous explique que le rhume de caleçon a trouvé enfin son remède :

un chocolat breton qui vient des Antilles, « qu'on peut boire dans un estaminet, avec son épouse, sans être soupçonné d'avoir attrapé le mal de Vénus ».

Je croise des invalides et des bagnards — car le bagne est relié à l'hôpital par une rue commune. D'un côté, on entre à la prison par une grille de fer forgé ; de l'autre, on entre à l'hôpital. Certains portefaix se trompent, ce qui distrait les malades, qui voient leur linge partir au bagne. Nous sommes en face de la cale couverte, de l'avironnerie, de l'atelier de cabestan. La reconstruction de l'hôpital ajoute à l'agitation. Un projet dispendieux pour la Marine. On y consacre « le provenu de la vente des hardes des marins décédés sans héritiers ». Les sommes ainsi recueillies sont, paraît-il, flatteuses. D'ailleurs, le jardinier prévoit de nouveaux carrés de plantes rares, fournies par l'intendant du Jardin du Roi, monsieur de Buffon, qui a examiné avec faveur « l'estat des graines » demandées par les religieuses de la Charité pour le jardin des simples de l'hôpital de marine.

Un beau matin, en plein été, on me libère :

— À Dieu vat, me souhaite l'apothicaire.

Je suis guéri du mal de Brest. Je prends la Grand-Rue, puis l'escalier du Bras d'Or pour rejoindre la rue de Siam.

Madame Dubois m'attend, avec une lettre de monsieur Hector qui m'annonce mon prochain embarquement pour le premier octobre, à nouveau sur *L'Auguste*, commandé par monsieur de Charrières.

LA PESTE DES MERS

JE FUS FAIRE mes honnêtetés à monsieur de Charrières qui m'attendait dans la grand-chambre de *L'Auguste*.

Je montai à bord avec mon ami de Siam, Despaligny, un condisciple de l'École des gardes. Nous partions pour plusieurs campagnes ; j'avais la chance de servir sous les ordres du capitaine de Barras et d'aller croiser au large des côtes bretonnes pour intercepter les vaisseaux anglais.

C'était une belle escadre, avec plusieurs vaisseaux, *Le Saint-Esprit*, retrouvé, *Le Sceptre, Le Northumberland*, et plusieurs frégates et cotres, *La Diligente, L'Aigrette, La Loire.* Cette fois-ci, c'était la bonne. J'avais vaincu le mal de Brest, le mal de mer ; il me restait à affronter le Mal tout court, l'Anglais. Tant mieux, c'était notre mission.

Après deux mois de mer, une grande plainte monta des hamacs. Le chirurgien-major, qui faisait la visite

des bouches, recommanda la désinfection quotidienne de *L'Auguste*. Il craignait qu'ainsi renfermé
dans la cale et les entreponts, l'air fût pourri par
confinement. D'ailleurs le maître calier se plaignait
de ses mâchoires.

Puis l'engourdissement monta jusqu'aux
gaillards. Comme beaucoup d'autres marins, je
perdais l'appétit, j'étais essoufflé, j'avais les genoux
rigides d'un vieillard. Et surtout le chirurgien
accumula les signes :

— Est-ce que vous saignez de la gencive ?

— Oui, depuis hier.

— Est-ce que vos dents bougent ?

— Oui, un peu.

— Sans surprise, au bout de soixante-dix jours
de mer, c'est la « peste des mers ».

Une maladie déclarée « sans surprise » donc.
Inutile de traduire, mon corps rendait l'aveu des
premiers symptômes du scorbut. Heureusement,
nous étions en fin de campagne. On me donna
du chou hollandais, lardé de sel, quelques oignons
huilés, de l'oseille confite, et du vinaigre, c'est-à-dire
du vin normal — aigri après deux mois de bord.

Dès mon débarquement, on me remit une
lettre du lieutenant général des armées navales qui
m'enjoignait, après avoir désarmé, d'aller prendre

les ordres du commandant de la compagnie des gardes. J'avais compris. C'était à nouveau pour un séjour à l'hôpital. Mais, cette fois-ci, l'affectation ne fut pas la même, on m'indiqua la salle, tout en haut, la Saint-Claude, celle où on se rend debout, devant l'infirmier, mais d'où on sort, tête en bas, derrière l'aumônier, les pieds devant.

J'étais perdu. La pâleur du teint, les yeux enfoncés, la raideur des bras, annonçaient la phase suivante : les troubles pulmonaires. Pour quelqu'un qui avait la poitrine délicate, l'issue devenait probable. C'était sans compter avec ma logeuse si bienveillante. Elle vint me visiter. Elle portait, sur son chapeau, non plus des cerises de Keravel, mais des grains rouges, des grenades ; c'était là une forme de célébration bretonne de la magnifique victoire de l'amiral d'Estaing et de notre Marine :

— Un *Te Deum* a été chanté à Saint-Louis, pendant que tu étais en mer. Dans toute la ville, on boit à la Grenade…

Madame Dubois me confia qu'elle ne croyait pas trop à la médecine :

— Je crois au Ciel et aux herbes. Comme les moines chartreux.

Elle avait une amie religieuse, sœur Paulette, qui avait lu des recensions d'un certain Parkinson, compagnon du fameux James Cook, l'explorateur anglais : il recommandait les fruits et les acides. Elle sortit de la poche de son tablier un flacon rouge :

— Bois-le. C'est un sirop de grenade, mélangé à du citron.

Cette délicatesse me touchait. Je la croyais sur parole. Quelques jours après, ma bouche se raffermissait ; mes gencives dégonflèrent. Je me levai. J'allai à la fenêtre.

Et je sortis de la salle Saint-Claude debout, en remerciant l'aumônier de ses prières. J'avais échappé au scorbut. Madame Dubois me donna à boire de la fleur de chausse-trape, du quinquina et puis de l'absinthe. Je chavirais. Avec mes amis gardes de marine que je retrouvai, dans la joie de la guérison, nous dévalions l'escalier du Bras-d'Or. Au café de la Misaine, nous entonnions à perdre haleine, en vidant une gourde de grenadine, la chanson que tout Brest reprenait en chœur :

Les îles sont pour nous, l'Anglais est bien malade,
Et grâce au Destin, nous tenons la Grenade.

Nous tenions la Grenade à la main, jusqu'au petit matin.

Je sortais à peine de ma convalescence quand, me promenant sur le quai de l'Artillerie, j'appris l'arrivée du ministre de la Marine, monsieur de Castries. Il venait passer l'inspection de la grande armée navale que la France s'apprêtait à envoyer en Amérique, aux ordres de l'amiral de Grasse.

J'étais tout près du ministre et de son neveu, Scipion, un bon ami garde. Accueilli à l'entrée même de l'arsenal par les troupes en armes et les canons d'honneur, il voulut assister aux derniers préparatifs. Le neveu suivait le ministre et je suivais le neveu.

Puis il rejoignit *La Ville de Paris*, le fameux trois-ponts, armé de cent quatre canons. C'était le vaisseau amiral. Un prestigieux souper attendait, dans la grand-chambre, les convives illustres. Je vis monter à bord le bailli de Suffren de Saint-Tropez, le pas lent, la carène légèrement affaissée, le visage lourd d'un boucher provençal. Il avait revêtu sa grande cape noire de l'ordre de Malte, ornée de la croix blanche de Jérusalem, avec laquelle il venait de s'illustrer à Newport puis à la Grenade. J'étais là, incrédule. Je regardais passer cette figure déjà entrée dans l'Histoire. Cet homme que je voyais « en pied » avait son portrait à Versailles. Il se déplaçait comme un tableau vivant qui aurait échappé à son encadrement, nimbé de rumeur et de légende : on lui accordait de grands défauts mais on s'empressait de les mettre sur le compte de sa haute singularité. Veillant à cultiver celle-ci, ses défauts mêmes le grandissaient.

Derrière lui, l'air jovial, marchait monsieur de Bougainville, le marin français du Pacifique, notre Cook à nous. Il était tout jeune marié. On le remarquait à peine. Moins chamarré que les autres. À le voir ainsi rejoindre le repas du bord, on ne se serait douté de rien. Et pourtant, cet homme simple, souriant à son nouveau bonheur intime, avait fait le tour du monde, il avait découvert de nouveaux continents, donné son nom à une fleur grimpante, partagé la terre entre les terriens et les cythériens, rapporté à Paris et à Genève la preuve vivante du « Bon Sauvage » ; il avait suivi des pirogues inconnues, capturé, depuis les glaces éternelles, des oursons blancs pour la cour de France, il avait écrit son fabuleux *Voyage autour du monde*, dont les gardes se voyaient recommander la lecture. Cet homme qui montait à bord pour un pot-au-feu au blé noir avait côtoyé la misère, la faim, la soif, et semblait encore s'en distraire. Je repensais, en le voyant, à son célèbre navire, *La Boudeuse*, où le récit des soirées de festin était bien différent : « Je mangeai hier un rat avec le prince de Nassau : nous le trouvâmes excellent. » Cet homme avait vécu avec les rats. Il vivait ce soir avec juste ce qu'il faut d'ardeur et de félicité pour raviver l'appétit des fortunes de mer.

Enfin, qui monta le dernier, à la rencontre du ministre de la Marine, habillé pour la circonstance et faisant honneur à son rang, épaulettes enverguées, constellé de décorations, l'amiral de Grasse portait l'écharpe de l'ordre royal et militaire de Saint-Louis — la plus haute distinction que puisse recevoir un officier français, et qui barre en diagonale son large torse.

Le souper fut précédé d'un simulacre de branle-bas de combat sur fond de canonnade. Un carrousel en mer de toute beauté : le marquis de Castries était assis à l'arrière du grand canot de parade, abrité par un dais voûté, tramé d'étoffe écarlate, porté par quatre chandeliers sculptés ; à la poupe, flottait le pavillon de France.

De nombreuses frégates, couvertes de leurs plus riches pavois, entouraient le canot du ministre ; elles firent un triple salut répété par les batteries des forts protecteurs de la rade. Le grand canot du ministre, rentré dans le port, aborda à la cale du Contrôle, près le bassin de Brest.

Les troupes de terre bordaient les haies, depuis la porte de l'Arsenal, pour y déposer le témoignage de la faveur la plus signalée.

En signe d'hommage solennel, les canotiers levaient la pelle de leur rame. Le canot d'apparat rendit les honneurs en mâtant ses avirons. Enfin, une salve de vingt et un coups de canon tirés sur la terrasse du jardin et répétés par la batterie du quai aux vivres annonça à toute la ville les vœux que l'on formait pour les vaisseaux du roi, en partance pour la Nouvelle-Angleterre.

Et puis, un jeudi, à quatre heures du soir, toute la Royale, escadres et convois, au nombre de cent trente bâtiments, fut sous voiles. On venait de partout, des pentes de Recouvrance, des allées du cours Dajot, du donjon d'Anne de Bretagne et du Magasin général ; les cafés étaient vides, les deux rives de la Penfeld n'étaient plus qu'une seule et même acclamation.

En prenant congé de l'amiral de Grasse, le ministre se fit le porte-parole de la foule assemblée. Avec un porte-voix de cuivre, il voulut frapper les mémoires de l'adieu :

— La France, toute la France, ressent, en cet instant, la même fierté patriotique. Je veux vous dire les espérances que le pays place en ses marins, partant à la délivrance de l'Amérique et à la conquête de l'Hindoustan.

La flotte s'ordonna dans l'Iroise, cap vers le large : l'escadre blanc et bleu de Bougainville s'éloigna la première, puis s'ébranla l'escadre blanche de l'amiral de Grasse ; enfin, en flanc-garde, cinq vaisseaux, qui composaient la division de monsieur de Suffren, prirent une autre route, vers les Açores, pour y tenter, nous confia en secret monsieur Hector, une manœuvre à la Praya. La prestigieuse galerie de ces hautes figures françaises fut vite avalée par la mer. Mais l'impression restait intacte de cette grandeur touchante et surannée. J'avais assisté au dernier carrousel de la Marine royale, à Brest.

LE PREMIER COMMANDEMENT

— Silence sur les gaillards !

C'est mon premier commandement, ma première sortie sans la présence d'un supérieur pour me guider dans le mauvais temps de décembre, sur un cutter, *L'Écureuil,* un navire à voiles d'entraînement de l'École. Une petite frégate.

Je connais sa réputation : c'est un mauvais marcheur, usé et rapiécé de partout, qui va aux soins, chez le calfat, deux fois par mois. On est entre chien et loup. Je sors de la rade. Je prends la porte du Goulet. La solitude grandit dans le cœur de celui qui, pour la première fois, commande à la mer. Je regarde mon équipage, face à l'Iroise du large, sur le chemin des premiers écueils qui ouvre sur la haute falaise du Léon, les rochers déchiquetés du Toulinguet et des Tas-de-Pois, puis la pointe de Saint-Mathieu. Je prends le risque de passer par le raz de Sein, devant la baie des Trépassés ; les hommes se découvrent, comme le veut la tradition, par respect pour les marins péris en mer.

Le mois dernier encore, un drame s'est déroulé dans ce « lit de la Mort ». De retour d'un combat héroïque, *La Charmante*, commandée par mon ami Mengaud de la Hague, vint se jeter sur les rochers de Sein, elle s'y perdit corps et biens, avec deux cent dix hommes. « Qui a passé le raz sans malheur, ne l'a pas passé sans peur. » La peur ne quittera plus le bord.

La vigie me signale, tout autour de nous, le voisinage hostile de récifs meurtriers et de vilains crocs qui affleurent. Parfois le cutter frôle un rocher à une portée de pistolet. Nous sommes pris dans les tourbillons, entre Molène et Ouessant. Une mer convulsive, la plainte lugubre de la brise dans les agrès et d'énormes roulis, lancés de l'infini du sud-ouest.

Là-bas, je devine Ouessant. Je lis le regard inquiet des matelots brestois, tous des parents de naufragés.

Qui voit Molène voit sa peine,
Qui voit Ouessant voit son sang.

Oui, je vois Ouessant, malgré la pluie serrée et un déluge d'embruns ; j'entends le vent, il souffle de l'arrière, je sens la mer qui vient de travers, nous sommes pris dans des roulis épouvantables.

Je perçois aussi la panique qui monte : mes hommes cramponnés, aveuglés, assourdis, transis… Ils laissent filer les écoutes. Je donne l'ordre de redresser le bateau et noie mon beaupré à l'avant, il plonge dans le bas de lame puis fait cuiller avec la poulaine. La mer déferle sur le pont. Les voiles se déchirent. Le bateau disparaît un instant, avec un gémissement qui vient du fond de la cale.

La nuit est tombée. La tempête se déchaîne, tous les feux du bord s'éteignent. La foudre rôde, le bois craque. On va se faire broyer par les rochers, il faut virer de bord, résister aux rafales du sud et aux courants de la marée montante.

La vigie signale d'autres brisants. On se faufile à l'aveugle, on se hisse sur le pont. Les marins m'observent. Tous les yeux se tournent vers moi, ils guettent le capitaine-mousse. Et ils me transfigurent. L'expression de mes frayeurs, soudain, vire à l'intrépidité.

Je ne sais pas ce qui se passe en moi. Je crâne. Je mue. Le petit hérisson craintif devient un fauve. La mer rugit comme une lionne qui écume. Je vais la prendre à la crinière.

Le malheur me débarrasse de mes effrois. Calme, placide, je monte à la lame, je prends la tempête de front, et renvoie aux matelots en alarme un regard de feu. Tout va mal. Je vais bien. Je hurle et crie à tout mon équipage :

— On tient bon !

Les éclairs zèbrent la mer de plomb ; les météores, les feux de Saint-Elme, les aigrettes lumineuses, nous entretiennent dans une vision de forges englouties de l'enfer. On entre dans l'orage qui fond sur nous. Le tonnerre, qui tourne au-dessus de nos têtes, finit par tomber sur le mât, sans doute attiré par l'aiguille aimantée. Un vrai tonnerre de Brest. Dans un déchirement inexorable, la mâture est emportée, elle se couche en travers du bâtiment qui gîte dangereusement. Il faut vite couper les haubans et démêler les filins. La foudre est allée se perdre dans la cale.

Tout à coup, je vois des rats sur le gaillard qui courent, désorientés. Pour que les rats montent ainsi sur le pont, c'est qu'une convulsion violente a dû les chasser du fond de cale.

J'écoute le bateau. Il me semble s'alourdir. C'est depuis l'intérieur que les flots battent les flancs de *L'Écureuil*. On se débarrasse des cordages. Du fond de la carène, monte le timonier pantelant :

— Il y a un trou... la foudre... la barre est cassée... Le bateau coule...

Je cherche du regard le calier, j'appelle un volontaire… deux volontaires? Personne ne bouge. Le bateau n'obéit plus. Les matelots ne sont plus à la manœuvre. Ils restent là, interdits, bouche ouverte, le regard naufragé. C'est le désarroi. Il faut aveugler la voie d'eau. Je descends moi-même pour me rendre compte de la largeur de la brèche : la coque est déchiquetée dans les œuvres vives. La mer est dans le bateau. Il y a au moins six pieds d'eau. À chaque minute, elle monte de quelques pouces.

Pour boucher le trou, il n'y a pas d'autre solution que d'aveugler la voie d'eau depuis l'extérieur. Ah! le Bezout et ses mathématiques! Je voudrais bien l'y voir.

Je demande qu'on me prépare un « paillasson », puis qu'on l'enduise de suif avec une boule de cordages tressés. Vague souvenir de l'arsenal.

Le calier refuse d'obtempérer. C'est le désordre sur le pont, les cris, les lamentations se répandent avec les rats du malheur. La détresse est contagieuse. Elle tourne à la mutinerie. Je redonne l'ordre au calier d'aller boucher la voie d'eau. Ma nature ne m'a guère porté à obéir. Mais là, j'apprends à commander, dans un climat de perdition et de désespoir. Je saisis un bout de corde goudronnée, une garcette, je n'ai pas le choix. Il faut inspirer la crainte. Je frappe les matelots récalcitrants pour les remettre à la manœuvre :

— Tu bouges ou tu meurs!

Un mot de terrible sagesse du capitaine Rochechouart me revient soudain :

— Un officier ne donne jamais un ordre qu'il ne soit prêt à exécuter lui-même.

J'irai donc moi-même panser la blessure, aveugler la crevasse. Je me laisse glisser le long d'un cordage. Quand je flotte dans le vide contre le flanc du navire, saisi par l'eau glacée, on me passe les paquets de corde, l'étoupe et la toile goudronnée. Je pose mon bandeau, la mer m'accompagne en le plaquant sur la coque. Enfin de l'aide…

Je remonte en courant sur le gaillard. Où sont les hommes? Cramponnés là-haut dans ce qui reste de haubans, car les vagues déferlent sur le pont, où il n'y a plus de prise. Impossible de rester debout. C'est la désolation, avec cette coque pantelante au bruit rauque qui se défait, qui vomit par les écoutilles ses entrailles arrachées, sa bave d'agonie.

Il n'y a plus de vigie, il n'y a plus d'équipage, il n'y a plus de marins. Juste des loques humaines, échappées dans les ultimes cordages. J'entends quelques voix qui appellent leur mère, celle de Brest ou celle du Ciel :

— Maman! Sainte-Marie! Mère de Dieu! Sauvez-nous!

Moi aussi, en silence, j'implore. Puis je m'adresse aux réfugiés du gréement :

— Je forme, devant vous, le vœu, si nous ne coulons pas, d'aller, à notre retour, en chemise et pieds nus, porter un cierge à Notre-Dame de Recouvrance.

Alors, lentement — faut-il croire que le ciel nous a entendus? —, le vent se calme, il s'assagit. L'espoir renaît. Mais on se sait au milieu des récifs, le gréement est irréparable. Une brume épaisse se lève. On flotte à l'aventure. Perdre son mât sur un cutter en plein hiver, c'est perdre la vie. Pas de secours, pas de lumière, pas de route, pas d'issue. Il n'y a qu'à attendre ; le bateau s'enfonce ; attendre que le jour prenne la relève du crachin, que le brouillard se dissipe et que la carcasse à la dérive prenne, par miracle, le bon courant pour nous ramener sur le chemin des îles.

Au petit matin, j'entends sonner une cloche.

On sonde, et, trouvant très peu de fond, on jette l'ancre. La brume se dissipe. *L'Écureuil* a donc dérivé toute la nuit. Comment le cutter a-t-il pu, tout seul, porté par de mystérieux courants, enfiler le Goulet sans heurter les bâtiments ancrés dans la rade?

J'aperçois, à côté de nous, un maître de barque :

— Où sommes-nous? à Camaret? à Douarnenez?

— Non, à Landerneau.

— C'est un port?

— Pas vraiment… Un port d'échouage, où l'eau monte avec la marée.

— Mais je vois les deux rives. C'est une rivière?

— Oui, c'est l'Élorn, la rivière de Landerneau qui débouche dans la mer d'Iroise.

— Et la cloche, tout à l'heure?

— C'est la cloche de Saint-Thomas.

Nous avions quitté l'océan.

Je regarde autour de moi. La rivière où nous sommes échoués baigne les prairies et les murs de jardins fleuris, surplombés par de hautes collines plutôt aimables, avec ses roubiniers faux-acacias. Je me retourne. Surprise : un pont habité, de facture ancienne, avec un vieux moulin à farine mais qui, visiblement, sert aussi de pêcherie à saumon.

Le maître de barque s'amuse de mes étonnements :

— C'est le pont de Rohan. Pendant des siècles, il a commandé tout le pays.

Nous décidons de débarquer. Alors me revient le souvenir d'un ami, un enseigne de vaisseau, originaire du voisinage, Charles de Moëlien. Il est garde du Pavillon. Il a dû partir sur *L'Hannibal*. Son père était un ami proche de mon parrain au parlement de Bretagne. Je le fais quérir. C'est une chance, il est chez lui, au manoir de Penanrue. Il nous conduit à l'auberge des Treize Lunes, pour une collation matinale, avec de la boudinaille de caractère. Il est accompagné de sa grande sœur, elle a au moins vingt ans. Elle est d'avenante tournure, ce qui ajoutera à l'amitié que j'ai pour son frère.

Il a plaisir à nous faire découvrir sa paroisse. Il nous emmène au marché aux pommes et à la foire aux chevaux.

— À Landerneau, tout se traite sur un serrement de main, me dit Charles, mais, ici, les paysans sont sujets à manquer de parole lorsqu'ils trouvent à vendre plus cher.

Nous voilà maintenant sur le pont qui sépare les deux rives. Le moulin-pêcherie, tout en hauteur, surmonte les grandes arches. Charles appelle le meunier, bretonnant, malicieux — une « figure » —, qui fait dans l'emporte-pièce :

— Quand vous êtes sur le pont de Rohan, votre nez est léonard, votre derrière est cornouaillais.

— Ce sont deux paroisses ?

— Non, deux pays, deux évêchés. Ici, nous sommes dans l'évêché du Léon. L'évêque est un jardinier savant. Il cultive la pomme de Parmentier et il la distribue à ses fidèles. On l'appelle « l'évêque aux patates ».

— Et pourquoi le pont au moulin s'appelle-t-il le pont de Rohan ?

— C'est l'histoire d'une famille : « Roi ne puis, Prince ne daigne, Rohan suis. »

— Et vous ?

— Je suis le meunier du pont de Rohan. La différence entre les Rohan et moi ? Eux se sont couverts de gloire, et moi, de farine.

Charles nous fait passer par l'église Saint-Thomas :

— C'est Saint-Thomas d'Aquin ?

— Non, Saint-Thomas Becket, un Anglais.

— On a été sauvé par la cloche d'un Anglais ?

— Oui, mais c'était un rebelle. Une sorte d'Anglais comme on les aime. L'ami du roi d'Angleterre qui le fit évêque. Il lavait les pieds des pauvres. Il choisit le dépouillement plutôt que les honneurs, puis la grandeur du martyre plutôt que la compromission des tièdes. Il a résolu de mourir à l'autel comme un marin qui meurt au timon. Il fut assassiné par des courtisans, trop empressés à valeter. En 1218, à l'occasion du premier centenaire de sa mort, l'archevêque de Cantorbéry fut choisi pour patron de l'église de Landerneau. Athanase ! C'est la cloche de Cantorbéry, la cloche réfractaire, qui t'a sauvé.

Une cloche réfractaire ? Drôle de présage…

Il ne nous restait plus qu'à accomplir le vœu que nous avions formé dans la nuit de tempête. Après une réparation sommaire de *L'Écureuil*, nous attendîmes la marée haute pour reprendre la rivière dans l'autre sens et retrouver la rade de Brest. C'est à partir de la rive droite, à Recouvrance, que, suivi par les matelots, je marchai, pieds nus, en chemise blanche de pénitent, portant un cierge à la main, jusqu'à l'église Notre-Dame. Le chœur était constellé de nombreux ex-voto suspendus à la voûte, répondant sans doute à des grâces plus anciennes accordées à de plus anciens marins, pour le retour, la « recouvrance » des navires revenus de l'enfer. Le modèle votif le plus impressionnant était celui du *Kerneellia Maria*, un vaisseau de haut bord, toutes voiles établies. Nous suivîmes la coutume en allant nous agenouiller devant la statue de sainte Anne. On nous regarda passer. Je résolus de ne pas évoquer dans mon journal de bord cette terrible nuit : le naufrage, la mutinerie, etc. Jusqu'à ma rencontre avec mon condisciple Emmanuel Las Cases, deux ans plus tard. Il était dans la même chambrée et passait son temps à écrire sa vie qui, pourtant, n'avait pas commencé. Il m'arracha quelques confidences...

Dans les rues, sur les quais du port, mon nom, désormais, ricochait sur les murs de la ville. Les matelots du cutter racontèrent l'histoire entre deux bordées de tafia. On me saluait chez les mousses, comme « un marin de beaupré », ce qui était un compliment rare.

Très vite, on m'appela par le nom du cutter miraculé, « l'Écureuil ». La chrysalide devenait papillon. Je commençais à m'attacher à Brest et au Léon. Je traînais sur le port. Le petit hérisson de Couffé avait muté, comme les chats siamois devenus brestois. Il n'avait plus peur de traverser la rade et les tempêtes ; il était l'Écureuil de Recouvrance.

— Laissez passer l'Écureuil.

Je commençais à apprivoiser en moi les métiers de la mer. Je sifflais comme Mathurin, avec au cœur, un petit rossignol :

Siffle, gabier, siffle doucement.
Pour appeler le vent.
Mais sitôt la brise venue
Gabier, ne siffle plus.

LE PREMIER FEU

À PEINE avais-je mis le pied à terre qu'une frayeur rétrospective me submergea, irrépressible. Ma nature revenait comme la marée haute au Mont-Saint-Michel, au galop. J'avais eu beaucoup de chance mais je savais que je n'étais pas vraiment amariné.

Ce personnage intrépide ne me ressemble pas. Mais il va falloir que je lui ressemble, puisque c'est moi. Je vais vivre désormais avec mon double, le marin qu'on veut voir et saluer. On me convie partout. Pas moi : mon double, parfaitement amariné. Qui parle à ma place et raconte ses virevoltes entre les récifs. Mon double n'a peur de rien. J'ai peur de tout, ma constitution n'a pas changé. Le personnage est un renifleur d'écueils, je n'ai pas de flair, j'ai eu de la chance, une chance inouïe, c'est tout.

Entre mon double et moi, la tension monte. Je l'accuse de tricher. Il me reproche de ne pas me hisser à sa hauteur. L'un des deux va gagner. Peu à peu, il me grille la place. Le hérisson s'escamote. On le prend pour un lion. Ce qui, dans les salons de Brest, produit une belle impression. Mon double va se dépouiller de mon caractère recroquevillé. Il finit par se glisser en moi et s'échanger contre ma nature. Tel qu'on le regarde, il apparaît vaillant, indomptable, téméraire, ardent. Il connaît le succès. Alors je vais renoncer à moi-même et jouer à mon personnage, plus avantageux en société. Partout, on me réclame. Mon double et moi sommes deux fois plus sollicités qu'avant mon heureux naufrage. C'est ainsi que naquit chez les gens de mer le nouvel Athanase. Il ne me restait plus qu'à naître à mon nouvel état. À partir de ce moment-là, il m'est arrivé souvent d'aller souper à l'hôtel de la Marine, à l'invitation de monsieur et madame Hector.

Un soir, j'assistai à une conversation qui faisait écho aux controverses de l'Académie de Marine, entre deux géants de la mer, monsieur Hector et monsieur de la Motte Picquet. Ils disputaient sur la « guerre à faire aux Anglais » ; le ton montait :

— Je ne comprends pas, cher Hector, pourquoi le roi veut m'envoyer à Cadix. Je préférerais une course entre les Sorlingues et les Açores.

— Si près des côtes anglaises ? Pour une nouvelle tentative de débarquement ?

— Non… plutôt pour couper leurs convois de marchandises qui viennent de l'Amérique.

— Un coup d'épingle, cher Picquet. Sans influence sur le cours de la guerre. Il est temps maintenant de frapper des coups décisifs.

— Le coup serait certainement plus décisif que mon séjour sur un rocher d'Espagne. Je ne crois pas que la guerre d'escadre puisse nous donner un avantage irréversible. Le plus sûr moyen, selon moi, de vaincre les Anglais, c'est de les attaquer dans leur commerce.

— Je serais beaucoup plus nuancé. Je pense que la guerre de course ne remplacera jamais la guerre d'escadre, pas plus qu'une guerre d'embusqués n'a jamais périmé la guerre des corps d'armée.

— Vous qui êtes chasseur, Hector, vous savez bien que si on se contente de se promener en grand appareil sur les chemins en attendant que le gibier vienne à vous, on revient avec le fusil plein et la gibecière vide. Il faut battre les fourrés. Eh bien moi, je propose de battre les fourrés de l'océan.

— À cause du butin ?

— Non. Je m'engage volontiers, auprès de vous, à laisser ma part aux équipages. Je ne veux travailler que pour la gloire et le bien de l'État. Vous connaissez comme moi les nouvelles parvenues à Paris hier soir, sur les événements qui se sont déroulés à Saint-Eustache. Rodney rentre en Angleterre. Il n'y a pas mille routes pour y faire retour. Il suffira de détourner l'attention des Anglais et de fondre sur eux.

Je ne connaissais pas Saint-Eustache, ni les dernières nouvelles parvenues à Paris, mais le nom de Rodney vibrait dans ma tête comme un épourail à matelot.

Il y avait, en face de moi, deux guerres d'Amérique qui s'affrontaient : le corps de bataille et la division volante, la ligne et la prise. L'escadre et la course. Un amiral académique et un amiral d'embuscade. Hector et La Motte Picquet.

Les événements s'étaient accélérés, les renseignements avaient sans doute fait mûrir les esprits.

Les deux amiraux prirent congé l'un de l'autre. Je restai quelques instants avec monsieur Hector. Il s'amusait à l'idée d'avoir appelé son vis-à-vis par son vrai nom qui était « Picquet de la Motte ».

— Il en a changé parce que les matelots se moquaient de lui, en riant sous cape : « Celui-là, il est piqué de la motte. »

Il n'empêche, Picquet de la Motte avait obtenu carte blanche. Et ce fut, pour moi, une chance inattendue d'apprendre, dans les jours qui suivirent, mon ordre d'embarquement sur *Le Hardi*, dans l'escadre de monsieur de la Motte Picquet.

Au côté de mon capitaine, monsieur de Silans, je lui fus rendre mes devoirs. Il me mit dans le secret sur la destination de l'escadre « volante ». Juste remis de l'indisposition qui l'avait empêché de se joindre à l'escadre de Grasse, en route pour l'Amérique, il aurait eu tous les titres pour la conduire. Il me le confia, avec l'amertume du vieux soldat :

— J'ai quarante-sept ans de service, trente campagnes de long cours, onze combats, six blessures, une résidence continuelle au département.

C'est vrai que, dans les rues de Brest, on le couvrait de témoignages avantageux. Réputé pour sa simplicité confondante, il me combla d'égards et d'encouragements. En réalité, il était habile à la prise comme à l'épée ; sur ses états de service, figuraient des noms illustres : Ouessant, Savannah, la Grenade ; il en portait les stigmates sur son corps labouré de cicatrices, avec cette joue dépouillée par un coup de canon, qui lui avait d'ailleurs coupé le chapeau au ras de la tête — d'où son nom devenu un surnom « Picquet de la Motte » —, et cette respiration encombrée, provoquée par un biscaïen reçu en pleine poitrine. Sa santé semblait altérée, il était fort sujet à des attaques de goutte. En le quittant, je remarquai sa petite taille. Il avait dû faire des efforts sur lui-même pour conquérir l'autorité. Il sentit ma gêne, en prenant congé :

— Charette, vous êtes grand de taille. Soyez-le de bataille.

L'appareillage eut lieu au printemps 1781.

J'embarquai à bord du *Hardi*, un soixante-quatre canons. L'escadre qui s'élançait pour confondre les pirates d'Albion comprenait *Le Bien-Aimé*, *L'Actif* et aussi *Le Lion*, *L'Alexandre*, *L'Atalante*, *L'Invincible* avec ses cent dix bouches à feu.

Mais quelle pouvait donc être la bonne route pour intercepter les convois anglais ? Les corsaires de l'océan qui chassent les pirates recherchent une aiguille dans une meule de foin. Il faut de la chance. Alors, bonne chance aux vigies qui, tout en haut de leur mât, scrutent l'horizon, pour détecter là-bas un petit point dans l'eau, et, en s'approchant, un beau cortège de bâtiments à visiter. Mais la mer est vaste. Par bonheur, le génie intuitif de l'amiral de la Motte Picquet nous mérita une fortune rapide, inattendue. Pas une fortune de mer. Une fortune de prise.

Le long des côtes cantabriques, un cri embrasa la mâture. Les vigies signalèrent des voiles au vent du *Hardi* et de *L'Atalante* : « Trente-quatre navires marchands et quatre bâtiments qui paraissent être de guerre. »

L'amiral donna immédiatement l'ordre de chasse. Nous étions sur le bon fourré. Il fallut frapper du bâton, faire donner le canon.

C'est *L'Actif* qui engagea l'escorte. Le commandant de Silans avait revêtu son grand uniforme de gala, de bal et de bataille, il était ceint de son épée et arborait ses croix. Il prit son braillard :

— Bas les branles ! Et debout le monde !

C'est le branle-bas de combat. La cloche tinte à coups précipités. Le roulement de tambours déchaîne la course des pieds nus. Les ordres pleuvent. On dispose les grappins d'abordage.

Nous sommes maintenant à une portée et demie de canon du convoi ennemi. On relève les mantelets, on dégage les sabords, on installe et on charge de poudre les bouches jusqu'à la gueule. Les branles — les hamacs — sont roulés pour servir de filets quand il faudra arrêter les éclats de bois du feu anglais. On sable le pont du gaillard et celui de la batterie pour éviter qu'on ne glisse dans le sang. On suspend des fauberts humides contre les incendies naissants.

Monsieur de Silans ne regarde pas son bateau mais celui qu'il pourchasse, il ne regarde pas ses hommes mais ceux d'en face, à une lieue à peine. Il maintient sa lunette braquée sur le vaisseau de tête pour évaluer la puissance et les capacités de l'adversaire.

De partout, on entend l'amiral corsaire qui hurle :

— Armez tribord ! Chargez les pièces !

On répète les signaux. Quelques secondes plus tard, l'escorte britannique nous offre le flanc. Nos canonniers ouvrent le feu à démâter. Nos boulets à chaîne, d'une précision infernale, ravagent le gréement des vaisseaux anglais.

Devant le refus d'amener le pavillon britannique, dans quelques secondes, on pointera en plein bois, dans les régions les plus fragiles de la coque, pour obtenir de plus grands dégâts.

Nous nous rapprochons du convoi anglais, nous en sommes si près que je peux lire, dans la lunette : « Le *Vengeur...* le *Prince Édouard.* »

Le combat d'artillerie redouble d'intensité. L'escorte britannique essuie le feu intense de notre artillerie. Les mâts se brisent. L'étau se resserre.

Je fais partie d'un équipage de prise. C'est l'heure du feu. Du premier feu pour moi. Je suis prêt, tout mon arsenal à la ceinture, deux pistolets accrochés, une chaîne de grenades, mon sabre de bord capable de trancher les cordages. Il faut avoir les mains libres. Pour sauter, enjamber, sévir, dégainer, crocher. Le commandant effectue sa manœuvre pour se présenter au vent de l'adversaire. Il s'amarre à lui avec des grappins à quatre branches qui se prennent dans les câbles des bossoirs et des ancres. Nos hommes font feu depuis les vergues. Les bateaux se joignent. C'est le temps de l'assaut. Un orage de grenades. D'un bond, je suis sur le pont d'en face. Nous sectionnons les cordages à la hache.

La mêlée est effrayante, confuse. Il y a trop de fumée pour discerner ce qui se passe. On se guide à l'oreille, au bruit. On entend un déchaînement de mots d'ordre :

— Crochez, crochez dedans !

Et on croche, on croche dedans, au hasard des coups portés. Jusqu'au silence et au râle du dernier corps à corps.

Le deuxième assaut commence, pour capturer les navires marchands. Leur lenteur à la manœuvre, la rareté de leurs sabords, leur lourd butin, nous rendent la tâche facile pour les rattraper. Je dispose mon équipage de prise pour qu'il surveille les prisonniers sur le gaillard et qu'il fasse l'inventaire des chargements.

Le capitaine anglais s'approche de moi. Il ne comprend rien à ma question, pourtant si simple :

— D'où venez-vous ? D'où viennent ces marchandises ?

L'ironie de la situation est toute britannique : le prisonnier m'impose sa langue. Heureusement qu'à l'École des gardes, on m'a inculqué, de force, quelques notions d'Albion.

Le dialogue s'engage :

— Who is your admiral ?

— Admiral Rodney, sir.

— My God ! Rodney ?

— Yes.

On a donc vaincu l'amiral Rodney !

Alors il me narre tout leur périple dans une lamen-
table succession d'aveux, à la condition, préalable, de
ne rien écrire ni rien retenir sur mon journal de bord.
Il confesse :

— Nous arrivons de l'île Saint-Eustache, aux
Petites Antilles. Nous nous sommes emparés du
Golden Rock, le trois février dernier.

Je lui demande le sens de l'expression « le Golden
Rock », le Rocher d'or. C'est un sobriquet d'origine
néerlandaise qui traduit la prospérité et la richesse de
cet îlot récemment transformé en base de ravitail-
lement pour les troupes de George Washington. Les
aveux du prisonnier en disaient long sur la moralité
de cet amiral Rodney, qui avait, à Paris, la réputation
exécrable d'un créancier en fuite.

— L'amiral nous a ordonné de confisquer tous
les biens et les navires marchands du Golden Rock.
Le butin rassemblé lui parut bien pauvre, il commanda
des violations de sépulture pour récupérer l'or que les
marchands juifs de Saint-Eustache y avaient abrité.
L'amiral voulait punir l'îlot, principal fournisseur
d'armes et de munitions des colonies rebelles britan-
niques d'Amérique. Tout fut pillé : les magasins

d'État et les maisons. Les habitants furent arrachés à leurs domiciles et transportés de force dans les îles voisines.

Cette belle capture prenait ainsi valeur de symbole. De portée militaire, puisque c'est à Saint-Eustache qu'a flotté le premier drapeau américain. De portée morale, car la liberté du commerce et le respect du droit des gens étaient ainsi rétablis.

Plus tard, on m'expliquera que Saint-Eustache était en réalité la plaque tournante de la contrebande dans le va-et-vient entre l'Europe et l'Amérique. Les Hollandais envoyaient sur cette île des productions, comme du blé ou des étoffes. Ensuite l'île revendait ces marchandises aux colonies espagnoles du Mexique et du Pérou qui, en contrepartie, chargeaient à Saint-Eustache, à destination de l'Europe, leurs denrées, tels le café ou le sucre. La compensation se faisait en métaux précieux, des piastres. La cale de ma prise en était remplie.

Vingt-deux navires marchands progressaient désormais sous notre escorte, chaque bateau arborant, à la corne, les couleurs de France au-dessus du pavillon anglais. Les équipages chantaient à tue-tête *Le trente et un du mois d'août...*

Le retour à Brest fut triomphal. La batterie du Parc-au-Duc salua notre arrivée. Les canots avaient leurs avirons levés dans la rade.

Nos vaisseaux et frégates pavoisaient. Le débarquement se fit sous des arcs de triomphe de tamaris et de bougainvillées.

Quelques jours après, la ville de Brest fut invitée à entrer dans l'église Saint-Louis. Le roi avait commandé le *Te Deum* de Domenico Scarlatti, une œuvre du compositeur italien qui courait toutes les cours d'Europe. C'est ce *Te Deum* que la perfide Albion avait choisi de faire entonner après le sinistre traité de Paris. Scarlatti était rapatrié à Brest. Dieu reconnaissait les siens.

Et puis la fête s'éteignit. Monsieur Hector cachait à peine son courroux. Les vaisseaux capturés par l'amiral de la Motte Picquet dormaient dans le port. On attendait les ordres. Certains même faisaient de l'eau. Toute une cargaison de pois cassés était perdue, noyée, gonflée, gâtée. Les rats de Brest, guidés par l'instinct d'une rade sans léopards anglais, se donnaient le mot pour aller visiter à leur tour les cales des navires hollandais. Les vingt-deux bâtiments étaient au mouillage, remplis jusqu'à la gueule de vivres et de marchandises destinées à l'enchère. Les équipages s'impatientaient.

Le commandant du port fit connaître au ministère l'inquiétude des marins, qui venaient chaque matin aux nouvelles :

— Il y a un risque que les équipages, s'ils ne touchent l'argent de leurs prises, s'affermissent dans la crainte, qu'ils ont aujourd'hui, de ne pas voir de longtemps le butin dont ils s'étaient d'abord flattés.

L'amiral de la Motte Picquet, qui sentait monter la frustration, écrivit au marquis de Castries une lettre que monsieur Hector n'hésita pas à nous lire :

— « J'ai le sentiment d'avoir trompé les hommes de mon équipage en leur promettant qu'ils toucheraient leurs parts de prise. »

Heureusement, en plein été, l'ordre arriva à l'hôtel de la Marine. Les cargaisons furent mises à l'encan. L'enchère confondait, dans son énoncé, la marchandise de Saint-Eustache et le nom du bateau capturé qui était hollandais : « Le coton de la *Demoiselle Rebecca* ! Les cuirs de la *Suzanne* ! Le gingembre et le sucre du *Spirituel* ! Le cacao et le café du *Jeune Prince Henri.* »

Il y eut trois millions de livres à partager. Je touchai cinquante louis. J'étais fier comme Jean Bart. Je brandissais ma première prise, entouré de gardes et de matelots, juché sur une petite cambuse de café de Saint-Eustache :

— Je demande à mon équipage de me suivre, au risque de la noyade.

Il y avait deux manières de se noyer à Brest : dans les eaux du port et dans l'eau-de-vie sur le port.

Nous choisîmes la deuxième. Il fallait bien faire partager ma bonne fortune. Ce fut l'une de ces longues soirées qu'on appelle à Brest une « soirée de prise ».

Elle commença au Bigorneau où nous fûmes tirer une bordée de lambic. Les vieux pêcheurs, à la table d'à côté, disaient que c'était un vin qui préservait du mauvais œil.

Après avoir bien bordé l'artimon, nous fûmes jouer au billard, chez les deux maîtres de boules de la ville ; d'abord, chez André Cavé, dans la rue de Keravel, qui tenait le billard des officiers bleus, puis chez Julien Paul, dans la rue des Malchaussées, qui tenait celui des officiers rouges à escarpins. Dans le premier établissement, le poêle était en fonte, dans le second, en faïence. C'est dire. Dans le premier, on buvait du vin ardent. Dans le second, on dégustait du chouchen, un miel fermenté pour les gens de mer.

Nous finîmes la ribote à La Misaine, avec un bol d'eau-de-vie de cidre de Cornouaille. La rue de Siam, au retour de bordée, était boiteuse, les pavés hostiles, les murs s'étaient rapprochés. L'Écureuil devenu « le Corsaire » s'endormit du sommeil du juste, accédant à l'honneur des rêves pavoisés, à la pomme des mâts de grande conséquence.

L'AMÉRIQUAIN

À PEINE *Le Hardi* — qui portait bien son nom — fut-il désarmé que je reçus mon nouvel ordre d'embarquement. Cette fois-ci, c'était le grand départ pour le Nouveau Monde. La guerre d'Amérique en Amérique.

Depuis mon arrivée à Brest, j'avais assisté à tous les retours et à toutes les partances, les trépas glorieux et les équipées aventureuses : la rade partagée entre l'empressement et la déception, ceux qui s'en vont et ceux qui s'en viennent. J'avais vu partir Rochambeau, Ternay, Bougainville, Suffren, Grasse. Et voici qu'il m'était donné de les rejoindre.

Jusqu'à présent ma constitution défaillante m'en avait empêché. Je tenais enfin ma revanche contre le mal de Siam et ma « complexion délicate ».

Mais la nouvelle exaltante fut, au même moment, gâchée, anéantie, par une lettre qui me glaça les sangs. Marie-Anne m'annonçait que la santé de Maman s'aggravait, que le pire était sans doute proche. Que faire? Partir au Nouveau Monde chargé d'angoisse pour y frôler la mort? Rester dans la Bretagne de mes attachements vitaux pour aller veiller ma mère à l'agonie? Je fus voir monsieur Hector et me répandis auprès de lui en conjectures intimes, presque filiales, en parlant ainsi à l'ami de mon père. Il me suggéra, en me signant un congé de voyage, d'aller embrasser ma mère à Couffé puis de monter à bord.

Quelques semaines plus tard, je rejoignis l'état-major du *Clairvoyant* sous les ordres du vicomte de Grasse. Et c'est le jour de la Saint-Denis 1782 qu'eut lieu l'appareillage.

Les contours de notre mission me paraissaient flous. J'avais cru comprendre qu'il s'agissait d'aller protéger nos territoires des Antilles, ces refuges précieux pour l'hivernage de nos vaisseaux.

Mais, dès les premiers jours de mer, monsieur de Grasse nous expliqua que l'affaire était d'une tout autre importance : il s'agissait de chasser les Anglais des « îles du Vent ». Je trouvais l'expression charmante. En dénommant ainsi les Petites Antilles, les anciens marins avaient voulu les distinguer des « îles sous le Vent ». Parmi les premières, il y avait la Martinique, la Guadeloupe et la Dominique ; parmi les secondes, il y avait la Grenade, Saint-Eustache et Saint-Vincent.

Celles qui étaient « sous le vent » abritaient une grande prospérité et celles qui étaient « au vent » ouvraient sur un avantage stratégique. Si c'était pour la richesse, il fallait choisir le cap des « îles sous le Vent » ; en revanche, si c'était pour la maîtrise des mers et le contrôle de la route qui relie les Amériques à l'Europe, c'était du côté de Fort-Royal qu'il fallait cingler. Monsieur de Grasse nous lut l'instruction du ministre qui, justement, nous intimait l'ordre de rallier l'armée navale stationnée aux « îles du Vent ».

Notre capitaine résuma ainsi son propos :

— Nous allons toucher le vent des îles pour toucher les îles du Vent.

Le capitaine de vaisseau Mithon de Genouilly, qui commandait notre expédition, s'était accordé avec l'escadre de Guichen pour que *Le Clairvoyant* marche de conserve jusqu'à Cadix. À la hauteur des côtes d'Espagne, nous nous séparâmes. Notre division, qui escortait un convoi de vaisseaux marchands, prit alors la route des Antilles.

Pour la première fois de ma vie, j'allais franchir l'équateur. Je cédai volontiers à la coutume ancestrale de cet instant de bascule des sabliers : on m'installa sur la dunette pour dégoupiller, avec mon sabre d'abordage, une bouteille de rhum ; et je prêtai serment, devant tout l'équipage, d'aller me percer l'oreille chez le maître orfèvre, dès mon arrivée, à la Martinique. Cette petite boucle de corail ciselée, suspendue à l'oreille gauche, ne devait plus jamais me quitter, c'était la boucle des marins océaniques. Monsieur de Bougainville, monsieur de Kerguelen, Marion-Dufresne, et, avant eux, Montcalm et Tourville avaient perpétué cette antique dignité de l'anneau qui célèbre les fiançailles du marin avec la mer.

Le Clairvoyant entra dans les eaux des Antilles au matin du printemps, après avoir échappé de justesse à une croisière anglaise.

Quelques jours plus tard, nous fûmes rejoints par l'escadre de Barras et la division de Vaudreuil. L'amiral de Grasse pouvait compter sur toute sa flotte : trente-six vaisseaux de ligne et cinq frégates. La Royale était prête pour le grand choc.

Il y eut quelques escarmouches du côté de la Barbade ; l'amiral anglais Hood dessinait, avec force vaisseaux, des ronds dans l'eau. C'était un jeu de fleurets et d'esquive. Essayant de tromper notre vigilance, il attendait le renfort du célèbre amiral Rodney.

La candeur de nos marins s'y laissa prendre. Je me souviens de ce colonel de dragons un peu flambeur, passager sur *Le Northumberland*, qui, devant nous, les gardes, s'amusait ainsi de cette parodie de bataille autour de Sainte-Lucie :

— Vous appelez cela un combat? On aurait pu prendre le thé sur le pont!

Hélas pour lui, à la bataille qui suivit, celle des Saintes, le thé « était assez chaud ». Comme tant de Français engagés sur cette mer de feu, le brave colonel devait y boire — à la grande tasse.

Je savais que le combat à venir serait gigantesque, furieux, incertain. Je ne l'oublierai jamais.

Monsieur d'Aché, qui commandait *Le Clairvoyant*, nous informa de l'état des forces; il estimait ainsi les bouches à feu : deux mille deux cents pour la France, deux mille six cents pour l'Angleterre. Mais le vent, qui, trop souvent dans cette guerre, avait montré des sympathies anglaises, était devenu français.

J'effectuais mon quart sur la dunette du *Clairvoyant*. J'avais les deux mains sur la lunette et j'observais la vigie. Je repensais à nos anciens — Bourdé, Monteil —, qui nous avaient instruits de ce moment-là :

— La guerre, c'est autre chose. Vous verrez, les petits. Le temps fort, c'est l'approche des vaisseaux ennemis, harnachés, prêts à combattre. Cette marche rapide et uniforme dont l'œil ne voit pas le principe, jointe à l'appareil d'une artillerie nombreuse, en impose aux plus résolus... On commence à courir de tous les côtés. On sent que le bateau va devenir à la fois champ de bataille et champ de manœuvres. Il vibre comme un cheval.

Soudain, tout s'emballe, tout se brouille dans la lunette. Nous sommes entrés dans la boucaille. On entend siffler de partout et battre le tambour. Je prépare mes étoupilles et mes mèches, mes amorces et mes cordons à éclats pour les signaux de nuit. Dans le premier fracas et le grondement lointain, je vois qu'à la grande vergue de *La Ville de Paris*, flotte le signal du combat. C'est le branle-bas.

Le Clairvoyant est à quelques brasses de l'amiral. Je le regarde. Il est splendide sur son gaillard, dominant la poupe de ce vaisseau fameux sur lequel Washington, La Fayette et Rochambeau ont porté, il y a quelques mois seulement, le premier toast à l'Indépendance américaine.

Cet amiral de Grasse ne peut pas perdre. Il a tout gagné : Ouessant, la Grenade, Sainte-Lucie, Savannah, Yorktown, la Chesapeake. Rodney, l'Anglais, son vis-à-vis, malgré sa réputation, n'a ni son coup d'œil ni son sang-froid.

D'ailleurs, je l'aperçois, dans ma lorgnette, il est assis sur une chaise. Il a coutume, avant chaque bataille, de sucer des citrons des Indes. Aujourd'hui, on va lui faire sucer des algues. Il va lui en cuire.

L'issue est donc probable, rassurante. Une nouvelle victoire en perspective. Chacun se prépare à son poste. Autour des cambuses, on se bouscule pour la dernière timbale de rhum, un peu d'euphorie ne nuit pas. Autour de moi, les officiers se sont rasés, ils sont poudrés et ont ceint l'épée. Si la mort vient les chercher, ils seront prêts à paraître, en toilette de combat.

Les caisses de grenades passent au-dessus de nos têtes, hissées par les gabiers dans les hunes. Les canonniers s'enturbannent de chiffons pour amortir le choc des éclats de bois que les boulets anglais vont arracher aux parois. Ils chargent les pièces. Puis se couchent à plat-pont. Les gueules sont prêtes à cracher. Et l'ordre est donné :

— Feu !

Alors, c'est un vacarme de fin du monde. Les bateaux tremblent, ils vomissent leurs bordées.

On entend siffler dans les haubans, c'est une atmosphère de craquements sinistres. Tout autour de nous, les voiles tombent en charpie. À la première bordée française répond la première volée anglaise. Quelques boulets viennent s'engraver dans la muraille ou le mât de misaine des vaisseaux de la ligne française.

Maudit régime des alizés qui change tout le temps ! Nous naviguons maintenant sous le vent, à une demi-portée de canon de *La Ville de Paris* ; je ne quitte pas des yeux le chef de l'escadre. On m'a recommandé, dans cette bataille, d'être attentif aux ordres précieux du vainqueur de la guerre d'Amérique. Je le regarde qui esquisse de la main droite des signes qu'il nous revient d'interpréter, car ce sont des commandements. Il est debout sur sa dunette, au cœur même du corps de bataille, précédé et suivi par deux autres escadres qui s'étirent de part et d'autre : l'avant-garde est commandée par monsieur de Bougainville, l'arrière-garde par monsieur de Vaudreuil. C'est une mer glorieuse, un concours de grands capitaines.

Nous avons reçu instruction de transmettre et répéter à tous les vaisseaux une recommandation simple : ne pas distendre le cordon, la ligne; ne jamais laisser couper la queue du long serpent de mer dans ses ondulations et son unique sillage.

Chaque bateau suit l'autre, proue contre poupe, à une respiration, une encablure. Les capitaines regardent de côté, à bâbord ou à tribord, car ils ne voient que la poupe du navire précédent qui leur fait écran.

Les ordres de monsieur de Grasse passent en triangle par les pavillons de ce qu'on appelle justement les frégates « répétitrices ».

Ma mission est de « répéter ». Et de transmettre l'écho des signaux qui sont des commandements. Je mesure le poids de ma responsabilité. Un ordre mal compris, un ordre mal transmis, dans la longue chaîne, et c'est une fausse manœuvre collective d'une ampleur désastreuse puisque le grand ballet des bordées à venir dépend de la belle harmonie du mouvement d'ensemble.

Cette harmonie interdit qu'on laisse couper la route que l'ennemi s'aviserait alors de traverser, de tronçonner. Monsieur de Grasse nous a fait savoir le prix qu'il attachait au maintien de la « ligne de file ». Il nous a mis en garde sur les moindres écarts et on sent bien, au fil des heures, qu'il règle l'allure pour ne pas perdre les retardataires, comme par exemple *Le Zélé*, qui ne l'est guère et qui traîne à l'arrière.

On ne fait qu'appliquer le principe appris à l'École des gardes : « Un espace qui s'ouvre dans la file, c'est une brèche qui s'ouvre dans la ligne. » Autrement dit, une invitation faite à l'ennemi, comme un geste de la main, pour qu'il s'engouffre et rompe l'ordonnance. Avec un effet redoutable : l'ouverture d'un deuxième front, et donc le risque d'être canonné deux fois, à bord et à contre-bord. Depuis les temps les plus reculés de la marine, on appelle cela « être pris entre deux feux », c'est la hantise du marin au combat.

Je veille — dans tous les sens du terme — à ce que les signaux de couleur, aux nuances décisives mais parfois indéchiffrables, hissés tout en haut des mâts de *La Ville de Paris*, qui sont des ordres impératifs et sans doute vitaux, soient immédiatement compris, répercutés et répétés à tous les vaisseaux de nos escadres.

Nous connaissons par avance notre fragilité par rapport aux Anglais : la fatigue de nos bateaux, qui ont beaucoup souffert des dommages subis dans les engagements précédents.

Les Anglais, eux, connaissent le défaut de notre cuirasse; la leur est cuivrée, pas la nôtre. La plupart de nos vaisseaux ont encore la coque en bois, cloutée à l'ancienne, qui fait le bonheur des bancs d'algues de passage et des compagnies de coquillages de parois. Nous sommes lourds, lents, rugueux. Alors que la Marine anglaise glisse dans toutes les sautes de vent entre les îles, grâce à ses carènes enveloppées de plaques cuivrées parfaitement lisses. « Ah, le doublage en cuivre! », avais-je entendu cent fois dans la bouche de mes capitaines. Que n'a-t-on imité plus tôt la ruse d'Albion? Les Anglais sont plus rapides et plus mobiles que nous, ce qui leur donne un avantage à la manœuvre. Par leurs espions, ils le savent depuis longtemps.

De là où je suis, je n'ai pas bien vu ce qui s'est passé, mais, depuis *Le Clairvoyant*, nous avons compris que la ligne a cédé. Elle a été transpercée. Je suis tout près de monsieur de Grasse. Il est magnifique, calme, bouillant, déconfit. Encerclé, isolé, impuissant, impassible.

La brèche vient de s'ouvrir. Le vent est tombé. Les canons ennemis élargissent, autour de la proie ciblée, des nappes de fumée stagnante. Les Anglais, à l'aise dans le brouillard et les mers brumeuses, fondent sur le vaisseau symbole, *La Ville de Paris*. Le serpent de mer a perdu sa tête et il est coupé en trois : un morceau est parti avec Bougainville qui s'agite en s'éloignant, un autre ondule avec Vaudreuil, convulsif, courageux, tournoyant. Et la tête, qui, seule, intéresse l'Anglais, est écrasée sous sa botte.

Dans les fumées de plus en plus épaisses, sur cette mer aveugle, difficile pour *Le Clairvoyant* de le rester. On court d'un gaillard à l'autre. On interroge le mur de fumée, on guette une petite trouée, on navigue au bruit ; mais le bruit est partout et on ne voit plus les bateaux s'approcher mais surgir.

Tiens, voilà un vaisseau tout proche, qui émerge soudainement à une demi-portée de canon. Malheur ! c'est un Anglais. Vite, il faut sortir de la tenaille. Pas un souffle de vent. Pour revirer, on en est réduit, comme dans une parade, à utiliser nos avirons. Nos canons couvrent la manœuvre et puis s'approche un autre vaisseau. Par chance, c'est un Français. Alors, monsieur d'Aché, qui n'a jamais perdu son sang-froid, me demande, avec Bayard et Boberil, d'aller à son bord en chaloupe. Le voyage est bref. Boberil reconnaît le vaisseau, c'est *L'Astrée*, commandé par monsieur de la Pérouse.

Nous l'informons que plusieurs vaisseaux sont démâtés, mais que l'un d'entre eux, *Le Glorieux*, resté au pouvoir de l'ennemi, peut encore être secouru et repris. La suite de la bataille nous instruira : il est hélas déjà trop tard. Le signal monté aux drisses de *La Ville de Paris* n'a plus grand sens. D'ailleurs, on ne le voit plus dans le brouillard tout anglais qui vient de s'abattre.

C'est un silence plombé. Les canons se sont tus. La fumée qui couvre entièrement l'horizon nous empêche de nous voir à la longueur d'un câble. Cinq mille canonniers, la mèche allumée, hésitent à lâcher leurs bordées, de peur de toucher un des leurs.

Capitaine courage… Pilote sans yeux…
Dans la brume… à la grâce de Dieu.

Il n'y a plus que des capitaines aveugles et sourds. Nous sommes empaquetés dans une ouate trempée.

Depuis onze heures continues que le combat a commencé, la décision tarde mais la pression anglaise se fait plus forte. Nous manœuvrons le canon. Les Anglais manœuvrent la caronade ; c'est une pluie de limaille qui déchire tous nos gréements. Nos officiers s'affaissent. Depuis les haubans à léopards, ils sont visés par des machines à pointer d'une précision qui n'a rien à voir avec nos mousquets. Il fait nuit. C'est une nuit de bourre enflammée. Nous dérivons sur une mer de soufre, sous une voûte grêlée de fer. On sent l'agonie, le salpêtre, la poudre. L'odeur mortifère a opéré sa jonction. On respire maintenant les exhalaisons sulfureuses de ces mèches fumantes qui donnent la mort. Au-dessus des têtes ceinturées de chiffons lamentables et illusoires, les gerbes d'échardes cherchent les poitrines. Nos chefs de pièces rendent coup pour coup. Nos servants hurlent à la vie, à la mort. Ils ont le turban déchiqueté, le poignet haut et la main poissée de sang. On rampe et on enjambe les courages transpercés, les cris ultimes, inutiles. On glisse sur le pont. Il n'y a pas assez de sable répandu sur les batteries et de gaillards pour boire les rigoles de sang qui coulent. La nuit s'illumine, elle porte le fer et le feu dans les chairs palpitantes. Le chirurgien est installé dans la grande cuisine, il trépigne et trépane. On ne fournit plus, avec tous ces corps explosés, ces peaux arrachées, ces lambeaux de marins pris dans les cordages. La mort est partout. L'aumônier implore le ciel qui flamboie.

Les marins hurlent à pleins poumons et la mitraille entre à pleins sabords.

L'espoir s'en va, les signaux ne sont plus écoutés. Beaucoup de vaisseaux s'éloignent du pavillon amiral. La défaite s'approche. C'est la fin. Il n'y a plus de poudre. Aux drisses de *La Ville de Paris*, le signal qui flotte est devenu dérisoire : « Ralliement général. »

LES LARMES DE SEL

Le vaisseau pavillon est perdu, privé de tous ses agrès, entouré de quatre cents canons braqués sur le gaillard d'arrière, regréé sous le feu de l'ennemi, puis très vite redégréé. La coque me semble plus basse qu'hier soir, sans doute disjointe. Et le navire fait eau de toutes parts. Le pont est pris dans une volée d'enfilade. Je vois des porcs et des moutons parqués qui mêlent leur sang et leurs membres à ceux des hommes, sur ce ponton flottant. On y marche avec des bottes ensanglantées. C'est une vision insupportable et pourtant glorieuse : car, malgré tout, les canons de *La Ville de Paris* continuent à tirer des deux bords à la fois.

Les heures passent. La faim nous tenaille. Nous n'avons pas mangé depuis le point du jour. Bientôt ce sont les bouches à feu qui crient famine. Les gargousses sont vides. Les munitions, épuisées. Il n'y a plus un seul boulet.

À ce moment-là, j'assiste à une scène qui, je l'espère, restera dans l'Histoire. L'amiral de Grasse se redresse sur le gaillard. Il semble encore plus grand, plus robuste, le visage fier, et, en même temps, stupéfait. Il saisit son braillard et prononce, dans le vacarme, cet ordre dérisoire et splendide :

— Qu'on fonde mon argenterie !

Les marins s'exécutent. Ils enfournent, dans les gueules, la vaisselle de l'amiral — un prestigieux service aux armes de Grasse.

Un peu plus tard, les canonniers de *La Ville de Paris* tirent sur les Anglais à balles d'argent. L'amiral refuse d'amener son pavillon.

Les matelots anglais sautent à l'abordage et ce sont eux qui vont défaire et abaisser le pavillon. Il ne sera pas dit que l'amiral s'est rendu.

La Couronne de Mithon de Genouilly, *Le Languedoc* de d'Arros, qui encadraient *La Ville de Paris*, ne dérivent pas d'une brasse.

Plus loin, j'aperçois un navire embrasé, c'est *Le César*. Le feu, parti d'un baril de rhum pris aux Anglais, s'est répandu dans les soutes à poudre. Dans quelques heures, j'apprendrai ce qui s'est passé : le commandant, Bernard de Marigny, grièvement blessé, est allongé sur sa couchette. On l'informe que le feu est à bord. Sa réplique fuse avec panache :

— Tant mieux! Au moins, les Anglais n'auront pas *Le César*! Je vous demande de fermer la porte sur moi et de vous sauver.

Quelques secondes après l'exécution de cet ordre, *Le César* devait sombrer dans une terrible explosion avec, hélas, à bord son commandant et quatre cents victimes.

Nous sommes dans des eaux inhospitalières pour les blessures ouvertes. Alors, c'est un terrible spectacle : aux dernières lueurs des pontons, des marins s'abîment dans les flots, et nous voyons des dizaines de requins qui tournoient autour des épaves, déchiquetant leurs proies parfois encore vivantes.

Il n'y a pas que la bataille des Saintes qui soit perdue. La réputation de certains vaisseaux illustres qui n'ont pas tenu la promesse de leur nom l'est aussi : *Le Glorieux* s'est éclipsé sans gloire. *Le Souverain* s'est enfui. *Le Brave* est devenu le mal nommé. Le prestige de nos armes est parti en fumée.

Le Clairvoyant suivit monsieur de la Pérouse jusqu'au mouillage à Basse-Terre, puis à Cap-Français.

Le jour même de l'été, on me fit changer de bateau pour un embarquement sur *L'Hercule*, où je devais retrouver Daudart, Boberil, Brochereuil.

Je fis mes devoirs à mon nouveau commandant, monsieur de Puget-Bras, qui venait de prendre, au pied levé, le commandement de cette malheureuse frégate décapitée. Elle n'avait plus ni mât ni capitaine. Chadeau de la Clocheterie, le fameux vainqueur de *La Belle Poule*, avait perdu la vie après avoir reçu un cap de mouton de bas haubans en pleine poitrine, recevant sur lui toute la tension des cordages.

Chaque bateau comptait ses morts et on faisait l'addition par escadre : cinq mille ? sept mille ?

L'Hercule était l'ombre de son nom, il avait été gravement offensé par l'engagement des Saintes. Quelques-uns des soixante-quatorze canons s'étaient, en son sein, détachés et leur incessant va-et-vient de béliers, provoqué par le roulis, avait disjoint les bordages. Les restes de voiles pendaient au vent, en lambeaux, le mât d'artimon était sectionné à mi-hauteur, la vergue de misaine gravement endommagée.

En face de moi, un officier suédois hagard, Zachaw, se disputait avec un enseigne de vaisseau, La Roche Kerandréon, sur le nombre de victimes à bord : vingt, trente, quarante hommes ?

On nettoya le pont. La chambre basse, l'infirmerie, avait été peinte en rouge pour que le sang ne se voie pas. L'extérieur du bateau sauvait les apparences, car il était, chance rare, enveloppé de cuivre. Mais l'intérieur était complètement pourri. J'enfonçais mon couteau dans le bois comme dans une motte de beurre. Les clous et les chevilles venaient à la main. Il aurait fallu l'abattre en carène pour gratter la coque sur laquelle les mers chaudes avaient entretenu herbes marines et tarets à piqûres. C'était à se demander si les œuvres vives tenaient autrement que par le manteau d'algues et la sécrétion des coquillages.

Nous quittâmes les parages de l'archipel de la Guadeloupe et les îles des Saintes. Avec un nouveau chef, rescapé de la débandade, qui parvint à réunir, sous son pavillon, vingt-cinq vaisseaux. C'était le chef d'escadre Vaudreuil, un enfant du Corps, un illustre marin qui, après la victoire d'Ouessant, était allé s'emparer de Saint-Louis du Sénégal, puis s'était illustré, au côté de Guichen, aux Antilles.

Le Triomphant qu'il commandait n'était guère familier des revers et des humiliations. Il conduisit la flotte à Cap-Français puis à Boston pour réparer les bateaux et dégager la route des colonies françaises infestées par les corsaires de la vieille Angleterre devant les côtes de la nouvelle.

Il avait détaché de l'escadre le vaisseau *Le Sceptre* et les frégates *L'Astrée* et *L'Engageante*, sous les ordres de monsieur de la Pérouse, pour aller détruire les navires anglais dans la baie d'Hudson.

Nous cherchions un hivernage, un port pour la toilette et la convalescence de nos bateaux. Nous pénétrâmes dans la baie de Massachusetts à l'Assomption. Le mouillage se fit devant la ville de Boston. En nous voyant à l'horizon, les commandants des postes anglais en proie à la panique comprirent que l'amiral français avait ourdi un plan avec le général Washington pour une entreprise commune qui serait hostile à la vieille Albion.

Nous fîmes quelques captures faciles de navires marchands anglais, *Le Warwick*, *Le Shirley*, *Le Renown*, ainsi que la corvette *L'Allégeance*, à laquelle nous trinquions symboliquement dans le port de Boston : « À l'Allégeance anglaise ! »

L'accueil des habitants de Boston fut inoubliable. Il contrastait avec les rumeurs venant de France où la nouvelle mode des dames les invitait à porter, nous disait-on, une croix d'or sertie à la jeannette, « une grâce sans cœur », une « grasse » sans cœur. Cette marque d'ironie douteuse à l'endroit de l'amiral de Grasse n'eut pas l'heur de nous plaire : elle manifestait que les humeurs des grandeurs d'établissement sont décidément bien changeantes. C'était selon la vague du moment.

Les Américains nous donnaient toutes les marques d'amitié possibles. Sauf les gentlemen tories, fidèles à la Couronne d'Angleterre, acharnés contre les *Insurgents*, qui nous interpellaient :

— Vous, les marins français, vous vous promenez sur les océans avec vos Lumières — des brandons allumés. Vous mettez le feu à la queue du renard. Un jour, le renard viendra chez vous.

Bien que leurs femmes eussent le meilleur ton possible, nous en restâmes à de fort bonnes manières, sans plus de commerce. La commotion de cette société, devant l'irruption d'un monde trop nouveau, y répandait la tristesse et l'incompréhension. Les préliminaires de paix entre les deux Angleterres furent ouverts au début de l'année 1783.

Pour mes vingt ans, le deux mai, le commandant Puget-Bras et mes amis, les enseignes Basterot et Potier, m'avaient préparé un biscuit de mer avec vingt chandelles qui m'aidèrent à oublier un instant que j'étais sans nouvelles de France, sans nouvelles de Maman. J'avais hâte de la retrouver, malgré ces heures ardentes vécues au feu du Nouveau Monde.

L'amiral de Vaudreuil me fit savoir qu'il m'avait retenu sur la liste des « Services signalés en Amérique ». Un compliment prometteur. C'est dans le même mois de mai que toute la flotte se rassembla, aux Antilles : *L'Auguste, Le Brave* nous avaient rejoints. *Le Pluton, Le Neptune* et *La Néréide* aussi.

Alors commença la grande traversée du retour. La mer fut bienveillante. Calme, française. Mais juste avant l'Iroise, l'escadre fut prise dans les brouillards et faillit donner tout entière sur les rochers de Sein.

La guerre était finie. La fête allait commencer.

Ce fut la grande surprise de Brest. Toute la France nous attendait. C'était le dix-sept juin, jour de la Saint-Houarneau, saint Hervé, un grand saint breton.

L'entrée dans la rade surpassa tout ce que j'avais vu auparavant. Une immense salve salua notre arrivée. Aux batteries de la rade répondaient les décharges tirées par les bâtiments du port, qui étaient tous pavoisés.

On nous remerciait ainsi d'avoir soutenu avec éclat la gloire du Pavillon. Brest célébrait notre retour avec toutes les marques de l'allégresse publique.

Les troupes de marine, bordant les quais, tiraient des coups de feu de mousqueterie qui faisaient écho aux salves de nos vaisseaux.

Le débarquement fut tout aussi impressionnant. Des fontaines, d'ordonnance toscane, ornées de pilastres de marbre blanc, avaient été installées sur la terrasse du jardin de l'hôtel de la Marine. Il y avait même des dauphins dorés des Antilles, de la gueule desquels le vin coulait en tombant de dix pieds de haut, dans les bassins placés à même la rue.

La journée fut entièrement consacrée à la joie publique. La santé du roi, des amiraux, de

Washington, de la Nouvelle-Angleterre fut arrosée au son du canon.

Il y avait, partout, des arcs de triomphe avec des globes fleurdelisés et des piédouches ornés de guirlandes de pardons bretons. Les bannières paroissiales s'inclinaient sur notre passage.

Quand la nuit vint, les vaisseaux furent illuminés. La rade était un berceau de feu, les équipages brandissaient des fanaux ; un grand concours de monde bordait les remparts. Partout, à l'image de madame Hector qui ouvrit le bal en prenant pour premier cavalier un matelot « amériquain », on se mit à danser la « matelote ».

Après les menuets de cérémonie, très vite, on forma des contredanses. Soudain, un officier du port s'approcha de moi :

— Monsieur Hector souhaiterait que vous lui fassiez vos honnêtetés. Il vous attend.

Pourquoi monsieur Hector souhaite-t-il me voir si vite ? Un nouvel ordre d'embarquement ? Des nouvelles de ma famille ?

La fête, pour moi, était finie.

Monsieur Hector m'annonça que le vingt-trois janvier Maman était morte. Vaincu par la tristesse, j'en oubliais ma colère. On avait donc cru judicieux d'attendre mon retour pour me prévenir !

Maman est morte. Et je n'avais pas pu aller à son enterrement.

Je cherche un cheval et disparais. Au moins, j'irai sur sa tombe, où je verserai toutes les larmes de l'Amérique.

Je n'ai plus mes parents. C'est une amputation. Une partie de moi-même s'en est allée. Ma grande sœur me console et m'adjure de regagner la rue de Siam :

— Ton destin est là-bas, Athanase. La Marine royale est la première du monde. Notre papa et notre maman te le demandent. Sois fidèle à ta condition. Ton métier n'est pas celui des larmes, mais celui des armes.

Elle avait le ton impérieux. Je retrouvai Madame Dubois qui était devenue, pour moi, une deuxième mère. Et puis mon caractère avait pris son parti des tons gris de Brest. Le bourg de Couffé était vide des anciens voisinages que j'avais aimés. Ainsi va la vie, mes affections avaient pérégriné, déménagé.

Pendant tout le voyage du retour, depuis Boston, j'avais imaginé ce moment de juste fierté filiale, moi lui prenant la main :

— Maman, on a gagné la guerre d'Amérique. J'y étais.

Je la voyais qui m'écoutait, son beau regard m'enveloppant, dans le sourire de ses belles années :

— C'est bien, mon petit hérisson. Tu l'as traversée, la route...

Hélas, le sourire s'était éteint. Le sourire de ma vie. J'étais seul sur la route.

L'ÉPÉE ET LA PLUME

Il fallut retourner à Brest. Chemin de tristesse, semé de remords.

Je galopais, dans les poussières d'été, parmi les genêts d'or et les rivages de blés mûrs, tenaillé par une seule pensée que je me répétais tout bas :

— Ta mère est morte et tu n'étais pas là. Elle a voulu te parler et tu n'étais pas là.

Cette mère aux lèvres closes est partie avec un dernier mot, que je ne connaîtrai jamais. Mes mains sur la bride étaient des mains absentes. Je traversais les villes et les champs sans les voir. Je taraudais mes souvenirs pour retrouver la voix de Maman, l'intonation de mes belles années.

J'arrivai à Brest le jour de la Sainte-Anne. Le Goulet, gorgé de soleil, était couru comme un lieu sacré qu'on venait visiter depuis Hennebont et Lorient. On voulait voir d'où l'épopée s'était élancée. Je regardais ces femmes de matelots qui s'approchaient de la rivière, s'y penchaient pour y prendre une petite poignée d'eau salée porte-bonheur dans la main, l'eau des Amiraux. L'eau de la gloire.

On cherchait à voir de plus près les vaisseaux, à toucher les amarres, à reconnaître les blessures, à mettre le nez sous l'étrave. Tout baignait dans la lumière et l'exaltation. La vie était à marée haute. C'était la saison des couleurs où les filles de Brest, accastillées et soigneusement gréées, se vengeaient des crachins d'hiver. Elles étaient les sourires de l'océan. La mer était cajoleuse. Ses tendresses venaient jusqu'à moi, malgré tout.

Peu à peu, j'étais repris par la ville. Je fus mettre pied à terre chez madame Dubois. Je la quittai, pénétré de toutes les amitiés que j'avais à nouveau reçues de sa part. Puis je marchai jusqu'au port pour soigner ma mélancolie.

Il faisait chaud. Je remontais la Penfeld. Sur le quai de Recouvrance, un attroupement de curieux épiait quelques jeunes talents qui s'exerçaient à peindre et à écrire.

L'un dessinait la tour Tanguy. L'autre, assis sur un mât, laissait courir sa plume, observant les mouvements de la foule et l'agitation du port. J'allai vers lui. Il me reconnut à mon uniforme et leva la tête :

— Je crois que nous sommes de la même rue…

— La rue de Siam ?

— Oui, opina-t-il.

— Tu es garde de marine ?

— Non, juste soupirant, en pension à une table d'hôte de gardes… Je suis triste d'être ici.

— Et tu écris ta tristesse à quelqu'un ?

— À la postérité.

Réponse étrange. Au fil de la conversation, nous découvrîmes alors tous les deux que nous avions suivi le même chemin, celui des cadets de ces vieilles familles qui, n'ayant plus de terres, envoient leur second fils faire une fin à la mer.

— À Couffé, où habitait ma famille, il n'y avait rien à partager. Alors mon oncle m'a dit : « Quand il n'y a plus de terres à cultiver, il n'y a plus que la mer à labourer. » Je suis devenu marin.

— Et moi, on voudrait que je le fusse. C'est mon père qui le voudrait pour moi. Quand il m'a regardé, j'ai eu l'impression qu'il avait la prunelle qui se détachait et venait me frapper comme une balle : « Tu seras marin, mon fils ! » Après le collège…

— En Bretagne ?

— Oui, à Dol… Un mauvais souvenir…

— Les quatre murs, les sévérités ?

— Oui. Et il a fallu du temps à un hibou de mon espèce pour s'accoutumer à la cage d'un collège et régler sa volée au son d'une cloche. Je préférais flâner et courir que lire et écrire.

— Le hibou ressemble au hérisson !

— Au hérisson ?

— Mon histoire est presque la tienne. Moi, c'était le collège des Oratoriens. On m'appelait « le hérisson ». Si on s'était rencontrés, tous les deux, le hérisson n'aurait pas hésité à traverser la route pour aller faire ses honnêtetés au hibou. J'imagine que ton enfance fut bretonne, comme moi ?

— Oui, j'ai grandi entre l'alouette des champs et l'alouette marine. Avec des oncles et tantes qui nous choyaient.

— Ah ! C'est drôle ! Moi aussi. Tu étais un enfant docile ?

— Non, facétieux et moqueur. J'aimais croquer les caractères de toute la famille. J'avais deux oncles Bedée. Avec mes sœurs Lucile et Marie-Anne, on les appelait « Bedée l'artichaut », à cause de sa grosseur, et « Bedée l'asperge », à cause de sa maigreur.

— Nous, c'étaient deux tantes. Avec ma sœur, qui est aussi une Marie-Anne, nous distinguions la « Charette à bœufs », la jambe courte, épaisse, le pas lourd et encombré ; et la « Charette à cheval », la mâchoire généreuse, les attaches fines et le naseau emballé.

Parenté de conditions. Et de caractères. Ressemblance du soupirant et de l'aspirant. Soudain, il me bouscule :

— Comment peut-on passer de ces gourmandises pastorales à ce monde si dur de la Marine ?

J'essaie de le rassurer :

— J'étais comme toi, en arrivant ici. Tu t'y feras… Tu finiras par être amariné. J'avais le même âge que toi. J'ai tout appris, le Bezout et la tempête, l'escrime et les instruments.

— Non, je ne pourrai pas m'y faire… Mon esprit d'indépendance est trop fort. Traverser les mers, pourquoi pas ? Les voyages me tentent, pour l'écriture.

— Tu vas repartir chez toi ?

— Oui, dès demain.

— Ici, tu pourrais devenir écrivain de marine, officier de plume ? Tu aimes écrire…

— Non, je ne saurais pas écrire sur l'ordinaire. Je m'abîme dans le quotidien.

— Oui, mais ici, le quotidien est tramé dans l'épopée !

— Oui. Tu as raison. C'est justement ce que j'écris : un moment sublime, le jour de la Saint-Hervé, quand les détonations de l'artillerie se sont succédé et que la grande escadre française est rentrée après la signature de la paix. J'ai vu les vaisseaux qui manœuvraient sous voile, se couvraient de feux, arboraient des pavillons, présentaient la poupe, la proue, le flanc, s'arrêtaient en jetant l'ancre au milieu de leur course, ou continuaient à voltiger sur les flots.

Je reconnais sa description. J'y étais :

— Ce que tu as vu, c'est ce que j'ai vécu. Au beau milieu de cette escadre du Triomphe, à bord de *L'Hercule.* Je rentrais d'Amérique. Tu as raison, ce fut un moment de lyrisme rare. Tu devrais écrire ce récit. Ce serait une bouteille à la mer qui deviendrait peut-être un millésime.

— Je viens de l'écrire. Tu veux le lire ?

— Oui, bien sûr…

Le jeune soupirant de marine me donna son papier griffonné, que je dévorai. Il exaltait la liesse de notre arrivée, le fameux jour de la Saint-Hervé : « Tout Brest accourut. Des chaloupes se détachent de la flotte et abordent au Môle. Les officiers dont elles étaient remplies, le visage brûlé de soleil, avaient cet air étranger qu'on apporte d'un autre hémisphère, et je ne sais quoi de gai, de fier, de hardi, comme des hommes qui venaient de rétablir l'honneur du pavillon national… »

En quelques mots, ce jeune marin avait tout dit, tout senti. Prenant congé, il souhaita connaître mon prénom :

— Athanase. François Athanase. Et toi ?

— René. François René.

Le lendemain matin, j'appris que le jeune homme avait quitté Brest. Il était reparti chez lui. Dommage pour la Marine… Un brillant sujet. Je ne sais ce qu'il est devenu. Sans doute aura-t-il été repris par la foule des anonymes… L'esprit de l'époque ne favorise pas ce genre de caractère libre. Je me souviens de son nom, Chateaubriand… François René de Chateaubriand.

L'HONNEUR DU PAVILLON

Je retrouvai chez madame Dubois mes amis Lamorique, Montami, Boberil, Boisguiheneuc, entourés de têtes nouvelles, dont un jeune garde qui rentrait de Cadix, débarqué de *L'Actif* en mai, à Toulon, originaire du midi de la France. Son nom, Las Cases, à la consonance espagnole, lui inspirait une fierté légitime car il comptait parmi ses parents le célèbre Barthélemy de Las Casas, le dominicain qui avait défendu les Indiens d'Amérique contre les excès des conquistadors.

Emmanuel devint très vite un ami sûr; nos jeunes années passées chez les oratoriens d'Angers et Vendôme nous rapprochaient et on nous réputait voisins de tempérament. D'un naturel malicieux, timide, sensible, il avait toujours le désir d'obtenir l'approbation et de se rendre agréable. Nous étions, par notre organisation physique, deux amarinés de la onzième heure.

Il logeait, lui aussi, chez madame Dubois. Avec son ami Volude, de Coëtilliou, féru d'histoires bretonnes, il emplissait la grande cuisine de sa faconde aux accents chantants du Languedoc.

Nous étions une douzaine à souper. Le hasard avait composé une table où il se dépensait beaucoup d'esprit. Nous préparions les farces du lendemain et choisissions ensemble nos cibles dans la ville.

Emmanuel jouait au craps, un jeu de hasard à trois dés. Il lui arrivait d'y gagner des dizaines de louis en une seule soirée. Nous allions ensuite les boire sur le port, au café de la Bernique.

Sa chambre jouxtait la mienne. Nous nous parlions à cœur ouvert. Peut-être à cause de sa petite taille, je sentais, chez lui, une pointe de jalousie. Il s'agaçait de mon indolence :

— Tu es un dormeur. Un esprit taciturne.

— Emmanuel, je suis un lion blessé qui dort les yeux ouverts.

Un jour, il disparut. Il avait changé de gîte et pris pension, à Coëtilliou, chez la vicomtesse de Kergariou qui s'extasiait devant son érudition. Lui s'extasiait devant la fille de la maison, Henriette. Il réservait son matin à l'étude et consacrait son après-midi à la société en général et à celle d'Henriette en particulier.

Nous nous retrouvions pour aller à la chasse. Avec le chevalier de Cotignon, notre sonneur de cor anglais, et Boulainvilliers qui avait une meute de bassets pour le renard, nous partagions l'honneur des invitations de monsieur Hector, en forêt de Pencran ou dans les marais du Gouesnou. Ces chasses étaient très courues, non seulement par les meilleurs fusils du Léon et les paysans de Cornouaille qui nous accompagnaient en culotte bouffante et bonnet de lin, mais aussi par toutes les perruques de Brest qui s'exerçaient à la cravache pour « être du bon équipage, au vent portant ». Dans les hôtels, on connaissait la réputation du comte Hector : il était devenu le confident le plus écouté du ministre de la Marine, le marquis de Castries. Un mot de lui, et c'était un galon de plus.

Depuis le traité de paix, nous étions passés de la vérité du mérite à la quête des apparences. Brest voyait tourner autour des amiraux, avec des placets de recommandation qu'on déposait au creux des mains importantes, une nouvelle sorte d'officiers de rencontre, qui grillaient la politesse aux officiers d'épée, les « officiers de convenance ». Ceux-là pensaient qu'une partie de chasse avec le commandant de la Marine pourrait les mettre dans les petits papiers du service. On n'avait plus l'occasion, pour se faire remarquer, de tirer les Anglais, on tirait les bécasses. On ne coiffait plus le tricorne, mais un large chapeau à l'anglaise — la nouvelle mode des bonnes pensées de la paix. Nous regardions toutes ces élégances comme des vanités, voire de coupables alanguissements. Le dérangement que nous mettions dans ce nouvel ordre de bienséance nous paraissait relever d'une œuvre salutaire : les gardes devenaient les gardiens de « l'esprit de la Marine ». Nous étions des artisans de bonne panique.

Cotignon, Volude et Las Cases rivalisaient d'audace dans l'espièglerie. Un jour, ils fabriquèrent en cachette, dans le grenier du théâtre, un ballon d'air chaud, et le lancèrent au-dessus des champs de choux-fleurs où couraient les perdrix. La baudruche prit de l'altitude et mit en émoi toute la compagnie. Il fallut aller quérir la mousqueterie de l'arsenal pour mettre fin à la plaisanterie. On creva le ballon. Le prévôt chercha les coupables. Le soupçon tourna un moment au-dessus de nos têtes.

Un autre jour, nous désignâmes comme cible de chasse le couturier de parfums de la Grand-Rue, surnommé « l'Embaumé ». Il passait son temps à se renifler et étalait sa science des senteurs. Il versait un flacon d'eau de Chypre sur le tapis de sa monture pour attirer les nez et les regards. L'Embaumé était la cible parfaite. Il respirait la jobardise et, surtout, il méritait une correction car il faisait discrètement venir des essences de Londres, dont on voyait les caisses arriver dans la rade. Pour lui, l'argent n'avait pas d'odeur. Il aurait donné son cheval pour s'acheter une réputation. Cotignon et moi fîmes le pari de le dépêcher auprès de madame Hector :

— Madame Hector n'a pas de cheval pour la chasse. Elle serait certainement sensible à un geste d'attention de votre part et ne manquerait pas, ensuite, de répandre les parfums de votre délicatesse dans les salons de Brest.

— Dois-je lui proposer ma monture ?

— Certainement. Dites-lui : voici ma monture, elle est pour vous, Andromaque.

— Pourquoi Andromaque ?

— Parce qu'elle est la femme d'Hector et qu'elle déteste qu'on l'appelle, à la chasse, autrement que par son prénom. Elle a la simplicité des femmes de marins.

Il hésita. Puis, lentement, cérémonieusement, il descendit de son cheval et marcha jusqu'à l'heureuse élue qui était à pied ; il lui présenta ses hommages du matin, en s'inclinant :

— Voici mon cheval, madame Andromaque.

— Plaît-il ?

— Je vous en prie, prenez-le.

— Pourquoi m'appelez-vous Andromaque ?

— Vous êtes bien la femme de monsieur Hector ?

Elle éclata de rire, puis le traita de malotru. En un éclair, elle retourna la plaisanterie avec une finesse troyenne, digne du Grand Siècle :

— Allez dire, monsieur, à vos commanditaires, que je ne monte qu'un seul cheval, le cheval de Troie.

Le couturier, livide, sentit que son parfum avait tourné. Sa boutique aux senteurs nous fut à jamais fermée.

Nous le retrouvâmes au théâtre, deux jours plus tard. Il n'avait pas voulu manquer la grande soirée d'anniversaire de l'arrivée à Brest des ambassadeurs du Siam. Nous non plus. C'est d'ailleurs cette nuit-là que nous comprîmes l'origine du nom de notre chère rue. Les plénipotentiaires du Siam y avaient élu domicile, un siècle plus tôt, à l'hôtel Saint-Pierre, avant de se rendre à Versailles où le roi Louis XIV les attendait dans le plus grand apparat. Ils avaient débarqué à Brest puis remonté la rue Saint-Pierre, avant de traverser la Bretagne. C'est à la suite de leur passage que l'épigraphie de Brest fut ainsi modifiée : la rue Saint-Pierre, que le cortège des cadeaux avait empruntée, devint la rue de Siam.

Ce soir-là, on joua l'opéra *Azemia ou les Sauvages*, une œuvre tout juste créée, aux puissantes vertus dormitives.

À la sortie du théâtre, à l'angle de la rue d'Aiguillon, une délégation siamoise avait reconstitué, en un moment exquis et singulier de chinoiserie bretonne, le cortège fameux qui avait enchanté le Landerneau, avec ces petits hommes en habits d'or, cette longue suite de parasols de pourpre constellés de miroirs d'Asie, et ces coiffures en pagodes qui remontaient vers les hauteurs de la ville, avec des harpes de Bangkok.

Les mandarins, en chemise de mousseline blanche, portaient des présents étincelants, des petits éléphants qui pesaient chacun une demi-douzaine de bœufs, des dames chinoises, juchées sur un paon surmonté d'une tasse d'argent.

Et surtout, quatre enfants déguisés en chatons siamois poussaient un palanquin supportant un globe terrestre aux étoiles d'or, sur l'arrondi duquel posait une famille de chats sacrés du Siam, aux yeux en amande à l'orientale, la queue en forme de fouet incrusté de pierreries, comme un touchant rappel de porcelaine des ancêtres de notre régiment de chats siamois, grands veneurs de rats, protégés par madame Dubois.

Enfin, fermant la marche, des danseurs vêtus d'un langoutis en soie brochée, sur une jonque marine, avec des siamois sur l'épaule, avalaient des couteaux tonkinois.

Toute la rue de Siam était dans la rue. C'était un moment presque familial où on célébrait la séculaire alliance franco-siamoise.

Tous les chats de la rue étaient aux fenêtres, saluant d'un miaulement de connivence le cortège de leurs collatéraux. Le prince des chats de la rue de Siam, d'orientale extraction, regardait passer son cousin royal, aux yeux en citron arrondi et de haute loucherie, le descendant direct du chef des anciens gardiens des trésors du Siam. Ce fut une soirée brillante, insolite. Cette nuit-là, la rue de Siam était la France. Elle avait retrouvé son éclat.

LE DÉPART DE MONSIEUR
DE LA PÉROUSE

Le jour de l'anniversaire de mes vingt et un ans, le deux mai 1784, commençait pour moi une nouvelle vie de marin, en mer du Nord et dans la Baltique.

La « division des gabarres de Riga » mit le cap sur Copenhague, avant de se rendre en Russie, pour y charger des bois de mâture et s'y exercer aux évolutions navales dans des eaux peu propres à la bonne navigation.

Avec mes amis gardes, Dufou, Fouroviel et Fayard, nous prenions le quart pour apprendre à manœuvrer dans ces mers paradoxales. Notre commandant, le lieutenant de vaisseau Canillac, nous encourageait à la prudence :

— La mer du Nord est la mère de toutes les instructions du temps de paix. Elle est acariâtre et imprévisible.

De nuit comme de jour, nous apprenions à maintenir le cap dans ces eaux fréquentées, truffées de pièges d'écume, entre les bancs des côtes flamandes, les brumes soudaines et les caprices des vents tournants. Le chevalier de Clonard, qui commandait toute la campagne, vantait la mâture de Riga, d'une qualité supérieure à toutes les autres :

— C'est un article essentiel pour le succès des armes de Sa Majesté. Qui mâte en Russie, mate l'ennemi.

À Dunkerque, un Suédois, à la longue natte blonde tressée, surnommé « le Viking », monta à bord. On nous le présenta comme LE pilote côtier pour les mers du Nord et de la Baltique. Sa hardiesse et son sang-froid de grand caboteur firent impression sur l'équipage. Il ne s'occupait pas des instruments. Il naviguait aux astres.

La gabarre mouilla devant Elseneur. Puis, dans le port de Copenhague, montèrent à bord les pilotes de Riga, des Russes et des Lettons de belle allure et de grande dextérité. Le gouverneur de Riga nous accueillit en saluant nos gabarres de plusieurs coups de canon. Les gardes furent invités par le consul général, monsieur de Lesseps. Parlant plusieurs langues, il avait une volubilité qui contrastait avec ce pays laconique et froid. Les Russes nous traitèrent avec prévenance.

Quand la mâture fut chargée, la division des gabarres appareilla pour le retour. Au début de l'automne, *La Loire* mouillait à Paimbœuf, ce qui m'offrit l'occasion d'une courte évasion vers La Contrie. Puis je reçus mon ordre d'embarquement sur *La Guyane*, une flûte ancienne, affectée au transport de voilures entre les ports de l'océan. Le seul piment de cette mission tenait aux retrouvailles avec mes amis Bénouville et Villebranche ; nous fîmes rouler quelques louis sur le port de Rochefort où on nous avait débarqués. Nous trinquions à *L'Hermione*, la frégate de La Fayette, construite ici. Nous avions la bourse généreuse et l'ouvrions facilement. Il fallait bien trouver à s'occuper. En ces temps de relâche, un marin à terre ressemble à un congre sur le sable, il dépérit. Le temps de la paix et de l'inaction demeurait pesant, fastidieux. La vie manquait de sel, de vrai sel, de sel marin.

Dès mon retour à Brest, je sens quelque chose qui a changé dans la ville, peut-être à cause du printemps qui habille les façades. Les balcons de la Grand-Rue sont encombrés d'arbustes et de petites serres portatives, frappées d'une ancre marine.

J'aperçois Saint-Céran, un de mes condisciples. Intrigué, je le questionne :

— Pourquoi ce fleurissement soudain ?

— Ce sont les caissons d'arbustes qui vont partir avec *L'Astrolabe* et *La Boussole*. Les fenêtres de la ville ont été réquisitionnées, avant l'embarquement, pour tous les végétaux destinés aux futures plantations des îles du Pacifique.

— Une nouvelle expédition de monsieur de Bougainville ?

— Non, c'est le voyage de monsieur de la Pérouse. Nous sommes au cinquième mois des préparatifs. J'embarque sur *L'Astrolabe*.

Saint-Céran nous fit découvrir un spectacle insolite : il y avait, aux fenêtres, devant les portes cochères, les rampes, et sur les toits eux-mêmes, en attente d'être chargés sur les chariots préparés avec soin par les maîtres jardiniers du bord, des pommiers, des poiriers, mille fleurs de Bretagne — des jonquilles, des hyacinthes, des narcisses — et des boutures rares de bruyère vagabonde, des échantillons de dompte-venin, de gueules-de-loup et d'angélique des trappistes.

Saint-Céran nous présenta les sommités du Jardin royal des Plantes qui, à même la rue, recensaient leurs essences et faisaient les cent pas, le doigt levé vers les balcons et la plume ardente.

Le premier jardinier s'impatientait :

— Où est l'asphodèle ?

— Au balcon de l'hôtel de la Marine, lui répondit-on.

— Et la fleur de mélisse ?

— Avec les officinales qui respirent aux balustres de l'hôpital.

Je descendis au port où étaient affourchés les deux vaisseaux et leurs frégates en partance. Il fallait enjamber les boisseaux de graines et les carrés de haricots. La ville était un jardin suspendu, le port un potager, *L'Astrolabe* une ménagerie, avec des vaches attachées au grand mât, et la dunette transformée en basse-cour.

Soudain, je tombai nez à nez avec une tête connue, un visage de famille. Il se précipita sur moi. C'était le chevalier de Monti :

— Athanase ! Le petit hérisson ! Donne-moi des nouvelles de ta famille !

— Et toi, Augustin, je vois que tu as pris du galon !

— Je suis lieutenant de vaisseau et je viens d'être nommé commandant en second de *L'Astrolabe*. Nous partons dans quelques semaines pour un grand voyage autour du monde, sur ordre du roi.

Je ne quittai plus Augustin d'un escarpin. Il me fit visiter toutes les curiosités à bord. Je prenais conscience de l'incroyable défi qu'allaient affronter ces équipages d'officiers savants.

Je retrouvai Barthélemy de Lesseps, le vice-consul de Russie, embarqué comme interprète, et le chevalier de Clonard, qui dirigeait l'armement de *La Boussole*.

Augustin m'expliqua que les hommes d'équipage avaient été choisis parmi les Bretons. Ainsi l'avait souhaité, dans un courrier au ministre, monsieur Hector : « Les Bretons sont les plus propres à faire des campagnes de ce genre, leur force, leur caractère et le peu de calcul qu'ils font sur l'avenir doivent leur faire donner la préférence. »

Augustin me confia qu'il se sentait un peu écrasé par le poids de sa responsabilité :

— C'est le roi lui-même qui a arrêté les principes et le parcours de notre expédition. Athanase, il faut que tu saches que c'est le plus vaste voyage d'exploration que la France ait jamais osé concevoir.

Le port avait changé d'allure, la Marine avait changé de mission. Nous étions passés de la paix au Pacifique, de la guerre à la découverte. Les vaisseaux de la Marine royale n'appareillaient plus pour la conquête des mers, au sens militaire d'une volonté de maîtrise des routes et des continents. Ils partaient à la conquête scientifique des terres du Sud et de l'Extrême-Orient.

La population des bateaux elle-même avait changé. On croisait sur le parc aux vivres, devenu un champ de pommes de terre et une réserve de noix confites ou de quinquina, des naturalistes, des botanistes, des hydrographes, des zoologistes, plus fréquemment que des militaires et des colons.

On ne chargeait poudre et canons que par précaution. Mais les gaillards et les passavants étaient plutôt réservés aux moulins à farine, aux cucurbites pour distiller l'eau de mer, aux télescopes de nuit et surtout aux caisses de présents pour les indigènes ; Augustin me montra quelques pièces extravagantes de verroteries embarquées, ou de porcelaines de la Compagnie des Indes, mais aussi des grandes orgues d'Allemagne à jeux multiples, des draps écarlates, des hameçons et des coins de fer à fendre le bois.

— Avec les naturels, il faudra pouvoir offrir avant de recevoir. Et d'abord, désarmer leur méfiance.

Le pont était donc devenu une sorte d'ambassade pour mouillage exotique dans les baies de « l'état de nature ». Saint-Céran avait la charge de la bibliothèque du bord. Il entassait relations de voyage, cartes, plans et atlas... Il suscitait une sourde jalousie de la part de ses camarades, les gardes de marine. Car tous ne rêvaient que de participer à l'expédition de monsieur de la Pérouse. Mais les places étaient rares et les recommandations souvent insuffisantes.

Augustin, de plus en plus soucieux et affairé, prenait sur son temps pour me présenter la France savante qui montait à son bord, depuis le physicien Lamanon, spécialiste de minéralogie, jusqu'au géographe Bernizet, le botaniste du Jardin du roi qui nous révéla d'où venait, chez Louis XVI, le goût des choses de la mer :

— De chez vous, messieurs les Bretons. De Brest, de la ville de Nicolas Ozanne, votre maître à dessiner, qui a conçu, pour son élève prestigieux, des modèles de chaloupes qu'il faisait évoluer sur la Petite Venise du Grand Canal. Je le tiens du roi lui-même : « La ville de Vauban est dans mon cœur : ah, les petites chaloupes de Brest ! »

J'assistais avec assiduité aux derniers prépa-ratifs. C'est à ce moment-là que je reçus mon ordre d'embarquer sur *La Cléopâtre*, pour les îles du Vent. Augustin m'invita à saluer monsieur de la Pérouse, la veille du départ. Il se souvenait de moi, le « petit répétiteur » de la bataille des Saintes, dans sa chaloupe émergeant des brumes. J'en étais ému. Puis Augustin me proposa d'aller souper à *La Boudeuse*, où les officiers et les savants avaient pris leurs quartiers.

Nous partagions les dernières nouvelles de nos parentés entre Rezé et Couffé. À la table d'à côté, il y eut un échange vif entre un officier rouge et le docteur de la Martinière, chargé, selon Augustin, de rapatrier les graines des terres inconnues. Tout avait bien commencé puis le ton dégénéra. L'auberge prenait feu. Les botanistes étaient debout :

— Nous levons nos verres au Bon Sauvage ! s'égosillaient ces messieurs de la Graine.

— Et nous, à la civilisation ! répliquèrent les marins du Pavillon.

— Nous buvons à *La Nouvelle Héloïse* ! reprirent les hommes de Bouture.

— Et nous, à l'ancienne ! enchaînèrent les quartiers-maîtres qui n'entendaient rien à la supériorité du « Bon Sauvage ».

Personne ne voulait céder. Entre les terriens — en l'espèce, les marins — et les cythériens — qui vantaient l'âge d'or de Tahiti —, il y avait un abîme d'incompréhension. On se levait, on s'asseyait, on se cramponnait au nom des Lumières.

À la table des cythériens, on vantait les « bonheurs primitifs », les archipels du Pacifique, les paradis sensuels des îles nues, les paresses enivrantes des rivages inviolés, la grandeur des natures brutes.

À la table des terriens de la Royale, on criait au scandale, en citant Bougainville, défrisé, dégrisé, qui, instruit par l'expérience, s'en était pris à « cette classe d'écrivains irréels qui, dans les ombres de leur cabinet, philosophent sur le monde, n'ayant rien observé par eux-mêmes ».

Les tables de marins étaient accusées de préjugés, celle des philosophes, de billevesées. Je voyais Augustin de Monti qui piaffait. Un botaniste réputé pour ses voyages entendit mettre fin à la querelle ; sa déclaration maladroite lui fit perdre pied :

— J'ai vu, de mes yeux vu, ce monde sauvage des premières amitiés. J'ai rencontré cette humanité intacte.

— Intacte ? questionna le chevalier de Monti.

— Oui, intacte ! Sur ces terres faites d'un limon virginal, où on aime les gens…

Le propos sembla faire mouche. Il y eut un silence, que le chevalier de Monti se risqua à briser, d'une voix insistante, souriante et malicieuse :

— Où on AIME les GENS ?

— Oui, où on les AIME…

— Au point qu'on les MANGE ?

L'éclat de rire fut général. Augustin était ravi de son envoi. Il égrena une liste de gens massacrés comme Cook, Marion-Duquesne, « des gens qui avaient été aimés, et qui furent mangés dans des festins rituels ».

Monti nous confia son appréhension, à voix basse. La compagnie de ces équipages de rêveurs lui était un souci plus grand que les fatigues à venir et les dangers encourus.

Je le saluai, avec le pressentiment que je ne le verrais jamais plus. Mon destin m'attendait sur un autre quai du port.

J'entendais le sifflet du maître d'équipage. Il fallait embarquer.

LES ÎLES DU VENT

Nous partions vers les mers chaudes. C'était l'été 1785. La bonne humeur embrasait le pont, qui chantait avec le cabestan le refrain des « francs matelots ». *La Cléopâtre* était belle, c'était une frégate glorieuse, encore toute jeune, mais qui avait déjà connu les plus excitantes aventures, en la célèbre compagnie du bailli de Suffren, en face des côtes des Indes. Ses blessures de charme s'appelaient Gondelour et Trincomalé.

Tous les bonheurs se rencontraient à bord : on avait choisi, pour nous commander, le chevalier de la Bouchetière, une figure, à l'aura de corsaire ; il avait, de haute lutte, capturé un vaisseau anglais, *Le Hawk.* Et puis je retrouvais mes amis proches, Bénouville et Villebranche, et je savais que, là-bas, aux îles du Vent, nous attendaient les deux drilles, Cotignon et Las Cases. Les soirées au ponche promettaient une belle émulation.

La flotte s'ébranla. Nous reçûmes comme un cadeau royal la nomination, pour conduire les évolutions de notre escadre, du chevalier Vaugiraud de Rosnay.

L'énumération de ses états de service exceptionnels le dispensait d'élever la voix : « contribution héroïque à Ouessant, sauvetage du *Roland* ; belle ardeur aux batailles de Chesapeake, Saint-Christophe, les Saintes ; souffrance et captivité en Angleterre. » Sans oublier, plus tôt, la guerre de Sept Ans, où il avait combattu à la bataille des Cardinaux.

C'était une joie, pour moi, de retourner aux îles du Vent, d'y revenir avec la paix. Je venais de fêter mes vingt-deux ans. Les souvenirs de mon premier séjour étaient vagues : j'étais trop jeune pour y apprécier, à l'époque, les nonchalances, les outrances, la luxuriance... Je gardais des impressions de couleurs et de sensualités fugitives. J'y avais laissé des amis, des images, ce soleil vertical des Caraïbes et cette mer lascive en ses mourants soupirs. Le regard brûlant du Tropique avait déposé dans mon petit cœur de mousse les premiers émois d'une nature excessive.

J'allais pouvoir à nouveau manœuvrer dans ces jardins d'écueils et de corail pour voir, au loin, courir, sur les sables trop chauds des palmeraies sauvages, les sirènes des mornes, ces filles troublantes qui flottaient dans les alizés.

La traversée fut paisible, c'était la belle saison. Je faisais mon quart. Je somnolais sur le gaillard quand, soudain, on entendit la vigie :

— Terre devant ! Terre devant !

Je commandai aussitôt la manœuvre pour virer de bord. Il ne fallait pas attendre plus longtemps, nous étions à la côte. Nous commencions à voir les paillenculs qui nous annonçaient les îles — ces oiseaux qui ont deux immenses plumes à la queue. Nous naviguions à travers les raisinets, qui ressemblent à des grappes de raisin posées sur l'eau. La frégate entra dans le port. Et nous débarquâmes à Fort-Royal.

Le commandant de la Bouchetière descendit à terre et fut rendre compte de l'arrivée de *La Cléopâtre* aux autorités du port. Notre capitaine nous fit faire visite de corps au gouverneur, monsieur de Damas, qui nous combla de ses bontés. Deux heures après que nous fûmes à l'ancre, nous étions assis à dîner sur la terrasse de la résidence, baignée par les vents chauds, au milieu des frangipaniers.

Nous présentâmes nos hommages du soir à sa femme. Elle était la fille de Montcalm ; l'élégance de ses manières imprimait à son allure le charme désuet des grandes dames d'autrefois, à l'aise dans tous les mondes. Il y avait dans la grâce de son sourire ce filet d'innocence des vieilles familles aux missions accomplies qui en appellent de leur candeur pour se faire pardonner l'éclat de leurs blasons.

On nous couvrit de sollicitude. Avec mes amis Bénouville et Villebranche, enclins à effacer les fatigues du voyage, nous fîmes le tour de l'île. Notre première curiosité nous poussa à découvrir comment on fabriquait ce fameux sucre qui nous arrivait à Brest, sans qu'on ait jamais cherché à en connaître l'alchimie. Nous visitâmes des moulins à canne et des rhumeries. Puis l'impatience nous appela à l'escalade des pitons ; nous nous engagions, un bâton à la main, là où on nous recommandait de ne pas s'aventurer. Sur les chemins interdits, la Martinique nous délivrait ses secrets et ses cruautés, un pays d'ouragans et de servitude, où le ciel ardent, sur un coup de tête, d'un grain blanc, peut vous envoyer du plomb.

Je devinais que l'exubérance s'abandonnait parfois aux beautés faciles du poison, ce qui, justement, nous attirait. Je regardais tout, les couleurs exagérées, les sourdes aridités et ces bonheurs inattendus quand on descend jusqu'à la presqu'île de Caravelle et que s'envolent, au-dessus des ruines, les oiseaux-mouches ; ou lorsqu'on s'enfonce dans la forêt à Pointe-Rouge qui aligne en ses flancs ses bois-canons. Je cherchais à sentir, derrière les sérénités d'apparence, à perte de vue, les extravagances à venir, avec, au loin, ce mont dénudé, aux haleines de soufre, la montagne Pelée, qui gronde pour nous prévenir qu'il peut, à tout moment, cracher son venin.

Un peu plus bas, au pied du volcan mal éteint, dans les eaux de ce lit de rivière cendrée, j'observais l'insouciance des blanchisseuses de la Roxelane qui venaient laver leurs mouchoirs rouges de Cholet.

Les sonorités étaient magnifiques, surtout dans la chambre d'écho des anses : depuis la baie du Trésor, s'élevait le cri discordant des hérons verts ; à l'anse Couleuvre, chantaient, en haut des figuiers maudits, les siffleurs et moqueurs de montagnes.

Les nuits endormaient le colibri et le diablotin, mais tiraient de leur nid la mouche-à-feu et le porte-flambeau qui voltigeaient comme des lucioles, offrant leur ballet lunaire aux autres oiseaux insomniaques.

C'était un enchantement qui ne dura pas longtemps car il fallut appareiller. Le chef de la station des îles du Vent avait réquisitionné un brigantin pour contrôler les côtes, infestées par la contrebande. Le capitaine du bateau, désigné par monsieur de Damas, c'était moi.

J'obtenais, sans l'avoir demandé, mon premier commandement à la mer depuis mon arrivée, sur un navire tout juste réparé à la suite des avaries qu'il avait eu à subir au large des côtes espagnoles. On le connaissait moins par ses exploits guerriers que par l'atavisme de son nom, *Le Dauphin*.

Il fallut batailler, à la sortie de Fort-Royal, contre les vents, pour appareiller. *Le Dauphin* croisait sur les côtes et visitait tous les bateaux qui s'approchaient : on y cherchait, dans les recoins des sentines, les marchandises mal acquises et tous les articles de contrebande : étoffes des Indes, farine, salaisons… Nous ne marchions que sous les basses voiles, car je me méfiais de ces petits nuages blancs, qui fondent sur vous comme un tourbillon d'une soudaineté inouïe. J'avais donné l'ordre de laisser dans les sacs les perroquets et les bonnettes qui eussent accéléré nos courses et nos poursuites. Je ressentais cette précaution comme une prudence vitale, le long de ces côtes où les paresses de hamacs couvent des jaillissements éruptifs et où les mers sont bien trop bleues pour être tout à fait honnêtes et demeurer dans le lit de leurs marées tranquilles.

Lors d'une de ces soirées paisibles où le fond de l'air moite vous éloigne de l'idée que la vague souriante puisse, en un vol de mouette, nous vomir, un cri retentit sur le pont :

— Au feu ! Au feu !

Affolement immédiat et général. Des flammes jaillissent des sabords et montent par les écoutilles. Je ne sais que faire, que dire, les hommes d'équipage surprennent mon hésitation. Ils ajoutent leurs cris de désarroi au désastre qui s'étend. Les vieilles membrures, enduites de brai, brûlent avec les mauvais vents qui s'engouffrent par la poupe. Les matelots hurlent sur le pont :

— Nous sommes perdus !

Je réponds par un mot mécanique et grotesque :

— Nous n'avons rien à craindre, nous sommes entourés d'eau !

Cet affligeant rappel du sens commun produit un effet imprévu : il endigue la panique. Alors me reviennent les conseils du vieux Mathurin :

— En cas d'incendie, il faut carguer les voiles et tuer l'air, tuer le souffle du feu.

Le bateau finit par s'arrêter.

— Noyez les poudres dans les soutes !

Je commande. On exécute.

— Fermez les mantelets. Bouchez les écoutilles avec des matelas trempés et des pelotes d'étoupe humide.

On ne tue le feu que si on l'emprisonne. Il faut l'asphyxier. Alors, les hommes puisent de l'eau, de tous côtés, le long du bord, et la déversent sur le pont. La fumée s'épaissit et noircit ; c'est bon signe : le feu se consume, il n'a plus d'aliment.

On rentre au port, doucement. Les matelots manifestent leur soulagement, confessant leur honte des cris de panique. Ils se tournent vers leur capitaine :

— Vous aviez raison ! Nous étions entourés d'eau.

Ce trait d'esprit involontaire me valut, sur le port, une vague inattendue de compliments. Une chope à la main, le gouverneur me félicita, avec une pointe d'humour :

— Si tous les capitaines à la mer avaient eu votre « à-propos », on en aurait sauvé de l'incendie, des bateaux, depuis les troncs de gommiers lancés sur la lame, au temps des premiers silex !...

On me versa une rasade de rhum, en reprenant l'antienne :

— Il n'y a pas de danger à boire quand on a le gosier en feu, puisqu'on est ENTOURÉS D'EAU !...

L'INCIDENT DIPLOMATIQUE

Quelques jours plus tard, on me confia le commandement de la rade de Saint-Pierre.

Je changeais de port et de ville. Fort-Royal et Saint-Pierre ne se ressemblent pas ; deux passés, deux destins : l'armée et le commerce. Fort-Royal est couvert de tricornes, Saint-Pierre se coiffe de palmiers. Il y a la ville qui respire l'odeur de la poudre, et l'autre, le parfum des orangers en fleur.

Saint-Pierre, au premier coup d'archer, vole à la danse, Fort-Royal guette le prochain coup de canon pour voler à la guerre, cultivant le souvenir mélancolique des escadres et des embarquements de grands tempéraments : Byron, d'Estaing, La Motte Picquet, Guichen.

J'étais passé de la ville austère des commandements et du couvre-feu à la ville des bals et de la flibuste, où s'étirent les nuits et les sables dansants.

J'embarquai à bord d'un ponton affecté à la surveillance des côtes. C'était un curieux bâtiment, haut sur l'eau, à fond plat et aux murailles élevées ; il avait, en son beau milieu, un immense mât garni de caliornes et des palans servant à remonter les embarcations.

À l'avant comme à l'arrière, on l'avait équipé de mâts de redresse, capables de relever une carcasse de navire ou un bâtiment coulé. J'allais faire un métier inhabituel pour un marin, un métier de douane et de police contre le commerce interlope. Je surveillais les allées et venues de tous les navires qui rôdaient dans les anses, ou relâchaient à l'entrée du port, au « quartier du Mouillage ».

Depuis leur indépendance, les colonies anglaises de l'Amérique développaient le projet d'étendre leur commerce maritime avec les îles françaises. Les Américains du continent cherchaient à circonvenir les « Amériquains » des îles. Le capitaine d'un navire, sous pavillon des États-Unis, s'approcha de moi et me supplia de laisser passer sa cargaison. Au nom de l'amitié entre la France et l'Amérique, puis de l'intérêt de la Martinique à recevoir des richesses en provenance des colonies espagnoles du Pérou et du Mexique. C'était peine perdue. Il ne passerait pas.

Alors vint le moment où il tenta de me corrompre :

— Je sais ce que gagne un garde de marine. Mais lui ne sait pas ce que je peux lui faire gagner.

« Lui », c'était moi. J'étais soulevé d'indignation.
Je le pointe du doigt :

— Monsieur, dois-je comprendre ce que j'entends ?
Vous voulez contourner la loi en me détournant de
ma mission ?

— Comprenez ma parole comme une cascade
d'espèces sonnantes.

Il essayait de m'acheter en piastres et en dollars.
Il devenait insultant :

— Comment pouvez-vous refuser d'entretenir
l'amitié franco-américaine ? Les hommes des douanes
ont l'uniforme moins tatillon que vous.

Il avait la main à la poche. Je mis la mienne à mon
pistolet, devant tout mon équipage :

— Monsieur, un mot de plus et je tire… Songez
que je suis officier français et que je ne sers que pour
l'honneur.

Le capitaine trafiquant claqua les talons et s'en fut
vers l'Amérique. La scène du ponton fit le tour de la
rade de Saint-Pierre. Elle assura ma « fortune » auprès
des matelots et des anciennes familles, du moins
celles qui restaient attachées aux principes plutôt
qu'au commerce.

L'uniforme rouge était reçu partout. Dans les
vieilles familles sucrières comme chez les nouveaux
venus tournés vers le café et qui se meublaient
d'acajou ; on nous exhibait comme des trophées

de haut rang sur les balcons saillants des maisons menuisées. On nous faisait prendre la pose lors des soirées de musique dans les « salons à manger ». Les réceptions étaient somptueuses, au terme de grands chemins bordés de citronniers.

Avec Las Cases et Cotignon, que j'avais retrouvés à Saint-Pierre, nous choisissions nos tables de bienfaits ; nous répondions aux honnêtetés de ces dames à grandes allées. Nous nous rendions chez madame Tascher, aux Trois-Îlets, chez madame Magon qui pinçait fort bien la harpe et où, très souvent, par un concours de talents et de circonstances, se formait un orchestre spontané, avec Cotignon au cor, Desgrigny à la flûte traversière, Le Maire à la clarinette ; et surtout Duniainville, un fameux violon qui, disait Cotignon, « joignait à son génie beaucoup d'esprit et de ton du monde ». Grâce à lui, toutes les portes s'ouvraient à nos concerts de gardes.

Je lorgnais sur les tablettes de grands draps écarlates, encombrées de fruits tropicaux ; nous goûtions les sapotilles, les corossols et les goyaves et attaquions les buffets « à la Turenne », par les ailes. Nous avions une bonne descente et la dent dure, avec les insolences de notre jeunesse : nous refusions certaines invitations, par exemple chez madame

Gaigneron, parce qu'elle nous exaspérait à force d'apposer son éventail devant sa dentition gâtée.

Las Cases nous emmenait chez madame Chassavant, célèbre pour ses vieux alcools, la mirabelle, la citronnelle et la prunelle. Elle se proclamait la « bonne maman des jeunes marins ». Elle avait l'âge de ses liqueurs, au moins cent ans, elle devait dater de la révocation de l'édit de Nantes et nous parlait des anciennes gloires de la Compagnie des Indes occidentales qui la faisaient danser.

Et puis, il y avait la comédie. Je me souviens en particulier d'une soirée mémorable au théâtre du Port-Royal. Les gardes étaient appelés à représenter *Le Barbier de Séville.* C'est Gourdon qui jouait le comte Almaviva ; Quitry interprétait Figaro. Quant à Las Cases, méconnaissable, il avait revêtu les traits de Rosine.

Le gouverneur prolongea la soirée en offrant le « bal de Rosine ». La nuit tourna mal. Quelques sucriers du Cercle de Philadelphie blessèrent nos sentiments de marins contrariés par le commerce du bois d'ébène. Las Cases en appelait à son ancêtre, le protecteur des Indiens. Et moi, je citais saint Paul : « Il n'y a pas plus ni Juifs ni Grecs, ni hommes ni femmes, ni esclaves ni hommes libres. » Nous ne supportions pas le chabouc, la traite. Avec le temps, seules la chasse et la pêche nous abritaient des controverses. Les officiers de la Marine avaient permission du roi de chasser sur toutes les terres françaises, à vue du pavillon de leur bâtiment. Les propriétaires, quant à eux, nous recommandaient de prêter attention à la bourre de nos fusils, dont l'étincelle pouvait mettre le feu aux récoltes de canne. Nous choisissions plutôt les champs de manioc, de patates et de broussailles, où nous visions les gibiers insolites, les salamandres à crête festonnée ou les martins et les agoutis.

Quand ce n'était pas la chasse, c'était la pêche, toujours miraculeuse, qui nous tenait lieu de passe-temps, entre les mouillages.

Dans le port, nous pêchions les bécunes, des espèces d'anguilles à gueule de crocodiles, dangereuses pour la baignade, excellentes pour la grillade. C'est à bord d'un bateau de pêche, une ancienne gabarre, que j'ai retrouvé une famille à laquelle je m'étais attaché lors de mon premier séjour, en 1782, les Dubuc de Rivery. Le matin même d'une pêche à la bonite, nous étions invités à une grande soirée, « la nuit des bécunes », avec le gouverneur et toute la Martinique du sucre, du café et des épaulettes.

LE MOUCHOIR

Je retrouve la grande allée des tamariniers qui
mène à l'habitation Caravelle. Beaucoup d'arbres
sont décapités. Sans doute un gros coup de vent, si
fréquent ici. Heureusement, les arômes demeurent,
qui composent un jardin de bouquets imaginaires
d'une rare truculence. On respire la vanille à plein
nez, mêlée aux senteurs des arbres de curiosité, sans
doute plantés du temps de la Compagnie des Indes
par un ancien intendant : des pistachiers, des jambo-
siers, des jujubiers, des arbres à liqueur, les fameux
pruniers sauvages piqués de clochettes roses de
madame Chassavant. Et, bordant discrètement la
fontaine de Diane, le jardin transplanté, un verger
normand. Car les Dubuc sont venus de Normandie.
Et ils s'en souviennent ; il y a ici de l'exotisme et
de la nostalgie. L'ancêtre Pierre a transporté son
rêve normand, un paradis de pommes primitives,

délicieuses, qu'on croquera tout à l'heure à pleines dents, les pommes de liane, d'acajou et de cannelle.

J'arrive sur la grande terrasse, juchée sur une éminence face à la mer. À nos pieds, l'anse s'est endormie. Henri Jacob, le « maître d'habitation » m'accueille, avec son épouse Marie-Anne qui m'embrasse comme un fils de la maison. Le gouverneur est déjà là. Mes amis marins aussi. On me présente à des gens importants : les Huyghes, les d'Orange, les Menant, tous des planteurs de la Pointe aux Roses ou du Robert. Je perçois un brin de tristesse chez les Dubuc. À cause de la disparition si cruelle du cousin Abraham, mort pour les États-Unis d'Amérique; car les Dubuc sont de vrais « Américquains de Martinique ».

Ils savent recevoir. Ils ont l'art des rencontres et le secret de la bigarrure de ces belles assistances où chaque hôte s'applique à mettre du liant tout de suite, ce qui n'est pas si aisé dans ce genre de circonstance où les gens viennent surtout se montrer et tenir un rang. J'entends derrière moi un cri de joie :

— Athanase! Tu es vivant? Quelle joie de te retrouver!

C'est Balthazard Dubuc, un marin devenu lieutenant de vaisseau, qui a fait une guerre brillante lors des campagnes d'Amérique. Encore un cousin des Dubuc, de Caravelle. Il me croyait mort, emporté par le mal de Siam. Le bruit avait dû courir sur les ponts.

Puis viennent vers moi les enfants Dubuc. Ce ne sont plus d'ailleurs des enfants mais des jeunes gens à fleur d'âge : Alexandrine, Rose, Pierre. Ils me reconnaissent au tricorne et se souviennent de mes histoires bretonnes sur Quiquengrogne…

On mange un cari de poulet, puis on mord les fameuses pommes. Je m'apprête à boire une liqueur de cédrat en regardant la mer, tout en bas.

Tout à coup, c'est l'extase, la tornade de charme. À l'étrave de la terrasse, se détache une sculpture de proue, née de la vague, dans le drapé d'une voile brigantine. Écartant, d'un geste nonchalant de ses longs bras timides, les branches basses des manguiers accablés de fruits, surgit une figure sublime, originelle.

Elle ondule vers nous. Tout s'arrête. On la regarde. On ne voit plus qu'elle. C'est un éblouissement. Un caprice du soleil oublié sur le Tropique : la fille du Vent déposée par un alizé aux îles du Vent. Une liane suspendue au-dessus du vide. Une fleur irrespirée. Taille de brise, regard de braise, lèvres de corail, elle s'avance, éruptive et tendre, avec ce petit pied de sable brûlant, et juste un soupir, comme une vague qui vient de mourir. Monsieur de Damas se rapproche de moi et me chuchote à l'oreille :

— Elle a grandi. C'est Aimée.

Aimée Dubuc de Rivery... Une créole du Nouveau Monde.

Elle porte un corsage décolleté de mousseline légère, et, dans les cheveux roulés à la façon de la reine, des rubans à fleurettes, et puis un petit collier discret à graines de grenats.

Elle me reconnaît et me salue d'une main délicieuse :

— Bonsoir, capitaine Athanase...

Elle fixe le mouchoir brodé de soie rouge qui me tient lieu de cache-col. Elle le regarde et le convoite, avec amusement. Et portée par toutes les audaces de sa coquetterie, elle le désigne du doigt :

— C'est un foulard des îles ?

— Non, un mouchoir rouge de Cholet. Vous le voulez ?

Elle sourit. Je lui offre mon mouchoir. Elle exhale un parfum d'eau de mer enivrant, dont elle me confie le secret :

— C'est un cadeau du bailli de Suffren, un ambre gris des Indes, qu'on appelle le « parfum des Abysses ». Il l'a rapporté de là-bas pour ma mère. Je le lui ai volé. Je vole tout : les parfums... et les mouchoirs.

La perle tourna sur elle-même, attrapa un pample-mousse, puis disparut. Elle ne devait pas rester aux îles du Vent. Elle embarqua pour la métropole. Ses parents l'avaient inscrite à l'école des Dames de la Visitation, à Nantes, que ma sœur Marie-Anne, qui y séjourna pour ses études, connaissait bien ; elle y avait reçu une éducation soignée et les talents d'agrément des jeunes filles de société.

Juste le temps de lui souhaiter « bon vent », Aimée avait tourné les talons. Elle s'était envolée.

PROMU AU MÉRITE

Le commandant de la Bouchetière me confia une nouvelle mission à bord du *Vigilant*. C'était mon deuxième commandement.

Puis je ralliai *La Cléopâtre* où on me demanda de faire le quart en chef. De cet embarquement date un mauvais souvenir qui a terni ma campagne des îles. Sur le pont de la frégate, un jeune calfat maladroit me renversa une lichée de goudron bouillant sur le pied.

J'attendis plusieurs mois pour le punir, ce qu'il ne comprit pas. La justice, à bord, ne s'administre que dans l'instant. À quoi sert-il de retenir les fautes si longtemps après ? Cette cruauté n'était pas dans mon caractère. J'étais rongé par le remords, je me jugeais indigne d'exercer un jour le métier de chef. Je n'étais qu'un petit garde de rancune. L'occasion me fut donnée de laver cette faute.

La Cléopâtre coulait bas d'eau. La mèche du gouvernail était rompue, le chevillage et le cloutage glissaient entre les mains. Il aurait fallu abattre en carène, mais il était trop tard. La décision fut prise de rentrer en France, après une courte escale à Boston, où la réparation se révéla impossible. Les voies d'eau se multipliaient qui rendirent le retour pénible. La frégate était devenue une écumoire flottante. C'est au jeune calfat que je fis appel en lui accordant plus de confiance encore qu'il n'en attendait. Il fit merveille.

À la fin de l'année 1787, nous étions au mouillage à Brest. Le souvenir des îles du Vent ne me quittera plus.

Je fus faire mes devoirs au chevalier de la Bouche-tière. Il me lut, sous le sceau de la confidence, son appréciation à l'adresse du ministre de la Marine : « Charette : officier actif, plein de zèle, ayant toujours bien rempli toutes ses missions. » Pas de trace de goudron, aucune réserve.

Le dix novembre 1787, à mon retour à Brest, j'appris, dès potron-minet, de la bouche même de monsieur Hector, la grande nouvelle :

— Athanase, vous êtes promu, au mérite, lieutenant de vaisseau.

J'écrivis à Marie-Anne et à Louis-Marin pour les informer. Ensemble, ils me répondirent de la même plume affectueuse : « Papa et maman doivent être fiers de toi. »

La règle de la Marine royale, qui faisait l'économie des jalousies, c'était l'avancement à l'ancienneté. La promotion au mérite n'intervint qu'avec la guerre d'Amérique.

Le bailli de Suffren avait été nommé lieutenant de vaisseau à trente ans, La Pérouse et Guichen à trente-six ans ; Kerguelen était resté garde pendant vingt-trois années, d'Orvilliers, vingt-six années, Duchaffault, vingt-neuf. J'étais garde de marine depuis huit ans. Et je n'avais que vingt-quatre ans. Autre époque, autres mœurs.

Je ne croyais guère à mes mérites et je me trouvais bien jeune pour un grade aussi mûr et portant péril. Monsieur Hector organisa à l'hôtel de la Marine une petite cérémonie, avec mes camarades de la rue de Siam. On me remit mon sabre d'abordage, tout neuf et trop lourd, avec une poignée filigranée de cuivre argenté et une garde en laiton. Puis on m'habilla d'un hausse-col doré aux Armes de France rapportées sur le croissant, accroché autour du cou avec un ruban de soie bleue.

Le justaucorps ne changeait pas. Monsieur Hector substitua, avec solennité, à l'aiguillette, sur mon épaule droite, un galon d'or tressé, le galon de lieutenant de vaisseau. Sur le méplat de mon sabre, juste à l'entrée du fourreau, j'avais fait graver un serment : « Je ne cède jamais. »

Me voilà habillé dans la Carrière. Un lieutenant pense au grade suivant. On me juge déjà, on me regarde comme un amiral en puissance. Et on me demande de trousser un compliment en forme de devise du for intime. Je m'élance :

Mon âme est à Dieu,
Ma vie est au Roi,
Mon cœur est aux dames,
Seul mon honneur est à moi.

Je retrouve, à Brest, mes condisciples et madame Dubois qui m'a préparé « la crêpe à l'épaulette ». Elle chante et fait danser la pâte dans la poêle :

— L'honneur du galon rejaillit sur toute la maison.

Mon service à terre me donne du loisir pour renouer le fil de mes anciennes connaissances. J'observe. J'écoute : les temps ont changé. L'atmosphère récréative habille de gaietés artificielles le fond d'inquiétude de l'esprit public et les humeurs chagrines des marchands, des armateurs et des hommes de loi. Partout, on bougonne.

Je reviens dans une ville soucieuse. On ne parle plus comme avant. On s'exprime par sentences, les mots se bousculent, on sent l'urgence du verbe. Mon voisin, l'ébéniste, si empressé à sauver les meubles, ne parle plus désormais que de « sauver la société », quitte à brûler les anciens meubles, les siens.

L'effervescence est partout, dans les cafés et les salons. Les mots qui font fortune ne sont plus les mêmes. La « Liberté » a changé de rang, elle a pris du galon.

La ville vibre de toutes sortes de controverses dont le sens même m'échappe et sur lesquelles je manque d'instruction. On réclame le « Bonheur ». Ce qui comble mes rêves secrets. C'est charmant.

À la Misaine, je vois un sénéchal qui monte sur une table pour proclamer « les libertés armoriques ». Les avocats, les médecins et quelques chanoines l'applaudissent. C'est plaisant. On se sent libre, libre de parole.

On ne s'oblige plus seulement à vivre mais à penser. Et comme la société « ne pense plus rien », il y a dorénavant des sociétés qui pensent pour elle : des sociétés de pensée. C'est rassurant.

Certains chefs d'escadre, comme l'amiral d'Estaing, appellent les marins à s'émanciper des vieilles disciplines. Même les officiers de la Grande

Muette se sont mis à « refaire le monde » — l'ancien est mal fait. C'est exaltant.

Les logeuses sont dépassées par les événements, elles ne sont plus écoutées, remplacées par les loges. Pour les marins, il y a les loges à terre et les loges embarquées. On a le choix. On nous dit que le comte d'Artois s'apprête à venir au-devant de L'Heureuse Rencontre et à visiter la Loge militaire de la Marine. C'est un événement.

Dans les auberges, où on s'attarde sous le fanal des Lumières, on boit toujours les mêmes alcools mais on trinque à l'humanité à venir : il ne s'agit plus de libérer les arômes mais de « libérer les esprits ». C'est passionnant.

La civilisation en prend pour son grade. Elle est gâtée. Il faut s'en éloigner, partir herboriser, retrouver les premiers vagissements, les sèves initiales, les cimes infréquentées.

Des jeunes gens traversent la ville, venus de Châteaubriant et de Rennes, ceints d'un bandeau piqueté de gui — l'esprit celtique ; ils invitent les fils de famille de Brest à les suivre pour aller se fondre dans la verdure. C'est tentant. Je vois se former le cortège de ces brigades sylvestres qui s'ébranle vers la forêt de Paimpont pour y vivre à la manière des Peaux-Rouges d'Amérique et redevenir, sous le silex et l'empire des loups qui rôdent, des Bretons originels, « entraînant leurs corps enfin libres à braver les injures du temps ».

Ils reviendront quelques semaines plus tard en ville, faméliques et couverts de morsures, ayant éprouvé le propos du philosophe : « L'homme est un loup pour l'homme. »

Je ne savais où incliner. Vers les sagesses d'antan ou les bonheurs tout neufs.

La ronde des grands principes faisait tourner les têtes et échauffait les esprits. Chacun apportait ses audaces et se mettait en coquetterie de bons mots taquinant le paradoxe. On contre-dansait sur le pavé, en dessinant des figures inédites, de nouvelles matelotes, au nom du Progrès.

Je me serais bien mêlé à ces ivresses de l'air du temps, mais j'avais hâte de réparer mes fatigues après toutes ces années de campagnes, de voyages et d'épreuves. Monsieur Hector m'accorda un congé pour me reposer. Je regagnai les bords de la Loire et la tranquillité de ses bancs de sable où je somnolais, le chapeau sur le nez. En remontant le fleuve, je remontais le penchant de mes tendres années, où je regardais la Loire comme une grosse rivière. Aujourd'hui, je la voyais comme un simple affluent de l'Océan, un aber breton, renfoncé dans les terres.

Ce renversement de ma vision du monde me surprenait moi-même. En observant les arbres, désormais insensible à leur agrément, j'évaluais les troncs, je voyais des mâts. Je tanguais sur la terre ferme et ne pensais le voisinage qu'à travers les vagues, en le passant par le tamis de ma lunette marine.

J'étais devenu un marin. Un vrai. Je raisonnais, je rêvais en marin. Un marin d'entrailles.

Très vite, la ville de Nantes me reprit. J'en étais flatté.

La société nantaise étalait son opulence; la noblesse voulait s'enrichir, et les nouveaux riches cherchaient à s'anoblir. On prenait soin de choisir sa compagnie, de réussir le mariage de ses filles, de compléter la famille avec la pièce manquante, de quoi acheter une « folie », de quoi gagner un rang. Les titres de la Bourse ne suffisaient plus; partout, dans les grands hôtels, tous les soirs, on recevait. On composait des tables avec les hôtes convoités, sur lesquels on avait formé des vœux et des desseins; c'étaient des dîners de haute conversation, des dîners de têtes et de projets. Mais la ville manquait de têtes et cherchait à se gourmander de nouvelles frimousses.

Le quai de la Fosse et l'Île-Feydeau en appelèrent de mon tricorne et vinrent me chercher par le bras. Le commerce y était agréable, la vie facile, l'insouciance habitait les nouveaux quartiers des armateurs. La considération des nouvelles fortunes pour mon épaulette d'or m'inscrivit au barème des valeurs prometteuses.

Je n'étais pas dupe. On m'invitait pour mon uniforme qui ajoutait du lustre aux balustres.

Dans toutes ces soirées nantaises, je naviguais à vue, entre les jeunes frégates, que je voyais affourcher sur mon passage et les gabarres à fond plat, haubanées de travers, mal bordées, que j'essayais de tenir à longueur de gaffe.

Derrière les jeunes goélettes, de premier brin, il n'était pas rare de deviner l'ombre maternante de ces vieilles tortues de mer qui s'avancent, le grappin à la main. Il fallait virer de bord, décrocher juste à temps, se mettre sous le vent.

J'allais de maison en maison revoir nos amis, les Bonamy, les Roy, les Bureau chez qui je retrouvais l'aubergiste de Couffé et la Chantal, coiffée d'un chapeau excessif, agrémenté d'une grappe de raisin. Ah, les vignes de La Contrie !

Je n'avais aucune nouvelle, du côté de Rezé, d'Augustin de Monti. Jusqu'au jour où le retour de Barthélemy de Lesseps nous fit connaître la tragédie. L'expédition de La Pérouse avait viré au drame : le commandant de *L'Astrolabe*, le capitaine Fleuriot de Langle, venait d'être tué par des sauvages avec douze autres marins. C'était Augustin qui avait pris le commandement du bateau. On me dit que le roi lui-même s'inquiétait d'être sans nouvelles de monsieur de la Pérouse.

MARIN DU LEVANT

Je fus rappelé à Brest pour apprendre, avec étonnement, ma nouvelle affectation et mon prochain départ. Je quittais l'océan Atlantique et la flotte du Ponant ; j'embarquais sur *La Belette* à destination de la Méditerranée, pour rejoindre les marins du Levant, les « marins d'eau douce ».

La France, en paix avec l'Angleterre, voyait monter les périls dans le bassin méditerranéen. C'était là-bas qu'il convenait d'exercer notre vigilance ; nos diplomates s'alarmaient d'un chassé-croisé de grande ampleur : le déclin de l'Empire ottoman coïncidait avec l'irruption de la puissance russe en lisière de la Méditerranée. Ce double mouvement imposait la présence française ; elle nous préparait de beaux orages, avec les insurrections grecques, la guerre entre la Russie et la Turquie et nos graves difficultés avec les régences barbaresques d'Alger et de Tunis.

L'escadre se dirigea vers Carthagène. Juste avant de partir, je reçus, à Brest, une lettre angoissée de mon ami Henri-Jacob Dubuc :

« Mon cher Athanase,

Tu te souviens qu'Aimée avait quitté l'île pour Nantes où elle étudie à la Visitation. Notre famille n'a plus aucune nouvelle. Nous l'avions confiée à une parente, Marie-Anne de Laurencin, qui jugea plus prudent de la remettre au bateau plutôt que de la laisser seule dans cette grande ville, en ces temps de troubles, avec toutes ces banqueroutes et ces énervements de pavé.

Aimée a donc embarqué, avec le capitaine Dudeffend, au port de Nantes, sur un bateau qui s'appelle La Mouette et qui a mis le cap sur la Martinique. Hélas, personne — pas même le ministre de la Marine — ne sait ce qui a bien pu se passer. Je n'ose l'imaginer. Elle n'est jamais arrivée. »

Cette lettre me bouleversa. Marie-Anne me confirma l'embarquement d'Aimée à Nantes pour Fort-Royal. L'hypothèse du naufrage paraissait la plus probable.

J'étais accablé par toutes les mauvaises nouvelles : Augustin, Aimée, la Méditerranée.

Nous traversâmes la mer étroite de Gibraltar. Notre progression vers Alger s'entourait de précautions, à la vue de chaque rocher : la route était semée d'embûches et de nids de corsaires.

Au large des côtes barbaresques, un convoi de navires marchands arborant le pavillon de la France nous lança un appel de détresse. *La Belette* se rapprocha. Les bateaux français étaient encerclés par des forbans à turban qui les pressaient et se préparaient sans nul doute à les rançonner. L'abordage semblait imminent.

— Ce sont des chébecs, nous glissa le commandant.

Je découvrais ces petits bâtiments de guerre, effilés, survoilés, à la coque très fine, qui combinaient la navigation à la voile et à l'aviron. On voyait d'emblée qu'ils étaient taillés pour la course, avec un mât de misaine incliné sur l'avant, au-dessus d'un fort éperon, une galerie à l'arrière qui saillait en dehors de la proue, une rare aptitude à virer, à tourner sur eux-mêmes, et cette allure de coursiers, de bandits des mers, le nez du lévrier, l'agilité du guépard, l'instinct de fuite du chat sauvage.

Le commandant fit ouvrir les sabords et libérer quelques volées pour dégager le convoi français.

Nous reprîmes notre route et arrivâmes sur la côte de Barbarie, vis-à-vis d'Alger. Nous fîmes signal du mouillage et jetâmes l'ancre dans la rade. La ville nous rendit notre salut de onze coups de canons, comme si de rien n'était. Le consul de France guettait l'arrivée de notre équipage. Il fallut traverser le port ; juste après le débarquement, nous passâmes sous un grand porche orné d'une inscription arabe : « Bab el Jihad », que les étrangers traduisaient par la « porte de la Marine », et que les Barbaresques appelaient la « porte de la Guerre sainte ». Un peu plus loin, marchant à pied dans la ville sous bonne escorte, à deux pas du marché aux esclaves, nous avions sous les yeux le chef-d'œuvre des janissaires, la mosquée Djemaa el-Djedid, surmontée d'une exhortation : « Qu'Allah arrête ses regards sur les soldats victorieux et donne à chacun mille récompenses. » Elle s'appelait la mosquée de la Pêcherie, par une allusion voilée à la pêche d'une sorte de poissons recherchés, les Infidèles.

Il était écrit partout que le port de la Régence gouvernait le Djihad de la mer. Monsieur de Moissac avait assisté à une scène au cours de laquelle la prédation des Infidèles avait été vantée comme une cause légitime devant l'ambassadeur américain, Thomas Jefferson, qui s'en était plaint auprès du dey : il fallait payer un tribut ou accepter l'esclavage.

La rançon était de droit divin, relevant du fameux « corso barbaresque », hautement profitable à tous les disciples du Prophète qui pouvaient ainsi assurer, dans le même coup de main, leur salut et leur fortune — gagner le pécule de la tribu et le paradis à la fin de leurs jours.

Les raïs, ces capitaines corsaires qui sortaient de la rade en saluant le dey d'un coup de canon, travaillaient au plan d'Allah.

Je restai dans les jardins du consulat pendant que le commandant de Moissac entrait dans le salon de monsieur de Kercy, le consul, qui avait à lui remettre un courrier diplomatique signé du dey, Seigneur Baba Mohamed, à l'adresse du comte de la Luzerne, secrétaire d'État à la Marine. Le pli portait une date, « le dix-huit de la lune de Djemezi-el-ewel, l'an de l'hégire 1202 ». C'était une lettre de menace de guerre.

Le commandant de Moissac — devenu l'ambassadeur de mes soucis — ne manqua pas d'évoquer, à la fin de son audience, la disparition du navire *La Mouette*, le bateau d'Aimée, perdu en mer entre le port de Nantes et Fort-Royal de la Martinique.

Le consul alla vérifier le « registre des prises » et ne trouva pas d'autre mention écrite que le naufrage d'un bateau finalement sauvé par un navire espagnol, *L'Aliaga*.

Il croyait savoir que ledit navire avait ensuite rejoint Palma de Majorque. Il promit de faire diligence pour s'enquérir d'informations plus récentes. Notre retour à Toulon nous permit de faire remettre le courrier diplomatique au ministre. L'espoir de retrouver Aimée devenait infime.

LES BARBARESQUES

Au petit matin, *La Belette* entra dans le port de La Valette. Il était dominé par le château du Diable, à bâbord, et s'ouvrait sur le port des Galères, à tribord. Notre commandant envoya les onze coups de canon du salut réglementaire. La capitane, la galère amirale, nous répondit coup pour coup : nous étions accueillis.

L'histoire prestigieuse de l'ordre des Hospitaliers de Saint-Jean-de-Jérusalem s'étalait sur les créneaux des remparts et flottait sur toute la mâture portuaire, frappée de symboles et de croix de l'Ordre. Les « galères de la Religion » s'ornaient de bannières de gueule à croix de Saint-Georges blanche et de pavillons figurant saint Jean-Baptiste et la Vierge.

Devant un alignement d'ancres de miséricorde mangées par la rouille de fonds marins immémoriaux, claquait au vent le Grand Étendard de la Religion, brandissant, à la face du monde, entre les

deux pointes d'un croissant, le serment lettré d'or :
« *No totum impleat orbem.* » L'aumônier, barbouillé
de latin, traduisit à voix haute : « Pour qu'il ne
remplisse pas le globe terrestre tout entier ! »
Un chevalier de Malte nous éclaira :

— C'est une réponse au fameux pavillon
ottoman, exhibant un globe d'or soumis à un
croissant, portant cet envoi : « Jusqu'à ce qu'il
remplisse le globe terrestre tout entier ! »

Ce dialogue des vœux pieux de la chrétienté et
de l'islam résumait quatre siècles de Méditerranée.

Le jour même de notre arrivée, nous fûmes faire
une visite de corps au Grand Maître, qui nous
attendait. Le palais magistral avait gardé de ses
anciens prestiges les dalles aux armoiries éteintes,
de mosaïque et de marbre circassien, usées, polies,
foulées, pendant cinq cents ans, par la fleur de
la noblesse d'Europe qui venait à Malte faire ses
caravanes. Les marins n'ont pas oublié, même en
Bretagne, que, pendant longtemps, l'école de guerre
de notre marine, c'étaient les « galères de Malte ».

Au bout d'une longue galerie de portraits des
dignitaires de l'ordre — où je reconnus côte à côte
Villiers de l'Isle-Adam et Fabrizio del Carretto,
mon ancêtre italien —, le grand escalier d'honneur
s'ouvrait devant nous. Tout en haut, ouvrant les bras
en signe de bienvenue, le Grand Maître nous salua.

Puis il nous entraîna en son jardin, le Boschetto ; il y avait une grande fraîcheur autour de ces fontaines latines, baignées de parfums alanguis exhalés par des bosquets de térébenthines. Il nous fit asseoir au milieu de la fameuse Orangerie, qui brûlait de mille petits soleils verts au jus délicieux. Nous étions captivés, enveloppés dans les grandes capes spectrales de l'épopée de Saint-Jean de Jérusalem.

Son Altesse Éminentissime nous combla de ses amitiés. Le premier échange fut émaillé de quelque surprise léonarde :

— Vous êtes provençal ? me demanda-t-il.

— Non, je suis breton.

— Ah ! Breton ? Moi aussi. Peut-être avez-vous entendu parler de ma famille, les Rohan ?

— Les Rohan ? Bien sûr. Je me suis échoué, lors d'une sortie en mer, au pont de Rohan, à Landerneau.

Mêlant à la silhouette du Grand Maître la figure du vieux pont, je revois l'image de ma Bretagne du Léon. Et je glisse à l'oreille du jeune La Pasture :

— Tu verras plus tard, le monde est tout petit. Surtout le nôtre.

Le Grand Maître nous raconta son histoire : il était né dans la Mancha, en Espagne ; son père s'était exilé à cause de la conspiration de Pontcallec, en 1725. S'abandonnant à quelques confidences de vieux marin, il se décrivait comme le Grand Maître d'une institution à bout de souffle :

— Ici, tout va mal. Notre mission qui est de croiser en mer, avec nos armements, pour maintenir la liberté de navigation, manque de besogne. Les galères sont à quai. Il nous faudrait des chébecs. L'activité barbaresque baisse d'un ton, le sultan est un homme malade. La décadence de l'Empire ottoman commande le déclin de nos protections.

— Mais vous avez le plus grand marin vivant comme ambassadeur, le bailli de Suffren, ce qui rehausse votre prestige aux yeux du monde.

— Il est venu là pour faire une fin. On le sait moins souvent en veille diplomatique qu'en visite médicale. Il est au plus mal et n'écoute pas son médecin, qui lui prescrit en vain des applications de sangsues aux jambes. Par moments, je me demande s'il n'a pas rejoint l'ordre pour la fonction hospitalière.

— La relation avec la France reste solide, aux yeux du monde !

— Elle se vide de sa légitimité. Je ne suis plus écouté à Versailles et je ne suis plus obéi à Malte. Même pour les choses simples de la vie de l'ordre : cette année, pour la première fois, les trois présents de Noël, traditionnellement adressés en forme d'hommage au roi de France, ne sont même pas arrivés : les flacons d'eau de fleur d'oranger utilisée en pâtisserie à la Cour se sont perdus à la chambre de commerce de Marseille. Un boulanger a dû passer par là. Et les oranges, grosses comme des melons de Sicile, ont changé de calibre dans le voyage. J'envoie des oranges, le roi reçoit des mandarines. Une main indélicate y a forcément mis malice. Quant aux faucons, ils ne vont plus jusqu'à Versailles puisque la charge de grand fauconnier vient d'être supprimée. On les encage, pour son compte, chez un secrétaire d'État, à Rambouillet, une sorte de petit Fouquet.

Le commandant de Moissac en vient à la question qui me tient à cœur :

— Et comment évolue l'activité des prises ?

— Il y a de moins en moins de prises, mais les rançons sont de plus en plus chères.

— Quel serait le prix de rachat d'une jeune captive chrétienne, naufragée du côté de Majorque ?

— C'est simple. Les prix ont décuplé en un siècle. Aujourd'hui, l'ordre de grandeur d'un rachat individuel varie entre trois mille et douze mille livres.

— Vous avez, à l'esprit, des cas récents ?

— Oui, à la Régence d'Alger. Une jeune captive a été proposée pour onze mille livres.

Je tends l'oreille. Le cas dont il parle, c'est celui d'Aimée. Je presse le Grand Maître de mille questions. Il m'assène, en réponse, de longues digressions sur ses évaluations personnelles des captifs dans le monde. J'insiste :

— Elle a été rachetée par l'ordre ?

— Non…

— Par une société de bienfaisance ?

— Non plus.

— Qu'est-elle devenue ?

— Peut-être a-t-elle été revendue pour payer le tribut annuel du dey d'Alger au sultan de Constantinople.

Après deux jours de dépouillement des registres de prises, le Grand Maître nous confirma le naufrage de Majorque, la prise du navire espagnol et l'emprisonnement de ses passagers par les Barbaresques.

Aimée serait donc vivante !

Dès mon retour de Malte, j'écrivis à Jean-Baptiste Dubuc, un cousin de mes amis de Martinique, pour qu'il intervienne auprès du ministre, dont il était un proche conseiller ; il faut réunir l'argent et le faire passer à notre consul, monsieur de Kercy, confronté chaque jour à ce genre de négociation.

LES BRIGANDS GRECS

À MON RETOUR à Toulon, on ne m'accorda que deux jours de répit. Juste le temps de retrouver mes vieux camarades, les anciens siamois de Brest, et de goûter ensemble quelques mets exotiques de Provence, un melon à pépins arrosé de vin de Bandol, une oursinade et une tourte aux anchois.

Je fus rendre mes devoirs à mon nouveau capitaine, monsieur de Ferrières. Il m'annonça notre embarquement prochain, sur *La Belette*, au cœur d'une escadre où on côtoierait *L'Impérieuse*, *L'Iphigénie*, *La Flèche*, *Le Courageux*, *La Badine*.

Tous les officiers de l'expédition devaient honorer une invitation, à l'hôtel de la Marine, pour faire leurs honnêtetés au commandant de la division des forces navales de Sa Majesté en station dans la mer du Levant. Chargé de ce titre prestigieux, le chef d'escadre s'avance sur l'estrade et nous adresse un mot d'accueil distant. Il n'entend pas traîner sur les présentations, « on n'est pas là pour flatter les états de service ».

En voyant se déplacer, sur la dunette, ce marin de haut rang, tendu comme un hauban, je ressens comme une brûlure de la mémoire : j'ai déjà vu ce visage quelque part en mer et c'est un souvenir trouble. Mais où donc ai-je pu le croiser ?

C'est au moment où il entame son propos que l'intonation nasillarde me revient. Le surgissement du timbre retrouvé me saute à l'oreille. Je me revois à la bataille des Saintes, dans ma barque, perdu entre les frégates, juste sous la muraille du *Citoyen*, et j'entends, depuis le gaillard d'arrière, cette voix morveuse. Elle s'éloigne dans les fumées ; après avoir donné l'ordre d'abandonner aux Anglais toute notre arrière-garde, elle rase l'eau, elle se faufile hors du champ de mitraille.

Je glisse à l'oreille de monsieur de Ferrières :

— Je le reconnais, c'est le commandant de Thy.

— Vous voulez dire le commandant du Thé ? Il a tellement chaloupé dans les salons qu'il a attrapé ce sobriquet. La soucoupe à la main, il fait le tour complet, avec sa carène, chez les femmes de ministres, à l'heure du thé. Il s'est rétabli.

C'est donc aux ordres de ce marin de l'entresol que nous embarquâmes pour croiser contre les pirates qui infestaient les côtes du Levant et de l'archipel du Péloponnèse.

Il nous revenait de protéger la liberté de la navigation en prenant soin de ne jamais stationner plus de huit jours dans les mêmes parages afin d'échapper à la maraude des corsaires turcs, barbaresques ou russes.

La Russie et l'Empire ottoman se livraient, en cette région du monde, une guerre implacable. Je rêvais de rencontrer, au hasard de ses pérégrinations dans les Détroits, le célèbre prince Potemkine qui inspirait la Grande Catherine. La Russie de Saint-Pétersbourg tramait mes songes ; et le Croissant d'Anatolie, mes cauchemars.

Tous les officiers de marine se souvenaient du périple symbolique du comte de Ségur, depuis son commandement d'un régiment de Rochambeau, jusqu'au poste d'ambassadeur de France à Saint-Pétersbourg. Et j'admirais le général Souvarov, réputé pour son coup d'œil sur les champs de bataille et qui commandait l'armée russe contre les Turcs.

On nous avait confié une mission contradictoire, orientale dans sa complexité, irréfléchie, sans grande considération pour des marins qui engageaient leur vie : nous devions tout à la fois pratiquer la neutralité, nous interposer, et montrer les égards d'usage envers toutes les nations en mer.

La Belette reçut pour consigne particulière de surveiller les côtes de Morée, entre les îles Ioniennes et la Crète.

Il convenait, dans un exercice de loyauté difficile, de faire la part de nos sympathies et de nos instructions. Les premières inclinaient vers les Grecs révoltés contre les Turcs. Les secondes nous recommandaient au contraire de faire respecter l'alliance française avec la Sublime Porte et de ne rien céder aux corsaires sous pavillon russe, qui avaient franchi le Bosphore et les Dardanelles.

Nos escales à Navarin, Patras, Sainte-Maure, Céphalonie, nous mirent en contact avec un événement inattendu : les montagnards de Morée dévalaient les pentes et se révoltaient contre l'oppresseur turc qui occupait la plaine du Magne. Ainsi donc, un petit peuple de patriotes et de chrétiens du Péloponnèse se dressait, au nom de ses croyances ancestrales, pour gagner sa liberté.

L'aventure de la guerre d'Amérique m'éveillait à la légitimité de ce soulèvement. Ce n'était — on le sentait bien — qu'une question de temps : la Grèce ne supporte plus d'être occupée. La Morée sera une sorte de Virginie de l'Empire ottoman.

Nous sommes taraudés par l'idée secrète d'aider les rebelles grecs. Mais il faut d'abord pouvoir atterrer. Les côtes du Magne, rongées, découpées, fouillées profondément par les flots, sont hérissées de remparts naturels avec des chaînes de rochers à pic, érodés, désolés, torréfiés par un soleil brûlant. L'abord de ce pays nous semble interdit. On aperçoit, depuis la mer, des nids d'aigles suspendus sur des précipices vertigineux. La main des Cyclopes a déchiqueté des récifs, des caps « tueurs d'hommes ».

L'aridité des escarpements a façonné des caractères rudes que nous allons découvrir, après notre débarquement, dans une anse déchirée d'aiguilles rocheuses, un porc-épic d'écumes.

Nous voyons venir vers nous des guerriers en « kilts », à l'allure superbe et soupçonneuse, taillés dans le vieil olivier, qui, depuis les temps les plus reculés, ont su garder leurs costumes et leurs vénérations.

La rencontre avec ces réfractaires oubliés de tous les rivages du monde me fascine : ce peuple de Maïna a vécu, pendant des siècles, sur un formidable pied de guerre. Ces soldats de l'ombre et de l'infortune, au regard limpide comme le ciel grec, descendent de la montagne, lorsque la nuit arrive, pour attaquer les collecteurs d'impôts turcs, qui les traitent comme des bandits, des « brigands ».

Ils ont fini par apprivoiser le mot qui les désigne. Ils s'appellent eux-mêmes les « brigands » des montagnes, en grec, les klephtes.

Personne ne sait au juste d'où ils descendent. Selon la légende, ils viendraient des pentes enneigées du mont Olympe.

Des pieds à la tête, leur accoutrement les signale à notre curiosité. Leurs moustaches leur tombent sur les épaules. On dirait qu'ils ont la plante des pieds ferrée quand ils courent, ils ont les jambes enserrées par des guêtres brodées, des boucles argentées pointées dans les genoux, une ceinture de laine roulée plusieurs fois autour du corps pour attacher leurs proies, un fez rouge sur la tête, un gilet criblé de boutons cuirassant leur poitrine d'airain, et surtout cette fameuse fustanelle, un jupon plissé, blanc, avec quatre cents plis, en écho aux quatre cents années de l'occupation ottomane. Ils ont cette fierté des hommes libres, ils préfèrent survivre dans les grottes où ils préparent leurs coups de main nocturnes que d'obéir aux meurtriers de leurs ancêtres, aux bourreaux de leur descendance.

Ils gardent comme un trésor, au cœur de la main, une goutte de sang séché, un nœud pourpre, tracé par la lame du couteau en signe de serment à leurs chefs. Parmi eux, se distingue un jeune capitaine que j'aurais voulu approcher. Il a dévalé, au galop, les lacets abrupts de ces collines brûlées, sur ces rivages torturés, pour sauver la liberté des moines du monastère de Malavi. Les klephtes en ont fait un héros de l'Olympe, il a mon âge, vingt-cinq ans, et le même prénom : Athanase, le capitaine Athanase Karabelas, c'est l'un des chefs de « brigands », ses hommes l'appellent « le Cyprès », une sorte d'arbre écorché, immémorial, insensible aux éclats de la foudre.

Mission m'avait donc été donnée de combattre ces hommes-là. C'était comme si on m'avait ordonné, dix ans auparavant, de changer de camp pendant la guerre d'Amérique, de soutenir la vieille Angleterre contre les jeunes colonies rebelles. Je me sentais, par toutes mes fibres, un klephte, un brigand, un pirate, un insurgé du Magne, de la Morée, de la Grèce.

Nous reçûmes une lettre de monsieur de Thy, toujours à contretemps, qui nous intimait l'ordre de « prodiguer attentions et politesses en faveur des Turcs », au moment même où l'Histoire se retournait contre les mamamouchis. Nous mouillions à Corfou. Les consuls nous expliquaient que le sultan avait bouclé les détroits et que la flotte russe ne pourrait sortir de la mer Noire. La Sublime Porte avait fermé les entrées et sorties du port. Par ailleurs les escadres russes, immobilisées en Baltique par la marine suédoise en guerre avec leur flotte, ne pouvaient rejoindre la Méditerranée.

Catherine II avait imaginé, pour contourner ces difficultés, un armement de corsaires levantins à une échelle jusqu'alors inconnue.

Le provéditeur nous raconta que c'est à partir de Venise que s'organisait cette nouvelle flotte d'un genre et d'un style inédits. C'est en effet l'ambassadeur de Russie auprès de la Sérénissime qui, le plus officiellement du monde, accordait des « lettres de marque » à des aventuriers — des Dulcinotes, Néagnotes, Albanais et autres truands qui se donnaient le mot pour battre pavillon moscovite. Vieille ruse du cheval de Troie. Ah, Andromaque! le parfumeur de Brest! les chasses de monsieur Hector! Tout cela est aujourd'hui bien loin…

LA PORTE SUBLIME

EN QUITTANT le port de Corfou, après l'explosion d'un magasin à poudre qui faillit écraser *La Belette* sous un bloc de maçonnerie, nous rencontrâmes des corsaires arborant la flamme de l'impératrice. Nous mîmes à la voile pour suivre leurs mouvements et jetâmes l'ancre près d'eux, dans la rade de Sainte-Maure.

Leur flottille se composait de sept bâtiments dont le plus modeste avait au moins douze canons. Le plus grand — leur navire amiral, une petite corvette de seize sabords — avait le canon chargé jusqu'à la gueule.

La Pasture et moi cherchions à savoir pourquoi ils étaient allés aux îles vénitiennes. Nous apprîmes très vite que c'était pour compléter leurs équipages avec des Grecs et des Albanais, de la belle canaille qui ne valait pas mieux que l'écume d'Italie qu'ils avaient déjà accueillie à leur bord. Parmi les sept capitaines, ne figurait pas un seul sujet russe.

Le pavillon était russe, les capitaines grecs, les marins italiens, corses, vénitiens. Il y avait même des Anglais — tous des bannis ou des bandits en fuite. La Russie avait délégué, pour la représenter auprès des capitaines de la flottille, des « gouverneurs », des officiers de l'infanterie, dénués de toute autorité sur tous ces filous de mer.

C'était une vraie navigation à l'orientale. Les corsaires nous épiaient mais d'abord se surveillaient entre eux, les capitaines mercenaires répandaient le soupçon les uns sur les autres, personne n'avait confiance en personne. Les bateaux portaient, sur la dunette même, deux canons braqués vers l'avant, à l'exemple des vaisseaux négriers, pour prévenir les mutineries et permettre aux capitaines de « contenir leur monde ». Ils étaient à moitié corsaires, à moitié pirates, loyaux le matin, forbans l'après-midi. Le représentant du gouvernement russe s'appelait Christophoro Giorgio — à la consonance peu russe. Quant au chef des corsaires, qui naviguait sous le nom de Chaplet, il refusa de montrer ses patentes au motif qu'un vaisseau de guerre n'y est nullement tenu.

Nous suivîmes la flottille partout. Appareillant en même temps que les « pirates corsaires », nous mettions à l'ancre au milieu d'eux, après leur avoir coupé la ligne, dès qu'ils étaient en ordre de bataille.

Ils avaient les patiences de leur fourberie. En arrivant à l'île de Zante, au large de la Morée, nous essuyâmes une tempête qui nous jeta à la côte. Heureusement, la bonté de nos câbles résista avec succès aux excentricités des vents. Les corsaires profitèrent de nos difficultés pour brûler quelques petits bâtiments turcs, chaparder des embarcations grecques, enlever des bœufs et des moutons sur des îles sans insulaires.

Le commandant de Ferrières reconnut un des capitaines fantômes, le fameux Spiro Caliga, qui avait pillé, l'année précédente, un navire marchand français. Il exhibait son brevet de corsaire patenté de l'impératrice de Russie.

C'était donc enfreindre les ordres que de l'arrêter. Pourtant, le commandant de Ferrières n'hésita pas à le faire quérir par la force :

— Les droits de l'honneur priment sur le droit des gens.

Très vite, monsieur de Thy s'approcha de nous. Affectant de faire beaucoup d'honnêtetés à ce capitaine de haute flibuste, il nous manifesta son courroux :

— Je vous demande de lâcher votre prise et de lui remettre son bâtiment, martela le « commandant du Thé ».

— Je venge un bateau français dépouillé par ce pillard sous flamme russe, répliqua Ferrières.

— Vous devriez savoir qu'en mer le pavillon couvre la marchandise. Je ne peux approuver votre zèle trop outré.

Le chef de la division navale nous releva de notre mission et nous dispensa de surveiller les Russes. Nous partîmes vers l'île de Cérigo, pour escorter des navires marchands qui sollicitaient notre assistance. À bord d'un des bateaux ainsi secourus, voyageait un groupe de passagères dont la nièce de monsieur de Choiseul-Gouffier, notre ambassadeur auprès de la Sublime Porte. La présence de cette parenté diplomatique habillait notre mission de l'auguste manteau de la nécessité publique.

Le commandant de Ferrières qui, désormais, n'appliquait plus les ordres du « commandant du Thé », changea de zone de patrouille. Notre nouvelle destination était Constantinople. La Pasture et moi-même nous réjouissions du choix de ce nouveau cap, au nom de la sécurité même de ces passagères, en route vers la Porte. Nos conseils de sagesse et notre empressement zélé s'alimentaient au spectacle de ces jeunes sirènes pleines d'entrain qui agitaient leurs gants de bal pour attirer nos regards et favoriser notre galanterie. Nous guettions leurs appels à l'aide.

Nous aurions traversé le Bosphore à la nage pour un seul de leurs coups d'éventail.

Nous avions cessé de fixer notre attention sur les pirates. Notre humeur n'était plus à sévir mais à secourir. La Pasture, ce jeune garde de marine plein de feu, proposa que, de temps en temps, par précaution, les escorteurs fussent visiter les escortées. Le commandant trouva cette suggestion digne d'intérêt :

— L'ambassadeur nous en témoignera sans nul doute de la gratitude.

Nous organisions des fêtes pour distraire ces pauvres dames bien esseulées dans les roulis d'une mer capricieuse et aux sautes imprévisibles.

Un beau matin, nous donnâmes dans le canal des Dardanelles, qu'on appelait autrefois l'Hellespont. De quelque côté qu'on tournât les yeux, on avait le souffle coupé devant tant de paysages grandioses, avec la mer de Marmara au sud, la mer Noire au nord et la garde montante des dômes et des coupoles à l'est.

Nous fûmes salués de vingt et un coups de canon à boulets de pierre, par le fort de tribord ; nous répondîmes coup pour coup à boulets, mais plus prudemment, en pointant nos canons dans l'eau, car ceux des Turcs nous sifflaient aux oreilles.

À midi, nous mouillâmes aux Dardanelles. Le canal était criblé de tours crénelées, de part et d'autre des deux rives, en Asie et en Europe. Les Turcs se tiraient dessus quand ils croisaient leurs canons, incompétents à la hausse. L'escadre du capitan-pacha — le grand amiral de la flotte turque —, formée de douze caravelles, naviguait vers nous. Elle jeta l'ancre juste à côté de notre corvette. Le commandant fut aussitôt voir le capitan, qui nous reçut avec mille salamalecs. Ses janissaires, immobiles sous les armes, la main à la ganjarre, nous surveillaient de leur regard d'acier. L'humour était déconseillé.

Le café, le sorbet, les oukas ne furent pas épargnés. On ne dégaina que des compliments sur la mer, le vent et bien sûr la ville, qui tient au continent par le couchant. Le capitan-pacha nous accorda un permis pour nous rendre à la résidence française afin de raccompagner nos hôtes de marque, qui se répandaient en remerciements. L'ambassadeur, qui nous attendait, ne savait que faire pour nous exprimer sa reconnaissance pour notre escorte protectrice.

Il nous loua une tartane turque qui nous emmena jusqu'à lui. Puis il nous fit détacher, par l'entremise du caïmacan, haut dignitaire de la cour du sultan, un janissaire pour nous guider partout. Il nous recommanda la plus grande prudence :

— Gardez la tête sur les épaules… pour ne pas la perdre.

L'accueil que nous reçûmes à l'ambassade de France fut chaleureux. Monsieur et madame de Choiseul-Gouffier nous comblèrent d'égards. Dès ses premiers propos, je compris que l'ambassadeur avait de la trempe ; il semblait curieux de tout, à la fois philosophe, écrivain, diplomate et historien. Il était membre de l'Académie française où il avait été reçu par Condorcet en 1784. Il ne nous cacha rien de ses soucis, qui étaient d'abord ceux de la France au moment où la « Sémiramis du Nord », Catherine II, affichait sa prétention de mettre la main sur Stamboul. Il nous expliqua le double jeu des convoitises de tous les « dépeceurs de Turquie » à l'affût, et nous lut avec fierté la lettre personnelle qu'il venait de recevoir du grand vizir : « La France reste l'amie la plus fidèle, la plus ancienne et la plus sincère de la Sublime Porte. »

Bien décidé à faire don de sa notoriété au service de notre alliance avec la Sublime Porte, il avait, en outre, un projet personnel dont il nous confia le secret :

— J'entends préparer ici la plus grande équipe scientifique française, composée d'astronomes et de géographes, pour marcher dans les pas des philosophes grecs de l'Antiquité et poursuivre leurs découvertes.

Il voulait attacher son nom à la découverte du site de Troie. À une époque où Homère connaissait en France un regain de faveur, l'exploit de réussir là où les Anglais avaient échoué — dans la révélation du site de la légendaire cité antique — désignerait à la célébrité celui qui consignerait la publication consacrée à cette découverte.

L'épouse de l'ambassadeur le secondait dans ses desseins. À ses moments perdus, elle écrivait des romans historiques sur la Pologne — les Jagellons, ces rois courageux qui, en leur temps, résistèrent à l'Empire ottoman. Elle avait la conversation exquise et savait flatter le tricorne de son beau regard d'émeraude.

Au moment même où nous prenions le dernier souper à l'ambassade avant de repartir pour la France, un drogman de l'ambassadeur fit irruption, pour annoncer à l'oreille de monsieur de Choiseul la victoire du pacha de Bosnie sur les troupes autrichiennes. Il lui glissa un billet, signé du Reis Effendi, le ministre des Affaires étrangères : « La Porte reçoit aujourd'hui la nouvelle d'un grand avantage remporté par le pacha de Bosnie. » Nous entendions l'écho du chant du muezzin résonner dans toutes les mosquées. L'ambassadeur de France nous annonça que le Grand Seigneur — le jeune sultan Sélim — avait organisé un défilé avant le coucher du soleil, dans toute la ville, et qu'il entendait y faire sa première apparition publique depuis son accession au trône des Ottomans, trois mois plus tôt.

Le commandant de Ferrières, La Pasture et moi-même nous enflammions à l'idée d'accompagner monsieur de Choiseul aux abords du palais Topkapi, espérant voir passer « le Commandeur des Croyants ». La délégation française fut ainsi élargie aux officiers de l'équipage et, le lendemain matin, nous nous mettions en marche, derrière notre ambassadeur, pour la grande cérémonie de la parade des lettres de créance et de la remise des cadeaux.

Nous arrivâmes au palais qui dominait la Corne d'Or, le Bosphore et la mer de Marmara, le palais Topkapi, la résidence de la « porte des Canons ».

On nous introduisit dans une salle où nous fîmes une station de trois heures. Ensuite, on nous conduisit dans la salle d'audience où parut le grand vizir, précédé de ses chatirs, des valets de pied, et de ses alaytchaouches, ses huissiers, qui revêtirent l'ambassadeur d'une pelisse. À sa suite, on nous distribua des cafetans, des robes de chambre jaune et blanc aux manches fort longues et très étroites à l'extrémité. Puis, nous passâmes de cour en cour : la cour de la Monnaie, puis la cour du Divan, là où les Turcs qui ont mécontenté le gouvernement attendent l'ordre d'être dépouillés de leur emploi ou simplement décapités. Alors, nous traversâmes une haie de janissaires en habits d'ordonnance, puis de chambellans des audiences du Grand Seigneur, les capidgis-bachis qui avaient pour mission de nous conduire devant Sa Hautesse. Tous les grands de la Porte étaient là ; ils portaient des turbans magnifiques, beaucoup montaient de superbes chevaux caparaçonnés de housses précieuses et de couvertures en broderies d'or et d'argent. Le Grand Seigneur entra par la porte du Sérail, derrière une haie d'eunuques blancs et noirs, coiffés de grands plumets.

Le drogman fit signe à monsieur de Choiseul de le suivre. Nous entrâmes dans la salle impériale, sous l'arche d'un dôme immense. Une ceinture de faïence, avec des inscriptions calligraphiques et de multiples miroirs en verre vénitien, décorait les murs. Beaucoup d'objets — des présents — s'entassaient près du trône. Une porte secrète derrière un miroir s'ouvrit pour l'entrée discrète du sultan. Monsieur de Choiseul s'inclina lentement, avec un salut affecté :

— Très honoré, très magnifique Empereur, Votre Hautesse...

Puis il remit ses cadeaux. Le sultan Sélim III semblait contrarié. Certes, il était touché par ces attentions en forme de remerciements, mais il pria l'ambassadeur de transmettre au « sultan des Francs » des remontrances :

— Très honorable ambassadeur de France, je suis bien aise de la tabatière, de la pendule et du poignard que vous m'offrez, mais je suis surpris que mon ami le roi de France n'ait donné, depuis le début de mon règne, aucune preuve de son zèle et de sa fidélité.

L'ambassadeur esquissa une protestation d'un geste de la main, mais le sultan mit fin à ce bref échange par un avertissement laconique et sibyllin :

— Ne perdez pas notre amitié…

C'est au moment où le sultan quittait la grande salle impériale que je remarquai sa suite. Mon regard fut attiré par la démarche singulière d'une jeune fille au visage largement dissimulé, coiffé de pierreries, enveloppée de riches draperies et qui portait, au poignet, un mouchoir rouge.

Dès la sortie de la Salle impériale, je demandai à l'ambassadeur à quoi correspondait ce cortège féminin. Il m'expliqua que c'était celui des demoiselles d'honneur. J'étais persuadé d'avoir reconnu le mouchoir, mon mouchoir de Cholet.

C'est au retour à l'ambassade que je fis confidence de cette vision troublante à madame de Choiseul-Gouffier. Elle s'enquit auprès de la mère du sultan,

Mihrisah, une Circassienne chrétienne, « qui montrait de l'élévation et de l'adresse ». La sultane mère justifia son impuissance :

— Le secret du sérail est le secret d'Allah. Cette demoiselle d'honneur n'appartient plus aux mondes antérieurs qui lui ont donné la vie. Moi-même qui la vois tous les jours, je ne connais rien de ses origines. Je sais seulement qu'elle a été emmenée en Turquie par le Keznadar, le ministre des Finances du dey d'Alger.

Cet aveu chassait les derniers doutes. La jeune naufragée de Majorque devenue la captive d'Alger acquittait la Régence barbaresque de son tribut annuel au sultan.

Irradiant de sa grâce la cour du Grand Seigneur, elle avait été élevée par le sérail au statut de « demoiselle d'honneur ». Seul le roi pouvait intervenir pour la faire libérer de cet état d'esclavage somptueux et scandaleux. Monsieur de Choiseul me découragea de toute entreprise auprès du roi de France ; notre conversation me laissa peu d'espoir :

— La relation de la France avec la Sublime Porte se complique de jour en jour. Le sultan se désole du déclin de son empire, qui lui échappe. Son humeur ne le porte guère à la sollicitude…

— Mais cet homme a un cœur !

— Oui, mais la raison d'État a ses raisons que le cœur ne connaît pas, fût-il un cœur de sultan. Et la raison d'État, quand il s'agit de la Question d'Orient, nous recommande à tous, dans notre parole, de peser des œufs de mouche dans des balances de toiles d'araignée, comme le dit monsieur de Marivaux.

La conversation s'arrêta là.

De quel poids pouvait bien peser la liberté de la petite Aimée face à la raison d'État du « Commandeur des Croyants » ? Un œuf de mouche.

Lors du dernier souper, s'appuyant sur mille ans de savoir-faire diplomatique, monsieur de Choiseul m'invita sur les hauteurs :

— Le métier d'un diplomate, en Orient, ne consiste pas à régler les problèmes, mais à les faire durer. Pour éviter qu'ils ne dégénèrent. Les hommes des Lumières croient que tous les problèmes sont solubles. Ce n'est pas vrai. Le diplomate s'inscrit dans une autre dimension que celle des sentiments, il s'allie au temps des États qui n'est pas celui des hommes. Il en va de l'équilibre du monde.

Je l'écoutais, désemparé, impuissant, écrasé par « le temps des États » qui « fait durer les problèmes ».

Le soir même, nous quittions Constantinople pour la France.

DÉMISSIONNAIRE

Le 12 juillet 1789, à soleil levant, nous donnâmes dans le golfe de Toulon. À midi, *La Belette* mouillait au lazaret, au sud de la rade, afin de répondre à l'obligation faite à tous les bâtiments venant du Levant et de Barbarie d'observer la quarantaine.

Dans cette enceinte aux hauts murs aveugles, en pleine mer, à deux lieues de la ville, l'attente n'en finissait pas. Les gardes de santé, les consignes, y exerçaient une surveillance tatillonne. Chaque matin, ils nous bousculaient vers un couloir obscur de l'hôpital et nous plongeaient dans un bain de soufre avant de nous infliger une aspersion de poudre, au milieu d'une fumée épaisse, étouffante. Aucune visite n'était autorisée. Je résolus d'écrire à Marie-Anne et à monsieur Hector, pour les prévenir de mon retour. Mes lettres passèrent entre les mains des consignes qui les trempèrent dans le vinaigre pour les purifier.

C'était le souvenir des ravages de la peste de Marseille dans les années 1720 qui expliquait cette fâcheuse séquestration. Le bureau de santé du port nous traitait comme des hommes vecteurs de germes contagieux. Les portefaix qui veillaient à aérer les marchandises s'écartaient de notre chemin de promenade, de peur de respirer notre haleine.

Cette suspicion dura plus de trente jours. Enfin, on nous donna l'autorisation d'entrer dans le port. *La Belette* fut désarmée à la fin du mois d'août 1789.

À quai, l'atmosphère était surchauffée. Une populace avinée lançait des regards humectés de haine aux officiers du corps. Suspectés en mer, pestiférés à terre.

Le commandant de la Marine, monsieur d'Albert de Rions, nous réunit à la nuit tombée. Il avait l'œil poché :

— Je viens de recevoir des horions de quelques excités de l'arsenal. Il y a partout des milices qui font le coup de poing.

Le lendemain matin, il me fut donné de surprendre une empoignade entre un vieux capitaine et de jeunes matelots, qui, sur un mode vindicatif, en appelaient à une Charte des Droits de l'homme embarqué. Insensible aux intimidations, le vieux marin professait des évidences, dans le vide :

— En mer, c'est la discipline qui est la mère de toutes les audaces.

Le mot fit hurler la foule des miliciens qui se pressaient autour du groupe de matelots séditieux. Il poursuivit quand même :

— La mer est gouvernée par un monarque absolu : le Vent… il souffle où il veut, comme il veut, quand il veut. Moi, le pauvre capitaine, auquel vous réclamez des droits, je ne peux sauvegarder ma petite société flottante que par l'application la plus stricte d'un principe hors d'âge : l'Obéissance.

— On ne veut ni des vieux principes ni des jeunes princes ! criaient les matelots.

Toute la foule rassemblée déclara « ennemi du peuple » le vieil homme à principes et décida de le « lanterner ».

La prudence m'inclinait à quitter cette ville où le sang chaud faisait couler le sang bleu. J'avais hâte de revoir ma Bretagne et ses rocs aux sagesses d'Armorique, là où la terre et la mer échangent de vieux baisers bougons de tendresse et de tamaris.

En mettant pied à terre, sur le port de Brest, je sentis la même atmosphère, comme si j'étais encore à Toulon. J'entendis autour de moi vociférer :

— À bas, à bas la cocarde ! À bas ! À bas !

Je portais une cocarde noire, comme tous les officiers de la Marine royale. C'était à cette cocarde que la canaille de l'arsenal en voulait. Je la portais depuis toujours, et voilà qu'elle était devenue un symbole insupportable à l'esprit public. Que s'était-il donc passé ?

J'échappai à mes poursuivants, pour me réfugier dans la rue de Siam. Je retrouvai Cotignon, chez monsieur Hector, qui me pria d'ôter ma cocarde :

— Mais pourquoi donc la dissimuler ?

— Par prudence. Vous ne voyez donc pas les fermentations et les rancœurs dont nous sommes menacés ?

— Non, je ne comprends pas d'où viennent ces amertumes soudaines.

Alors, monsieur Hector me confia qu'il craignait pour sa vie et la nôtre :

— Je ne gouverne plus rien. On m'a placé sous la garde des soldats de la garnison et de la milice nationale. On m'espionne. J'aimerais mieux faire dix campagnes de guerre que d'entretenir dix jours d'une pareille paix.

Il me donna une cocarde tricolore que j'accrochai à mon chapeau. J'avais peur d'être reconnu dans la rue, livré à la traque de cette « milice nationale » de soldats arrachés à leurs régiments, qui s'appliquait à maintenir un grand désordre, le « nouvel ordre ».

Tous ces brigadiers et miliciens avaient revêtu un habit rouge écarlate, sans doute par esprit de provocation à l'égard du Grand Corps.

On brûlait, sur les quais, les anciens pavillons ; et l'abbé Le Floch, le curé de Saint-Louis, passait le plus clair de son temps à bénir les nouveaux drapeaux brandis par les « jeunes citoyens ».

Cotignon, que j'avais rejoint, me raconta une scène effroyable, datant de la veille :

— Un officier du régiment de Beauce a été poursuivi devant l'hôtel de ville. Il y entra, en courant, se croyant alors en sûreté, mais il y fut mis en pièces par des femmes qui poussèrent la cruauté jusqu'à boire dans son crâne.

Tous les jours, on nous rassemblait sur le Champ de Bataille pour nous faire prêter serment d'obéissance « au Peuple », devant un autel de la Raison, sous la menace d'une haie de baïonnettes pointées sur nous.

— Et qui est à la tête de tout cela ?

— Ce sont les marchands, les négociants, les tailleurs, les cordonniers, les bourgeois qui prêchent l'incendie et le pillage des châteaux du Léon et réclament l'élection des officiers. Ils veulent lanterner tous les marins du Grand Corps.

Brest était devenu Toulon. Il valait mieux s'éclipser pour un congé qui durât le temps des fièvres. J'abandonnai mon uniforme et ne gardai par-devers moi que mon sabre et mon panache, cachés sous ma selle, échappant ainsi à la fouille du corps de garde de la porte de Brest.

Je partis pour Nantes, tenaillé par la faim et le sommeil. Je m'arrêtai en route, chez un limonadier, à Redon. Le prix des plats avait grimpé et outre-passait ma solde : vingt-deux livres pour une nuit et un poisson de rivière ! Mon cheval et moi étions logés à la même enseigne : l'aubergiste réclamait trois sols pour un picotin d'avoine, cinq sols pour une livre de pain.

J'arrivai à Nantes, de nuit, chez une cousine. Surprise. C'était la liesse. Je croisai des bandes de jeunes gens éméchés qui dansaient et allumaient des feux de joie autour des arbres de la Liberté. Ils fêtaient le Bonheur, le Travail, le Génie, les Vertus. Les armateurs, accoudés à leurs balcons renflés, excitant la foule du haut de leurs mascarons bouffis, encourageaient les ivresses publiques et les chants patriotiques.

Dans les rues, les culottes de taffetas et les bas blancs se mêlaient aux grosses laines meunières ; les escarpins à talonnettes et les sandales de lin battaient à l'unisson le même pavé : les parquets marquetés en bois des îles où se répandait le linge de Saint-Domingue chantaient en chœur avec les rigoles dépavées où dansaient guenilles et cotillons.

On venait de partout, « se rajeunir dans le rajeunissement de la France », communier aux mêmes espèces de la Philosophie et du Progrès. Dans les yeux des plus vieux, brillait un jeune courage. On applaudissait les comtesses citoyennes — robes de soie, bonnets rouges —, qui prenaient un bain de foule. L'heure était à l'allégresse et à la gravité. Il fallait effacer les armoiries des chaises de poste et abolir les entraves, surtout les entraves au commerce.

J'avais obtenu de la Marine un congé de huit mois.

Les nouvelles de Brest me portaient à la plus grande tristesse. Monsieur Hector cherchait à quitter l'uniforme. Mes derniers amis brestois m'écrivaient leur désarroi : le pauvre commandant de la Marine recevait chaque jour une députation de têtes exaltées qui venaient déposer leurs sommations, aux ordres d'un meneur écumant d'injures, ex-fourrier de la marine, cassé de grade en 1785, qui assouvissait là sa vieille rancune et se vantait de « contraindre les valets royaux à se dépouiller de la livrée de l'esclavage ».

Les vexations se multipliaient à l'encontre des officiers : il leur était interdit de porter leurs croix de Saint-Louis et de Cincinnatus. De vieilles palourdes injurieuses se penchaient pour venir arracher les boucles d'argent de leurs chaussures et on livrait les enfants du Corps aux invectives des bagnards qui les menaçaient du pilori.

Je sollicitai les conseils de Marie-Anne :

— Que faire ?

— Laisser passer l'orage !

— Et après ?

— Te marier.

Dans les jours qui suivirent, j'obtempérai. Je renouai des relations avec une parente, qui était veuve d'un Charette, Marie-Angélique Josnet de la Doussetière. Elle avait une fille de seize ans, Marie-Louise, une charmante demoiselle. Quand la mère me vit tourner autour de la jeune goélette, elle s'interposa et coupa la ligne de file :

— Ma fille est beaucoup trop jeune pour se marier. Et moi, pas assez vieille pour y renoncer.

C'était bien la peine d'avoir appris à pratiquer, au bal, l'approche, l'abordage et le décrochage ! Je fus pris au dépourvu. Un grappin sur l'épaule. Immobilisé. J'étais venu voir la fille. Je repartais avec la mère, de quinze ans mon aînée. Capitulation en rase campagne.

Elle avait du bien et quelques beaux revenus qui atténuaient la déconvenue d'un ménage mal assorti. Elle appréciait le confinement et les commodités de la ville ; moi, je n'aimais que le grand air et les vents contraires. Elle voulut m'entraîner dans les soupers nantais. Je la suivis quelques mois. Nous habitions l'hôtel Paulus, près du château des ducs de Bretagne. Nous dînions à la table d'opulents armateurs avec lesquels je me mettais en frais. Ils discouraient sur le plus sûr moyen de libérer le négoce, et s'ingéniaient à prendre appui sur les comités populaires de demi-culottés, cousins germains de ces justiciers qui avaient abreuvé d'outrages les commandants de la Marine de Toulon et de Brest.

Un soir, l'effervescence déborda de la marmite. Deux députés protestaient contre ce qu'ils appelaient « l'anéantissement du commerce nantais ». Car il était question, à Paris, d'abolir la traite. Pour eux, la liberté s'arrêtait là où commençait le commerce.

La rumeur faisait frémir les « quartiers d'en haut », autour du théâtre de Graslin, où ces messieurs du commerce et de la robe savouraient, à la table des nobles désargentés, les humiliations de la Cour et se désabonnaient du journal *Le Patriote* : « Gardez-le pour vous et pour vos amis les Africains, mais dispensez-vous de nous l'envoyer à l'avenir. » Derrière les Idées, je voyais se profiler l'Intérêt. Un petit monde de calculs et de bourses rebondies où il n'y avait pas d'autre espèce de crédit que le crédit en espèces.

Mes belles-sœurs en pinçaient pour les nouvelles cocardes. L'héritage familial des Josnet les avait baignées dans une tradition sénéchale où on embrassait volontiers les professions de l'impôt ou de la loi. Mes beaux-frères, Michel-Pierre Luminais, procureur en la baronnie de L'Isle-de-Bouin, et Jacques François Cormier, syndic impatient de se débarrasser de son titre, affichaient leur dédain pour le Grand Corps et m'appelaient le « petit cadet de marine ».

À la fin de ma permission de mariage, je retournai à Brest pour la revue annuelle. Il manquait, dans les rangs, par rapport aux rôles, six capitaines de vaisseau, une centaine de lieutenants. La Marine quittait la Marine et se retirait sur ses terres : l'amiral Duchaffault, le marin laboureur, était retourné chez lui enterrer sa gloire derrière sa charrue ; monsieur Hector couvait le dessein de quitter la France ; l'amiral Destouches, le héros de la guerre d'Amérique, regagna sa retraite à Luçon, au pied de la statue de Richelieu, méditant sur l'ingratitude des peuples.

Le Grand Corps allait être aboli, l'Académie royale de Marine supprimée, les bateaux commençaient à changer de nom. Celui de mon premier embarquement, *L'Auguste*, devint *Le Jacobin*.

Les vaisseaux du roi partirent au radoub pour un nouveau baptême : *La Couronne* s'appellerait *Le Ça ira*, *La Bretagne* allait devenir *Le Révolutionnaire*,

Le Dauphin royal prendrait le nom du *Sans-Culotte*. La chapelle de la Marine de Brest abriterait désormais le tribunal révolutionnaire. Je n'avais plus rien à faire dans la Marine royale puisqu'elle n'existait plus. Et je ne me ressentais pas de vivre du commerce ou des insignifiances nantaises. Ma femme, Angélique, en était froissée. Elle insista. En vain.

Le ressort de ma vie était brisé : la mer, la marine, ses disciplines et ses fidélités.

J'aspirais à un exil discret en des campagnes inaccessibles aux hurlements de la meute, où je pourrais seulement sortir mes chiens et ma canardière, guetter les brumes immobiles des vieux étangs, revenir à mes enfances, au temps du hérisson et des grillons. Monsieur Hector ne fut pas surpris de recevoir, le jour de la Saint-Malo 1790, ma lettre de démission : « Je m'en vais. »

L'honneur le commandait.

Ma vie était finie.

Je pris le premier cheval venu, un pauvre bidet, et je mis le cap sur le petit domaine de mon épouse, La Fonteclause, entre les bocages et les marais bretons.

J'avais participé aux grands événements de mon temps : l'indépendance de l'Amérique, les soubresauts du monde balte, les prémices de l'émancipation des Grecs, la guerre russo-turque, les tentatives de déploiement de l'Empire russe en Méditerranée. J'avais approché des légendes vivantes — des soldats, des savants, des héros.

Il y avait de quoi remplir une vie. Une vie de souvenirs. À raconter entre deux chasses à la perdrix.

RETRAITÉ

— Le Hardi, couché !

Le Hardi se couche.

— Le Hardi, à l'abordage !

Le Hardi se précipite dans la musse et se prend la proue dans la vague d'épines. Intrépide. Il fonce. Rien ne l'arrête. Un chébec.

Le Hardi, c'est mon chien. Je lui ai donné le nom de mon premier bateau, en souvenir du temps où on chassait en meute avec La Motte Picquet, dans les mers giboyeuses de la guerre de prise. L'amiral corsaire, chasseur de renom, s'amusait, devant ses équipages, de cette image de courre :

— Un bon navire de prise, c'est comme un chien de chasse : il sait démêler une voie dans le courant. Il a de la truffe pour renifler le butin. Il sent l'Anglais.

Le Hardi était un bon pisteur, un excellent rapprocheur, un navire d'affût, un basset, à la coque rasante en chêne bien trempé.

Mon chien est de ce bois-là : lanceur infatigable, hardi comme *Le Hardi*, il ne refuse pas la ronce ; il aime l'eau et son instinct le glisse toujours dans le bon courant. Belle gorge, jarret large, fortement quillé ; bondissant en un éclair de tribord à bâbord, il a le fouet attaché assez haut, porté en sabre. Un chien d'assaut. Le museau bien dégagé, effilé, il perd sa sûreté de pied, entre chien et loup, dans les obscurités. Son œil est du matin, pas du soir.

Justement, depuis la Sainte-Barbe, la nuit tombe comme un couperet sur La Garnache, ma nouvelle paroisse de retraite.

Il est grand temps de rentrer au logis. L'allée des chênes têtards, tourmentés, figés en contorsions de souffrance, allonge des ombres inquiétantes au-dessus des futaies crépusculaires.

Le Hardi franchit d'un bond la douve du jardin, le « saut du loup », puis s'engouffre sous le porche charretier. Il traverse la cour sans même remarquer la lourde volée de pintades qui taquinent le vieux coq dans les flaques de boue, devant un concert de poules mouillées.

Nous sommes pressés de nous mettre à l'abri. Il grêle. Un vrai bouillard. La cour est fangeuse. On marche dans la casse. Le pied enfonce. L'épaisse litière d'ajoncs et de genêts flétris répandue par les voisins pour tenir les eaux de l'hiver n'a pas encore été roulée.

Je suis tout guené, trempé jusqu'aux os. La Fonteclause se prépare à une rude saison. Le Hardi se moque de la frimaille qui bruine ses babines. Il sait qu'il va retrouver sa cour d'amour ; il miaule en rejoignant la Marquise, la chienne de la ferme, abandonnée sans doute par un émigré. Elle s'avance vers lui, avec l'élégance de cette robe truitée de traces de feu qui trahit son ascendance de haute vénerie. Noblesse de grange. Déchue. Ainsi va la vie. Une vie de chien. Elle est échouée là, dans une remise. Elle aurait pu prétendre à un braque de Weimar ou même un épagneul breton. Mais l'amour a ses lois. C'est mon chien qu'elle aime. La Marquise le regarde, elle perle du museau et sautille, l'oreille papillotée, les cuisses gigotées, la poitrine harpée. Elle griffonne du sourcil. La Marquise en pince pour le Hardi. Bien sûr, elle rêverait que la hardiesse du Hardi amoureux s'accompagnât de plus hautes manières et de séductions moins brutales. Mais c'est ainsi, il faut en prendre son parti. L'instinct est là. Le griffon vendéen répond à un pedigree ancestral : « Toujours la queue en l'air et le nez au trou. »

Je les sépare pour la nuit. Mon griffon s'en désole. Jusqu'à l'entrée dans le vestibule carrelé de tomettes

qui suintent l'humidité. Il a déjà changé d'idée.
Il attaque.

Comme chaque soir, il se met à hurler au loup.
Dans un aboiement convulsif, il s'en prend aux
trophées accrochés à la vieille toile de jute mangée
de mites. Impossible de le tenir. L'escalier, constellé
de pieds d'honneur et de hures de sangliers, ne
lui inspire qu'indifférence. C'est au loup qu'il en
veut, à la tête de loup, au-dessus de la porte pleine.
On n'échappe pas à sa nature. Il griffe la plaque de
cuivre sur laquelle on a gravé la date où la bête a
été servie : « Mardi gras, 1781 : Forêt de Touvois ».
Un souvenir du maître veneur Boisfoucaud, le
premier mari de ma femme. Je n'aime pas trop cette
tête de loup famélique, souvenir d'un autre. Les
trophées des murs n'ont plus d'appétit. Nous, si. J'ai
faim, le chien aussi.

Mon falot me guide jusqu'à la souillarde où je
vide mon carnier. Une miche de seigle nous suffira.
On la partage avec un peu de lard. Le Hardi s'endort.
Je monte me coucher. Le vent froid, le vent du nord,
le vent de galerne s'est levé.

Ça souffle dans les haubans. J'ai l'impression que
le bâtiment va s'arracher, se briser. Que le gréement
de tuiles va s'envoler. On entend, au loin, des
clameurs haletantes, comme les hourras des matelots
à la manœuvre dans une tempête de lunes rousses,

pressés de rentrer au port. Les chemins défoncés
piègent les attelages jusqu'au printemps : on ne prend
plus la mer, quand elle devient trop grosse.

Isidore a préparé la maison : à la campagne, il
faut apprendre à vivre avec les saisons. En mer, on les
traverse. À terre, on s'y soumet. Je l'ai vu calfater les
vitres éborgnées des chambres, avec un vieux chiffon
de rideau. Et il a résolu de condamner la porte qui
donne sur le jardin — la porte du vent, le vent du
nord. Son matelas de paille dérisoire n'arrêtera pas
les voies d'eau ; déjà l'air glacé du dehors souffle par
le bas des portes.

J'écoute les gémissements qui montent de la cour
et du cellier ; la plainte des charpentes ébranle le
logis. Il y a trop de bruits qui ne s'expliquent pas, ou
que je n'ai pas encore apprivoisés, dans ce drôle de
navire pris dans les vents de terre, soufflé d'un sabord
à l'autre.

Honorine, la cuisinière, qui croit dur comme
fer aux présences spectrales dans les anciens logis,
prétend qu'un soir, avec un bâton de néflier, elle
a mis en fuite, dans le pressoir, une garache enivrée.
Son assurance a désarmé mon incrédulité.

— On sait ce qu'on dit, Isidore et moi, et on ne
croit que ce qu'on a vu. La tête de loup du vestibule,
une nuit de sabbat, elle était devant la douve,
à danser avec les garnaches qui couraient entre les

pieds de bruyère. On les a vues qui s'élevaient, avec des farfadets flambants sur des fleurs toutes rouges où elles se posaient, avant de revenir au petit matin.

— C'est pour ça que la paroisse s'appelle La Garnache ?

— Oui, et depuis longtemps. Tous les paroissiens ont entendu parler de l'histoire de ce veneur infernal qui a forcé un cerf à l'heure du *Sanctus* et a été condamné à courir éternellement, chaque nuit, après la meute.

— Et la tête de loup du vestibule ?

— Il arrive que la nuit, elle se détache avant de revenir à sa place dès potron-minet. C'est ce qu'on dit...

— Ou ce qu'on imagine...

— Je ne vous conseille pas de mettre en doute cette histoire ; d'ailleurs, personne n'a jamais apporté de preuve contraire.

Honorine sommeille depuis longtemps avec ses songes et ses garous. Que les nuits sont longues ! Je me retourne dans mon lit. Je ne dors que d'une oreille, l'autre fait le quart de la veille et du guet.

On chuinte à ma porte. Soudain, qui va et vient d'un ongle rageur, j'entends une main qui gratte au plancher. Je me lève. Une simple ratière. Je me recouche. Mais il y a un doigt qui toque. Je me lève. Une gouttière. Le vent bouge les tuiles.

Et fait monter une voix étrange qui grince, au rez-de-chaussée, illisible feulement d'une âme fauve. Tout m'échappe. Et puis je grelotte sous ma peau de bique. Je comprends mieux Marie-Angélique, bien au chaud à Nantes, jusqu'aux Rameaux.

— Tu verras, Athanase. Quand on vit l'hiver à La Fonteclause, La Garnache déploie ses charmes.

Heureusement, au petit matin, les vents tournent au sud, et portent jusque dans mon sommeil halluciné les trois musiques qui réveillent nos campagnes : le chant du coq, l'enclume du forgeron, l'angélus. « La Garnache déploie ses charmes. » Petit poème du point du jour.

Il est temps de se lever. Devant la cheminée de la cuisine, je me sens dans un autre monde. La Fonteclause porte bien son nom, elle est enclose de murs à loups et de haies vives. C'est une retraite impénétrable. Et définitive. J'attrape une âme ménagère. Je manie la coussote devant une beurrée de choux.

Ici, il fait froid, humide. Le vent d'en haut renouvelle son souffle glacé. Mais au moins je suis tranquille. Tous les chemins sont fermés l'hiver. J'ai été tellement déçu par la nature humaine, ingrate et déloyale.

Mon chien me tiendra compagnie.

CADET DE FARINE

Marie-angélique me manque. Elle ne reviendra qu'à la belle saison. Elle a choisi les agréments de l'hôtel nantais, rue Basse, pour l'hiver.

Je me retrouve seul à la barre de La Fonteclause, où je mets quelques jours à comprendre son envoi en mission énigmatique :

— Mon cher Athanase, je te laisse à ton nouveau commandement de chef d'escadre.

Chef d'escadre ? En effet. À partir de la grand-chambre du logis amiral, me voici soudain à la tête d'une véritable flottille — l'amenage —, avec des trois-ponts — les métairies —, mais aussi des frégates — les borderies —, et enfin des cotres — les ouches et les patys journaliers. Très vite, on me surnomme « l'Amiral ». Il y a quelque chose de commun avec la Marine, c'est le principe d'unité dans l'effort et de soumission aux mêmes champs d'écume. La terre, impitoyable comme la mer et tout aussi imprévisible, ne pardonne rien aux caprices du matelot qui voudrait chalouper hors du sillon et viendrait briser son soc, sa quille, sur la roche à fleur de labour.

On vit dans les champs, on obéit aux saisons. Des semailles aux moissons, on vit de la terre. Et on ne vit que d'elle. Tout vient de ses entrailles et lui revient. « Tu es poussière… » On vit même de la cendre, celle des bouses séchées aux soleils du marais qu'on brûle ou qu'on échange comme gâteaux d'engrais contre les fagots de javelle du bocage.

La Fonteclause fait corps avec les champs qui l'ont enfantée. Elle est sortie du même limon. La pierre de parement, la pierre de choix, a été taillée dans la ferme de La Giraudrie, à Sallertaine, dans la même veine de granit que l'abreuvoir de la cour et les encorbellements des borderies voisines des Merchantiers et de La Coutellerie. La pierre est familière : la pierre grise est une pierre de famille, qui fournit tous les feux.

La maison aussi est familière, ouverte à tous les voisinages. Dans le pays, il n'y a jamais eu de château. Pas plus d'étages ou de marches au logis qu'en métairie. On est de plain-pied. On vit à la même hauteur, sous les mêmes tuiles, on se soumet aux rythmes de la même ouvrage. La richesse vient de la réserve commune, le grenier. Au-dessus de la porte, la même croix de lait de chaux vive. La maison ouvre sur la cour et la basse-cour. On goûte souvent à la même table, les jambons bassinés de serpolet, salés du même salpêtre.

Hier, j'ai soupé chez les petits Blanchard, les deux filleuls de ma femme, à La Grande Étouble. Demain, je vais veiller chez les Achard, les futurs parrain et marraine de notre enfant tant attendu. Ils ont déjà brodé la robe de baptême.

Le temps est identique pour tous, immémorial. On est là sur parole, depuis des siècles, on cultive la même terre. On va le moins souvent possible chez Louis-Pierre Baudry, le notaire du marquisat de La Garnache, qui cherche des bornes d'héritage effacées depuis longtemps.

Partout, c'est la même patine, le même labeur, les mêmes chemins de larmes et de liesse — chemins de messe et de faux sauniers. On se chauffe au même bois, la fournille des genêts de fossés. Et on se chausse dans la même forêt, en sabots de vergne l'été, d'un bois léger, et de frêne l'hiver, d'un bois lourd.

Dans tout le domaine, nous partageons la même méfiance de notre farinier, Mathurin Chesneau, du moulin des Planches, soupçonné de voler le pauvre Jacques Mosnier, le garçon meunier des Ageons, qui livre, à dos de cheval, les pochées moulues. La question de la farine — la bonne farine — devient, pour moi, primordiale. On partage le même four à La Fonteclause, où on enfourne le pain de la semaine, qui ne tient pas au corps parce que, bien souvent, on ajoute à la farine de seigle un appoint de fougère ; parfois, on l'allonge de sciure de bois. Sauf à Pâques, pour la galette pacaude, où on endimanche la pâte à brioche qu'on mange tous ensemble.

On se confie au même chirurgien qui guérit nos misères, Pierre-Louis Barreau, un médecin de buisson d'une belle trempe, reconnu comme un rebouteux aux sagesses épineuses et un remmancheur d'échines très sûr, infatigable coupeur de fièvres. On lui fait plus volontiers confiance qu'au menuisier du bourg, Antoine-Marie Gauvard, qui fait aussi le dentiste et qui laisse rouiller ses pinces, bon arracheur mais mauvais soigneur.

La seule supériorité acceptée sur tous les journaux de terre, c'est celle du maréchal-ferrant, Nicolas Barreau. L'homme au tablier de cuir nous tient tous entre l'enclume et le marteau, puisqu'on est obligé de passer par sa salle d'armes pour ferrer les bœufs.

À chaque fer, une coche sur le bâton de châtaignier, fendu en son milieu. Chaque fermier détient chez lui une moitié du bâton. L'autre sert de témoin et reste en dépôt chez le maréchal-ferrant. À la Noël, on additionne les coches et on paie.

Finalement, il n'y a qu'une noblesse reconnue, c'est celle des toucheurs de bœufs. Parce que c'est un art ancestral de mener l'attelage, on le gouverne comme un navire sous le vent. Six bœufs, cous tendus, foncent droit, courroies prêtes à éclater. Toute la richesse de la ferme est à l'écurie; parfois, on retrouve un crapaud cloué au linteau de la porte pour protéger ce bétail si précieux. On le respecte comme le Bon Dieu. D'ailleurs, on s'arrête et on se recueille avec les bœufs pour l'angélus, au milieu des arbres qui piètent et souffrent comme les hommes.

Les enfants viennent admirer de loin Jacques Babu, un vieillard de soixante ans, de L'Isle-Bretin, qui, depuis longtemps, a fixé la liturgie des labours de printemps. Il est là, sur le gaillard d'avant, poitrine ouverte aux ardeurs du premier soleil et il araude ses bœufs de ses chants joyeux :

— Mon cadet, mon frinchet, mé mégnon, mon châtain, mon vremeil, mes infons, oh!

Tout est dans l'intonation qui traîne la note tenue. Il faut savoir darioler, infléchir la voix, égrener les voyelles. Un motet. Les bœufs obéissent à la baguette du chef, un aiguillon de frêne, droit comme un cierge, béni à la Chandeleur.

Il n'y a pas de distance entre nous. On pleure ensemble, on rit ensemble, la plaisanterie affleure comme le chiron de granit. On se chansonne. La vraie politesse magistrale pour le maître, c'est de se laisser gouailler.

Il y a quelques ennemis communs : les taupes, les enjôleurs du bourg, les loups rôdeurs et les engourdis à l'ouvrage.

Les bœufs de charrue récalcitrants sont traités de « bœufs de crèche ». Et s'ils sont paresseux, on les appelle des « nobliets ».

Le maître, le maître d'équipage, n'a qu'à bien se tenir, car la finesse de gouaille tourne vite à la dérision sur les travers du capitaine. J'en sais quelque chose depuis mon arrivée ; on se moque de moi quand je marche dans les champs : manque de sûreté de pied sur les sols portants — sols mouilleux l'hiver et séchants l'été. Onze ans de mer et de roulis ne m'ont pas vraiment préparé à cette nouvelle vie carrossière. À peine m'a-t-on vu à cheval qu'on m'a traité de cavalier de meunerie. Le notaire de Challans, Amable Renou, hostile à la Marine royale, a répandu de mauvais dictons fraîchement débarqués par les morutiers des Sables :

— Cadet de marine, cadet de farine. Marin à cheval, marin à terre.

On dit aussi que je trotte comme un marchand de moules de Beauvoir. Je ne connais pas Beauvoir et je n'ai jamais vu de marchand de moules.

À la foire de Soullans, je viens d'échanger avec les frères Julien et François Léchardour une jument porteuse et son poulain de cinquante livres, qui viennent de Saint-Gervais, contre quatre vaches et deux baudets, qu'ils sont venus enlever à la borderie des Airauds. Mes devoirs de maître de maison me jettent chaque matin sur les chemins muletiers. À trébucher comme un charretier dans les sournoises ornières, je finirai bien par apprendre à me tenir en selle.

Tous les jours ou presque, ma jument m'emmène au bourg, voir les avoués et maltôtiers. Il faut s'occuper des affaires de ma femme. Isidore m'accompagne au marché de La Garnache ou à la foire de Challans, tous les quinze du mois. Je découvre le monde des blouses flottantes, des chapeaux raballet et des coiffes de mousseline à fleurs en forme de pyramide.

La place de l'Église grouille, encombrée de charrettes surchargées de canards sauvages, de pluviers et de crevants. On se croirait sur les quais de Brest, il y a dix ans. Je retrouve un ambulant, Louis Guérin, jeune marchand de beurre qui revient de sa tournée poulaillère. Il est passé, à l'aube, dans les borderies de La Fonteclause, ramasser les œufs.

À l'auberge des Oies sauvages, où on taquine « la folle », un petit vin de pays qui ne manque pas de degrés, je rencontre la fine fleur du commerce et de la robe du Marais. Pierre Musseau, l'aubergiste, toujours d'accord avec toutes les tables, dispose sa girouette dans les vents dominants. Pas facile de lire dans les nouvelles. Mieux vaut rester toujours à mi-chemin. Il le fait très bien. Il me mêle aux prudentes conversations des bourgadins.

Heureusement, Isidore me met en garde, à voix basse :

— Méfiez-vous de ces gens-là. Ils vont vous faire parler. Ils ont la fortune toute neuve et le soupçon facile. Ils voudraient qu'on oublie d'où ils viennent ; ils ont le cimier altier, mais nous autres, nous savons bien qu'ils ne sont pas descendus d'un si haut prunier. Leurs pères, qui étaient marchands de quenouilles ou sanguinetous, vendaient des poupées de lin ou des sangsues et, eux, ils s'enrichissent à revendre les pierres sculptées de l'abbaye de L'Isle-Chauvet. Ils guettent les « biens nationaux » de tous ceux qui émigrent, comme à Puy-Rousseau, notre voisin, le maître des lieux — un marin comme vous —, le capitaine Pierre-Louis de la Rochefoucauld.

Tout le monde — le beau monde — est là pour la foire. Et la foire est partout : à l'extérieur de l'auberge, la foire aux bestiaux ; à l'intérieur, la foire aux idées nouvelles. À l'extérieur, on compte les bouses. À l'intérieur, on compte les coups car les esprits s'échauffent. Jusqu'au moment où le procureur-syndic nous rejoint. Silence révérencieux mêlé de crainte. Je le connais bien. C'est le cousin de ma femme — François Boursier —, et c'était un de nos témoins de mariage, ancien maire de La Garnache. Nouvelle tournée de folle. Je me fais discret. J'observe. En face de moi, je reconnais mon voisin, d'une trentaine d'années, Thomazeau, mi-paysan, mi-bourgeois, réputé pour être un bon payeur d'arrérages. Il se plaint des nouveaux impôts qui pèsent plus lourd que les anciens et des chemins, qui ne sont pas meilleurs qu'avant. François Boursier, qui donne dans la Révolution, le reprend, agacé :

— L'établissement du bonheur universel demande du temps. Soyons patients.

Thomazeau se retire sur la pointe du sabot. Le jeune volailler Guérin, qui regrettait tout à l'heure de ne plus rien vendre, marche maintenant sur des œufs devant le procureur.

Je comprends, à chaque gorgée de folle, que chacun a une vision toute personnelle, fixée par l'intérêt, des changements de la loi et de la fortune : on suit du regard, discrètement, pour l'attraper, d'une main leste, le barreau supérieur de ce que mon compagnon de chasse, le canardier Lucas, appelle « la nouvelle échelle de Jacob » :

— Le premier barreau est à terre, le dernier touche au Ciel. Les frayeurs publiques abritent, pour chacun, l'espoir d'améliorer son sort. Le paysan laisse monter en lui l'idée de devenir bourgeois. Le bourgeois s'imagine être gentilhomme. Dans tout le pays, beaucoup de nobles entendent se revancher des honneurs qu'hier encore, on ne rendait qu'aux Grands.

J'ai même rencontré, autour du lac de Grandlieu, de jeunes vicaires zélés qui, secrètement, se réjouissaient d'échapper à l'esprit de cure, caressant l'idée de s'émanciper et de devenir salariés de la nation. Ainsi le bourgeois se gausse de voir le noble dépouillé et le paysan s'amuse, à la cave, de voir la réquisition s'étendre aux biens du bourgeois.

Mon beau-frère par alliance, Michel-Pierre Luminais, juge de paix à Bouin, qui lui-même aspire à une plus haute magistrature, cherche, dans ce remue-ménage de légitimités, le nouveau point d'harmonie de l'ordre à venir, avec la grandiloquence du septième verre :

— Les riches seront toujours assez riches. À voir piller celui qui vous précède dans la richesse, on apprend à aimer la justice et l'équité…

La Révolution, tranquille, s'avance lentement, portée par les « enjôleurs » qui font commerce des nouvelles grandeurs d'établissement. Après tout, « si c'est le prix de la paix », comme dit mon beau-frère juge de paix, peut-être vaut-il mieux coiffer les nouvelles cocardes.

Et puis ici les colères ne sont que verbales. On est si loin de Paris, si loin de l'Amérique, si loin des doigts pointés de Toulon, de Brest et de l'Île-Feydeau. Avant que leurs lois n'arrivent jusqu'à nous, il faudra, pour atteindre La Fonteclause, enjamber des siècles et force talus, sauter des milliers de redoutes et d'échaliers. Ce n'est pas demain la veille. Comme on dit dans le bourg, cette fièvre des marchands et des marchés « durera moins longtemps que les foires de L'Herbergement ». On en prédit la fin chaque année. Et elles durent depuis le Moyen Âge.

Je quitte Challans et galope vers la galerne, le nord-ouest, le Retz, puis les prés marais et les îles de la côte. Peut-être vais-je enfin rencontrer les « marchands de moules », ces cavaliers fameux pour leurs mauvaises assises.

MARIN D'EAU DOUCE

MARIE-ANGÉLIQUE m'a demandé d'aller visiter nos boisselées de terre du Perrier et, plus loin, nos œillets de marais salants, à Noirmoutier. Après quelques lieues de routins incertains, sur les « charrauds », entre les étiers — ces étranges canaux où remonte la marée —, me voilà, face à un paysage inattendu, aux antipodes des bocages aveugles.

À perte de vue, des terres inondées. Je retrouve la mer, la mer maraîchine. Une mer immobile. Immense nappe tremblante et muette. À peine troublée par de petites flottilles au mouillage, éparpillées, de cabanes flottantes, levées sur la boue mêlée de brins de roseaux.

Des générations d'hommes inondés ont disséminé ces huttes de terre dans la mer, humbles protestations d'argile et de murs blanchis à la chaux, calottées de joncs mastiqués de fange. Ces petites fragilités d'amour ne tiennent que par le temps et disputent leur pérennité aux vents salés de la marée. Ce sont les « bourrines », en terre battue, battues par les vents salants. Mais une terre battue qui se bat encore, sous l'haleine de la mer.

Le cadet de marine revit en moi. Je mets pied à terre. Et on embarque. Sur un bateau plat, sans quille, instable, qui glisse — une niole —, qu'on pousse à la ningle, une longue perche de châtaignier.

J'apprends à « nioler » jusqu'aux dunes. Aux ordres d'un « quartier-maître nioleur » qui manie la ningle avec entregent. Ligne parfaite, petites intonations du doigt sur la perche. Navigation au demi-pouce. C'est amusant. Une marine savante. On croise des cortèges de baptêmes, des départs de noces, on frôle des yoles de messe et des convois à demi chavirés de retour de foire.

Michel-Pierre Luminais me conduit jusqu'aux îles de la Crosnière, de Bouin, de Noirmoutier. On finit par l'Isle-Dieu, la plus sauvage. Une seule veillée me suffira pour deviner ces hommes à l'humeur un peu haute, alertes et ingambes, et ces femmes de pêcheurs qui ont le teint paré, la taille bien prise et la mélancolie naufrageuse des filles du vent. Je rêve de mes îles à moi, là-bas, sous le vent, que j'ai tant aimées ; celles-ci ne sont qu'à demi soleilleuses.

En rebroussant chemin, bien des semaines plus tard, je vois sortir de ces terres immergées, à fleur de printemps, montés sur des petits chevaux sans selle, qui vont comme le vent, de redoutables braconniers, les faux-sauniers du marais. On fait route ensemble.

Leurs montures d'anciens poissonniers, armées de brides et d'étriers en cordes de pêcheurs du port de L'Époids, servent à la contrebande du sel. La « part du pauvre ». Ils me rappellent les Maïnotes grecs — la montagne en moins —, avec leurs cartouchières enfouies dans un grand devantier rouge pris dans la ceinture, où ils gardent leurs secrets maraîchins.

Redoutables tireurs couchés dans les nioles, ce sont des hommes d'affût qui tirent au bruit. Ils vont devenir mes amis, nous irons canarder ensemble au lac de Grandlieu. Je gagne tous les jours du prestige auprès d'eux. À cause de mon endurance et de mon adresse au fusil. La mousqueterie du bord m'a bien préparé aux sols de vase au moment de l'accommodement. Je dessine la courbe de l'envol et je tire. J'ai tellement appris à trouver l'aplomb dans la vague et à rattraper, dans le roulis, le mouvement du navire !

Les chasses à Grandlieu obéissent à une sorte de rituel. C'est Jean-Claude de Couëtus qui nous accueille dans sa maison de Saint-Philbert — un hôte de simplicité et de belles manières, ancien page de la reine et capitaine de l'infanterie. Démissionnaire. Comme moi.

Nous passons de rudes journées, enfouis dans des litières de roseaux ; au milieu des tourbières, en pleine rouchère, chassant la sauvagine, je rencontre des voisins de Saint-Colombin, les trois frères La Robrie. Je retrouve Pierre Lucas, venu du Plessis-en-Brains, et surtout les deux marchands de volaille de Bourgneuf, les frères Guérin.

Les « amiraux » de la chasse à la sauvagine ont construit leurs propres cabanes d'affût : un élève pilote de la marine marchande, Ripault de la Cathelinière, y pose son carnier bien garni. Ce soir, après la chasse, on ira chez Lecouvreur, l'aubergiste du Lac, pour taquiner un broc de muscadet. On retrouvera, comme d'habitude, les frères Savin, surnommés « le Parisien » et « le Pelé », un fat et un chauve.

Ce sont des journées hors du monde : dix lieues de tour et de silence giboyeux ! Les canards, au moindre bruit, se coulent dans les joncs qui tremblent de la pointe.

Un soir à la veillée, où rôtit dans la cheminée un canard siffleur et que Céleste de Couëtus chante une de ses romances favorites, accompagnée par sa sœur Sophie au clavecin, le curé de Saint-Philbert, l'abbé Léauté, gâte la fête. Il nous chapitre :

— Au lieu de chasser le canard, vous feriez mieux de chasser les intrus. Bientôt, si ça continue, ça finira comme aux premiers temps : le Bon Dieu va se réfugier dans les étables...

La romance s'arrête net. On range les fusils et le clavecin. Couëtus souffle la chandelle de suif. Et chacun repart, l'humeur troublée, sur ces routes désormais peu sûres, où on voyage de nuit.

Le curé de Saint-Philbert nous a appris que l'évêque de Nantes, monseigneur de la Laurencie, a dû quitter le diocèse pour ne pas risquer la prison. C'est le curé d'une paroisse de Paris, un certain Minée, qui l'a remplacé ; or, ce nouvel évêque vient de provoquer un scandale parmi ses paroissiens, le premier mai : en assistant aux processions de la Fête-Dieu, il a coiffé, en guise de mitre d'humanité, un bonnet couvert de rubans tricolores.

La fête des roselières et des hérons cendrés est bien finie. Chacun a repris son chemin en suivant le cours de la Logne ou de la Boulogne.

Je suis revenu dans ma retraite, au pays des couverts et des mares, pour des chasses plus modestes ; j'irai vers les musses et les passées de lièvres et de renards, parmi les touffes de coudriers, dans les petits labyrinthes d'éronces et d'églantiers où toute la vie chemine sous les feuilles. Il est rare qu'on puisse porter la vue, du chemin où l'on se trouve, dans le champ voisin. Le gibier le sait. Il en joue. Seule l'odeur le trahit, quand il s'attarde en clairière.

Nous ne sommes plus que trois à battre les fourrés : Isidore, moi et le Hardi qui, retrouvant à s'employer, reprend du poil de la bête. Parfois, la troupe se grossit de tous les paroissiens quand le curé, au prône dominical, annonce la prochaine « battue des loucs », les loups de Machecoul. C'est « fête avec octave » pour le Hardi. L'heure de « sa chasse » favorite est venue. Dès l'aube, fraîche et piquante, on lui passe l'armure : un large collier de crin épais, bardé de grosses pointes longues de deux ou trois pouces pour protéger sa gorge fragile. Isidore sort son manche de houx prolongé d'une lame de fer bien meulée, tranchante comme un épieu.

Cinq paroisses montent en ligne. Victoire. Hallali. On sonne à la cornevache, le cuivre des pauvres.

Hélas, quand vient l'automne, c'est une tout autre chasse qui nous attend : les loups sont entrés dans les paroisses. Et ce sont eux qui chassent les curés. Le fusil nous tombe des mains. Personne ne veut y croire. On était tellement tranquilles, à l'abri de nos frises de houx aux graines de corail ! On était prêts à accepter un peu de chambardement pour nos aises, à faire « une place au Progrès ». Mais personne ne peut tolérer ces loups qui viennent de la ville bousculer nos arceaux et nous ébrancher l'âme. Isidore s'emporte, le bâton de riboule à la main :

— Ils sont venus faire la chasse aux curés. Nous, on fera la chasse aux intrus.

Le curé de La Garnache, Mathurin Gouraud, monte en chaire :

— N'écoutez pas ceux qui vont venir ici après moi : ce ne sont pas des bergers, mais des loups ravisseurs.

Terrible dilemme pour les prêtres. On leur a dit qu'ils seraient désormais élus, comme leur évêque, après avoir prêté serment. Le curé de Saint-Philbert a prévenu ses paroissiens : il refuse de devenir « fonctionnaire public » et, en pleine messe de minuit, il s'engage à ne jamais prêter le serment civique :

— Ils veulent que nous jurions sur la Constitution. C'est impossible... Je n'accepte pas de prêter le serment cynique. Si j'avais deux âmes, je pourrais en risquer une ; mais je n'en ai qu'une, je ne veux pas la perdre.

Nos curés s'en vont. Ou ils se cachent. Ou ils sont arrêtés puis déportés. On nous envoie des jureurs et, pour les protéger, des dragons. Je crois revivre les fermentations brestoises de mon retour de Toulon, où il suffisait d'un uniforme ou d'une soutane pour risquer le crachat. De partout, nous parviennent les mêmes nouvelles des mêmes échauffements. L'abbé Léauté me visite avec la famille Couëtus :

— Les intrus officient dans des églises désertes. Les cures à pourvoir sont vides. Il n'y a plus de desservants. Les gardes nationaux hésitent à charger les attroupés, sur les marchés, qui insultent les voleurs de cure. Dans le bocage, à Saint-Pierre-des-Échaubrognes, un curé a été puni à cause de son nom — Leroy. Ils l'ont forcé à boire un verre de purin dans son calice.

Je voudrais bien savoir ce que pense le cousin Boursier, le procureur-syndic.

L'hiver est là, cinglant, impitoyable. L'hiver est dans les cœurs. Isidore ferme les volets et les contrevents de toutes les croisées. La vie s'arrête. On verra bien au printemps, après la neige, si les esprits se sont refroidis.

À la Saint-Benoît, je vois arriver, tout essoufflé, la mine triste et gourmande à la fois, le curé Mathurin. Il apporte de petits moineaux à cuire dans la cheminée, qu'on enfile sur des baguettes de coudrier. C'est son plat préféré. S'approchant de la braise mourante, il prend une poignée de feu et sort de sa grande poche la lettre qu'il vient de recevoir de l'évêque de Luçon :

— Il nous exhorte à la résistance… Écoutez : « Si, aujourd'hui, Jésus-Christ se présentait en France, il faudrait, pour exercer son ministère, qu'il eût l'attache des directoires et des municipalités. On le pos

e, il
uisse.
Monts,

rasque?
is prêtre
ma cure.
migre…

LA TERRE SAIGNE

J'ESSAIE d'étouffer en moi les bruits extérieurs. Je me recroqueville dans mon petit monde, entre pieds mères et greffons, frotté de bonne farine. Le hérisson est de retour. Pour une hibernation définitive.

Le temps passe. L'hiver s'éloigne. On attend un petit coin de soleil. Reviennent les bergeronnettes et les hirondelles de la cour, pour le retour de Marie-Angélique qui a quitté la cité ducale. Elle attendait les premières fleurs et les premiers bouquets. Ils sont là. Elle va les cueillir chaque matin dans son jardin de simples et d'arômes. Qu'elle a elle-même dessiné. Son jardin secret. Je la regarde : elle hésite entre le thym et le romarin. J'apprends avec elle, sous la charmille, les bienfaits de la ciboulette et de la camomille.

Marie-Angélique est heureuse. Je lui apporte de l'angélique pour sa fête. Le printemps décline ses floraisons et ouvre les cœurs. Peut-être n'est-ce qu'une parenthèse. Mais les nouvelles rosées nous invitent à l'insouciance. La vie revient. Isidore a tombé la veste de flanelle et Honorine a remisé sa capeline. L'humeur est à la dentelle et à la câline. Ça roucoule au jardin.

Il y a, dans les nouvelles senteurs des jours qui allongent, comme un air de musette, on fredonne des chansons chemineresses, les abeilles dansent le bal des corolles. Ma femme chante. Le monde peut bien prendre feu et là-bas s'embraser, au bout de l'allée cavalière, je ne bougerai pas d'ici. Ma navigation — j'applique les ordres — s'arrête à la défense du jardin et de tout le clos contre la mauvaise herbe.

Avec le printemps, Marie-Angélique renouvelle « ma lettre de course » ; nos ennemis communs redoublent de ruse : les limaces attaquent la cresson-nière et opèrent leur jonction avec l'armée innom-brable des vers et des chenilles. La bataille sera plus rude encore avec les putois qui saignent la volaille. Il y a des taupes partout.

Dans tout le domaine, on s'est donné le mot : Marie-Angélique est de retour. Le convieur, qui a fait le tour de la parenté, est venu nous inviter : demain, on fête les noces d'or de Joseph Reculeau et Anne Bethuys, à la métairie de La Porte, à cent toises à peine. Tout l'amenage est là, pour la journée. Le banquet est servi par des coiffes de dentelles gaufrées et des tabliers de coton, dans la grange décorée de lierre et de roses des jardins du voisinage. Marie-Angélique me fait signe. Je lève mon verre :

— À vous tous, je bois de cœur et d'amour.

À midi, Joseph fait couler le noah de sa vigne. Le soir, on se retrouve, à la cave, entre hommes, même le curé Mathurin est resté veiller. Joseph nous a préparé un « bonnet de nuit », avec de l'eau-de-vie brûlée et du sucre. C'est une cérémonie, « le branle du panier ». On m'oblige à boire dans une longue tuile du haut de laquelle on me verse l'élixir, un bonnet qui décoiffe. Ramonage de printemps. Le veuzou accélère, l'archet est ivre. C'est le tour du curé. Il se fait prier. Éclats de rire. La soutane en prend pour son grade. Il avale puis brandit la tuile, avec fierté :

— Que le Ciel est bienveillant ! On croirait que c'est la Sainte Vierge en cotillon de velours qui nous descend dans la gorge pour sanctifier nos intérieurs.

Clameurs sur le pont. On danse la brioche, puis la maraîchine, une figure fatigante : on enlève sa danseuse à bout de bras et on la fait sauter le plus haut possible. Plus tard, quand le curé sera parti, on donnera de la goule pour quelques chansons qui sentent un peu le gaillard d'avant. Tard dans la nuit, commenceront les jeux jolis et les agaceries du maraîchinage entre jeunes gens.

Sur le chemin du retour, Marie-Angélique me reproche une « petite échauffure ». Le nioleur marche courbe.

Ces brefs répits nous font oublier, le temps d'une journée, les mauvaises nouvelles des bourgs, les confiscations, les brimades.

Les fusils de chasse sont revenus sur les manteaux de cheminée. On ne sort plus. On n'ose plus aller aux nouvelles. Elles viennent toutes seules chez nous. On n'a plus le cœur aux anciennes veillées, avec ces chaudronnaïes de goret qui mettaient la conversation dans l'assiette. On fait juste fourbir la marmite. Ce soir, on s'est rassemblés pour faire canton et causer de toutes nos tristesses. Le veuzou a rangé ses pibioles. On ne chante plus. Franchette a arrêté l'ouvrage de ses colliers de pissenlit. On ne se pare plus. On se désole. Mal assis sur un tabouret de jonc tressé, sans grand appétit, je goûte une vieille fressure. Personne n'y a touché depuis longtemps. On ne mange presque plus, les estomacs sont noués. La fressure a perdu sa fraîcheur, elle a tourné. Elle a de la laine sur le dos, on enlève les moisissures. Mauvais présage : le Hardi n'est pas revenu ce matin. La Marquise non plus. Ils étaient partis dans le bourg. Il leur sera arrivé malheur. On va avoir un nouveau curé. Le nôtre a refusé de se sermenter.

Cette nuit-là, tout bascule dans l'inexorable, que j'ai si longtemps pressenti et refoulé en moi. Il est minuit. On frappe à la porte. De Saint-Christophe-du-Ligneron, nous parvient une terrible nouvelle : il y a eu mort d'homme.

Jacques Rocquand, un laboureur, qui vient de courir quatre lieues, a fait irruption dans la veillée. Il revient de là-bas. Ses jambes ne le portent plus mais il refuse de s'asseoir. Un têtard hébété dans la tempête. Il tremble :

— On a sonné le tocsin... sorti de l'église les bancs des bourgeois... On les a brûlés sur la place... Tous les ameutés chantaient autour du vicaire Regain. Les gardes nationaux se sont enfuis...

Enfuis ? Soulagement. Les dos se redressent. Mais Jean Blanchard, le vieux sage des Étoubles, met en garde l'assemblée :

— Ils vont revenir plus nombreux et ils remplaceront les curés par des vicaires sermentés.

— Ils ne les trouveront pas... Il y a moins de vicaires sermentés dans les cures que de merles blancs dans les cerisiers de La Garnache.

Cette saillie potagère de mon jardinier Isidore n'est pas du goût de nos hôtes. Je ne relève pas, j'ai l'esprit ailleurs. Toutes les têtes se tournent vers moi : que s'est-il vraiment passé ? On me presse pour que j'aille voir le « journal de bord ». Et le journal de bord, c'est le cousin Boursier qui l'a rédigé, le procureur-syndic, sous forme de procès-verbal.

Un autre gars de Saint-Christophe hasarde le nombre des morts : quarante. Il égrène quelques noms connus, dont Lafouine, un de mes compères de chasse à la perdrix, si pauvre qu'il fabriquait lui-même ses cartouches de salpêtre. Soudain, le compte rendu s'alourdit d'un trait de sauvagerie :

— J'ai vu un dragon massacrer de sang-froid, devant le calvaire, notre voisin, Paul Barillon.

Effarement. On connaît tous Paul Barillon, un journalier, un homme d'entrain. Silence. La veillée fond en larmes. Veillée funèbre. Cœurs serrés, âmes poissées. Ça gronde. Veillée d'armes. Soyons prudents. J'ai appris à me méfier des récits de matelots sur les ports : les vagues y prenaient toujours du volume. Dès l'aube, je cours à Champfleury chez le cousin Boursier, pour avoir un autre son de cloche. Vieux réflexe d'un officier de quart. Qui n'entend que la cloche de Saint-Christophe n'entend qu'un son.

Il me reçoit avec quelques égards familiers mais comme un prétorien soucieux. Il a du monde chez lui. De la porte entrouverte, j'aperçois, au fond du salon, que je reconnais, quelques armateurs sablais — la noblesse de morue ; parmi eux, l'échevin Collinet avec sa belle créole de Saint-Domingue. Celui-là a brûlé quelques grains d'encens au pied des nouvelles idoles mais il reste sur son quant-à-soi. Il me sourit. Il aime la Marine, je le sais. Comme beaucoup de bourgeois de la côte, il est ouvert aux idées nouvelles, mais reste entrouvert aux anciennes ; un pied dans l'eau, un pied dans le sable ; prêt à embarquer, prêt à débarquer…

Le cousin Boursier espère m'expédier en quelques honnêtetés :

— Quel bon vent t'amène, Athanase ?

— Je viens t'annoncer que Marie-Angélique est enceinte.

— Enfin une bonne nouvelle ! Dis-lui bien que je m'associe à votre bonheur. La lignée de La Fonte-clause n'est pas close…

Il dit cela pour me signifier : « La discussion, elle, est close. » Je ne bouge pas. Amarré sur le seuil, je n'affourcherai pas. Il s'appuie sur la porte. Long silence de jauge. Juste un tremblement de sa main pour conjurer la prochaine vague, qu'il sent monter sur mon visage, et qui porte une question indiscrète. Va-t-on m'admettre au salon, la grand-chambre du procureur ? Je le voudrais bien, car l'armateur Collinet a tout écrit sur son carnet. J'aurais deux versions au lieu d'une. Le procureur Boursier se résigne :

— Alors, tu es venu pour quoi ?

— Je suis venu pour savoir ce qui s'est passé à Saint-Christophe.

— Savoir quoi ?

— Cette histoire de brûlement des bancs de tes amis.

— Athanase, je t'en prie, l'homme que tu es venu voir chez lui, à Champfleury, est ton cousin et votre témoin de mariage à tous les deux. Mais ce n'est pas le procureur-syndic. Ne mélangeons pas, s'il te plaît, les nouvelles de famille et les affaires de l'État.

— Mais mon premier témoin de mariage est aussi le premier témoin du drame de Saint-Christophe. L'envoi des troupes de ligne, c'est toi. Alors, je te répète que je veux savoir. Le sang a coulé dans le marais. Qui a commencé ?

— Les ameutés ! Ils ont été excités par un vicaire fanatique, Regain, qui a fait sonner le tocsin. Ils s'en sont pris aux bourgeois, des braves gens, un négociant, un receveur des aides, un maréchal-ferrant...

— Et tu as fait donner la garde nationale et les gendarmes ?

— J'ai fait mon devoir. J'ai exhorté à la modération. Et j'ai rédigé méticuleusement les procès-verbaux pour le directoire du district. J'ai rempli ma mission. Un procureur-syndic ne peut pas tolérer le désordre.

— Tu as fait couler le sang de la terre!

— Non, j'ai simplement rétabli la force contre les mutins.

— Tu ne sais pas ce que c'est que des mutins! Moi, j'en ai connu, en mer. Ici, ce ne sont pas des mutins, ce sont des révoltés.

— Mais qui n'obéissent plus aux lois. Des brigands. J'ai reçu l'ordre écrit de requérir la force publique « en cas de mutinerie ».

— Ce ne sont pas des « cas de mutinerie ». Ce sont des cas de conscience, de conscience dressée. Ils veulent seulement garder les croyances de nos pères, du mien et du tien.

— La République n'acceptera aucune faiblesse.

— Tu ne sais pas, vous ne savez pas ce que c'est qu'une « guerre ». Moi, je sais. La guerre, je l'ai faite, et j'ai même eu sous mes yeux, en Amérique, une variété de guerre plus atroce encore, une guerre civile. Je sais ce que c'est que les déchirements de famille. Quand le sang commence à couler...

— La Révolution...

— Elle va se perdre et elle va perdre le peuple.

— Non, elle EST le peuple. J'ai rétabli la Liberté, la liberté du peuple.

— En tirant sur le peuple. Et en faisant des martyrs. En tout cas, un.

— Lequel?

— Paul Barillon. Un journalier que vous avez tué de sang-froid.

Boursier panique. J'ai parlé fort. Le salon a tout entendu. Collinet se lève. Il sort un petit carnet et, comblant le silence du procureur, il lit ce qu'il a noté, qui, du reste, passera à la postérité : « Un homme de Soullans, de près de soixante ans, reçut un coup de fusil au travers du corps. Le dragon qui l'avait blessé lui cria : "Rends les armes!" Le paysan, mourant, ranime ses forces et lance un coup de faux qui l'atteint à la cuisse, en criant avec furie : "Rends-moi le Dieu que tu veux m'ôter!" »

Le procureur blêmit. Je lui montre, qui restera sur son habit, une petite tache :

— Comprenez ce que vous avez fait. Vous avez tué des hommes en colère qui ont mille ans. Ils croient ce que leurs pères ont cru depuis mille ans. Ils sont du même champ et de la même église. Toi, François-Joseph Boursier, sais-tu que le petit bordier, chasseur de perdrix, que tu as laissé massacrer à Saint-Christophe, c'était ton voisin? Il cultivait là, de père en fils, juste à côté de Champfleury, de misérables boisselées de terre. Tu l'as croisé souvent sur les chemins de messe. De père en fils, ce pauvre bordier réservait un petit coin de sa terre qui faisait sa fierté. Il attendait la moisson, puis distribuait les parts :

il y avait la part de la famille, et il y avait une boisselée qui partait à l'église pour le pain de Pâques, le « pain d'ange ». Chez lui, depuis toujours, ces épis-là, qui ne seront plus jamais moissonnés, portent un nom, connu dans le pays, que mon jardinier m'a appris le mois dernier : c'est la « part de Dieu ». Une petite part, par vous fauchée, comme de la mauvaise herbe. Une part de poésie. Laissez-nous tranquilles. Laisse le petit bordier, ton voisin, derrière le talus, regarder le même soleil que toi. Laisse-le croire, aimer, mourir, comme toujours.

Il ne m'écoute plus et me congédie. À mon retour, j'apprends que les incidents se multiplient dans toutes les campagnes. Un marin sablais vient nous informer que notre amie, madame de Loynes, sur le bruit qu'elle avait tenu « quelques propos indiscrets contre la Révolution », fut forcée de cracher sur une cocarde blanche et de baiser le bouton d'un officier du régiment de Rohan.

Le trouble de l'esprit public entre dans les familles. On se méfie et on se cache. On cache les curés, on cache ses biens, on cache ce qu'on pense. On cache même les cérémonies de la vie élémentaire : l'ondoiement de notre fils n'aura lieu dans l'église de La Garnache, le 3 février 1792, que par une protection exceptionnelle. Marie-Angélique a « fait donner du beau-frère » ; c'est son cousin, le docteur Julien Lefebvre, futur député à la Convention, qui est intervenu pour laisser notre curé non jureur, Mathurin Gouraud, célébrer là son dernier baptême, sur les fonts salpêtrés de l'église paroissiale. Après cela, il s'enfuira en forêt avec un ostensoir en carton comme seul viatique.

Tenant dans leurs bras affectueux leur filleul, notre enfant, Louis-Athanase, nos voisins de la ferme de Vernes, Jacques Achard et Marie Ecoumard ne dissimulent pas leur gêne à côtoyer, dans notre salon, les vainqueurs du massacre de Saint-Christophe. Marie-Anne, ma sœur, subtile en ses intuitions, l'a senti. Elle leur glisse à l'oreille :

— Dans nos familles, vous savez, on ne choisit pas sa famille.

Ma femme, mariée deux fois, a deux fois plus de beaux-frères, et, comme ils donnent tous dans les idées nouvelles, on entend parler deux fois plus de la Révolution.

Et en ce jour de baptême, la Révolution tient salon chez moi : le cousin Josnet de la Violais veut mettre la France en république, le riche négociant Rellinet trinque à l'Égalité, le juge Luminais et le procureur-syndic Boursier tournent autour de Julien Lefebvre, qui pérore. Ses titres lui donnent de la hauteur : titulaire de la chaire la plus élevée des facultés, il est « docteur en médecine de l'Université de Montpellier, agrégée à celle de Nantes ».

Une fierté pour la famille. Il va jouir bientôt d'une solide réputation de « conventionnel modéré », on dit de lui qu'il est un des esprits supérieurs de la Loire-Inférieure.

J'écoute, effaré, le premier juge de paix Luminais, qui veut épater le salon. Il raconte, avec gourmandise, ménageant ses effets, ce qu'il a vécu aux Sables, « la procession de la Constitution » :

— J'étais là, ému aux larmes, au milieu du corps municipal et des notables en écharpe, derrière la parade du Saint-Sacrement abrité par un dais tricolore. Nous avons tous ressenti ce moment de haute liturgie : l'Acte constitutionnel solennellement déposé sur l'autel de la place Caraco.

Toute la citoyenneté de La Fonteclause chavire. Dans le salon des beaux-frères, il n'y a plus que des frères en fraternité. Chacun tire gloire d'en rabattre des anciens prestiges car la Fraternité exige parfois de payer tribut et de faire sacrifice. Boursier, qui a congédié sa particule — Boursier de la Robinière — félicite Lefebvre d'avoir sacrifié la sienne — Lefebvre de la Chauvinière.

Leurs prudences cyniques les font rire aux éclats :

— Nous sommes deux mutilés volontaires…

— Par les temps qui courent, mieux vaut un nom abrégé…

— … qu'une tête raccourcie.

Tout le salon rit. Même Marie-Angélique. Moi pas. On ne m'a pas appris à amener le pavillon de la famille, à lâcher une partie de soi-même. Je le lui reproche, le soir même. De là va naître une méfiance entre nous : la rue Basse s'éloigne de La Fonteclause. Nous ne sommes plus tout à fait dans la même demeure.

— Ah, tes beaux-frères !

— Et toi, ta sœur !

Elle jalouse ma sœur, Marie-Anne, qui veille sur moi, son cher « frère cadet », le cadet de marine, que mes beaux-frères regardent comme le moignon d'un corps mort. Le Grand Corps, décapité par la Convention.

MIGRANT

J'AI hâte de soigner mes nostalgies et de renouer avec mes amis marins. J'apprends que monsieur Hector, qui s'était retiré à Morlaix, a rejoint son beau-frère, monsieur de Soulanges, au château de La Preuille, à Saint-Hilaire-de-Loulay, à une demi-journée de cheval. Il me parle de la fuite du roi et, en secret, me révèle qu'il « rejoint » à Coblence les Princes en exil. Ils veulent lui confier le commandement du corps des officiers de la Marine royale émigrée.

Mon fils est trop petit, je ne peux pas partir. D'ailleurs, je ne veux pas. Je le lui dis. Il le regrette. Nous échangeons quelques nouvelles sur les convulsions du pays et la fuite des hiérarchies :

— Où sont les officiers de vaisseau de la guerre d'Amérique ?

— De l'autre côté du Rhin.

— La Pérouse ?

— Aucune nouvelle.

— Et le commandant de la Marine de Toulon, Rions ?

— Il vient de partir.

— Et Bougainville ?

— Démissionné.

— Bernard de Marigny ?

— Démissionné aussi.

— Et le capitaine de vaisseau Desideri ?

— Pendu.

C'est un cauchemar. On verra pire. Le tombeau de Du Couëdic profané. Le corps de Suffren déterré et jeté à la voirie.

Je pars ? Je reste ? Je ne sais plus.

L'amiral Duchaffault a choisi, lui, de coller à la glaise. Je le visite sur ses terres de Meslay. Un vieillard de soixante-treize ans, qui pousse sa charrue, l'épaule démanchée, le corps penché. Tourmenté de la gravelle, il souffre de sa blessure ancienne du combat glorieux d'Ouessant. Il plante ses choux. Je vais ensuite jusqu'à Luçon visiter l'amiral Sochet Destouches, qui vient de quitter le Corps.

À mon retour à La Fonteclause, m'attend une terrible nouvelle : mon fils est mort. À Pâques. Il était — comme son père — poitrinaire. Il a été emporté par une fluxion. Marie-Angélique, inconsolable, rejoint la rue Basse à Nantes. Solitude et tristesse.

Je n'aurai pas de descendance. Et les bonheurs de famille me sont désormais inaccessibles.

Honorine se décharge, dans le vestibule, d'un cadeau énigmatique, déposé la nuit dernière, devant la porte de la cuisine. Adressé « À mademoiselle Charette ». Sans doute à Marie-Anne, qui est repartie, elle aussi, à Nantes. Je l'ouvre. C'est une quenouille. Le Bouvier, Lucas et quelques autres m'avaient prévenu :

— Beaucoup de femmes, dont les maris ont choisi d'émigrer, se constituent désormais en juges de l'honneur français.

Un mot accompagne la quenouille : « Les marins sont partis… restent les filles des ports. » Le trait est injurieux. On me qualifie de fille à matelots. L'attribut féminin du fuseau, envoyé à un officier du Corps, porte le suprême reproche. De ne pas être un homme. D'être une poule mouillée. De tous côtés, on me conseille de céder à ces belles consciences furieuses qui s'érigent en autorités morales.

Je soupçonne immédiatement ma voisine de Puy-Rousseau, Adélaïde de la Rochefoucauld. Je n'entends pas laisser l'insulte sans réponse. Un marin fronce rapidement du sourcil, il a le mousquet facile et le poignet mousquetaire.

J'arrive au logis de la messagère présumée. Sous une charmille, une dame assise goûte le premier printemps. C'est elle. Je m'approche. Elle se lève. Un éblouissement des îles. Le soleil des Antilles. Charmante charmille volcanique, parfumée de nostalgies créoles.

Je pense en moi-même que, si elle avait choisi de m'envoyer un baiser plutôt qu'un fuseau, j'aurais sans doute plus volontiers cédé à ses représentations.

Me voilà transporté à la Grenade. Désarmé, captivé au point de perdre le fil de la quenouille, je dérive, j'émigre vers les sables d'or aux humeurs grenadines. J'esquisse un sourire niais. Le volcan se réveille. Éruption soudaine :

— Ce n'est pas moi, la quenouille. C'est la marquise de Goulaine.

— Me voilà rassuré, madame.

— Non, car vous la méritez !

— Madame, n'est-ce pas une forme de courage de ne pas partir ? En quoi y a-t-il donc lâcheté à rester en France ?

— La France n'est plus en France. Elle est là où est mon mari, là où est votre frère ; là où se prépare l'armée de Condé.

— On peut comprendre ceux qui sont partis dans la bourrasque pour revenir après l'orage. L'émigration première, l'émigration d'épouvante…

— Non, monsieur, l'émigration d'honneur. Vous croyez qu'un chevalier de Saint-Louis, compagnon de La Fayette et de Suffren serait un couard parce qu'il aurait choisi de rejoindre l'armée des Princes ? L'homme dont je parle, c'est mon mari.

— Bien sûr, mais ce n'est pas en Rhénanie que la France retrouvera le fil perdu. La souveraineté ne peut errer. Elle voyage mal. Fuir la France, c'est courir un risque, le risque de la quitter.

— Ce n'est pas fuir. C'est se préserver. Depuis l'arrestation du roi à Varennes, c'est un devoir. Le devoir d'accourir au poste assigné par l'honneur. Pour revenir en force et réinstaller la souveraineté dans son autorité première. Ramener les lys.

— Madame, un pays est là où sont ses morts. Je reste auprès de l'amiral du Couëdic.

— Vous insultez votre corps d'origine. Vous salissez monsieur Hector et son régiment, le Royal Marine, en les désignant comme des fugitifs. Ce sont des soldats. Ce n'est pas la première fois que des autorités irréfléchies vident le pays de ses élites. J'appartiens à une famille qui s'est réfugiée à l'île de Grenade après la révocation de l'édit de Nantes, sous Louis XIV ; chassée de France parce qu'elle était huguenote. C'est la deuxième fois, dans ma famille, qu'on nous chasse. La deuxième fois qu'on nous rend la France inhabitable. La deuxième fois qu'on confisque nos biens et qu'on nous persécute. Vous croyez que les gentilshommes qui sont partis ont perdu la tête ? En restant ici, à coup sûr, vous perdrez la vôtre.

Tornade des îles. L'idée d'apparaître aux yeux de cette dame comme un lâche m'est insupportable. J'écris à monsieur Hector. Je pars le rejoindre, en prenant la première voiture publique qui passe. Je traverse la France jusqu'à la route du Nord et voyage en la fort mauvaise compagnie d'officiers soupçonneux des gardes nationaux. Tous les passages sont garnis de troupes jusqu'à la frontière. C'est la guerre. On demande les passeports et on les visite avec soin. J'entre en Rhénanie.

Lorsque je parviens au cantonnement de Coblence, capitale de la France en exil, chez le prince électeur de Trèves, on me fait grise mine :

— Vous arrivez trop tard !

On se moque de moi. Les premiers émigrés, ceux de 1789, me considèrent comme « un émigré de la vingt-cinquième heure ». Ils me rangent parmi les gens de circonstance qui attendent l'événement pour franchir les lignes, quand la victoire est déjà assurée ; convive tardif. Suspect en France, suspect à Coblence, proscrit partout.

Je me retrouve dans un nouveau pays — qui n'est pas le mien —, où le pouvoir, qui a conservé les formes extérieures et maintenu les raffinements d'étiquette, n'est plus que jactance, frivolité, inconséquence. La cour de Versailles s'est transportée là, avec ses beaux attelages qui éclaboussent de leur éclat les robes à panier des émigrettes. Les princes y tiennent maison. Les femmes y tiennent salon. Dernière représentation d'un monde aboli, d'ancienne prétention.

Tous ces mirliflores aux titres inventés, qui dépensent leurs derniers louis, font la jolie jambe avec une idée fixe : être présentés à cette nouvelle cour de l'insouciance et de la parodie.

La ville est en état de fête perpétuelle. Les courtisans sont dans la rue. On prend rendez-vous pour aller boire le vin de Constance au café des Trois Couronnes, où sont dressées les tables de jeu. De vieilles comtesses en gaze d'argent promènent leurs guirlandes de primevères et nous donnent dans l'œil pour se rassurer sur leur jeunesse expirante ; elles disputent leurs succès d'automne aux minois fripons à tailles cambrées de jeunes sirènes de la Loreleï qui tiennent boutique de leurs sourires.

Sur les bords du fleuve, en face de la princière demeure, au château de Schönbornlust, dans une grande allée de tilleuls, on se retrouve à la promenade. Je ne fais pas dix pas sans rencontrer une connaissance perdue de vue ou un ami : le marquis de Vaudreuil, le chevalier de Mautort, la famille Damas, Las Cases…

Chaque officier de cette armée de cour mène sa guerre du renseignement. La guerre des dernières nouvelles. Il vaut mieux, pour susciter l'intérêt, porter une nouvelle qu'un fusil.

Madame de Calonne, exilée de haute compagnie qui fait salon sous les tilleuls, nous interpelle :

— Préparez-vous, les enfants! Bientôt, nous rentrerons en terre promise.

Habillés d'uniformes galants, de couleurs fraîches et de boutons armoriés, nous sommes parés et attendons les ordres. Gaspard de Contades s'amuse : « On enverra un trompette sommer les villes de se rendre, les portes s'ouvriront, les murailles tomberont et on rétablira madame de Polignac dans son salon. »

Le marquis de Bouillé, ancien gouverneur des îles du Vent, se rengorge :

— J'ai la clé de toutes les forteresses de France dans la poche.

Las Cases lui répond :

— Mais il se peut que vous en trouviez les serrures changées.

C'est un monde de chevaliers fantômes, hors du temps, qui tuent le temps. Et rien d'autre. Cette aventure est sans issue, je le sens. Ce petit monde cherche à sauver les apparences. Il y a moins de soldats que d'officiers, qui d'ailleurs font les corvées eux-mêmes. Les grandes dames sont forcées d'être à elles-mêmes leurs soubrettes et les cavaliers leurs propres garçons d'écurie.

Monsieur Hector a créé un corps composé de sept cents officiers de la Marine émigrée. Les officiers de terre s'amusent de voir ces espèces de poissons métamorphosés en un corps de cavalerie. On a inscrit — humour involontaire — sur les équipages de la cantine, en très gros caractères : « Marine royale, première compagnie de chasseurs à cheval ». Je ne me fais pas à cette vie de connivence douteuse avec l'étranger. Car un jour, cette poignée de baïonnettes perdues devra marcher sous le drapeau des puissances de l'Europe, encadrée par des baïonnettes allemandes. Je le dis sans ambages à monsieur Hector :

— Nous avons tous les deux besogné contre le roi d'Angleterre. Je ne veux pas travailler pour le roi de Prusse.

Comment peut-on faire flotter à Coblence le pavillon déchiré de *La Belle Poule*, qui n'est plus qu'un lambeau ?

Comment des grands-croix de Saint-Louis et des Cincinnati, qui, au péril de leur vie, ont toujours refusé d'amener le pavillon de l'honneur français, peuvent-ils accepter de disposer leurs flammes dans les plis des drapeaux teutoniques ?

Nous étions la première Marine du monde. Tous les progrès en astronomie, en cartographie, en hydrographie, sont passés par les grands amiraux de notre marine savante. Le monde entier regardait La Pérouse et tous les découvreurs de continents neufs comme les éclaireurs des nations et du progrès.

Le monde entier nous voit aujourd'hui naufragés et nous regarde patauger dans les boues allemandes. La Marine royale s'est sauvée. Elle s'est noyée dans le Rhin. Je préfère à ce Rhin des terres sans soleil ma rivière à moi, la Boulogne. Je quitte Coblence pour La Garnache. J'ai reçu une lettre de Marie-Angélique. Une fusée de détresse : menacée de confiscation de ses biens, elle se voit réclamer un « certificat de résidence » de son mari, qui autoriserait la levée des scellés sur La Fonteclause. C'est aussi une raison de revenir.

Je repasse la frontière. Mon émigration n'aura duré que le temps des cigognes, une saison.

TOUCHEUR DE BŒUFS

Sur le chemin du retour, je cède aux fièvres de Paris. Un été torride. L'émeute couve. On étouffe : les moiteurs d'août, l'odeur de sang caillé dans la rue. Et malgré tout, une bouffée d'air, dans ce ciel de plomb : le pavillon royal flotte encore au-dessus du palais des Tuileries.

Et voilà que Paris vomit, sur le pavé, la lie des faubourgs. Accrochés aux grilles branlantes, des égorgeurs aux ivresses matinales et des bouchères époumonées, le poing levé, la pique ardente, déclinent leur programme de la journée : « Du sang, du sang bleu ! » Face au mur de haine, allant au sacrifice, blêmes et élégants, quelques gentilshommes — les chevaliers du Poignard — surveillent la tourbe et le feu. La rumeur se répand : le roi et la reine sont partis se mettre « sous la protection de l'Assemblée » ; à cet instant, je comprends que la monarchie est morte.

La reine a, paraît-il, demandé qu'on reste. Alors, on reste. Pour le principe.

Les Tuileries sont vides. La foule se déchaîne. Les grilles cèdent. Les écorcheurs s'en prennent au dernier rang des gardes suisses, piétinés dans la cour des Princes. On brise les croisées. Le sang éclabousse les passementeries déchirées de la galerie des Ambassadeurs. Le pavillon de Flore est envahi. La foule se remplit les poches d'ultimes médaillons qui traînent, insignifiants. Les patriotes brûlent les consoles. Pris au piège dans les jardins, les derniers soldats survivants courent vers une impossible sortie. Ils seront éventrés.

Je romps pied à pied mais mon épée se brise. Plaqué contre une porte, je sens la lame d'un couteau appliquée sur ma poitrine. Je vais mourir. Miracle, la porte cède. Je pousse le verrou derrière moi. Un répit, trop bref. Juste le temps de jeter mon jabot de dentelle et ma veste bleue qui m'ont désigné comme cible à la canaille. Mais je crains d'être rattrapé dans les escaliers et les couloirs d'agonie. J'enjambe les cadavres de lingères et de marmitons qui ont été assommés avec des pelles de foyers. Je sais que je n'échapperai désormais aux assassins qu'en prenant leur livrée. Un sans-culotte, mis en joue par un suisse embusqué, tombe devant moi. J'enfile sa carmagnole ensanglantée. Passeport macabre pour la survie. On me prend pour un assaillant. Je cours partout, traverse les offices. Vision d'horreur devant moi : un suisse déchiqueté, découpé au couteau de cuisine par des harpies en délire. Ce sont les harengères de la Halle. Elles mutilent les cadavres, les émasculent, puis distribuent les membres saignants, comme des trophées. Elles repartent en chantant, brandissant leur morceau choisi : une main gantée, un pied botté.

Je me rue dans leur sillage sanguinolent, ramasse une jambe, encore chaude, et, à mon tour, je la brandis. On s'écarte, je hurle « Vive le peuple ! », je fends la foule grouillante des dépeceurs qui, à présent, fouillent les cadavres.

Je me glisse dans un dédale de réserves souterraines, une suite de caves sous le palais. Au bout d'un long soupirail, la lumière revient. Elle m'éblouit. Abasourdi, je me retrouve projeté sur un quai planté d'arbres, aux bords de la Seine. Je dépose la jambe de mon sauveur suisse. Sur ce quai, il n'y a pas âme qui vive. Sauf un cocher de fiacre, comprenant le subterfuge grâce au signe que je lui adresse, qui me fait monter dans sa voiture et me conduit au fond d'un quartier excentré, où sa famille me cache sous les solives d'un grenier à foin.

Je me promets de ne plus bouger pendant plusieurs jours. On m'apporte à manger. Je me bats avec les rats, d'une stature et d'un appétit plus redoutables que ceux de Brest. Ici, tous les chats ont pris la fuite. Je quitte mes combles pour gagner le Quartier latin où un étudiant en médecine, Davy Desnaurois, un ami de Saint-Christophe-du-Ligneron, m'offre un nouveau refuge. Il nous faut plusieurs nuits pour établir un sauf-conduit de vrai faussaire. Il me donne une blouse maraîchine. Nous choisissons mon métier de voyage : toucheur de bœufs — « Oh ! mon frinchet, mon mignon ! ». Il est temps de quitter Paris.

Mon postillon ne m'inspire pas confiance. C'est un ivrogne. À chaque barrière, on me fait descendre pour visiter mon passeport. Le capitaine de poste multiplie les curiosités :

— Où sont vos bœufs ?

— Vendus.

Je lis sur une affiche : « Peine de deux ans de fers contre les faux témoins en matière de passeports. » À chaque lieue, depuis l'Île-de-France et la Beauce, nous rencontrons, sur notre passage, des volontaires, des « Marseillais ». Le postillon, qui connaît la musique, crie : « Vive la nation ! » Je reprends : « Ah oui ! Vive la nation ! » On nous laisse passer.

C'est en arrivant à Nantes que les choses se gâtent, j'ai ôté ma blouse maraîchine trop tôt : le postillon me dénonce. Les argousins viennent m'arrêter comme

« suspect », au moment même où nous franchissons la barrière de Pirmil. Je demande à quérir le beau-frère conventionnel, Julien Lefebvre. Il fait donner le général Dumouriez, qui est aussi une relation sûre du procureur Boursier. J'ai joué avec lui une fois « à la luette », à Champfleury, du temps où il exerçait son commandement militaire au pays de Retz. Je lui ai rappelé — il en fut touché — la fameuse expédition d'Orvilliers, dans laquelle il avait été chargé, depuis Saint-Malo, de préparer le débarquement en Angleterre. Nous étions de la même guerre, de la même armada, de la même France.

Dumouriez, devenu lieutenant général, me tire de prison. Mieux, il fait délivrer un « certificat de civisme » au... toucheur de bœufs « Athanase Blanchard », de La Bordrie.

Quelques jours plus tard, le toucheur touche au but du voyage et rentre ses bœufs imaginaires à l'écurie, à La Fonteclause. Il n'en bougera plus. La vie, les voyages, les routes, il n'y a plus aucun lieu sûr.

Et puis je vais sur mes trente ans. Comme me dit ma femme : « Trente ans, c'est trop tard pour la danse. » Et comme dit ma sœur : « C'est trop tôt pour mourir. » Je veux juste vivre, chez moi, tranquille. Demain, j'irai acheter un nouveau chien. Pour remplacer mon griffon, le Hardi, qui n'est jamais revenu du bourg. La vie continue.

Je retrouve toutes mes affections. Isidore, Honorine guettaient mon arrivée. Toute La Fonteclause est là pour m'accueillir. Les regards trahissent le désarroi. Quand l'orage monte sur les collines, on dit dans le pays : « Le temps s'écoute. » Et il gémit. Le ciel se charge. Les dernières nouvelles sont mauvaises : le curé Mathurin Gouraud a quitté la paroisse. Il s'est embarqué à Saint-Gilles pour l'Espagne, et son vicaire, Chapot, a été exilé, déporté en Amérique.

Ma voisine des îles sanglote sous sa charmille, elle ne se console pas de ce qu'elle vient d'apprendre : le deux septembre dernier, ses oncles François-Joseph de la Rochefoucauld, évêque de Beauvais, et Pierre-Louis, évêque de Saintes, enfermés sur dénonciation d'un capucin dans les prisons des sans-culottes, ont été massacrés au couvent des Carmes. Un autre cousin a été assassiné à la prison de l'Abbaye. L'ordre a été donné d'égorger en public : on a, paraît-il, dressé des bancs pour les dames qui voulaient assister au spectacle.

À la Saint-Michel, une rumeur arrive de Nantes jusqu'à La Fonteclause : « La royauté est abolie. »

Les perquisitions et les arrestations de prêtres se multiplient : hier, le curé du Croisic, aujourd'hui, celui de Beauvoir.

La municipalité, les accapareurs, dont le nouveau métier est le soupçon, rôdent et viennent « racasser » dans toutes les fermes. Ils fouillent, retournent les mansardes et les greniers, plantent leurs épées dans les tas de grains. Ils cherchent l'intrus dans les fourrés et les vignes. Un grondement de révolte passe sur les campagnes.

On apprend que le roi est mort. Il aurait demandé, sur l'échafaud, des nouvelles de monsieur de la Pérouse. Une marque d'attention à sa Marine. Un matin, revenant du bourg, Isidore vient m'annoncer, hors de lui :

— Les fonctionnaires sont dispensés du service de la guerre !

Dans toutes les campagnes, c'est le bouillonnement, le désordre ; les jeunes émeutiers refusent de « tirer à la milice », d'être tirés au sort avant la moisson.

La vague enfle. De partout montent au bourg les attroupés qui viennent consulter les listes à la maison commune. Les champs, les boutiques, les ateliers se vident. Le boulanger ne boulange plus et laisse brûler son pain. Les moulins tournent à la folie, abandonnés par leurs meuniers aux haleines des vents violents. Le boucher laisse sa viande aux chiens errants. Chacun a quitté son ouvrage. On ne raisonne plus. On s'enfuit. L'ivresse de la colère gâte les plus hautes sagesses, celle de ces anciens qui répétaient tard dans la nuit, la main tremblante :

— Il faut être raisonnables !

Raisonnables ? Face à des gens déraisonnables ?

On s'éloigne de ce long chapelet de veillées de patience, où l'on passait des heures à écouter les femmes :

— Ça va peut-être s'arranger…

Aujourd'hui, on sait que ça ne peut plus s'arranger. Il est trop tard.

SOUS LE LIT

C'est la guerre, la guerre aux papiers de la municipalité. Alors les jeunes gens brûlent même les registres d'état civil et jettent les listes de tirage au sort par les fenêtres. Puis les attroupés arrachent l'arbre de la Liberté. On ne veut pas de cette liberté-là. Au soir du dimanche des Rameaux, à minuit, j'entends sonner les cloches. Je me lève pour essayer de comprendre cette volée insolite, une « renombrée », un glas sans fin. J'envoie Isidore aux nouvelles. Il ne reviendra qu'au petit matin.

Ce sont nos voisins qui, armés de leurs fusils de chasse, ont réveillé le sacristain Coutanceau pour le sommer de leur remettre la clé de l'église ; puis ils l'ont forcé à les accompagner jusque dans le clocher. Sous leur menace, il a sonné le tocsin. La corde s'est rompue. Ils l'ont obligé à sonner la cloche avec un lourd marteau, jusqu'à l'aube. Dès qu'il cédait à la fatigue, ils le menaçaient de mort. Il a sonné toute la nuit.

Ce matin, le tocsin vient de partout; de toutes les paroisses voisines, il égrène la colère. Le fameux perruquier de Saint-Christophe — un nommé Gaston —, qui exerce aussi le dur métier d'empirique aux herbes, passe dans les métairies et excite les paysans à la révolte. C'est un guérisseur d'agonie estimé par toutes les familles. Car il a la parole juste d'un consolateur et en a ressuscité plus d'un. Il jouit d'une belle réputation pour crêper les chignons les plus délicats des dames du pays de Retz et on dit même qu'il coiffe les maris de jolies cornes. Tout le monde le connaît. Il a soigné ou peigné toutes les borderies. On l'écoute. Il annonce partout que les paroisses sont en feu. Il conjure. Il adjure. On le croit, on le suit. Il a réuni, sur la place de l'Église, tous les attroupés. Son éloquence échevelée de perruquier fait mouche. Il en appelle à tous les paroissiens pour aller « raser la barbe » des gardes nationaux; ils sont, là, des centaines à l'écouter :

— Mes chers amis, je vais vous dire ce qu'entendent mes oreilles quand je vous coiffe : monsieur Gaston, on ne croit plus leurs menteries. On ne voulait plus d'impôts. Ils les ont doublés. On ne voulait plus de tyrans. Ils les ont multipliés. On voulait garder nos « bons prêtres ». Ils les ont déportés. On ne voulait plus de la milice. Ils la rétablissent. Et maintenant qu'on refuse le tirement, le recrutement forcé, ils prétendent envoyer au feu ceux qui ne les aiment pas et exempter ceux qui les aiment. Ils ne tireront au sort que ceux qui n'ont pas d'uniforme et ils dispenseront ceux qui en ont un, les gardes nationaux. Pendant ce temps-là, que font les bourgeois ? Ils sont aux fenêtres ! Pas de tirement pour eux : les villotins et les bourgadins, les sieurs marchands et maltôtiers, tous ces gens d'appétit qui ont acheté des biens volés — déclarés « nationaux » — resteront chez eux, à l'abri.

À la fin de la harangue perruquière, ce n'est plus un attroupement, c'est un corps d'armée. La direction est donnée : Puy-Rousseau. Ma voisine des îles, qui m'a surnommé « le migrant » à cause de mon aller-retour à Coblence, propose de désigner des « courriers » dans les villages pour faire connaître l'heure du départ et le point de rassemblement.

Ces courriers portent à leur coiffure comme un signe distinctif, l'empreinte, sur cire rouge, du sceau aux armes de la comtesse créole. Elle rédige une adresse destinée au commissaire départemental Massé : « Je vous somme de rendre le chef-lieu du district, Challans, à la troupe sous le commandement de monsieur Gaston. Cette troupe vous met en demeure d'écarter de nos familles le fléau de la milice, de laisser aux campagnes les bras qui leur sont nécessaires. Vous nous parlez d'ennemis qui menacent nos foyers. Nous les attendons. Chez nous. Nous saurons nous défendre s'ils viennent nous attaquer. Rendez à nos vœux les plus ardents nos anciens pasteurs. Rendez-nous, avec eux, le libre exercice de notre religion qui fut celle de nos pères. Vous voulez la paix. Nous aussi. Ne nous appelez pas "vos frères égarés". C'est vous qui vous égarez. »

Je demande au notaire Baudry, un homme instruit et pacifique, d'aller raisonner la créole orageuse, sous sa charmille ombrageuse.

Car le caractère de ce tabellion — quand ses biens ne sont pas en cause — le porte à « toujours arranger les choses ». Mais la créole n'écoute que le fermier de La Coudrie, Joseph Thomazeau, devenu son dévoué lieutenant.

Un beau matin, montée sur un superbe cheval, la dame de Puy-Rousseau entre dans La Garnache, suivie de ses soldats, fascinés par cette plante exotique — longue crinière des îles, feutre gris à cocarde blanche, sabre au poing. Elle s'empare de la mairie, met en état d'arrestation les officiers municipaux. Pierre-Louis Barreau, le chirurgien, se venge du drapier Soret, un républicain fervent, qui, en son temps, lui a refusé son certificat de civisme. Le compte est réglé en un coup de pistolet.

Puis madame de La Rochefoucauld coiffe la mairie d'un étendard fleurdelysé. Partout, une poussière de petits chefs s'est levée. Aucun d'entre eux ne connaît le métier des armes. C'est d'ailleurs pour cela qu'ils acceptent de partir à la guerre. Ils ne la connaissent pas. L'inexpérience arme le bras de l'inconscience.

Ce soir, Marie-Anne arrive de Nantes. Présence précieuse pour moi, en ces moments où le trouble a gagné tous les esprits. Elle me prépare, avec Honorine, une platée de mogettes fricassées au beurre roux que nous mangeons devant une bûche de vergne. La chandelle de rousine s'évanouit doucement. Isidore, qui a entendu les bruits qui courent, confie à Marie-Anne :

— Ils ne veulent plus rentrer chez eux. Mais le perruquier et la Grenadine ne leur conviennent pas. Ils veulent un chef de guerre. Un vrai.

Marie-Anne a compris. La vague vient sur nous. Quelques heures plus tard, au petit matin, le jardin est envahi. On frappe à la porte. Je monte dans ma chambre. Je ne descendrai pas les accueillir et supplie Marie-Anne de repousser cette foule d'importuns.

— Ouvrez ! Ouvrez !

La foule pousse et se presse. Marie-Anne ne pourra jamais s'en aider. L'entrée est barrée mais ne résistera pas longtemps. Ma sœur les gourmande, à travers la porte :

— Il n'est pas là.

— Si! Si!

— Non, il est parti au lac de Grandlieu. Revenez un autre jour.

Personne ne s'en va. Personne ne la croit. La foule hurle. La porte lâche. Deux hommes montent jusqu'à ma chambre. Je me glisse sous mon lit. Ils me tirent la botte, qui leur vient dans les mains. Mais ce n'est pas la botte qu'ils sont venus chercher. C'est une tête. À cette heure-là, il est inhabituel d'être au lit mais indécent d'être sous son lit.

Je me lève. J'ouvre la fenêtre. Un cri monte, immense, suppliant et comminatoire à la fois :

— Un chef! Un chef! Charette! Charette!

Je vois une forêt de faux, de fourches, de serpes emmanchées, de vestes rousses, de tricouses — ces guêtres tricotées par la tendresse. Je reconnais, sous les bonnets de laine, beaucoup de paydrets, de maraîchins, des voisins, des métayers, des chasseurs, des artisans du bourg. On a braconné ensemble, soupé ensemble, dansé ensemble. Ils m'ont entendu si souvent raconter mes campagnes qu'ils sont venus me prendre au mot. Challans, Machecoul, ce n'est quand même pas l'Amérique, Boston et la Chesapeake!

Maire-Anne m'a rejoint en haut de l'escalier :

— Parle-leur. Il faut que tu les calmes, qu'ils écoutent et qu'ils rentrent dans leurs foyers.

J'ouvre la fenêtre. Ils crient victoire. Je leur fais signe de la main pour qu'ils se taisent :

— Qu'est-ce que vous êtes venus faire ici ?

— Vous chercher !

— Me chercher ? Pourquoi ?

— Pour nous commander !

— Mais c'est impossible !

— Vous ne voyez pas qu'on nous persécute ?

— Si, bien sûr. Mais soyez raisonnables ! Vous êtes des gens d'ouvrage, pas des gens de guerre.

— Nous sommes prêts à laisser notre ouvrage pour faire la guerre.

— Avec des bâtons contre des canons ?

— Avec des bâtons aiguisés à la meule...

— ... qui vont flamber au premier coup de grisou.

— Non, on va les durcir au feu. Nous avons les armes. Ce qui nous manque, c'est un chef de guerre : vous !

— Oui, la guerre... sur les vagues. Je ne sais pas nager dans les chemins creux.

— On est prêts à nager dans les marais jusqu'à la Seine. On n'est pas venus voir un retraité derrière ses fraisiers. On est venu chercher un officier de marine qui sait faire flotter son panache. Vous le connaissez peut-être ? Il s'appelle Charette ! Cha-rette ! Cha-rette !

Je comprends qu'il est inutile de contrarier plus longtemps cette marée humaine :

— S'il vous plaît, écoutez-moi… J'accepte de vous commander… Amenez mon cheval.

Je demande à Isidore de seller mon bidet de chasse, devenu en un instant mon cheval de bataille. J'invite Marie-Anne à déchirer un bout de drap de mon lit. Lapierre le serre contre lui, il a compris le symbole et grimpe à l'échelle dans l'ormeau de la cour. Le drapeau blanc flotte tout en haut.

Alors, je descends lentement l'escalier. J'ai revêtu ma tenue de bal, comme disait La Motte Picquet : habit bleu de roi, brodé d'or, cravate blanche nouée à la créole, bottes découpées, éperons dorés, foulard de l'Inde noué sur la tête. Et mon chapeau gris à large bord, où flotte le panache d'Henri IV. J'ai même pensé à remettre mon anneau de marin, ma boucle de corail, à l'oreille. Pour franchir le nouvel équateur.

Je sors de la maison. La foule recule d'un pas. Silence. Je monte sur mon cheval, j'accroche le fourreau à l'arçon. J'ai repris mon sabre de marine sur la lame duquel est gravée la devise dont le temps est arrivé : « Je ne cède jamais. »

Je fais donner deux tambours, un veuzou et un pibolin. Musique déchirante du soldat Robert Bruce — l'Écossais rebelle.

Lentement, je tourne autour de l'ormeau. Puis je m'arrête. Je tire l'épée et passe en revue cette troupe improbable, en ouvrant la lame.

Au troisième tour, je lève la tête vers le pavillon de fortune, hissé au sommet de l'ormeau souffreteux. Je salue l'étoffe blanche en portant solennellement mon sabre au menton, pointe au ciel. Je baise la garde et salue au sabre le drapeau de l'honneur. Puis j'incline doucement la lame à tribord.

Toute la troupe défile autour de l'arbre, derrière la musique. Les larmes coulent. Les soldats en sabots se décoiffent devant l'ormeau sublime et dérisoire. Et posent la main sur leur petit cœur de feutre rouge — un baiser du ciel.

Je suis leur chef. Je sais qu'un marin qui tombe dans la mer glacée ne vit pas plus de trois minutes. Je me jette à l'eau. J'engage mon humeur à vivre intensément les trois minutes à venir. Pour mes soldats. Je me découvre et salue la maison. Puis, d'une voix ferme et lente, en pesant chaque mot, je prononce le serment de La Fonteclause :

— Je ne reviendrai ici… que mort ou… victorieux !

Charette je suis, charrette je roule.

L'ARMÉE DES PIQUES

Je me retourne une dernière fois vers le logis. Marie-Anne a la tête dans les mains. Pauvre petite sœur. Il faut partir. Tous les regards se tournent vers moi. On attend les ordres du chef. Je m'avance sous le porche à moellons. Comment disposer cette cohue qui n'a vraiment rien d'une armée en campagne?

Un souvenir de marin vient à mon secours : on fait toujours jouer l'orchestre dans les naufrages, la musique écope la panique.

J'appelle les veuzous de La Garnache. Ce sont eux qui ont conduit la foule dans la cour et fait monter, sous mes fenêtres, un cri d'appel, tiré des vessies de gorets de leurs cornemuses maraîchines. Ils savent toucher les cœurs et faire claquer le sabot.

— Vous marcherez en tête. Et vous monterez à l'ennemi devant la troupe!

Derrière eux, j'aligne deux rangs de vielleux de Sallertaine. Et, fermant la marche de la musique, les sonneurs de troupeaux, qui portent en bandoulière leurs cornes de béliers. Ils sauront tenir la note gémissante des brebis perdues pour couvrir les sanglots des paniques à venir.

Là-bas, au bout de l'allée, déjà s'est installé, à l'avant du cortège, le vieil Aristide, le sacristain de Machecoul, un contrebandier du sel, aujourd'hui sans état, et qui n'a peur de rien. C'est lui qui a crié le premier :

— À Machecoul !

Au moins, il connaît le chemin et saura conduire la troupe. Ayant pris soin de décrocher de l'ormeau le drap de lit déchiré, il l'a noué autour d'un aiguillon de toucheur et le brandit comme une bannière pour rallier les pèlerins de la colère — réflexe de sacristain. Marchant lentement, avec solennité, il ouvre la voie et étrenne l'insolite procession des *Insurgents* du Marais.

Juste derrière cette musique aux refrains écorchés qui s'est arrachée aux guirlandes des granges de la fête, s'étirent les chenilles grouillantes de l'infortune. Ce n'est pas la faim, ni la pauvreté, ni l'envie, ni l'espoir qui ont jeté sur les routes tous ces humbles chefs de famille. C'est une insondable détresse. On part sans savoir où on va. Sans but de guerre. Le ciel s'est déchiré. Le monde a basculé. La foudre est tombée. On part foudroyés. Les cloches sonnent.

Une dernière fois, avant d'être descendues et fondues par le procureur-syndic.

Alors, jaillit du sillon, sortie des entrailles de la terre, la sommation vitale d'un petit peuple. On a quitté le pignon de la ferme parce que les nouvelles autorités ont touché la maison en son cœur, là où repose en paix, sous la poutre maîtresse, cette petite demeure invisible, immémoriale, inviolable, qui noue la coutume, la parole et les visages oubliés. Là où se loge un trésor plus sacré encore que la vie. Cette demeure invisible abrite les croyances ancestrales, aujourd'hui bousculées, culbutées, souillées. « Plutôt la mort que la souillure », comme disent les Bretons. Alors, jeune ou vieux, on a tout quitté.

Veillant sur les anciens qui traînent leurs ans à l'arrière, je me suis mis en serre-file. La marche est lente. Depuis la croupe de mon cheval, je surplombe du regard le méandre des couvre-chefs aux bords exagérés, relevés sur le côté et ornés d'une cocarde blanche. Les poches des gilets servent de giberne. Là-bas, à l'avant, se presse une colonne de canar-dières, redoutables fusils du Marais, que les gars ont l'habitude de charger en courant. Les armes viennent de la grange : des fourches, des bâtons ferrés, quelques broches à rôtir ; un hérissement de faux retournées, de manches et d'épieux. Qui fait sourire les bourgadins autour de nous : « L'armée des piques aux ordres du cadet ! »

Pas de munitions de bouche, pas de bouches à feu. Pas de réserve. Pas de caissons. Il faudra se fournir en route. On prendra ce qu'on nous offrira. Les vieillards confectionnent déjà les cartouches dans les caves. Les femmes apprêteront le pain, elles le tendront aux ventres creux. Les filles fileront de la charpie pour panser les premiers blessés du choc à venir, au petit bourg de Pornic.

Partout, jusqu'à la mer et la Loire, des bandes comme la mienne se sont mises en branle. Le marchand de poissons Pageot, le tisserand Couvreur, le scieur de long Rézeau, des laboureurs et journaliers du pays de Retz — les paydrets — des faux-sauniers de Noirmoutier, d'anciens gabelous, des médecins de buisson — comme le vieux Joly qui a déjà cinquante ans —, sont promus capitaines — capitaines de paroisse —, élus « à la bravade ». On les a choisis « à la goule ». Pressentis pour leur bravoure. Il n'y a pas de titre pour devenir chef. Et pas d'autre solde que la prise sur l'ennemi des liqueurs à venir. Si bien qu'à chaque engagement, on boit deux fois : à l'aller, pour se donner du courage, et au retour, pour fêter la victoire. Au risque de perdre ce qu'on vient de gagner, comme à Pornic où un succès militaire éclatant s'est noyé dans la barrique tardive.

Cette armée de têtes hurlantes, qui crie « Rembarre! Rembarre! », marche sans discipline, à l'instinct. Combien aura-t-il donc fallu de maladresses des nouvelles autorités pour faire d'un bûcheron tranquille qui pousse la même cognée en forêt de père en fils, un tireur de l'ombre qui va mourir entre les arbres qu'il chérit?

J'enrage à la pensée d'aller, dans les semaines qui viennent, à la rencontre furieuse de tous ces gens qui, par leur naissance, devaient être les soutiens de l'ancien ordre et qui, aujourd'hui, briguent l'honneur de venir nous combattre.

Les défenseurs naturels de la Légitimité, par leurs titres et leur aisance, sont en face de nous. Les défenseurs naturels de la Révolution, par leurs origines et leur condition, sont derrière nous.

Face à face, le comte de Canclaux et l'ouvrier sellier Vrignault. Le duc de Biron, descendu d'un grand colombier, affronte une armée de braconniers. On est allé chercher des guerriers de métier qui, rarement, sont d'origine noble. Des hordes paysannes ont forcé la porte du vieux La Roche Saint-André — un ancien militaire —, contraint de suivre son monde en robe de chambre. Esprit Baudry a maquillé son nom — Baudry d'Asson — et revient se battre contre sa propre famille.

Face-à-face dramatique et dérisoire des cuillères de bois et de l'argenterie des écuries princières. Une nuée de ci-devant laboureurs et boutiquiers en face des couleuvrines des ci-devant régiments soldés du roi, chargés jusqu'à la gueule de poudre meurtrière.

Corps-à-corps indécent entre les musettes meunières et les gourdes armoriées. Noblesse d'épée contre noblesse d'enclume. Personne n'est à sa place. Le désordre. Les vraies grandeurs se sont déplacées. La vraie noblesse, les vraies seigneuries ont changé de cœur. Le corps des premières chevaleries s'est transporté des templeries aux métairies. Virée tragique. Un fleuve de sang.

Nous voyons arriver sur nous des milices en habits bleu de roi à parements écarlates. Nous les appelons justement, à cause de leur uniforme, « les Bleus ». Et eux nous désignent comme des « Vendéens ».

LE GRAND BRIGAND

L'ÉPREUVE est là, devant nous. Nous entrons dans Pornic. Voici le moment du premier choc. Le baptême du feu pour ma troupe, que je divise en deux colonnes qui convergent sur la place du Marché. Tout à coup, les croisées s'ouvrent : le piège ! Deux cents gardes nationaux, postés aux fenêtres, nous cueillent comme des santons de crèche. Mes hommes, admirables, essuient le feu de mousqueterie sans broncher... jusqu'au tonnerre du premier coup de canon. Hurlement d'épouvante. Débandade. Seule la ruse peut nous rétablir. L'idée me vient d'incendier les toits de chaume de la rue principale.

— On va enfumer le terrier pour faire sortir le gibier.

Et le gibier sort puis s'enfuit. Victoire par défaut. Il n'y a plus qu'à s'inviter dans les quelques maisons vides aux reliefs garnis, qui ont échappé au feu et où les tables étaient prêtes. Il est midi, l'heure de manger.

J'interromps les agapes. Retour à Machecoul. Un triomphe. Ça chante comme des matelots gorgés d'eau-de-vie quand les yeux chavirent à la côte : on va bientôt sécher les filets sur le port.

On va rentrer « changer de chemise ». Il y a du travail à la ferme, qui nous attend. Les pissenlits ont repoussé et disjoint les pierres des seuils. Et les semailles de printemps sont en retard. On ramène un canon, un pierrier et beaucoup d'illusions.

— On a vaincu la République !

Dans l'urgence, il me faut préparer les combats à venir. Je n'ai pas d'hommes à cheval. C'est à mon domestique, Lapierre, que je confie le soin de créer un corps de cavalerie. Il connaît les chevaux, c'est un maquignon très exact — au scrupule relevé et qui fait ses pâques —, c'est lui qui achète les juments de labour et les baudets de La Fonteclause. Il rassemble quelques piqueurs habitués aux chasses à courre, puis des garçons meuniers, des marchands de fruits que, dans les foires du pays, on appelle des « cocassiers ».

Par bonheur, viennent vers nous trente « moutons noirs » ; ils tiennent leur nom des peaux qui leur servent de selle, d'ailleurs leur rudesse d'approche fait penser aux petits moutons du pays de Retz dont on connaît la réputation : après leur passage, ils laissent le sol à nu. Quelques voisins, des garçons de ferme ou gardes-chasse, montent des chevaux de colporteurs ou de faux sauniers. Ils font peine à voir : faute de selles, ils se servent de leurs bâts, leurs étriers en cordes de javelles tressées pourrissent vite. Ils clouent des tiges de cuir sur leurs sabots pour se protéger les jambes. Une fourche attachée derrière le dos leur tient lieu de mousqueton, et ils n'ont pas d'autre sabre qu'un couteau de pressoir.

Je n'attends pas vraiment de cette cavalerie de fortune qu'elle s'exerce à charger mais plutôt à rôder, à humer, car nous n'avons pas d'avant-postes d'infanterie instruits pour repérer et anticiper les mouvements de l'ennemi dans le pourtour des campements. Pas d'autre sentinelle que nos guetteurs de clochers. Ils se compléteront les uns les autres.

Un peu plus tard, le « capitaine Lapierre » sera adoubé par les gâs de Port-Saint-Père pour une guerre de prise afin de nous offrir une compagnie d'élite à cheval avec le vol des chevaux des Bleus. Déguisés en « muscadins de boutiques », ils partent à une dizaine, affublés de grands bonnets à profis, de fausses moustaches et de grands sarops ; et, sous les murs des villes — comme Paimbœuf —, à une portée de fusil des sentinelles somnolentes de la garde nationale, ils enlèvent les chevaux de premier choix des officiers bleus laissés dans les pâturages.

Au petit matin, Lapierre vient me présenter ses prises de la nuit. Magnifique! Nous avons maintenant un corps de cavalerie. Ah, si La Motte Picquet savait ça!

L'artillerie, quant à elle, manque cruellement : nous avons ramené de Pornic deux pièces de campagne conquises là-bas. En face de nous, se déploient les canons mobiles inventés par Gribeauval qui mettent en fuite mes meilleurs soldats.

Je ne peux pas laisser croire à l'ennemi que nous sommes à ce point démunis. Nos menuisiers se mettent au travail, abattent cinq chênes, les scient par le mitan, creusent le tronc, peignent la bouche au noir de fumée et les arriment à des roues de charrette, qu'on fera rouler à côté de nos vraies pièces, gagnées sur les gardes nationaux. Simulation d'une artillerie qui étonne et trompe ma troupe elle-même.

Je sais que les chocs à venir nous réservent de mauvais coups. Nous allons devoir livrer trois batailles successives qui seront trois fortunes de mer : Challans, Saint-Gervais, Machecoul. La peur. Et la poudre d'escampette. L'armée des piques pique du nez. Mon autorité chancelle; je n'ai pas eu le temps d'instruire mes hommes. Jusqu'à hier soir, ils n'avaient guère manié de fer que le soc de leurs charrues.

Je n'ai pas su les débarrasser de leurs frayeurs qui les mettent en fuite à la première détonation.

Parfois, je les aperçois qui jettent au fossé leurs armes, leurs hardes et jusqu'à leurs sabots pour courir plus vite dans les ajoncs. Et la panique, comme à Challans, se propage sur toute la ligne. Je leur recommande pourtant de ne plus s'égailler quand tonne le canon :

— Regardez-le en face. Surveillez la petite lumière ; quand s'allume l'éclair, jetez-vous ventre à terre. Attendez que le coup soit parti. Et relevez-vous pour bondir sur la pièce et mettre les artilleurs hors de combat, avant qu'ils n'aient le temps de recharger.

À Saint-Gervais, ils se couchent mais se relèvent trop tôt. À Machecoul, ils se relèvent trop tard pour aller « chercher les bigorneaux dans leurs coquilles ».

Il leur faudra du temps. Le temps d'apprivoiser la guerre. Sans être capturés, car on nous désigne désormais comme des « contre-révolutionnaires » dont la tête est mise à prix. Par un réflexe de famille, Boursier m'a prévenu secrètement : l'Assemblée vient de voter une loi terrible : la peine de mort pour les insurgés qui seraient surpris les armes à la main ou qui porteraient sur eux des « signes de rébellion ». Un simple scapulaire de tissu au revers de la veste suffit pour finir au « tribunal d'abréviation » dans les vingt-quatre heures. Et voir ses jours raccourcis au ras de la nuque.

On nous appelle des « brigands ». Comme les klephtes de Morée, qui descendaient de leurs montagnes grecques. Je reçois donc ce nom de « brigand » comme un honneur et le prends à mon compte.

Ceux qui s'échappent peuvent en réchapper. Ceux qui restent se mettent hors des voies de la clémence. Nous sommes désormais des condamnés à mort en campagne, qui « brigandent ».

Dans quelques jours, la route du retour chez soi sera coupée. Il sera trop tard pour déserter ou « changer de chemise ». Dans la marine, on appelle cela « brûler ses vaisseaux ». À la fin du printemps, on aura brûlé tous nos charrois, les vaisseaux de la terre.

Après la déroute de Challans, je repars avec ma troupe de huit mille hommes. Sur le chemin de Saint-Gervais, un combattant déjà fameux me rejoint, qui tient vingt-cinq paroisses jusqu'à la mer, le chirurgien Joly, un homme brutal et généreux, aussi habile au vilebrequin qu'au mousquet :

— Je casse les têtes et ensuite je les répare, ironise-t-il.

Un peu plus loin, en pleine bataille, un colonel républicain accourt vers moi. Culotté gris-blanc, coiffé d'un chapeau gansé, il est doré sur tranche et tout frisé de brandebourgs. Je dégaine. Il se décoiffe à temps. Je le reconnais, c'est le chef de la paroisse de Saint-Christophe :

— Gaston ! Que fais-tu là avec cet uniforme ?

— J'ai détroussé un officier bleu que j'ai envoyé se rhabiller au purgatoire.

Cette bravoure du perruquier de Saint-Christophe me touche. Mais, quelques heures plus tard, j'apprends qu'il est tombé aux mains des chasseurs du Midi et des volontaires de Châteauneuf qui l'ont fusillé à bout portant.

Mes lignes sont rompues. On court dans tous les sens. Nouvelle défaite, nouvelle débandade. Les rapports qui remontent jusqu'à la Convention nationale affabulent sur ce pauvre perruquier et font entrer son nom dans l'Histoire. On en fait un mythe. La Convention le désigne désormais — alors qu'il est bien mort — comme le dangereux meneur de toutes les séditions. Le petit chef de Saint-Christophe s'était accordé lui-même un galon d'or au chevron brisé en détroussant un colonel républicain, la Convention va l'élever au grade supérieur. Désormais, on ne l'appelle plus que « le général Gaston ». Les représentants Carra et Pierre Auguis le font rechercher « dans tous les départements de la Vendée » et promettent six mille livres de gratification à ceux qui le leur livreraient. Le mythe voyage bien, il traverse les mers et les frontières, il passe d'un camp à l'autre. Le nom de « Gaston » est sur toutes les lèvres des chancelleries. Dans quelques semaines, l'Europe va s'emparer de Gaston. Le Cabinet anglais adressera des lettres d'encouragement « au général Gaston, le commandant en chef des armées vendéennes ». Les Princes lui envoient des émissaires pour le « sonder sur ses intentions ». Le stathouder de Hollande et le roi de Prusse cherchent le moyen discret d'ouvrir « une correspondance prompte et sûre » avec « Monsieur le général de Gaston », qui, anobli au passage, atteint dans les cours européennes le grade ultime de « généralissime des royalistes de France ».

Cette renommée posthume rejaillit sur mon autorité : on m'appelle « le grand brigand » chez les Bleus, et on dit de moi chez les émigrés :

— Vous savez, ce Charette... l'ami du général Gaston.

Par le seul effet de la rumeur, le perruquier de Saint-Christophe est devenu une figure de légende épargnée par les corruptions de la mort. Mais la fureur continue, avec ou sans Gaston.

Le prochain choc est imminent. C'est peut-être le début de la fin.

LES MUTINS

Le 22 avril, le jour de la Sainte-Opportune, j'apprends qu'est sorti de Nantes le redoutable Beysser, avec trois mille hommes d'infanterie, deux cents cavaliers et huit pièces de canon. Une force de la nature, ce Beysser ! Mes gars en ont une « peur bleue ». Il veille à son apparence : son cheval est recouvert de peau de tigre et il soutient lui-même la réputation de porter un pantalon de peau humaine.

La bataille de Machecoul est sans espoir face à cet ogre tonitruant et bachique, dont la rage sanguinaire jalonne la route de forfaits innommables.

Beaucoup de combattants manquent à l'appel. Je peine à réunir trois mille hommes, excédés de fatigue par nos courses continuelles et le défaut de gîte assuré. Je les exhorte à la bravoure, soutenu par une petite vestale charmante, la lingère Marie Chevet, qui sermonne, après la messe de l'abbé Priou, tous les soldats harassés. J'adresse à la troupe un avertissement ultime :

— Ce n'était pas la peine de venir me chercher à La Fonteclause pour que je vous voie, à chaque combat, détaler comme des lièvres. Si vous fuyez encore aujourd'hui, vous ne me verrez plus jamais à votre tête.

Hélas, on ne m'écoute plus. Je suis devenu une cible. On me vise de tous côtés. Un boulet emporte ma selle et le dos de mon pauvre cheval, qui saute de plus de six pieds de haut et manque de m'écraser en retombant. J'ai juste le temps de bondir en croupe d'un cavalier et de galoper hors du feu.

Je croise des porte-haillons, le regard flottant et la jambe écorchée ; ils ont la plante des pieds ferrée de méchantes épines et rampent au revers des fossés. Ce sont mes soldats, ils ont pris la déroute. Beysser a gagné. Il s'est emparé de Machecoul. Nous ne tenons plus le pays de Retz. Et je ne tiens plus mes hommes, affamés, désespérés, qui s'évanouissent par les chemins de traverse et les sentiers de faux-sauniers. Le doute a mangé les premiers élans.

C'est une fuite éperdue. Une errance. Je cantonne où je peux, cherchant à mettre en sûreté mes débris d'armée, au milieu des genêts de printemps, à flanc de coteau. On dort à même la terre grasse ou à fleur de granit, sur des lits de fougère, sous le timon des charrettes à foin.

Mon aide de camp, le jeune La Robrie, m'annonce qu'un de nos courriers rapporte de Nantes une triste nouvelle : Marie Chevet, cette flamme vivante qui, juste avant la bataille de Machecoul, a remis du feu dans les cœurs et relevé les courages, vient d'être arrêtée puis traînée devant la foule de la ville. On l'a priée de renier publiquement ses opinions pour sauver sa tête. Mon courrier Lebrun a pris soin de consigner la répartie de la jeune héroïne, qu'il a glissée dans le creux de son bâton à serpent :

— Je ne m'embarrasse pas d'aller à la mort, tant je suis ennuyée de ce torrent d'iniquités qui se déverse sur le pays.

Alors on lui demande de dénoncer ma cache. Elle se redresse devant le bourreau et, narguant le public, elle martèle :

— Que vive le chevalier Charette !

Dorénavant, en souvenir de cette petite Antigone, je signerai ainsi toutes mes lettres : « Le chevalier Charette. »

À chaque lieue, l'inquiétude grandit sur le sort des uns et des autres. J'ai perdu le fil de Marie-Anne. Où est donc passée ma sœur chérie ?

Un soir, je vois rentrer au cantonnement une jeune colporteuse essoufflée, emmitouflée dans un manteau à capuchon. Sous sa lourde mante de voyage, elle dissimule un bonnet blanc discret qui m'enchante. Sa robe de rude étoffe, de gros drap du pays, accuse la misère des temps, mais ne gâte pas sa tournure :

— Comment t'appelles-tu ?

— Madeleine Tournant.

— Que fais-tu dans mon armée ?

— Votre aide de camp, Alexis Duchaffault, m'a désignée comme courrier. Je glisse, dans les godelis de mes jupes et le cœur de mes fruits, toutes les commissions pour vous.

— On me dit que tu sais où est ma sœur ?

— Oui. J'étais avec elle, chez madame de la Navarrière, à Machecoul, où nous avons trouvé asile. Les Bleus ont fait irruption dans la salle commune. Un instant, votre sœur s'est éclipsée, montant l'escalier quatre à quatre. Les soldats, ivres, s'égosillèrent : « N'y aura-t-il donc personne, dans cette maison, pour servir à boire à la République ? — Si ! répondit une petite voix. — Ah, la cuisinière ! reprit le chef des Bleus. Viens nous servir un broc de muscadet. » J'étais à l'autre bout de la pièce, comme interdite, car j'avais reconnu la cuisinière qui donnait de son sourire en versant à boire à ces brutes : c'était votre sœur Marie-Anne. Elle avait dû élire, là-haut, dans la garde-robe domestique, un accoutrement de cuisinière. En un éclair, elle s'est mise à jouer du tablier et à tourner du talon comme une servante de lignée ancillaire. Quand elle eut fini de gagner leur confiance, elle se dépêcha de les questionner sur votre sort. « Citoyens, savez-vous ce qu'est devenue l'armée des brigands ? — Oui ! Un long chapelet de sabots qui jonchent la route, comme d'habitude. — Et où se cache leur chef ? — On voudrait bien le savoir… » Son visage se crispa un instant, trahissant son angoisse. Elle rechargea le broc une seule fois et le déposa sur la table ; il n'y eut pas de troisième tournée. Elle me fit signe de déguerpir par la porte de la souillarde. Elle courut la campagne jusqu'à la métairie des Étoubles, où elle se cache depuis hier soir.

Rassuré par le récit et captivé par la récitante, je goûte les ruses de la cuisinière et le cotillon aux yeux de mûre de ce petit bout de femme, fruitière de métier et courrier d'occasion qui n'a pas peur de franchir les lignes ennemies. Madeleine Tournant, qui traverserait pour moi un mur d'éronces, se verra confier à l'avenir des missions de plus en plus périlleuses. Elle poussera sa carriole jusqu'à Fontenay et passera des billets dans ses mottes de beurre et ses melons en pleine bonté.

Mais, pour l'heure, mes lieutenants, anciens officiers ou gens de bonne compagnie comme le vieux Couëtus — qui va sur ses cinquante et un ans — et Urbain Le Bouvier — un magistrat tout en sagesse qui s'est fait voler ses chevaux par mes gars —, s'inquiètent justement de nos soldats toujours entre deux eaux : lorsqu'ils sont vainqueurs, ils menacent de tuer les vaincus et, lorsqu'ils sont vaincus, de tuer leurs chefs.

On prend soin, pourtant, de leur répéter : à la guerre, on ne tue pas, on met hors d'état de nuire. Et on ne confond jamais la force et la violence. La force est une vertu, la violence, un crime.

Or, ce que l'on vient de m'apprendre m'horrifie : pendant que je combattais à Pornic, Challans, Saint-Gervais, un monstre nommé Souchu — un avoué —, président du comité de Machecoul, avide de sang comme une goule, s'est livré à une horrible représaille qui déshonore notre cause. C'est mon secrétaire, Auvynet, qui me raconte le massacre :

— Chaque soir, sur le bord d'une douve du château, les hommes de Souchu ont égorgé un certain nombre de prisonniers, après les avoir entravés et en avoir formé une espèce de chaîne. Les assassins, ne rougissant point d'attacher une idée de religion à ces épouvantables forfaits, appellent cette tragédie le « chapelet ». Et, dans le fait, on récite cette prière au moment où l'on répand le sang de ces malheureux.

J'interromps mon secrétaire :

— Ces massacres ont-ils cessé ?

— Je ne sais pas.

— Eh bien, faites-les interrompre immédiatement.

— Mais ce Souchu n'écoute personne... seule une exhortation sacerdotale...

— Allez quérir la supérieure des religieuses du Val-de-Morière. En espérant que ses paroles ramènent ces sauvages à la raison.

Hélas, même désavoué, l'avoué continue sa besogne de mort gratuite. C'est à ce moment-là que Boursier, l'ancien procureur, me fait passer un petit message : « L'avoué me traque. » Je donne l'ordre de mettre à l'abri mon témoin de mariage, chez moi, au risque d'être accusé de trahison par les miens. Il ne sera pas dit que j'aurai confondu la nécessité et les affections. Je protégerai ma famille au nom même de ce que j'entends protéger au-delà, c'est-à-dire les civilisations élémentaires.

Marie-Anne veillera sur notre cousin. Nous cacherons Boursier chez nous, le temps qu'il faudra. Je ne suis pas un proscripteur. J'ai appris, dans la Marine, que la guerre a ses lois, ses codes, ses bornes. Nous ne sommes pas dans la vengeance. On ne répondra pas à la terreur par la terreur. Un jour, il faudra bien revivre ensemble.

Et voilà qu'une question cruciale s'impose à nous : les dernières batailles ont donné aux deux camps l'occasion de capturer des soldats. Que faire des prisonniers, qui traînent la guêtre à l'arrière des convois et nous encombrent de leur zèle retardataire ? La seule issue raisonnable, c'est l'échange.

J'interroge nos captifs à Montaigu. L'un d'eux, un certain Haudaudine, est négociant à la ville. Il sera négociateur à la guerre. Je lui rends la liberté pour qu'il aille à Nantes négocier l'échange de nos prisonniers. Je lui fais jurer sur l'honneur de revenir s'il échoue dans sa mission. Il choisit, pour l'accompagner, trois autres prisonniers bleus qui quittent ainsi leurs fers et se mettent en route, sur la foi de leur promesse. Les autorités nantaises refusent l'échange :

— La République ne traite point avec des rebelles.

Les trois compagnons du négociant Haudaudine ne reviendront pas reprendre leurs fers. Mais Haudaudine se tient pour lié par la condition jurée. Je le vois, un beau matin, de retour à Montaigu.

— Pourquoi êtes-vous revenu, au péril de votre vie ?

— J'avais donné ma parole.

Je raconte à mes hommes ce geste élégant, qui porte une belle leçon : les deux France appartiennent à la même, celle de la « foi jurée ». Cet homme a sauvé l'honneur, le sien et celui des deux camps. Il y a des chevaliers des deux côtés.

Ma horde ne m'écoute plus guère. Les peureux sont partis. Ne restent que les durs, qui risquent la mort s'ils rentrent chez eux. Ils ne sont pas d'humeur à échanger... Ce n'est plus une armée de soldats que je conduis, mais de risque-tout mêlés à des fugitifs. Partout où nous échouons, à Vieillevigne, Rocheservière, derrière les portes des maisons qui se ferment sur notre passage, on entend grincer : « Armée des piques = Armée des lâches. »

Je n'ai plus de terres d'influence, je traverse le territoire des autres, de ces petits chefs sourcilleux devenus d'impitoyables rivaux : Ripault, l'ancien marin, tient le pays de Retz. Les Guérin veillent sur le marais de Bourgneuf, les frères Savin se partagent la division de Palluau jusqu'au Luc.

Du côté de La Mothe-Achard, je ne me frotte pas trop au chirurgien Joly — un homme à tout faire —, ancien sergent ombrageux du régiment des Flandres, excellent tireur, horloger à ses heures, rebouteux sur demande, maçon reconnu pour sa finesse de truelle. Il ne s'exprime que par bourrade et parle comme il opère, au bistouri. Il ne m'aime pas. Il se dit « royaliste démocrate », une essence rare par les temps qui courent.

Sur la côte, Pageot s'est taillé une seigneurie dans les parcs à sel. Le cousin Luminais m'avait prévenu :

— Tu verras, c'est un prétentieux marchand de sardines qui ne sait même pas signer son nom. Quant à la sardinière, on l'appelle la Commanderesse.

C'est pourtant l'un des seuls chefs sur lequel je puisse compter. Partout où je passe, j'essuie ricanements et calomnies. À Vieillevigne, les soldats veulent me tuer. On m'accuse de sauver des Bleus. Parce que j'ai caché le cousin Boursier. Le chef des Vendéens, Vrignault, se sent protégé par la marquise de Goulaine, la vieille musaraigne qui m'avait, en son temps, envoyé une quenouille à La Fonteclause. Je cours vers Saint-Fulgent où me reçoit un manchot qui a le verbe haut et le bras long dans le Bocage, un chevalier de Saint-Louis, ancien capitaine au régiment de Navarre, Royrand. Il a déjà rallié l'armée des Mauges et de l'Anjou. Il me bat froid et me renvoie.

Je mendie l'hospitalité, on me la refuse. Tous mes ordres sont contrebattus, mes plans contredits. Je sens, qui grouillent autour de moi, les cabaleurs, que je traite pourtant avec autant d'égards qu'ils me témoignent d'humeur. Des fusils se braquent sur moi, prêts à faire feu. On me couche en joue. Heureusement, mes cavaliers, « les meuniers de Machecoul », me sauvent en faisant cercle autour de mon corps, soutenus par quelques déserteurs bleus du ci-devant régiment de Provence, passés chez nous.

Je n'ai plus le choix — c'est la nouvelle nuit de Landerneau. Le commandement m'échappe. Il faut le reprendre. Commander, c'est surprendre. Je demande qu'on réunisse la troupe sur la place, puis me poste devant les pièces, face à Vrignault, et regarde dans les yeux les canonniers et les mutins :

« Soldats,

Je suis un marin. Je n'ai jamais appris à flatter l'encolure. À la mer, on ne contourne pas la vague, on la prend de face : on m'a qualifié de lâche et de traître. Je ne saurais croire qu'il y en ait aucun parmi vous à qui l'on puisse faire de semblables reproches. Mais vous savez comme moi qu'il y a, dans notre armée, des ambitieux qui aspirent à l'honneur de vous commander. Une faction puissante demande hautement pour général en chef le commandant de Vieillevigne, monsieur Vrignault. »

À cet instant, Vrignault sort des rangs et fait grand tapage de son allégeance. Il s'avance pour m'embrasser et proteste de sa loyauté. J'ai gagné. Il n'a pas osé. Une victoire s'exploite dans l'instant :

« Je reçois avec une vive satisfaction ce témoignage de votre confiance ; mais je dois vous prévenir que je suis le seul maître à bord, libre de conduire notre armée où bon me semblera, sans lui faire part de mes projets. Je ne communiquerai mes plans qu'autant que je le jugerai nécessaire pour le succès des opérations. C'est faute de les avoir tenues secrètes que nous avons à gémir de la mauvaise fortune qui a, plusieurs fois, accompagné nos armes. L'attaque de Machecoul, dont le succès était infaillible, a manqué par l'indiscipline et l'insubordination de quelques mutins. Si je n'ai pas usé de rigueur envers eux, c'est que, devant ensemble combattre pour la même cause, j'espère qu'à l'avenir nous serons tous animés du même esprit, et que chacun obéira aux ordres de ses chefs. »

Acclamation des mutins. Décidément, les hommes de la terre ont des cœurs de matelots, des cœurs d'artichauts, les gaillards se ressemblent. On tue le chef qu'on aimait. On aime le chef qu'on voulait tuer. Et en un éclair, le verbe prend les bons vents ; alors coulent le vin et la larme facile, qui noient en romances lunaires les rancœurs des grands cœurs. J'aime mes hommes. Ils le sentent. On chantera bientôt.

LA PÊCHE À LA BOUTEILLE

Le soir même — puisqu'il faut bien évoquer cet enchaînement de revers —, je réunis mon état-major — qui tiendrait dans une hutte de chasse au colvert. J'écoute les hommes de métier, formés à l'école de « la grande guerre », nourris de toutes les littératures et « guides des officiers en campagne ». Je crois revivre les débats de Brest, à l'Académie de Marine, sur la « ligne de file », la « ligne de bataille », la primauté de l'artillerie mobile, la montée au feu derrière les tambours.

Soudain, le navire bascule, une question me traverse l'esprit, une question troublante, radicale : et si on se trompait de guerre ?

Je pratique la « ligne de file », comme Guichen. Peut-être faudrait-il « rompre la ligne », comme Suffren ? J'ai accepté leur guerre à eux — celle des Bleus —, qui m'imposent des batailles rangées. Elles sont perdues d'avance car je ne dispose pas des armes de la grande guerre : la cavalerie, l'artillerie. Et je n'aurai jamais les détachements de fantassins soldés, disciplinés, ponctuels, qui montent en ligne. Il suffit d'une moisson ou d'une vendange pour rappeler tout mon monde à la ferme et me laisser seul ou presque.

Il faut donc choisir la voie contraire de ce qu'attend l'ennemi : refuser la bataille. Faire une guerre d'occasions, avec des occasionnels. J'ai voulu adapter mes guerriers à la guerre. Il faut que j'adapte ma guerre à mes guerriers. Gagner la guerre sans livrer bataille.

Par l'art des déroutes, il faut conduire l'ennemi où on veut le cueillir, lui choisir sa route. Ne jamais lui offrir un champ de bataille, où nos soldats se font aligner comme des lapins.

Je convoque nos chefs d'attroupement, nos guetteurs de clairières, nos sonneurs de cloches, nos chouettes d'alerte et tous nos meuniers — mes frégates répétitrices — dont les moulins répètent aux troupes enterrées mes signaux et mes instructions :

— On va leur faire la pêche à la bouteille… leur mettre le museau dans le goulot…

C'est-à-dire leur faire quitter les grandes routes royales pour qu'ils viennent nous chercher dans les chemins creux. Et là, on renardera le terrain. Derrière nos herses — les haies vives — qui sont des coupe-gorge, on les attend. Impossible pour eux de retrouver la sortie. La cavalerie ne peut se dégager ; l'artillerie devient myope ; l'infanterie peine à déguerpir. Impossible de sortir de la bouteille.

On s'embusque, on harcèle, on décroche. Vainqueur ou vaincu, on reste insaisissable. Puisque je n'ai d'autre armée que celle du moment, la ruse compensera le nombre. Pas de position acquise, pas d'occupation des villes conquises. Il faut les user et durer, durer… Mettre la peur au ventre aux éclaireurs et aux flancs-gardes. Assurer la marche et la contremarche, leur donner le tournis.

On se poste sous les couverts, là où la vie sans soleil chemine sous les feuilles ; on tire depuis la redoute, au-dessus du chemin — une simple levée de terre —, et aussitôt on s'égaille. Je connais le terrain, j'y ai chassé partout. Je vais faire une guerre d'affût, où l'ennemi avance à l'aveugle. Une guerre des ornières où on se terre. On regarde du haut du talus les colonnes qui se désagrègent. Elles abandonnent leurs pièces de bataillon embourbées dans la voie enfoncée de ces défilés impraticables, plus étroits que leurs essieux et dont nous sommes les seuls à avoir une connaissance intime. On est chez nous. On se bat chez nous. Les gars savent sauter les fossés, percer les haies d'arrête-bœuf, pour échapper aux Bleus. Avec la tête, on se fraie un petit passage. Puis la haie se referme comme un entonnoir. On sort de terre et on y rentre. Des loups avec des mœurs de taupes.

Ce sera une longue guerre. De prise et de surprise. Suffren plus La Motte Picquet : on rompt la ligne et on prend le butin. On surprend l'ennemi et on le détrousse pour améliorer l'ordinaire. Le moral s'en ressent, car nous allons distribuer à nos corsaires de terre ferme quelques munitions de bouche qui nous changeront de la soupe aux racines. À nous les selles, les brides, les gargousses et les « petits horloges » — les montres — qui honorent les poignets des vainqueurs et nous donnent l'heure bleue. Et puis les chariots chargés de farines, d'étoffes, de cartouches et de porte-feuilles bien garnis d'assignats.

C'est à Pont-James que nous inaugurons cette nouvelle stratégie. Elle porte ses premiers fruits. Un vrai succès. Je retourne à Legé. Vrignault vient y chercher ses ordres.

Je rêve d'aller prendre la soupe à Machecoul. La situation semble se retourner partout. Mon jeune courrier, Marie Lourdais, que j'appelle « ma Bretonne » parce qu'elle porte un *bragou braz*, me tend une lettre qu'elle a cousue dans la doublure de son justin : la grande armée du Bocage vole de victoire en victoire : Fontenay, Cholet, Vihiers, Doué-la-Fon-taine. Elle marche sur Saumur, qui va tomber.

Et je remporte la victoire à Machecoul, avec le renfort de tous les chefs de bande qui ont accepté à nouveau mon commandement. La pêche a été bonne. La bouteille est pleine. On la videra ce soir, à Legé.

La situation s'est retournée. On a vaincu les Bleus. Parce qu'on a vaincu la peur. Méconnaissables, mes gars courent au feu. Ils se sont accoutumés au bruit du canon ; lorsqu'ils voient la mèche approcher de l'amorce, ils se jettent à terre, la jambe en chien de fusil pour mieux se relever après la décharge, puis se précipitent sur la batterie pour la braconner. À coups de gourdins cloutés.

La peur a changé de camp. C'est l'hécatombe. La ville de Machecoul est jonchée de cadavres aux habits bleus. On les a culbutés, écrapoutis. Ce n'est pas de sitôt qu'ils retrouveront l'envie de mordre à la grappe. Les moissonneurs sont nombreux et la moisson est abondante : quatorze pièces d'artillerie.

Les gars courent, le cœur léger, ventre à terre, en chantant :

> *Les Bleus sont là, le canon gronde ;*
> *Dites, les gars, avez-vous peur ?*
> *Nous n'avons qu'une peur au monde*
> *C'est d'offenser notre Seigneur !*

La victoire vient récompenser l'unité retrouvée : j'avais proposé à tous les chefs de division d'oublier leurs mésintelligences et de fondre nos armées. Ils ont accepté. Ils sont tous venus, nous avons aligné douze mille paysans soldats. Unité au combat. Unité des vainqueurs. Unité dans l'épreuve : le pauvre Vrignault est mort, au fort de la mêlée, la tête fracassée par un feu intense de mousqueterie.

Dans la matinée du onze juin 1793, nous lui rendons un hommage solennel avec toute la pompe religieuse et les honneurs militaires. Une cérémonie poignante, une vibrante homélie de l'abbé François Priour, la bête noire des commissaires républicains qui sont allés puiser dans leur sac à malice cette définition choisie : « brigand sacré, colporteur ambulans des saints mistères, monstre fanatique ». Rien que cela.

À genoux, au premier rang, devant des milliers de paysans, côte à côte, Couëtus, Savin, Pageot, La Cathelinière et le vieux Joly qui sanglote. Dans le recueillement des cœurs brisés, le souffle de la gloire passe sur les têtes.

Mes rivaux sont devenus des compagnons. La victoire grossit nos rangs de nombreux déserteurs du régiment de Provence avec le capitaine Méric, chevalier de Saint-Louis ; je vois arriver aussi un colosse alsacien, bon casseur de têtes, Pfeiffer, et un ami, l'étudiant en médecine Davy Desnaurois ; et puis surtout les trois cents « gars du Loroux » qui gardent de leurs vignes leur tasse d'argent suspendue à leur gilet et viennent attacher leur bravoure à ma fortune. Ils deviendront mes « grenadiers ». Me voilà soudain accablé de lauriers. Un porteur me tend la lettre de la vilaine marquise de Goulaine. Je le renvoie :

— Dites à celle qui vous a dépêché que je fais aussi peu de cas de ses compliments que de ses injures.

Je ne suis plus chef d'une bande mais d'une armée. Je goûte ces moments de joie et de répit. Tout le pays de Retz est libre.

LA DANSE DES CABOSSES

La fatigue s'accorde à la paresse des deux rivières que nous longeons, la Logne et la Boulogne. Une salve d'artillerie nous précède.

La population nous attend. Nous entrons dans Legé. La voici qui revient, l'« armée des piques ». Le cortège de triomphe s'étire derrière mon panache défraîchi, qui a connu bien des misères. J'ai revêtu mon habit de drap vert, ma culotte blanche et mes bottes à la Souvarov. Et j'ai accroché à ma veste mon Sacré-Cœur percé d'épines.

Derrière moi, s'est reconstitué l'orchestre des veuzous. Legé est en fête. On se bouscule aux fenêtres. Les couronnes de marjolaine pleuvent sur les vainqueurs. On me tend une magnifique étoffe blanche, brodée par une main délicate — une ancre de marine sur un écusson d'azur. Je l'embrasse. Bossard la portera dans ses bras.

Les chefs de division marchent derrière moi, une plume de coq piquée au chapeau. Et puis, harassée, s'avance la troupe aux sangs caillés, avec des vestes de berlinge trouées, constellées, des peaux de biques déchirées. Les chapeaux s'envolent vers les jolis cœurs. Les déserteurs applaudissent la foule qui les reconnaît à leurs habits retournés, exhibant les loques de leurs doublures. Ils marchent les derniers. On défonce les tonneaux de noah et on vide les celliers. Le moment est venu des franches lippées. On me sert un poulet pour la soupe :

— Y en a-t-il pour toute l'armée?

Bien sûr que non.

— Qu'on le donne aux blessés.

Mon secrétaire, Verdeguer, a pris sa veuze. Et appelle à lui les ocarinas et les albokas, les vielleux et les cornets à bouquin, les flûtiaux et les hautbois. Les violons dessinent la première figure, le « pas d'été ». On va danser. Sur ces vertes prairies où un sang si jeune a déjà coulé, la guerre et la danse se font des politesses.

À la guerre, on danse avec la mort qui vous serre de près et puis vous fauche. À la danse, on moissonne des yeux la vie qui brûle de mille feux. L'ordinaire de nos jours nous plonge dans des mondes étranges où tout se mêle : la guerre, la tendresse, la danse, l'amour, la moisson.

On retourne à la moisson après avoir tué. Et on retourne à la guerre après avoir moissonné. On est jeune. Je viens d'avoir trente ans. Le feu de la jeunesse brûle en nous. Je moissonne du regard, dans les derniers élans du soleil rougeoyant, les braises des jeunes cavalières. La guerre aime la jeunesse et la jeunesse aime la jeunesse. Alors, on danse. Au détour d'une contremarche — grisette ou guimbarde —, je n'en crois pas mes yeux : bondissante au bras du jeune Prudent de la Robrie, a surgi la dame de la charmille, ma voisine de Puy-Rousseau, l'impérieuse Adélaïde de la Rochefoucauld. Elle a travaillé sa figure d'approche pour ménager son effet de soudain face-à-face, elle surgit à l'anglaise et m'accoste de travers. Je suis stupéfait, flatté, ravi :

— Quelle surprise!

— Je suis venu retrouver mon voisin.

— Mais je croyais qu'avec vos voltigeurs, vous voliez de vos propres ailes?

— Oui, pour migrer. Vers vous...

— Ah oui! vers le Migrant?

— ... qui part au printemps et revient à l'automne...

Le belle échassière des îles n'a rien perdu de ses attraits : longue robe verte, large bouche à feu; ne manquent ni la poudre ni la mèche. Terriblement inflammable. Elle me complimente sur mes

413

toilettes — qu'elle devine brodées par des sentiments vifs de la concurrence :

— Très réussi, ce foulard rouge dentelé des
Indes.

— Et vous, ce velours noir des îles.

— Quel velours noir?

— Vos yeux…

— Merci, général…

En faisant claquer, comme un drapeau, ce titre :
« général », elle n'a pas ri. Me voilà promu. Dans le
cœur d'une femme. Une ruse de l'Histoire.

« Cadet de marine » à l'hiver, « général » à l'été.

La danse continue avec la nuit qui tombe. Il est
temps que le « général » aille se fondre dans la ronde
endiablée.

Juste à côté de moi, une femme, vêtue de
nankin, caracole en brigande et fait tourner son
écharpe flottante de soie bleue. C'est madame du
Fief. Une écuyère très brave, qui a connu de grands
malheurs; sa jupe légèrement relevée laisse paraître
de fines bottes à éperons. Elle danse au bras d'un
jeune soldat qui s'est harnaché d'un baudrier volé
à un Bleu détroussé à Machecoul.

Il est tard. Mais les humeurs de la danse ne
faiblissent pas. Au contraire, la prairie vibre et
s'envole aux rythmes d'une musique aux couleurs
insolites, dont les accents, curieusement gaéliques,

ne semblent pas venir de mes veuzous. Une cornemu-
seuse étrangère à cheval les exerce à des harmonies
inédites. La curiosité me détourne des convenances.
Je m'approche de l'immense plancher en tables de
batterie, sous les quinquets fumeux : les musiciens
jouent à perdre haleine et tapent du sabot ferré, en
tournant autour d'une amazone musicienne qui
les entraîne au voyage et les conduit au gré de ses
envoûtements. Quelle est donc cette écuyère, à la
longue tresse blonde, coiffée d'un feutre gris, qui
porte à la ceinture, sous la cornemuse, un couteau
de chasse, un pistolet et une flûte ? Elle tourne sur
elle-même, au milieu de la ronde, et fait danser sa
monture blanche qui frappe du sabot le plancher.

Marie-Anne me glisse à l'oreille :

— C'est l'Irlandaise. La femme de l'officier qui
joue de la flûte chamanique.

Je me tourne vers lui. Un géant. Il domine par sa
taille — plus de cinq pieds — toute la compagnie.
Portant un habit rouge à parements verts, il a de
l'éducation et de la branche. Il s'arrête de jouer pour
me saluer :

— Mes respects, mon général. L'Irlande vient
à vous…

— Vous êtes irlandais ?

— Oui, je suis sous-lieutenant au régiment de
Walsh. Je m'appelle William Bulkeley, j'appartiens

à une vieille famille irlandaise passée au service de la France.

Il a vingt ans. Elle paraît en avoir quarante. Mais quel éclat! Un profil de médaille.

Un peu plus loin, je retrouve les deux sœurs Couëtus, les deux petites cannes séraphiques du lac de Grandlieu. L'une d'elles, Sophie, m'intrigue, la ceinture farcie de pistolets :

— Pourquoi as-tû onze pistolets à la ceinture?

— Parce que je ne sais en charger aucun.

— Et pourquoi en emporter onze?

— Parce qu'un de vos aides de camp me les apprête, chaque matin, en les chargeant à l'avance.

— Et tu gardes jusqu'au soir ta ceinture de poudre?

— Non. À mesure que la bataille avance, je me débarrasse de mes pistolets vides.

— Onze pistolets, onze balles. Et après?

Éclat de rire de Sophie, le petit ange exterminateur. Elle sort de son justin un poignard.

— Voilà pour le douzième Bleu qui s'approche.

Une guerouée de boutons d'or m'entraîne dans la danse. Je reconnais la petite Madeleine, ma fruitière aux yeux de gentiane, et Marie Lourdais, la fille des champs qui garde aux yeux sa rosée diaprée du matin. Belle soirée de printemps.

Le bal a repris de plus belle dans une ordonnance improvisée : les binious bretons de Couffé ont rejoint l'orchestre. Et c'est toute une armée de sabots qui « tape dou païe », qui tape du pied. Au milieu, l'Irlandaise donne du bourdon, en tournant sur elle-même. Son cheval frappe le plancher des quatre fers. Puis les amazones éperonnent leurs montures et viennent la cerner. Autour d'elles et de leur ballet des fers s'ouvre un cercle plus large, celui des danseuses de cabosse, avec leurs sabots cloutés, dont le bout se relève en pointe très effilée. Des sabots noirs, dégagés du cou-de-pied, contrastant avec la blancheur des bas. Elles paraissent immenses, sur la pointe des cabosses, avec leur coiffe montée à larges barbes à tuyaux. Aucun mouvement du corps. Tout est dans l'adresse des jambes. Juste une main légère pour relever leur jupon de laine rouge lorsqu'elles enjambent, au passage, les croisées de fusils à terre. Le torse, délicieusement cambré, reste immobile, le corsage blanc ne bouge pas. Legé chavire dans la fête et la nuit n'aura pas de fin.

LE CONSEIL DES CHEFS

Depuis le choc et le succès de Machecoul, on met mes défauts sur le compte d'un trop-plein de qualités. On a oublié l'homme des « coups de main hasardeux », on suit des yeux un général à bonne fortune : « Là où il est, il gagne. »

Depuis que la victoire est venue à nous, aux yeux de mes amis, mes faiblesses — celles qui étaient pointées par les mauvaises langues — ont changé de registre : on regarde mes coquetteries comme des signes d'élégance, mes fantaisies comme des habiletés, mes impatiences comme des fulgurances et mes erreurs sont devenues des feintes. Je cours grand largue par vent portant.

De partout, on vient vers moi. À mon campement de Legé, flotte, dans les moiteurs de l'été, l'odeur des poudres et des conquêtes. On relève les récoltes des patriotes, je signe des arrêtés pour vider les greniers des fugitifs.

Les lettres de félicitations affluent. La plus inattendue est sans doute celle d'un officier de cavalerie, ancien du Royal-Piémont, qui s'est illustré sur un pont barricadé par les Bleus à Thouars et qui vient d'enlever la ville de Saumur. Un érudit, paraît-il, qui parle quatre langues, un homme de haute mathématique qui, depuis les collines du Poitou, voyage dans les astres. Il s'appelle Lescure. Je réponds à ses politesses par des compliments. À Machecoul répond Saumur. Succès de l'un et de l'autre. Il dépêche son beau-père, un vieux maréchal de camp, pour me convaincre d'unir mes forces à celles de ce qu'on appelle, dans les bocages, la Grande Armée, pour enlever la ville de Nantes. J'exprime de sérieuses réserves :

— Nous n'avons pas les troupes de ligne pour une telle bataille, ni les armées régulières pour tenir une conquête, surtout à la veille des moissons.

— Oui, mais c'est de Nantes que sortent toutes les expéditions dirigées contre vous.

La réplique de monsieur de Donnissan, l'ambassadeur de Lescure, ne manque pas de pertinence et ouvre même quelques perspectives prometteuses :

— La prise de Nantes nous donnerait la maîtrise du cours de la Loire jusqu'à son embouchure et nous livrerait la fonderie d'Indret, une forge à boulets et un arsenal de rêve.

De toute façon, l'heure est à l'entente avec les autres armées. Les réticences qui me traversent l'esprit relèvent de scrupules inopportuns, je les chasse. Il faut convoquer les gars. Malheureusement, les sonneurs de rassemblement n'ont plus d'ouvrage : les cloches sont muettes, elles ont été démontées et enterrées ; les meuniers ont perdu leurs bras, les ailes de leurs moulins ont brûlé ; les tambours manquent, il ne reste plus que les cornes de bœuf et les chouettes contrefaites pour battre le rappel.

Je conduis ma troupe et mon artillerie jusqu'au faubourg de Pont-Rousseau. La Grande Armée, qui se charge de l'attaque de la rive droite, m'a confié la mission, peu gratifiante, de jouer les sentinelles sur la rive gauche, pour bloquer les sorties de terriers.

C'est, au jour de la Saint-Pierre et la Saint-Paul, quand la vieille horloge de l'ancien château fort du Bouffay, devenu une prison, aura sonné les deux heures du matin, qu'il a été convenu de commander le feu. On attend. On n'a plus qu'à écouter la nuit.

L'horloge sonne enfin. On charge. On tire. Puis on recharge. Je guette les batteries lointaines. Je tends l'oreille. Silence. Aucune nouvelle des autres armées. Pas un seul courrier ne vient m'informer de ce retard. Enfin un coup de canon. Je cherche l'heure sur mon petit horloge au poignet : il est dix heures du matin.

Mes grenadiers s'impatientent de cette immobilité qui confine à l'inutilité. Mes canonniers font leur métier. Ils tirent sur l'autre rive, portant des coups inutiles. Puis tout se calme. Les détonations se raréfient. Je n'ai fait que gaspiller du feu. Toute ma provision de poudre, prise à Machecoul, est partie en fumée. Aucun émissaire n'a traversé la Loire pour nous instruire des contrariétés rencontrées.

Il faudra encore attendre la nuit suivante pour qu'un officier de la petite armée du Loroux m'apprenne ce qui s'est passé :

— Notre généralissime, Cathelineau, a été grièvement blessé sur la place des Agriculteurs, par un coup de fusil tiré depuis la lucarne d'un grenier. La nouvelle s'est répandue comme une traînée de poudre, la panique s'est emparée de nos soldats qui ont pris leurs jambes à leur cou.

Au lendemain de la levée du siège, je brûle encore un peu de poudre, avant de repartir vers Legé, avec mes dix mille hommes, dépités de n'avoir pas été engagés. Mon armée intacte reprend sa marche derrière les sonneurs de cornes, après une salve d'artillerie pour prévenir l'ennemi — « une politesse de la dunette » comme on dit en haute mer.

Le quatorze juillet, j'apprends que Jacques Cathelineau a rendu le dernier soupir. Les larmes coulent. Ce colporteur du Pin-en-Mauges avait les qualités d'un stratège. Bien vite, à la tristesse s'ajoute la rancœur : car Auvynet, mon secrétaire, m'annonce, un beau matin de juillet, que — vexation mesquine — je suis nommé, sur mon territoire, « adjoint » du vieillard, maréchal de camp, beau-père de Lescure, qui n'est même pas du pays qu'il aura à commander. Il y est venu une seule fois, et pour une chasse à courre. On a d'ailleurs pris soin d'oublier de m'inviter à la réunion où l'Anjou et le Poitou ont désigné leurs chefs.

Et voilà qu'un messager des Angevins me porte une nouvelle sollicitation pour le concours de mon armée à la future bataille de Luçon. J'hésite. L'« adjoint » se cabre. C'est non… c'est oui. J'irai leur river le clou. Je me battrai sous leurs yeux. Et j'enlèverai la ville d'un plat de l'épée, en les réduisant à mon tour à l'immobilité, comme ils l'ont fait pour moi à Nantes. Je me prive de mes canons et de ma cavalerie pour franchir plus facilement les mauvais passages. Imprudente mutilation pour un choc en plaine.

Nous faisons halte à Sainte-Hermine où va se tenir, dans une auberge, à la veille même de la bataille, le « conseil des chefs ». La Vendée est là, dans l'éclat de sa première vigueur. Il est tard. On se voit à peine. On parle entre les bougies qui dégagent de mauvaises fumées rousses.

Les chefs angevins m'attendent devant une graissiée de mogettes. Je les connais tous de réputation, mais n'en ai rencontré aucun. C'est le nouveau généralissime qui m'accueille, d'Elbée, un petit homme cérémonieux ; il se multiplie en circonlocutions. Les autres chefs l'appellent « le général Providence » parce qu'il truffe chacune de ses périodes d'une litanie invocatrice : « Avec l'aide de la Providence... » Près de la cheminée, au fond de l'auberge, se déplie un colosse, que les autres appellent « Mistoufflet ». C'est le garde-chasse de Maulévrier, Stofflet ; il suinte et sent le gibier ; il ne m'aime pas et ironise sur mon uniforme à la hussarde : j'ai affecté, pour ces messieurs, de sortir de soute mon grand pavois — un gilet écarlate, un pantalon de cheval en drap vert, un dolman bordé d'une tresse d'argent et ma grande écharpe flottante. Le garde-chasse, coiffé d'un tricorne qui penche à tribord, m'envoie un boulet ramé :

— Bienvenue à l'homme de toilettes !

À côté de lui, j'observe une douteuse soutane, c'est son conseil, le fameux abbé Bernier. Je sais ce qu'on dit de lui : une intelligence vive, gâtée par l'esprit d'intrigue. Il prêche admirablement la morale évangélique qu'il ne pratique guère. Je l'observe : il est tout affairé à pincer les tabliers des servantes. Je n'ai rien contre les galanteries mais ce n'est pas le moment et je me méfie des clercs dont l'étole frôle de trop près le cotillon. Bouvier, mon lieutenant, s'en amuse :

— Il laisse aux doux penchants de la nature un cours mystérieux...

Son embonpoint indique qu'il porte plus d'attention aux fins premières qu'aux fins dernières. Quel contraste avec ce jeune chef au maintien sévère, devant moi, qui peine à ouvrir ses cartes d'une seule main ! Son bras gauche est pris dans une écharpe. Une blessure de Saumur. C'est Lescure. Il expose son plan dont il a dessiné les échelons à la mine de plomb. Sa courtoisie m'enchante. Le regard des autres, goguenard, m'agace :

— Quelle place, chevalier Charette, voulez-vous occuper dans l'ordre de bataille ?

— Le plus près possible de l'ennemi ! Deux fois, votre « Grande Armée » a perdu. Je gagnerai avec ma petite armée. Vous tendrez l'oreille et vous m'attendrez. Comme moi sur les bords de la Loire.

Royrand, le Manchot cinglant, que je n'avais pas remarqué dans l'embrasure de la porte, reprend à la cantonade :

— Avec votre troupe de ligne ?

Que de fumets de jalousie dans cette auberge rance ! Un officier maniéré, jouant de ses gants à crispins blancs et portant la main à son sabre à coquille argentée, l'air goutteux, renchérit :

— Si vos soldats, monsieur Charette, ne se battent pas bien, les nôtres leur feront la barbe !...

J'apprendrai très vite à connaître ce cavalier — cravache rapide, esprit lent — qui galope dans tous les sens, le nez en guibre à piquer les bigorneaux, l'intelligence descendue dans les reins. C'est Talmont.

Tout au fond, j'aperçois un jeune homme blond, impassible, une témérité d'apparence. Splendide. Avec ses bottes à genouillères de cuir, une allure déclamatoire. Son envoi célèbre est venu jusque dans le marais : « Si j'avance, suivez-moi. Si je recule, tuez-moi. Si je meurs, vengez-moi. » Il arrache le mouchoir rouge dont il a ceint sa tête et fait taire Talmont :

— Quand il est question de l'esprit des femmes, vous êtes imbattable. Mais quand il s'agit des têtes de colonne de nos paysans, monsieur de Lescure, monsieur Charette et moi les connaissons mieux que vous.

Je n'ose leur dire vraiment ce que je pense : tous ces chefs font fausse route. Ils appliquent les règles classiques des manuels des écoles militaires. Nous nous rendons à une nouvelle bataille rangée, sur un terrain plat, en campagne rase, face à la ligne régulière de troupes aguerries, rompues à la manœuvre. Nous avons quitté nos buissons. C'est nous qu'on va pêcher à la bouteille.

La grande plaine de Luçon nous attend. Les étendards des « moutons noirs » font claquer les jurons, les bannières des Angevins vibrent de mille cantiques qui se perdent dans les blés.

Hélas, les choses se passent comme je l'avais craint : pas de ligne de bataille, pas de déploiement, mais plutôt l'enchevêtrement inconséquent de nos armes, artillerie, cavalerie et infanterie... L'impuissance, le désordre : si jamais nos canons tirent, ils tuent nos cavaliers qui piétinent nos troupes. L'artillerie volante des Bleus nous décime. Déroute totale. Retraite forcée vers Sainte-Gemme. Isolement périlleux. Je me retrouve avec un petit détachement de quatre cavaliers, cerné par trois hussards bleus qui se jettent sur moi. Je me risque à les affronter seul ; j'en sabre deux et je mets le troisième en fuite. Un peu plus loin, j'entends un blessé qui supplie dans un fossé :

— Ne me laissez pas là, ayez pitié. Prenez-moi sur votre selle.

Personne ne s'arrête. Il ne sera pas dit qu'à l'armée de Charette, on abandonne les blessés, les soldats, les braves. Le pauvre diable m'aperçoit :

— Mon général ! Mon général ! Sauvez-moi !

Je mets pied à terre pour charger le blessé en croupe ; je l'attache à mon dolman avec mon écharpe de commandement, le serre contre moi et reprends mon galop. Arrivé au cantonnement, notre cher médecin, Nicolas Buet, me recommande de ne pas bouger de mon cheval. Je comprends que mon blessé a perdu tellement de sang — caillé par le soleil — que ses vêtements sont collés à mon habit. Si on ne prend pas de précaution pour nous détacher l'un de l'autre et nous séparer, l'hémorragie sera mortelle pour mon compagnon de voyage. On prendra le temps. On le sauvera.

Les Angevins sont repartis vers leurs cantonnements en prenant le chemin des Mauges. Nous marchons vers le camp de Legé en passant par Bournezeau. La chaleur, insupportable, porte les blessés à chercher de l'eau n'importe où. Hélas, les gourdes sont vides et nous n'avons plus de réserves. Les hommes courent aux flaques d'eau. La tentation des mares est redoutable, fatale à la santé des assoiffés qui se risquent à y boire les poisons saumâtres qui tranchent les entrailles.

Nous arrivons enfin chez nous, le dix-sept août. La maison Le Bouvier me fait le meilleur accueil. Bienheureuse paillasse pour une nuit sans fin. Pourtant, c'est l'impatience qui me sort du lit au petit matin. Je veux savoir ce qui se dit et ce qui se prépare à Nantes : la revanche de Machecoul. J'attends le retour des courriers qu'au moment de notre départ des faubourgs nantais, j'ai égaillés dans les ruelles et qui se sont infiltrés dans la ville.

Un beau soir, je vois revenir, exténuée, la brave Françoise Desprès, une femme borgne, qui, pour mieux tromper les Bleus, fait la sourde et la béquillarde. Elle sort, des poignées de ses deux béquilles, des liasses de petits papiers qu'elle y avait glissés.

Quelques heures après, c'est Marie Lourdais, « ma Bretonne » si précieuse, qui est de retour au camp. Imperturbable, chaussée de pantoufles de boue fixées par des ficelles, elle continue à pousser sa petite charrette de mercerie, chargée d'effluves de savon et de miel sauvage, qui couvre toutes ses missions. Elle sort et rentre de Nantes comme elle veut. Elle y vend ses articles contre des journaux.

La nouvelle instruction que j'avais confiée à « la béquillarde » et à « la Bretonne », c'était d'assister aux séances des clubs et du tribunal révolutionnaire. Entre nous, on appelle cela : « aller à la source ». Et la source est aujourd'hui débordante, un flot de verbe et de sang, un torrent de haine.

J'ai là, sous les yeux, les journaux qu'elles m'ont rapportés : *Le Patriote français* du mois de juillet, *Le Journal des Jacobins* du mois d'août. Une litanie d'exhortations fiévreuses. On désigne la population de Vendée comme la « race rebelle ». Dans *Le Journal des Jacobins*, Robespierre, donne le ton : « Il n'y a plus que deux partis en France, le peuple et ses ennemis. Il faut exterminer tous ces êtres vils et scélérats qui conspirent éternellement contre les droits de l'homme et contre le bonheur de tous les peuples. Nous sommes devant un terrible dilemme : ou bien la Vendée est déclarée coupable. Alors, ce que nous avons fondé est légitime. Ou bien la Vendée est déclarée innocente. Alors, pèsera, sur chacun d'entre nous et sur la Révolution tout entière, un terrible soupçon. » Ce missionnaire de la Convention explique que le salut public commande de « fabriquer une humanité nouvelle ». Il entend apporter des « bonheurs tout neufs à une espèce humaine régénérée » et il invite à éliminer « tout ce que la France renferme de rebelles contre l'humanité et contre le peuple ».

La Vendée est devenue ainsi un territoire à part, réputé appartenir à « une humanité ancienne ». Elle n'est plus en France — dans la France des « patriotes ». Pour les vainqueurs de la guerre d'Amérique, ainsi désignés à l'infamie, le coup est rude.

Françoise Desprès me fait lire un discours d'un Vendéen de Rocheservière, député à la Convention — un certain Fayau : il demande, sans ambages, qu'on rase son fief d'élection, la Vendée, afin « de purger le sol de la Liberté de cette race de brigands ».

Mon fidèle Pfeiffer, qui, revêtu de son ancien uniforme de la compagnie des chasseurs de Cassel, est allé rôder dans les bourgs, me rapporte une affiche fraîchement collée sur les murs des lieux publics. Je comprends que ce n'est plus Nantes qu'on veut diriger sur la Vendée, mais Paris. Le décret, daté du premier août, va rendre plus difficile ma guerre des buissons car ils vont tout brûler. Le Comité de salut public et la Convention entendent réduire le territoire de la Vendée à un désert de cendres : « Il sera envoyé par le ministre de la Guerre des matières combustibles de toute espèce, pour incendier les bois, les taillis et les genêts. Les forêts seront abattues, les repaires des rebelles seront détruits, les récoltes seront coupées par les compagnies d'ouvriers pour être portées sur les derrières de l'armée. Les bestiaux seront saisis. Les femmes, les enfants, les vieillards seront conduits dans l'intérieur. » Autrement dit déportés.

Marie-Anne nous rejoint, chargée d'épouvante. Elle a vu Boursier. Il lui a transmis un message de reconnaissance — on l'a sauvé en le cachant à la Fonteclause — mais aussi d'alerte :

— Vous allez vivre l'enfer. Dis-le à ton frère. Vous êtes perdus. Ils vont brûler tout ce qui pousse dans les champs et déporter les populations.

Au même moment, j'apprends la nomination d'un nouveau chef bleu qui a les finesses vespérales d'un ancien brasseur de bière, le général Santerre. On me dit qu'il aurait demandé, à jeun, aux autorités, qu'on lui fournisse des mines pour faire sauter le pays et des fumées soporifiques pour l'étouffer. Ils veulent l'asphyxie générale[1].

---

1. Document n° 1, en annexe.

L'ARMÉE DE FAÏENCE

Le petit bourg de Legé voit affluer des milliers d'épouvantés qui viennent là se blottir, chassés par les premières dévastations des brûleurs. On me demande asile et protection. Un asile précaire. Je n'ai même plus de sentinelles, j'ai de nouveau perdu mon armée. La plupart de mes paydrets ont regagné leurs fermes du pays de Retz pour rentrer leurs récoltes ; et les vignerons du Loroux sont partis toiletter les pressoirs des vendanges. On manque de bras, on manque de pain. On danse quand même pour oublier les tourments et prolonger l'été, sous l'orage qui se forme. Je retrouve mes brigandes, teint de velours, lame d'acier : la « Créole » Adélaïde se balance comme une liane, l'« Irlandaise » Céleste tricote à la veuze une ballade celtique qui me donne toujours le même frisson, la « Houssarde » Pauline Loiseau danse du sabre sous la cornemuse et les sabots-claquettes.

Elles font le coup de main, avec moi, à La Roche puis aux abords de Nantes. L'Irlandaise est aussi adroite à l'espingole qu'à la veuze. Une note, une balle. Elle fait tourner ses pistolets sous les yeux effarés des dragons et commande elle-même une compagnie de chasseurs. Mais les troupes de ligne qui sont en face de nous disposent d'une artillerie trop puissante, qui repousse nos assauts.

L'insuccès des armes aiguise la fatigue, la lassitude ; le corps ne suit plus. Au moment de faire demi-tour, à Pont-James, je suis pris d'un accès de fièvre soudain. Un mal poitrinaire qui m'oblige à garder le cantonnement. L'aumônier ordonne des dizaines de chapelet. Le docteur Buet me prescrit une douzaine de sangsues, fraîchement pêchées dans les marais ; je les garde deux jours derrière les oreilles pour me tirer le mauvais sang. Pas le temps de se plaindre et de penser à soi. Il faut rentrer à Legé.

Il serait raisonnable, pour mes amazones, de ne plus demeurer en ce retranchement peu sûr. Marie-Anne retourne à ses nippes de cuisinière. C'est à une veuve, madame Collinet, d'une famille de patriotes qui a de solides accointances chez les Bleus, que je la confie pour qu'elle rejoigne Nantes par des chemins choisis et un insoupçonnable sauf-conduit de « bonne citoyenne ». À son tour, Adélaïde me fait ses adieux. Moment déchirant. Sur le quai du lavoir. Elle a choisi de partir en lingère : roide corset à baleines, grand devantier à drap de lit. Un rien l'habille. Quelle allure ! Une lingère de haute literie, silhouette admirable avec ce panier de javelle sous le bras, les cheveux emprisonnés en arrière sous un bonnet à ailes de pigeon.

Je la regarde, sur le chemin de Challans, qui s'éloigne, le cœur serré. La liane se perd dans les arbres. Elle disparaît. La reverrai-je un jour ?

Je reviens sur la place de l'Église. Il faisait beau ce matin et puis le soleil s'est voilé, le ciel se charge à présent de nuages qui ne sont pas à lui, des fumées lourdes de main d'hommes que le vent porte jusqu'à nous depuis les alentours. Mauvais présage. Un marin sent le temps qui vire à l'orage, il voit les mouettes qui le quittent pour aller se réfugier dans les terres. L'orage est là, il avance sur nous, un déluge de feu qui pousse familles et troupeaux à fuir vers les derniers lopins encore exemptés par la course des flammes. On voit détaler des chiens sans maîtres et des veaux qui réclament leurs mères. On entend des cris d'un autre monde. La mort hurle au loin. L'odeur des bois embrasés incommode les haleines. Le bourg de Legé ne ressemble plus à un quartier général mais plutôt à une tribu errante, livrée aux gémissements irrépressibles de la panique.

Partout le désordre, la confusion. L'affolement, la grande braille des enfants estropiés par les brûlures, l'impuissance des mères sanglotantes qui implorent en vain des secours illusoires. Que faire?

La guerre d'extermination vient de commencer. Ce ne sont plus des mercenaires bourgadins — les gardes nationaux — qui sont jetés par la Convention sur les routes de Vendée, mais les meilleurs soldats du monde. Ils ne viennent pas seulement pour se battre mais pour livrer le pays aux flammes et le consumer. Afin de laver la tache de honte de cette terre d'ancienne croyance, qui « résiste aux droits de l'homme ».

Il s'agit désormais d'appliquer à la lettre les instructions écrites de la Convention, en date du premier août, c'est-à-dire d'anéantir par le feu l'« asile du crime, qui ne doit pas souiller plus longtemps le sol de la Liberté ». Car la Vendée est une souillure. Cette nouvelle armée, qui entre chez nous, s'est déjà mise au travail : devant elle, la terreur et les charrettes de soufre; derrière elle, les bois décapités de braises ardentes, les fermes incendiées et les monceaux de cadavres.

Elle arrive de loin, cette armée aux disciplines scrupuleuses qui glace les courages. Troupes redoutées, chefs redoutables. Ils sont douze mille soldats réputés invincibles. Connue dans toute l'Europe, depuis

436

le siège qu'ils ont soutenu pendant quatre mois, à un contre cinq, dans une ville affamée. Cette ville — allemande —, ils l'ont quittée invaincus, défilant, impeccables, hâves, la joue creuse, l'œil vif, devant des Prussiens ébahis. Avant de partir tête haute, brandissant leurs fusils, ils ont mangé le dernier rat de la ville. Ce n'est pas la mitraille qui les a eus, c'est la famine.

Ces « héros » blêmes, aux vestes blanches, ont pour mission de laver l'impureté d'une terre vomie, la Vendée. Commandée par le « dieu des batailles », Kléber, l'Alsacien à la crinière fauve, s'avance l'armée de Mayence. Devant elle, tout plie, tout s'effondre et se désintègre. Elle se dirige vers notre camp. Elle vient sur moi. Je me dérobe. Et donne l'ordre d'évacuer Legé pour aller vers Montaigu, au pays des marches de la Bretagne, du Poitou et de l'Anjou. J'irai chercher là-bas du renfort sur le territoire même de la Grande Armée, que sa propre défense va forcer de se joindre à nous. Je fais enterrer mes canons et sors par la route de Rocheservière, pour pousser la longue colonne trébuchante de l'exode.

Quand les Mayençais entreront dans Legé, ils ne trouveront plus âme qui vive, à part une vieille folle qui hurle, sur la place du Marché, qu'elle est « la femme de Néron » et que « tous les fous sont partis, preuve de leur folie ».

Le convoi progresse lentement, sous la pluie, dans la boue. Une longue traîne désespérée où se pressent mes soldats qui, au premier bruit suspect, jettent leurs armes. Les charrettes encombrent les chemins, s'accrochent et se renversent sur des vieillards. Au bord de la route, quelques paysannes égarent leurs instincts élémentaires ; la frayeur leur a tourné la tête : ici, des mères décrochent du convoi et serrent, contre leur sein, leur nourrisson, culbutant au fossé pour attendre la mort et y laisser mourir leur petit. Un peu plus loin, au contraire, des femmes laissent tomber de leurs bras leurs enfants pour s'enfuir plus vite — pauvres mères chez qui la peur a étouffé la voix de la nature...

La colonne d'angoisse — un flot humain qui s'étire sur deux lieues — entre dans le bourg de Montaigu, où elle est vite bousculée, baïonnette aux reins, par les escadrons des « hussards américains » de l'inévitable Beysser. La vigueur de la charge porte à la prudence les plus audacieux de mes hommes. À peine entrés dans Montaigu, nous en sortons pour reprendre la marche vers Tiffauges, où la jonction doit se faire avec les autres chefs vendéens, pour la bataille décisive. C'est l'heure du grand choc avec Kléber. Les Tigres contre les Lions. Je retrouve Lescure, Bonchamps, d'Elbée... Nous sommes en force : trente mille. Ils ne sont que cinq mille. Je passe en revue ma troupe :

— Mes amis, c'est ici qu'il faut sauver notre pays d'une entière destruction.

À l'aube, on aperçoit, depuis les hauteurs de Torfou, qui se rapprochent, les premiers plumets rouges. Ce sont les bataillons d'assaut de l'armée de Mayence. J'embusque trois cents tirailleurs dans les jardins du village, sur les pentes qui dévalent vers Tiffauges. Je sens que cette guerre sera ma guerre, à nouveau. Une guerre de couverts et de talus. On les attend, le genou en terre, derrière les chênes têtards, enfouis dans les genêts, prêts à leur sauter au cou.

Quand ils arrivent à Torfou, les brûleurs font ce qu'ils savent faire : ils mettent le feu. Le bourg se transforme en une torche vivante. C'est la fuite éperdue qui recommence. Les cris d'horreur, les courses folles, la terreur. Et encore la déroute. L'impassible brigade des Mayençais avance inexorablement. Elle cherche les grands espaces, une compagnie de sapeurs ouvre les passages dans les champs. Les Mayençais ne reculent jamais de plus de trente pas avant de se remettre en bataille. Nous essuyons leurs feux de file, aussi réguliers que des roulements de tambour. Je n'ai jamais vu un tel sang-froid. Chacun de nous devine que nous n'avons plus affaire à des recrues mais à des soldats au métier éprouvé. La panique se met dans nos rangs, chez mes gars. Ils dégringolent en désordre vers Tiffauges, à leurs cantonnements.

Kléber fait battre la charge et les Mayençais, baïonnettes hautes, fouillent la fougère, débusquent les derniers penauds feuillus de la tête aux pieds.

Je me retrouve presque seul avec les paroisses de Lescure et les suisses — survivants du dix août — qui ont rejoint Cathelineau, le « saint de l'Anjou ». Ils essuient le feu de file le plus soutenu sans broncher.

Je mets pied à terre, décroche mon espingole du troussequin de ma selle. Et je hurle en jetant mon chapeau par-dessus les buissons :

— Rembarre ! Rembarre ! Qui m'aime me suive !

Et voilà que monte, en écho, depuis les rives de la Sèvre, une horde furieuse et vociférante. Ce sont les femmes de Tiffauges qui donnent de la fourche sur les fuyards, leurs maris ou leurs frères, et les frappent du sabot. Une pluie de pierres et des bordées d'injures s'abattent sur les lâches et les ramènent au feu.

La petite Perrine — ma Houssarde — n'est pas la dernière à foncer dans la mêlée. Elle abat, devant moi, trois Bleus. Un Mayençais lui fend la tête. Juste à côté d'elle, soudain, d'un fossé d'ajoncs, jaillit l'Irlandaise. Elle est magnifique. C'est Minerve. Elle venge la petite Perrine. Toute l'armée vendéenne reprend la marche en avant. Mes gars sont revenus.

Ils se ruent sur les pièces, massacrent les servants, éventrent les chevaux. Je me retire un instant. J'ai reçu cinq balles dans mes habits. Kléber ne me voit pas, il est à vingt pas derrière la haie qui m'abrite. Mais j'entends l'expression de sa froide colère :

— Tiaple! Ces pricands-là se pattent pien!

Très vite, les Mayençais laissent là leur bagage : vingt et une pièces de canon, dix-neuf caissons. Je donne l'ordre de presser l'arrière-garde et de lui fermer la retraite. J'en ai perdu mon cheval. Je titube, en loques. Mon panache est parti en fumée. Je suis méconnaissable. Boueux, terreux, écorché. Mais vainqueur.

L'armée de Mayence ne nous fait plus peur, un mot fuse sur le plateau de Torfou, repris en cœur :

— Armée de Mayence, armée de faïence, qui ne tient pas au feu!

Nous avons mis en déroute « les meilleurs soldats du monde ». La nuit qui s'annonce sera longue. Une nuit de fête. Qui commence par une courte cérémonie d'action de grâces; les bannières angevines et les étendards maraîchins s'inclinent et se confondent dans les mêmes cantiques.

Nos lieutenants et nos troupes s'agenouillent ensemble. Les cœurs s'abîment à l'unisson dans le recueillement. On écoute l'abbé Remaud qui élève nos visages de cendre vers les Écritures : « Tu es poussière, et tu retomberas en poussière. »

Puis vient le moment de passer à la cave. « Pour fixer la poussière ! » Les Maraîchins et les Angevins — les premiers qui marchent plutôt à l'eau-de-vie et les seconds à l'eau bénite — boivent à la même barrique. Un petit vin de coteau, un peu pentu, mais de belle humeur et qui nous tient en joie. On embarde dur jusqu'au petit matin.

LA SÉCESSION

Quand le jour se lève, je fais battre le rappel. Nous quittons les bords de Sèvre pour aller taquiner le goujon, sur la Maine, à Montaigu. Au moment de forcer des trois côtés l'entrée de la ville, on vient me prévenir que le général Beysser — du fretin par rapport à la belle nasse de Torfou — tarde, attablé devant le château, où il soupe avec son état-major. Surgissant au galop par la route de Tiffauges, nous le surprenons en pleine bombance. Mon meilleur cavalier, Prudent de la Robrie, d'un geste de cosaque, enlève furieusement sa monture et traverse d'un trait, dans sa course, la table de batterie, arrachant au passage, à la pointe de son sabre, la nappe et l'argenterie.

Frayeur des convives. Ils tombent à la renverse. Salve de rires de mes cavaliers, qui tirent en l'air. Je m'approche de Beysser, et, pour le narguer, je lance aux Bleus :

— Nous sommes venus faire la vaisselle !

Deux heures après, la vaisselle est faite, nous avons repris la ville. Les régiments de ligne et les dragons de Lorient abandonnent sur place leur artillerie et s'enfuient par la route de Nantes. Du moins, ceux qui peuvent encore courir, car j'ai donné l'ordre de ne plus faire de prisonniers.

La colère de mes gars se gonfle en effet d'une découverte macabre : du fond d'un puits devant le château, ils remontent un corps qui a été dépecé ; c'est l'abbé Bonin, chanoine du chapitre de Montaigu. En forme de représaille, le puits va se remplir des cadavres sanguinolents des grenadiers de Beysser. La loi du talion.

On me presse d'aller secourir Bonchamps pour anéantir les Mayençais, du côté de Clisson. Mais il me semble plus urgent de marcher sur Saint-Fulgent, investie par l'armée bleue des Sables, à trois lieues de Montaigu.

Comment pourrait-on combattre toute l'armée de Mayence avec l'armée des Sables dans le dos ? J'envoie un émissaire à Bonchamps sur sa route, l'invitant à la patience. Et je dirige mes troupes vers Saint-Fulgent. Quand nous arrivons dans le bourg, il fait noir. Un ancien musicien des gardes suisses, qui a quitté la Grande Armée et m'a rejoint, tire une clarinette de son sac et, pour se moquer des Bleus, se met à jouer, en dansant *Ça ira*. Nos canons, qui marchent à l'avant-garde, avec Savin, engagent le feu contre les pièces des Bleus. Le vieux Joly a fait fabriquer des torches de rousine qui ouvrent notre chemin et effrayent l'ennemi. L'entrée dans Saint-Fulgent se fait, derrière les torches, les veuzes et les tambours prélevés sur les Mayençais, d'une sonorité lugubre.

Je fais monter en croupe un petit paysan qui bat du tambour à tour de bras. La cavalerie nous suit, derrière Joly et Savin. La rue est à nous. Toute la nuit, on massacre à la torche les fuyards dans les obscurités des taillis.

Mais pendant que mon armée s'attarde à poursuivre les Bleus, nos amis — les Angevins — se sont emparés de notre butin — les chariots, les obusiers, les chevaux. Alors nous courons aux Herbiers pour chercher la part de prise qui nous est due. On se dispute, entre Maraîchins et Bocains, toutes les dépouilles, jusqu'aux futailles. La Grande Armée s'en est allée en emportant même les farines. Nous voilà réduits à vivre de navets et de racines qui nous causent une terrible dysenterie. Je ne laisserai pas l'offense sans réponse.

J'irai chercher à Mortagne ce qui est dû à mon armée. Hélas, tout a déjà été distribué — chaussures et effets de lingerie. Là encore, on me refuse ma part.

Et celui qui me chicane est un marin, un ancien lieutenant de vaisseau comme moi, Bernard de Marigny. Donc un homme du métier qui connaît les usages ; on ne fait pas cela dans la Marine. Il est clair que les Angevins me font payer mon refus d'aider Bonchamps à couper l'armée de Mayence de sa ligne de retraite. Je quitte le bocage sans prévenir personne. On m'accuse d'ingratitude et de légèreté. En mon for intime, je sens monter le remords. Les Angevins me reprochent de « les laisser dans l'embarras dont ils m'ont tiré ». Quel danger pouvait bien, en effet, représenter l'armée des Sables par rapport à l'armée de Mayence ? Nous n'avons sans doute pas su exploiter la victoire de Torfou pour mettre Kléber hors de combat. Il aurait fallu le poursuivre jusqu'à Nantes. Mais il aurait fallu aussi qu'on me traitât différemment.

Je pressens, en ce moment de trouble, malgré l'enchaînement de trois victoires, que ma rupture avec la Grande Armée me sera imputée par ses chefs, que la sécession va désormais peser sur le cours de la guerre et nous isoler mortellement les uns des autres, face à l'ennemi commun, qui ne pense déjà qu'à se revancher.

Le retour sur Legé est un calvaire. Les arbres abattus, déchiquetés, encombrent les routes. Nous traversons des villages dévastés : moignons de ruines, toitures déchirées, éboulis noircis, cadavres démembrés, bestiaux éventrés, putréfaction de jeunes corps suspendus à des poutres de granges. J'entends, dans le lointain, mes soldats, rentrant chez eux, qui hurlent d'effroi. Ils viennent de retrouver leur maison détruite, leur foyer souillé, leur femme déshonorée. Ni la vieillesse, ni la maladie, ni les supplications n'ont arrêté les mains misérables des ravageurs, des soldats de la Loi — parfois des officiers supérieurs.

À Legé même, mon lieutenant Lucas attire notre attention sur un alignement monstrueux de femmes outragées et d'enfants embrochés, qui ont été rangés avec une symétrie barbare, sur la prairie où l'on dansait. Torpeur. Désolation. On immole une population.

Une de mes étapières des Sorinières m'apporte, le trois octobre, *Le Journal des Jacobins*; il publie un réquisitoire sur « l'inexplicable Vendée qui existe encore » prononcé à la tribune de la Convention, avant-hier, et qui change la nature de la guerre : « Détruisez la Vendée! La Vendée, et encore la Vendée! Voilà le chancre politique qui dévore le cœur de la République française. C'est là qu'il faut frapper, d'ici au vingt octobre, avant l'hiver, avant que les brigands trouvent l'impunité dans le climat et dans la saison. »

Au nom du Comité de salut public, le député Barère annonce, pour l'automne, la *disparition* de la Vendée. D'un revers de manche qui balaie les nuances et d'un trépignement de lutrin qui lève les dernières convenances, le Comité désigne la Vendée à la « dépopulation » :

« Citoyens,
La Vendée, ce creuset où s'épure la population nationale, devrait être anéantie depuis longtemps. »

L'épuration va commencer. C'est-à-dire le massacre, au nom du Peuple, d'une partie du Peuple.
Boursier, l'ancien procureur, me fait parvenir secrètement un message soucieux. Il a pris ses distances avec son ami Fayau, le député de la Vendée, à qui il reproche d'avoir déclaré à la Convention : « On n'a pas assez brûlé dans la Vendée. La première mesure à prendre est d'y envoyer une armée incendiaire. Il faut que, pendant un an, nul homme, nul animal ne trouve sa subsistance sur ce sol. » Par ailleurs, il a appris par le « bon docteur » Julien Lefebvre — le cousin conventionnel — que la « Terreur a été mise à l'ordre du jour ». Cependant, Robespierre aurait quelque peu troublé les bourgeois nantais,

en déclarant : « Quand je vois à quel point l'espèce humaine est dégradée, je me convaincs moi-même de la nécessité de créer un nouveau peuple. » À Nantes, les acquéreurs de biens nationaux cherchent à savoir s'ils font partie du « nouveau peuple » ou de « l'espèce humaine dégradée », car ils ont lié leur opulence toute neuve à la fortune de la Révolution.

Dans les hôtels du quai de la Fosse et de l'Île-Feydeau, l'aubergiste de Couffé incline à penser que Robespierre va peut-être un peu loin : « Il veut le recommencement absolu de l'Humanité. C'est beaucoup de travail. »

Marie-Anne, qui guette de son oreille de fausse cuisinière toutes les conversations de la société nantaise culottée aux idées nouvelles, remet à Marie Lourdais un petit billet : « Le commissaire délégué par le Comité de salut public demande que la Vendée soit entièrement régénérée par les colons français choisis dans les meilleurs départements de la République ; que les enfants, les femmes des rebelles et le reste des habitants de la Vendée soient dispersés sur tous les points de la France, ou déportés à Madagascar. »

LA NUIT DU GOIS

Où ALLER ? Où dormir ? Où finir nos jours ?

On ne peut pas rester à Legé. Rien à manger, une ruine infestée de grolles coassantes, de loups et de chats sauvages. Il n'y a plus d'armée. Mes soldats sont partis chez eux. Je suis redevenu un chef de bande. Joly et Savin ne donnent aucune nouvelle. Mes principaux lieutenants, les frères La Robrie, Le Moëlle, Davy Desnaurois égrènent les défections des paroisses. C'est la grande désertion. Comment retenir les derniers combattants ? Soudain, le marin remonte à la surface. Il faut changer de guerre, passer de la terre à la mer, s'ouvrir sur l'océan. J'ai conservé des intelligences dans les îles. J'envoie « ma Bretonne » chez madame Mourain de l'Herbaudière. Par une lettre pressante, elle me répond : « Emparez-vous de Noirmoutier ! »

Je vais réaliser mon rêve d'ancien officier de marine : tenir un port de mer. J'y attendrai les

Princes français et monsieur Hector, qui, depuis l'Angleterre, sont en quête de débarquement et ces pygmées d'émigrés qui finiront bien par venir se battre avec les géants de Vendée.

Je concentre ma petite armée sur la côte ; hélas la première tentative échoue ; un malencontreux coup de canon venant de l'île a semé la panique. Impossible de faire avancer les paroisses. On rebrousse chemin.

La deuxième expédition sera la bonne, grâce à la complicité des pêcheurs du petit port de vase de L'Époids, à l'embouchure du Daim, qui se remplit et se vide à chaque marée. Une flottille d'une quarantaine de barques gréées, truffées de pièces d'artillerie et de soldats de Barbâtre, connaissant l'île par cœur, embarquera notre avant-garde. Le onze octobre, à minuit, elle met à la voile, s'éloigne de la côte, échappant à la vigilance nocturne des batteries de Noirmoutier. Tous feux dissimulés par les cabanes de pêcheurs, nous préparons notre départ. Il va falloir traverser un bras de mer, le Gois — le gué —, c'est-à-dire un banc d'une lieue de long, qui, à marée haute, se couvre de plusieurs brasses d'eau. Quarante minutes seulement après qu'elle s'est retirée, la mer revient sur la chaussée, à l'allure d'un galop de cheval, qui pousse un courant puissant et dangereux.

À deux heures du matin, je m'avance le premier, à la tête d'une longue file pataugeante de trois mille hommes d'infanterie.

Notre traversée coïncide avec l'amorce de la marée montante. J'ai choisi ce moment à dessein. Il s'agit de couper toute velléité de retraite, d'empêcher tout retour en arrière. Je m'adresse à ma troupe :

— Mes amis, c'est ici qu'il faut vaincre ou mourir. Prendre pied sur l'île ou périr noyés. Nous allons surprendre l'ennemi. Je vous demande de marcher en silence. La mer monte. Inutile de vous retourner. Il n'y a de retraite ni pour vous ni pour moi. Portez vos fusils au-dessus de vos têtes. Ne mouillez pas vos poudres. Avançons.

Il y a déjà deux pieds d'eau, il va falloir goiser plus vite. L'eau va bientôt couvrir le chenal.

J'entends les premières frayeurs. Mais la mer, sauvage, s'avance et ferme le passage. Les soldats traînent, ils rechignent car ils devinent le trouble de notre guide Palvadeau — pourtant expérimenté — qui a perdu ses repères et cherche sa route. Quelques chevaux se noient. Début de panique dans les rangs. Je fais quérir l'Irlandaise, avec sa cornemuse, et j'ordonne à la musique de passer en tête :

— Sortez-moi des accords de feu.

L'orchestre joue *Le Printemps* de Vivaldi. Les gâs ont de l'eau jusqu'aux épaules ; les sabots accrochés dans le dos, les gargousses à bout de bras, ils marchent pieds nus et se plaignent des moules et coquillages qui leur coupent les pieds. L'Irlandaise met le feu à la mer. Les violons affleurent tout juste. Les archets sont trempés. On hale les chariots de munitions contre le courant, on jure qu'on va faire danser les Bleus. Les veuzes arrachent à l'écume des accents furieux. Il est temps de prendre terre ; nous touchons enfin à un talus de sable, à une demi-lieue de Barbâtre.

La canonnière du Gois, qui vomit ses boulets, nous défie et engerbe la marée haute. Je m'approche du commandant de l'artillerie de l'île, je l'abats d'un coup de carabine. C'est le capitaine Richer, je ne l'avais pas reconnu. Un vrai soldat. J'invite son jeune fils, aussi brave canonnier que son père, à capituler dans l'honneur.

Il est quatre heures du matin. Mon armée s'engage au milieu des marais salants, sur la grande Charraud. Nous mettons le cap sur Noirmoutier. Notre progression nous conduit jusqu'à la place d'armes. Mon arrière-garde traîne à bras nos pièces d'artillerie. La garnison met bas les armes. Tous les chevaux, les fourrages, les avoines nous sont remis en bon état.

Le chef de bataillon Wieland, qui commande la place, demande à me voir. Les larmes aux yeux, il détache son sabre et me le remet. Je le lui rends et le fais prisonnier sur parole : il n'aura qu'à signaler sa présence chaque jour au nouveau commandant.

Madame Mourain m'ouvre sa belle maison, l'hôtel Jacobsen, appartenant à une vieille famille hollandaise de bienfaiteurs et de savants qui ont su apprivoiser la mer. J'installe mon quartier général sur la place d'armes et je fais monter le pavillon royal sur les tours du château. Puis je nomme un nouveau gouverneur de l'île, le chevalier René de Tinguy, ancien commissaire de la Marine. Deux cents prisonniers, dont le fils Richer, ont été confiés à Pageot, le sardinier de Bouin. Il les fusille. Une faute indélébile. Je lui témoigne publiquement l'horreur que me cause cette « barbare exécution ». Je donne ordre d'équiper un petit bâtiment afin que mon aide de camp, La Robrie, porte la nouvelle de la prise de Noirmoutier aux Princes : la voie de la mer leur est désormais ouverte.

Le quinze octobre, jour de la Sainte-Thérèse d'Avila — la sainte préférée de ma mère —, je repars sur le continent.

L'ARMÉE DES NINGLES

C'est à l'orée de la forêt de Touvois, notre nouveau refuge, que je vois revenir, au petit jour, un détachement de cavaliers de mon armée, qui, après nos derniers engagements en haute Vendée, était resté aux confins des terres de l'Anjou. Sur le visage de Bodereau, l'officier valeureux qui commande le petit escadron des moutons noirs de retour au pays, je devine les malheurs qu'il va m'annoncer : la Grande Armée a quitté la Vendée. Elle s'est expatriée. Elle a traversé la Loire, à Saint-Florent-le-Vieil, et remonte vers la Bretagne et la Normandie. Une colonne de cent mille Vendéens. Les trois principaux généraux de l'Anjou — Bonchamps, Lescure, d'Elbée — sont entre la vie et la mort. Quelle erreur d'avoir quitté le pays ! Et quelle erreur de ne pas les avoir secourus ! Tristesse. Regrets.

J'apprends que, finalement, le général d'Elbée n'a pas franchi la Loire ; et qu'il est resté sur la rive gauche. Son escorte le porte vers le bocage, je le reçois à mon cantonnement, dans une clairière, à Touvois. On le brancarde jusqu'à Noirmoutier où son arrivée est saluée par les honneurs militaires. Il trouvera là le repos pour ses quatorze blessures et la protection de ma garnison pour ses proches.

Hélas, on me prévient que la Convention vient de lancer un ordre terrible : « Reprendre Noirmoutier ou l'engloutir dans la mer. » J'accours. C'est un corps d'armée de six mille hommes qui vient sur nous, commandé par un soldat de grande valeur, Haxo.

Le cercle de fer et de feu se referme sur mes courses entre Challans et Beauvoir. Je suis cerné de toutes parts, acculé à la côte, il ne me reste que huit lieues de terrain, puis un îlot — le marais de Bouin — défendu par une poignée de survivants face à un corps d'armée. Je tente une sortie vers le Gois. Impossible. Nous sommes à marée haute. La mer est méchante et l'île inabordable. Un rempart d'écueils — les Roches — ferme l'océan. Il faut s'échapper par les marais, dos à la mer. L'œil perd ses repères. Pas un arbre, pas une bouillée, pas un taillis, pour s'orienter ou se cacher. Partout une mer piquetée d'ajoncs, parsemée de quelques bourrines de torchis, qui semblent posées sur un lit de vase.

J'ai découvert, il y a trois ans, ces paysages — en des temps pacifiques. Il y a, d'un côté, l'océan, de l'autre, les centaines d'étiers — des fossés d'eau salée, glacée — et puis la rivière, le Daim, où s'aligne en face de nous le corps d'armée des six mille Bleus qui installent leur campement dans la tranquillité du jour qui s'en va. Nous avons le choix entre deux noyades : en mer, d'un côté ; dans les étiers, de l'autre.

La nuit tombe. À moins d'un quart de lieue, je vois la ligne des feux de bivouacs. Les Bleus nous attendent. Ils ont tendu leurs filets, maillés de petites lucioles étincelantes qui vacillent dans les brumes. Ma troupe me suit du regard, cherchant à surprendre un sentiment qui les rassurerait : « Le général va bien trouver une musse, une trouée pour nous sauver ! »

Tout le bourg de Bouin est suspendu à ma parole. Mon armée en campagne a complètement changé d'allure : c'est une longue traîne de bottes trouées, tirant des charrettes de hardes, auxquelles s'accroche un piétinement de sabots et de vies brisées — des femmes, des jeunes filles, qui ont tout perdu et qui, dans leur exode, unissent ce qui leur reste, au cœur, de tremblement de vie, à ce qui reste au pays de petite lumière combattante.

Je rassemble mes débris d'armée :

— Personne, ici, n'ignore le danger qui nous menace. Mais il n'y a pas d'autre issue que d'aller se noyer dans la mer ou de jouer les sylphes pour enjamber la ligne des bivouacs. Alors nous allons danser toute la nuit pour dégourdir nos jambes… et faire travailler nos méninges pour trouver une sortie du piège.

Le bal commence, dans l'ancienne halle, immense, où sont apprêtées les longues tables de draps blancs des noces anciennes du temps de paix : l'Irlandaise et son entrain nous manquent. Elle est partie outre-Loire. C'est un bourdonnement de cornets à bouquin et de musettes qui remplace le frisson de la cornemuse. On martèle au maillet les barriques. On tape du sabot. On chante. On ripoune. On s'étourdit. Un premier couple s'élance. Le cavalier a empoigné sa ningle. L'art de sauter est un art qu'on apprend ici dès l'enfance. Il saisit la perche. Il appelle sa danseuse qui a pris soin de nouer un mouchoir blanc à sa taille pour que le danseur ne gâte pas l'étoffe de sa robe. Le maraîchin, à la ningle, doit montrer sa force ; et la maraîchine sa légèreté. La compagnie les soutient de ses cris. Les tambours aussi. Le roulement s'accélère, le danseur s'élève jusqu'aux poutres en levant sa cavalière à bout de bras. Le couple enjambe une table de batterie. On lève son verre, et on reprend en chœur le refrain :

Bien sauté le fossé,
Marié dans l'année !

Alors on boit à leur santé. Puis se prépare le deuxième couple. Qui franchit deux tablées. Le troisième se manque et s'étale sur les convives, en renversant la soupe à l'oignon. Hurlement de rires. Le moment vient où toute la halle se tourne vers moi. Je choisis la jeune Sophie de Couëtus, une libellule des marais. On s'envole. Une table. Deux tables. Trois tables. La halle chavire.

À la pointe de la courbe de la ningle, regardant les tables d'en haut, une idée me submerge — une ruse qui va nous sauver : si on peut sauter les tables, on pourra bien sauter les étiers et enjamber les bivouacs. Je commande trois cents nioles et huit cents perches. Juste avant le lever du jour. Les femmes iront se cacher dans le vieux clocher de l'église de Bouin. Les musiciens continueront à jouer pour tromper l'armée des Bleus qui, en entendant la musique, nous croira encore dans la vieille halle, à danser.

Il est cinq heures à mon petit horloge. Le campement bleu du Daim s'est assoupi. C'est le moment de la grande échappée. Les gâs s'étendent dans les nioles — les batelets maraîchins à fond plat goudronné, longs, effilés — qui glissent de fossé en fossé, invisibles, naviguant dans les contrebas, un à deux pouces de bord hors de l'eau.

Puis, dans le même mouvement, huit cents ningles aux pieds nus surgissent des étiers. Huit cents sauteurs s'élancent en même temps, se hissent et se balancent pour que les pieds accusent l'atterrissage sur les chemins étroits, entre les canaux.

Les Bleus voient arriver sur eux, dans les brouillards de l'aube, cette armée des ningles. Trop tard. Ils ont eu grand tort de s'installer le long du Daim sur une seule ligne, car cette ligne, infranchissable pour des fantassins, nous allons la transpercer par un bond de quinze pieds au-dessus de leurs tentes sommeilleuses aux chandelles fatiguées. Dans la même envolée, commandée par un vieux Bouinais capable de sauter quatre étiers à la fois, nous enjambons la rangée des bivouacs. Les ningles font de nous des géants, elles allongent nos jambes et agrandissent nos bras, elles les prolongent et rapetissent l'ennemi sous nos pieds.

Encore quelques sauts de l'autre côté de la rivière et nous voilà hors de portée de leurs canons, dont ils n'ont pas eu le temps d'ajuster la hausse.

Nous sommes tout de vase vêtus, échoués sur les berges des étiers ; les gibernes sont ruisselantes, beaucoup de gâs ont perdu leurs fusils. On a noyé les canons et abandonné les chevaux dans le bourg. Il faudra regagner sur l'ennemi tout ce qu'on a perdu. Le piège était redoutable. Nous l'avons déjoué. Les farfadets « nioleurs » du Marais sont plus difficiles à attraper que les chats siamois de Brest.

Et maintenant, on s'éloigne, à vive allure, pieds nus. On se sèche. On a faim. On a soif. On n'a rien à manger. On trouve juste un tonneau. Les gâs le défoncent; mais, comme on n'a pas de pot pour boire, on remplit un chapeau raballet, celui de Lucas. Chacun attend son tour, pour une gorgée. Toutes les bouches sont attachées au bord du chapeau graisseux. Un délice.

Hélas, j'apprendrai, dans quelques lieues, par mon aide de camp, d'Argens, qui nous a rejoints à cheval, que la porte du clocher a été forcée; les trois cents femmes — nos danseuses de la veille — qui s'y étaient entassées, ont été emprisonnées. Le lendemain, sous escorte bleue, nos pauvres cavalières du dernier bal ont pris le chemin de Nantes. Parmi elles, marchent, entravées, les deux filles Couëtus et leur mère, vers la prison du Bouffay, d'où on ne revient jamais.

Mon fidèle second, le chevalier Couëtus — le père et le mari —, le cœur transpercé, s'effondre. Il s'appuie sur mon épaule. La troupe, le voyant pleurer, s'inquiète. Je sens monter le doute, les gâs grelottent. La peur qu'ils ont eue leur revient après coup et les poursuit, image d'un cauchemar. Ils l'ont échappé belle. Ils veulent « rentrer à la maison ». Je passe dans les rangs. Pour leur parler :

— Chers amis, je sais qu'à cet instant, beaucoup d'entre vous songent à me quitter pour se retirer chez eux ou pour s'aller cacher dans les bois. Je vous préviens de ce qui vous arrivera : ceux qui me suivront n'auront pas de mal ; mais ceux qui préféreront rester dans les buissons se feront égorger comme des gorets de fressure.

Silence. Lentement, sans un mot, on se remet en route. Aucun fuyard. C'est encore le courage qui l'a emporté. Jusqu'à la prochaine alerte. Désormais, il faut, chaque jour, dépister les armées à nos trousses, ne jamais camper deux nuits dans la même forêt.

C'est une nouvelle guerre qui commence, une guerre d'esquive ; on ne cantonne plus que par surprise. Il faut dérober sa marche à l'ennemi et cheminer sur les ventres de ces coquins pour leur arracher leurs chariots de subsistances. On va se nourrir sur la bête. On vivra, comme les chouettes et les fouines, la nuit. Et le jour, on s'enfoncera dans les bois, pour se reposer.

Je vais narguer les Bleus. En pleine forêt de Grasla, sous leurs yeux, avec un petit salut au Pavillon, je plongerai dans une cosse de frêne creusée par la foudre et je ressortirai, à l'autre bout, dans les marais salants, en jaillissant d'un mulon de sel. Ils me croiront devant eux, je serai sur leurs arrières, ils me chercheront dans les chemins creux, je serai déjà sur les dunes ; ils m'encercleront aux Quatre-Chemins, je n'y serai plus depuis la veille. Comme on ne me verra nulle part, on me croira partout. Je vais déranger leurs combinaisons, jusqu'à ce que leurs cartes de fouille et leurs plans de traque leur tombent des mains. L'usure. L'inopiné. La hardiesse : on brandit une mâture de drapeaux dans les genêts. Ils foncent sur les drapeaux. C'est un simulacre de charge. Nous nous sommes évanouis de l'autre côté. Astuce d'une petite armée d'embusqués qui vivra désormais sous terre. Entre l'arbre et l'écorce. Pour mener une guerre des entrailles.

Dans leur égarement, les conventionnels pensent que, s'ils changent les noms de lieux, déshonorés par l'ombre de nos passages, nous allons nous perdre en perdant la mémoire. Ce pauvre Luminais — le juge de paix — a obtenu une nouvelle « dénomination civique » pour la paroisse de Bouin, « l'Isle-Marat ». Noirmoutier va monter en relief : « l'Isle-de-la-Montagne ». Et la Convention dispose que la Vendée sera le « département Vengé ». Ils veulent prendre nos vies et effacer jusqu'à nos souvenirs. Ils croient qu'avec des lois, on change les mœurs et qu'on délie les serments. C'est ainsi qu'ils ont fait de cette terre meurtrie une cause. Dont nous sommes désormais la jeunesse, sacrifiée.

LA GUERRE EST FINIE

LES COMBATTANTS des Mauges et de l'Anjou, désemparés par le départ ou la mort des chefs de la Grande Armée, m'appellent à leur secours. J'en viens à rêver d'un commandement qui s'étendrait des Sables à Saumur.

J'installe mon quartier général à Maulévrier. C'est là qu'un soir, je vois venir à moi Henri de la Rochejaquelein, qui a repassé la Loire à Ancenis. Je le badine de manière piquante sur la campagne d'outre-Loire :

— Quelle tristesse que cette séparation des deux Vendées ! Pourquoi êtes-vous passé sur la rive droite de la Loire ? Pourquoi cet exil de tout un peuple ? C'était une promesse de mort !

— Si vous étiez demeuré avec nous, Athanase, nous serions restés sur la rive gauche.

— Il suffisait de me le demander…

— C'est ce que nous avons fait. Vous n'avez pas répondu à nos courriers…

— Je ne les ai pas reçus.

— Nous avons multiplié les émissaires vers vous, qui portaient nos appels aux secours. Vous nous avez abandonnés…

— Non, c'est vous qui avez abandonné la Vendée. Pour fuir vers la Bretagne et la Normandie. Quand la Vendée n'est plus dans la Vendée, elle n'est plus LA Vendée.

Nous n'avons pas besoin d'épiloguer. Au fond de lui-même — je le sens —, il partage le même sentiment et devine que le remords me ronge. J'aurais dû, après Torfou, rester dans le bocage auprès de Bonchamps et de Lescure. Henri a vécu l'enfer et me raconte la « virée de Galerne » — cette misérable débandade vers le nord : la défaite de Cholet, la course et les cris « À la Loire ! À la Loire ! », les transports de rage et de vengeance des Vendéens, accablés par le sort, cinq mille prisonniers bleus menacés de mort, à Saint-Florent. Bonchamps qui libère le prisonnier de Montaigu, le chevaleresque Haudaudine, puis s'arrache à son brancard d'agonie et, d'une voix brisée, supplie ses soldats d'accorder leur pardon à leurs otages. Puis la traversée du fleuve et la montée jusqu'à Granville, le reposoir des victoires, et l'enchaînement fatal des désastres, la descente aux enfers ; Dol, Antrain, Mayenne, Le Mans : la Vendée égarée, exténuée.

Le jeune Henri me parle de la Convention qui étale ses récits. Vertigineux. Une béance. Et des lettres du commissaire Benaben, remarquable de ponctualité dans l'insoutenable ; il envoie chaque soir son compte rendu détaillé ; sa main ne tremble pas : « ... Quand les soldats font main basse sur une femme, ils prennent leur plaisir sur elle, puis ils la tuent ; quelquefois ils se servent de femmes mortes... Lorsque, le treize décembre, j'arrive au Mans, j'y suis témoin de toutes les horreurs que peut présenter une ville prise d'assaut. Les soldats qui se sont répandus dans les maisons en tirent les cadavres des femmes et des filles des brigands qu'ils ont violées ; ils les portent toutes nues dans les places ou dans les rues ; celles qui s'enfuient sont aussi amenées dans ces mêmes endroits où elles sont entassées et égorgées sur-le-champ à coups de fusil, à coups de baïonnettes ou à coups de sabre ; on les déshabille ensuite, ainsi que celles qu'on apporte mortes, et on les étend sur le dos, les jambes écartées, les pieds rapprochés du corps de manière que les jambes soient pliées, et les genoux en l'air ; on appelle cela mettre en batterie... »

Je blêmis. Henri souligne qu'un jeune officier a sauvé l'honneur par son humanité, Marceau. Il a répondu à sa sœur qui le félicitait sur les deux derniers massacres de Laval et du Mans :

« Quoi ! Vous m'envoyez vos félicitations sur ces deux batailles, ou plutôt ces deux carnages et vous voudriez avoir des feuilles de mes lauriers ? Ne songez-vous pas qu'elles sont tachées de sang humain, de sang français ? » Il a osé écrire à la Convention pour solliciter sa mutation : « Je veux porter mes armes contre l'étranger. »

Henri sanglote sur nos agonies et nos vanités. Mais la rencontre tourne court. Il m'en veut de leurs erreurs. Je lui en veux des miennes.

De chaque côté, l'arrogance relève nos maladresses d'aigres politesses :

— Henri, si vous voulez me suivre, je vous ferai donner un cheval.

— Je suis accoutumé, Athanase, non pas à suivre mais à être suivi.

Splendide redressement d'un jeune homme qui a conquis ses fiertés en gagnant ses éperons. Chacun retourne à son gîte. Le chien de chasse de Maulévrier, Mistoufflet, a recouvré son territoire. Je repars dans mon marais. J'entends, sur mon passage, qu'on me glisse à l'oreille « Joyeux Noël ! ». Grandeur d'une religion qui trame, dans le même scapulaire, la naissance et la déréliction de l'Enfant-Dieu. Un peu plus tard, on me tend une lettre. De Marie-Anne, depuis sa cachette nantaise :

« Mon cher petit frère,

En ce jour de Noël, une bien triste nouvelle — une de plus — endeuille notre famille : nous avons perdu, la semaine dernière, nos quatre cousines Vaz de Mello. Elles ont été guillotinées sur la place du Bouffay, sous le beffroi.

C'est la cuisinière de la prison, la femme Laillet, poissonnière à Nantes, qui a été conduite jusqu'à moi pour nous en faire part ; je te joins le petit mot qu'elle m'a laissé : "Sur le registre d'écrou de vos cousines, il était juste écrit 'condamnées à mort, sans jugement'." C'est à moi, après le souper, que la mission a été confiée de leur annoncer leur exécution du lendemain. Avant de quitter la prison, la plus jeune, Olympe — dix-sept ans — m'a remis un anneau pour vous, une chevalière de La Métairie. Elle y tenait beaucoup. Je les ai accompagnées jusqu'à l'échafaud, repeint en rouge depuis quelques semaines. On ne voit plus le sang qui coule.

Comme tous les jours, il y avait de nombreuses convoitises des yeux sur la place. Les gens veulent voir, c'est la bousculade. Les chaises louées d'avance sont réservées aux femmes pauvres qui, avec leurs enfants, assistent au spectacle ; elles apportent des comestibles et travaillent à l'aiguille dans les entractes. C'est la jeune Olympe qui est passée la dernière. Elle avait mis la main sur les yeux pour ne pas voir ses sœurs sans figure. La foule murmurait qu'elle était trop belle pour mourir. Les quatre sœurs, jusqu'à l'extinction de leurs voix, ont chanté un cantique à la Sainte Vierge : "Je mets ma confiance, Marie, en votre secours..." Juste après l'exécution, un détrousseur et deux mendiants sont venus enlever les souliers. Les gens disaient qu'on aurait pu au moins les juger. Et on vient d'apprendre que le maître bourreau, Michel Sénéchal, pris d'une fièvre brûlante, est mort hier... »

La lettre me tombe des mains. Impossible de lire la suite. Je pleure à chaudes larmes. Des larmes d'enfance. Quatre petites fleurs fauchées. Il n'y aura plus de bouquets à cueillir dans les prés de La Métairie. Le monde a perdu de sa grâce. Voilà qu'on tue l'innocence pour l'innocence : que leur reproche-t-on à ces jeunes filles ? D'être nées. C'est au nom du Bien qu'on a tué nos cousines. Celui qui a signé l'ordre de cet assassinat s'appelle Carrier ; il justifie sa besogne par ces mots : « C'est par principe d'humanité que je purge la terre de ces monstres. »

Mes quatre cousines, des « monstres » ? On est entré dans la nuit des hommes. À Noël.

Le jour de la fête des Rois, j'apprends avec tristesse la mort du « Cordon rouge », Sochet Destouches, le vainqueur de Chesapeake que j'étais allé voir à Luçon ; ce héros célébré au Congrès américain, l'ami de George Washington, qui a enflammé mes jeunes années, vivait là-bas une retraite paisible. Il a choisi de suivre la virée de Galerne au risque d'y consumer ses dernières forces. L'ordre de Cincinnati n'aura pas de sépulture, il gît au bord d'un sentier sans mémoire, piétiné par de barbares frivolités, dépouillé de toute reconnaissance, livré aux corneilles de passage. La Marine royale était une fierté française. On la décapite. Les têtes d'amiraux tombent comme des mâts sous l'orage. L'amiral d'Estaing, qui donnait pourtant dans les idées nouvelles, passe à son tour au « moulin à silence ». En montant à l'échafaud, fort de ses états de service, il a eu ce mot : « Quand vous aurez fait tomber ma tête, envoyez-la aux Anglais, ils vous la paieront cher. »

Je vois arriver, à l'imprévu de mes cantonnements, quelques rescapés de l'exode d'outre-Loire, désolés, hagards.

Sur les milliers et les milliers de Vendéens qui ont franchi le fleuve, il n'en reste qu'une poignée qui a pu revenir. C'est dans les marécages de Savenay qu'ont péri les derniers fugitifs, engloutis, ensevelis.

Le général Westermann a écrit au Comité de salut public un message euphorique, affiché sur les murs de Nantes : « Il n'y a plus de Vendée, citoyens républicains. Je viens de l'enterrer dans les marais et les bois de Savenay. J'ai écrasé les enfants sous les pieds des chevaux et massacré les femmes qui, au moins pour celles-là, n'engendreront pas de brigands. Je n'ai pas un prisonnier à me reprocher. J'ai tout exterminé, nous ne faisons pas de prisonniers. Il faudrait leur donner le pain de la liberté et la pitié n'est pas révolutionnaire. »

Il n'y a plus de Vendée — c'est vrai —, sauf des petits rassemblements de partisans traqués, en liberté provisoire. Et qui se battent sous serment de fidélité.

Quand elle quitte la route des Brouzils, ma cavalerie tombe dans une embuscade. J'entends, derrière moi, une détonation sèche. Mon cheval a sauté sur le côté. Une balle m'a traversé l'épaule. Je suffoque. Comme si un tison brûlant était entré dans mes chairs. Il ne faut rien laisser paraître, je continue à donner des ordres et à tenir l'engagement.

Mon fidèle Prudent de la Robrie, qui m'a vu grimacer, approche son cheval du mien, pour me parler à voix basse :

— Mon général, il y a du sang qui coule sur vos étriers. Beaucoup de sang. Les gâs l'ont remarqué. Ils s'inquiètent.

Je tiens d'une seule main mes rênes engourdies. Chaque ornière excite la plaie. Mon corps est en feu.

Le vieux Joly s'approche à son tour. Il est brutal, mais il a de la conscience comme rebouteux. Il applique un pansement de beurre frais sur ma blessure. Puis me guide jusqu'à Saint-Étienne-de-Mer-Morte, au couvent du Val-de-Morière, où les Bleus ont oublié, dans la forêt, sept religieuses, réputées pour leurs soins, « les infirmières du Saint-Esprit ». Elles ne sont pas de ce monde mais font merveille pour vous y maintenir. Elles me mettent entre les mains d'un prisonnier, lui-même malade de dysenterie, un chirurgien républicain. Il sort bistouris et couteaux. À la guerre, les tire-balles n'ont pas de couleur. Mon sauveur bleu s'attaque à la plaie et me libère de la balle. Et moi, je le libère de ses fers. Il m'a recommandé le repos. De la part d'un chirurgien, c'est normal. D'un Bleu, c'est suspect. Je ne garde le lit que trois jours.

Un beau matin, je vois se pencher sur moi, munie d'une corbeille de sourires et de mouchoirs imprégnés d'alcool, une fée soigneuse qui n'est pas du monastère ; réfugiée dans cette retraite jusque-là épargnée, elle s'étonne de mon esprit d'obéissance aux soins dévoués qu'elle me prodigue. Son babil et son esprit enjoué charment la blessure au point de décourager le blessé de guérir trop vite. Ses bols d'ortie brûlante soulagent les hémorragies de mon épaule.

La conversation roule sur nos familles. Nous nous retrouvons sur d'anciennes correspondances bretonnes. Elle me raconte qu'elle a vécu son enfance à Boulogne, où elle vient de transformer son logis, la Bralière, en un hôpital blanc, équipé de cinquante matelas. Elle a partagé les drames de la Grande Armée jusqu'à la Loire. Puis elle a erré en Anjou avant de jeter l'ancre auprès des religieuses. Son mari — un ancien mousquetaire du roi — a émigré, il y a un an. Dans l'expression de ses yeux verts, s'invite ce je-ne-sais-quoi qui laisse deviner une âme faite pour chose plus grande que d'être simplement heureuse.

Je lui propose de suivre ma tribu errante. Elle accepte. Bénigne — c'est son prénom, un nom de blessure légère et délicieuse — comprend très vite que nous sommes des nomades à la recherche d'un abri sûr. Elle m'indique une « abside de ronces » imprenable, une de ses propriétés, protégée par des étangs sauvages, la forêt de Grasla.

Alors qu'elle chevauche dans l'obscurité froide, à mes côtés, je la regarde avec un pincement de tristesse prémonitoire, en pensant à la Céleste irlandaise — aucune nouvelle — et à la créole. Pauvre Adélaïde. J'apprends ce matin qu'elle a été fusillée, derrière la dune, aux Sables, entre la jetée et le remblai. Terrible destinée de mes amazones. La mort, qui rôde parmi nous, les attend toutes au coin du bois.

J'enchaîne les marches forcées de nuit. On sent l'haleine des Bleus à nos trousses. Au crépuscule, je vois arriver à Saligny un officier du marais de Soullans. Il s'est sauvé de Noirmoutier en se glissant dans les étiers parmi les morts. Il m'annonce la reprise de Noirmoutier par les Bleus et l'exécution de toute la garnison enfermée dans l'église Saint-Philibert. Quelle tristesse! Il a assisté à la fin d'une famille, les d'Elbée :

— J'ai vu le généralissime sortir d'une maison à côté de l'hôtel Jacobsen. Il était assis dans un fauteuil de bois laqué, garni d'un velours d'Utrecht rouge. Même le vent retenait son souffle. Deux soldats l'ont porté jusqu'au milieu de la place d'armes en face du château. Ses fidèles amis, d'Hauterive et Boisy, étaient attachés à un poteau, à côté du fauteuil. J'ai entendu les cris déchirants, derrière la ligne des soldats, de madame d'Elbée. Elle voulait s'en aller avec son mari et courait en criant : « Je veux le voir! Je veux le voir! Je veux mourir avec lui! » Sur tous les balcons de la place, s'impatientaient les représentants de la République. Quelques soldats ligotèrent madame d'Elbée et l'emmenèrent de force le long du chenal. Alors il y eut un roulement de tambours, puis une décharge... et le silence. La place resta vide longtemps. Sans mouvement. Personne n'osait ôter le fauteuil, taché de sang, déchiré par les balles. Le généralissime, dans son uniforme vert criblé, la main sur son Sacré-Cœur, avait la tête sur le côté et la bouche qui semblait ébaucher une dernière imploration. Quelques jours après, madame d'Elbée et madame Mourain de l'Herbaudière subirent le même sort.

Mon armée de Noirmoutier est morte. Je ne peux plus m'attarder dans les cœurs de futaies où je cache ma horde geignante. Car je suis poursuivi par le général Rossignol, qui ne me laisse aucun répit et en vient même à pointer les faiblesses des généraux de la République. Il se plaint, dans une lettre acide, auprès du Comité de salut public : « Je fais des efforts pour détruire tout ce qui attente à la Liberté ; mais il y a encore des hommes humains et, en révolution, c'est un défaut selon moi. »

Chante, Rossignol, chante... Le « défaut » ne durera pas longtemps. La Convention t'a entendu, elle va fournir aux « hommes humains » les moyens de l'éradication finale.

LE GRAND BRÛLEMENT

LA GUERRE est finie. Elle est perdue. La Vendée en armes a été engloutie dans les marais de Savenay. L'« inexplicable Vendée » n'existe plus.

Un officier mayençais déserteur vient secrètement vers moi, déguisé en bûcheron ; il me rapporte que Kléber a proposé à Paris un plan de pacification : « Ne forçons pas les paysans de l'intérieur, qui souhaitent la paix, à se lever en masse alors qu'ils ne demandent qu'à regagner leurs fermes. » Haxo a envoyé le même signal. Les vrais soldats pensent ainsi. Ils le font savoir au Comité et à la Convention.

Mais la Convention et le Comité n'écoutent pas les soldats. Et désignent des chefs, Turreau, Carrier, Francastel, dont les intentions et les instructions ne sont pas seulement de désarmer les rebelles, épuisés, qui tiennent encore un bout de campagne, mais de « dépopulationner » ce territoire dissident.

Le moment serait pourtant propice à une amnistie. Kléber l'a compris. Mes gâs inclinent au repos. Il y a eu trop de souffrances. Et la vraie vie, pour eux, n'est pas la guerre, mais le retour aux semailles et à la moisson. Sous le chapeau raballet, se cache un paysan ou un artisan bourgadin qui rêve de la paix des sillons. En face de lui, sous la cocarde et le bicorne, se cachent un autre paysan et un autre artisan qui ont le mal du pays. Chacun veut retourner chez lui pour y retourner sa terre. Les soldats des deux camps cultivent des nostalgies voisines et partagent à distance la même lassitude. Il y a eu trop de sang versé, sur le sol de la commune patrie. La paix devient l'évidence des cœurs.

Mes soldats me quittent en masse et repartent vers leurs débris de foyers. Ils ont l'air d'avoir cent ans et marchent comme des vieillards. Ils s'en vont tendre la gorge à leurs bourreaux, préférant une mort certaine dans leurs fermes, au risque plus incertain encore des combats. Je n'ai plus ni troupes ni munitions. J'ai perdu Noirmoutier. Nous avons épuisé nos réserves de froment, les greniers sont vides.

Mes courriers m'apportent les journaux de Nantes; je lis que le Comité de salut public veut arracher, raser, éliminer tout ce qui pousse encore sur la terre de Vendée ou pourrait y repousser : la mauvaise herbe, les mauvais esprits, qui jardinent leurs souvenirs, dans les paysages des anciennes émotions. Il faut maintenant effacer le passé, tuer la mémoire, mener la guerre à la terre, calciner le pays, « purger le sol », pour que la Vendée devienne une contrée neuve — sans passé, sans nom —, un « département Vengé », débarrassé de ses anciens peuplements.

Un nouveau chef a été nommé. Son programme se résume en une urgence : « Faire de la Vendée un cimetière national. » On m'apporte *Le Moniteur* : « La Vendée sera dépeuplée. »

Tant que l'« asile du crime » pourra se perpétuer — pense-t-on à Paris —, il enfantera des chroniques intimes de ce qui s'est passé. Il ne s'agit plus seulement de punir un peuple, mais d'en changer : le représentant Hentz l'a proclamé hier : il faut changer de population, nettoyer la Vendée infestée de brigands, et ensuite « repeupler le pays dévasté avec des sans-culottes ». Dans leurs rapports au Comité, le mot de « brigand » s'élargit à ce qu'ils appellent, à la Convention, la « race impure, la race maudite ».

Les représentants du peuple donnent aux nouvelles troupes l'ordre de mouvement : « Allez exterminer cette race impure ! » Les nouvelles lois invitent les municipalités et les bons citoyens à fuir ce sol proscrit « où il faudra tout tuer, tout brûler et où la guerre ne finira que quand il n'y aura plus un habitant ». Dans l'esprit des nouveaux tourmenteurs, tout, sur ce sol d'infamie, « est devenu brigand », il faut purifier cette terre par le feu : les « patriotes » qui restent à demeure seront traités comme les rebelles.

Le général Grignon rédige une adresse solennelle, affichée dans les lieux publics. On m'en donne lecture : « Camarades, nous entrons dans le pays insurgé. Je vous donne l'ordre de livrer aux flammes tout ce qui sera susceptible d'être brûlé et de passer au fil de la baïonnette tout ce que vous rencontrerez d'habitants sur votre passage. Je sais qu'il peut y avoir quelques patriotes dans ce pays, c'est égal, nous devons tout sacrifier. »

Nous voyons venir à nous des Bleus devenus Blancs, des « patriotes » qui se sont sentis trahis, car il arrive de plus en plus souvent que des officiers municipaux en écharpe — comme ceux du Boupère ou de Pont-Saint-Martin — venus à la rencontre des armées des Bleus pour leur désigner des « repaires de brigands », soient fusillés sur-le-champ, devant l'arbre de la Liberté. On ne distingue plus amis et ennemis : « Tout est brigand. » Tel qui s'avance avec un « certificat de civisme » à la main est sujet à la même suspicion que les vrais rebelles. Les exécutants eux-mêmes, parfois, en viennent à se dénoncer entre eux et nous le font savoir, comme les deux commissaires municipaux Morel et Carpenty qui écrivent à la Convention : « À Montournais, aux Épesses et dans plusieurs autres lieux, le général Amey fait allumer les fours et, lorsqu'ils sont bien chauffés, il y jette les femmes et les enfants. Nous lui avons fait des représentations convenables : il nous a répondu que c'est ainsi que la République voulait faire cuire son pain. Les cris de ces misérables ont tellement diverti les soldats qu'ils ont voulu continuer ces plaisirs. Les femelles de royalistes manquant, ils s'adressent aux épouses de vrais patriotes. »

Ce sont surtout les femmes et les enfants que vise ce « plan d'extermination ». On doit traiter les enfants comme de « futurs brigands », car petit témoin deviendra grand. Ils ont vu, de leurs yeux. Ils n'oublieront pas. Les femmes, quant à elles, ne sont pas seulement des « brigandes », mais des « sillons reproducteurs » qui renouvellent l'engeance. Il faut écraser sous le pied tous ces petits serpents de buisson et les mères vipères qui les élèvent dans leur sein.

Ainsi commence le « grand brûlement ». Douze légions sillonnent la Vendée, « travaillent l'incendie » et « allument les feux de joie ». Avec un seul mot d'ordre : « Tout ce qui peut être brûlé sera livré aux flammes. » La Marine avait sa langue. La Terreur invente la sienne : on « purge les cantons », c'est la « promenade civique ». On égorge, on « fait passer derrière la haie », et d'un zèle prometteur, on rend compte, chaque soir, du « nombre de têtes cassées à l'ordinaire ».

Les torchères montent en ligne et traversent le pays. C'est une « battue générale » conduite par ce que les Bleus appellent eux-mêmes « les Colonnes infernales ». Tout y passe : les fermes, les échoppes, les bois, les derniers moulins. Une cinquantaine de pionniers scrupuleux précèdent chaque Colonne de feu. Ils ménagent, dans les forêts et les taillis, les abattis nécessaires pour une propagation obéissante des flammes. Notre seule protection vient de la saison. L'hiver ne facilite pas la tâche des incendiaires, le feu prend moins bien dans la neige ou la pluie.

Les courriers viennent de partout, me portant le même message : les bourgs brûlent. Et puis, le premier février, Madeleine Tournant, qui revient de la Haute Vendée, m'annonce la mort de La Rochejaquelein. Il a été tué, à bout portant, par un grenadier, en plein galop, un bras en écharpe et tenant à la bouche les rênes de son cheval blessé qui jetait le sang par les naseaux. Il s'est affaissé lentement sur sa monture, déployant les dernières ressources de son élégance pour l'ultime passage en chevalerie éternelle. L'archange est parti. Il avait vingt ans. Parti rejoindre sa lignée millénaire. Mille ans de fidélité à l'impôt du sang, le plus vieil impôt du monde.

Me voilà seul ou presque. Les chefs de l'Anjou sont morts. Cathelineau à Saint-Florent-le-Vieil, d'Elbée à Noirmoutier, Bonchamps et Lescure sur la Loire et, aujourd'hui, La Rochejaquelein près de Saumur. Ils ont péri au feu, comme les Croisés de Saint-Jean-d'Acre, dans la fleur de l'âge et un dernier geste de sacrifice. Quant à moi, je repousse le moment de ces courages de la dernière heure face à mes poursuivants. Je leur vendrai très cher ma peau de « mouton noir » du Marais vendéen. Il faudra qu'ils viennent m'attraper et m'écorcher vif, dans un périmètre qui se resserre, où le territoire maintenu sous mes enseignes dessinera, bientôt, le petit carré d'un mouchoir de Cholet. La survie tient à la mobilité. Hélas, je passe mes jours et mes nuits à entraîner un lent cortège de populations errantes dans un pays éventré. Malgré tout, je fais bonne figure, en promenant à travers champs ma belle humeur, mon panache, mes musiciens, mes amazones, mes étendards portant ma devise : « Combattu, souvent ; battu, parfois ; abattu, jamais. »

Le temps de la traque a commencé. Il faut changer nos habitudes, se passer des choses néces-saires, accepter de vivre d'épuisement et de course perpétuelle. Le pays est chauve, tout blanc de givre, il n'y a plus de cache sur les sols nus. Terriers inopinés, départs précipités. On guette le roulement de tambour au loin qui signale une Colonne ; on ne dort que d'un œil ; on n'a, le plus souvent, que le temps de se sauver à toutes jambes. Chaque soir, mes lieutenants comptent les morts de cette armée de spectres ambulants. Parfois, il nous arrive de surprendre des scènes inattendues : le vieux Joly, grognon granitique, qui pleure, comme un drôle ; il a perdu ses deux fils et se blottit dans mes bras. Un peu plus loin, dans les genêts fumants, des châtelaines et des métayères échangent leurs enfants parce que la terreur a tari leur lait ; ce sont parfois les dames de nankin qui donnent le sein aux nourrissons de paysannes suppliantes. Chacun s'étonne du calme instinctif des plus petits ; l'enlacement désespéré des mères leur imprime, à l'approche des Bleus, un magnétique silence.

Je console cette armée de morts sur pied, cuivrés par les privations, suivie par une arrière-garde de gens d'âges, entassés dans des charrettes dormeuses. Un serre-file bouscule les retardataires, les racheux, les galeux ; cet été, ceux-là ne sentiront même plus les mouches qui leur courront sur le front.

On parcourt les bois, on fait halte dans une lande, on sort de sa giberne des haillons de pain noir, que les femmes font cuire sous la cendre. On cherche des moulins à eau échappés à la vue des incendiaires, où nos meuniers porteront le grain à l'épaule, comme

« dans le temps ». Quelques boisseaux pour les blessés. Quand on n'a plus la commodité de faire du pain, on écrase un peu de blé entre deux pierres, puis on fait cuire la pâte sur des tuiles.

Mais les provisions manquent. On a faim. La seule chance d'avoir de quoi manger est de surprendre un convoi. On appelle cela « faire son marché ». On braconne les Bleus. Il faut briser l'étreinte. Le pied trébuche sur les moignons de têtards enneigés. L'hiver est rude. On recherche l'enfouissement parfait, sous les mousses et les ronces, où on ne voit rien à une toise autour de soi. Difficile de trouver des refuges pour se défatiguer. Les nuits sont glaciales. On endure. On s'oriente selon la direction des flammes qui indique la marche des Colonnes. Quand viendra l'été, la retraite sera plus facile à trouver dans la verdure. Mais on ne pourra plus faire du feu, la fumée nous trahirait; et on devra, chaque jour, changer de cache, parce que l'odeur du lait des marmots attire les aspics dans les huttes de branchages. Avant qu'elles ne brûlent.

Car tout a vocation à s'embraser. Jusqu'au moment où il n'y aura plus un seul fourré pour gîter. On cherche, sur les chemins de cendres, dans le sillage des sabots abandonnés par la pourchasse des Colonnes de feu, les antres de rochers et les creux de fossés pour de petits répits volés au malheur des temps. On ne se nourrit que de blés grillés ou de l'herbe des chemins. Et on ne boit plus aux fontaines depuis que La Bouëre — de la Grande Armée — m'a fait savoir que les Bleus empoisonnent à l'arsenic les puits et toutes les sources d'eau. Jean Savin, il y a un an, avait trouvé à Palluau plusieurs fûts d'arsenic[1]. Une bonne âme — un déserteur — nous recommande aussi de ne plus ramasser le pain sur les routes, ayant eu accès aux instructions écrites de Carrier : « Faites empoisonner les sources. Empoisonnez le pain, que vous abandonnerez à leur voracité... Tuez-les à coup d'arsenic, cela est moins dispendieux et plus commode. »

On ne voit plus le ciel, enveloppé d'un suaire d'ombre. L'air est irrespirable, les cadavres à demi rongés attirent les bêtes sauvages. Tous les villages se ressemblent dans leur sinistre alignement de charpentes carbonisées et d'élancements de poutres enflammées. Quand je fais traverser un bourg à mon petit peuple de proscrits, la vision est partout la même : un bûcher mal éteint. Le silence et l'horreur fixés sur des pans de murs où on devine encore la présence passée. Une poupée qui traîne, un chaudron noirci et des lambeaux de chair humaine qui se balancent à la crémaillère nous rappellent

---

1. Document n° 2 en annexe.

qu'une famille nombreuse vivait ici. Parfois, on surprend une palpitation d'agonie, un vieillard pantelant revenu pleurer sur le lieu de son berceau, parmi les gravats; une pauvresse en guenilles, démente, le ventre ouvert, les yeux exorbités, cherche son petit, fouillant les monceaux de cendres. Sous une embrasure, encore dans ses habits de noces, une mariée au corps calciné, supporté sur la pointe d'un seul pied, est là, figée, les bras ouverts, une momie effrayée. Alentour, des troupeaux, des génisses, des taureaux, égarés, incommodés par les haleines de la putréfaction, n'osent approcher de leurs étables.

Au Petit-Luc, une église se consume. Sous la voûte effondrée, j'entends un petit cri. Un enfant. Qui gémit. Le dernier cri. Tous les autres ont expiré. La mort les a fixés dans leur dernier appel. L'un brandit un chapelet, l'autre un scapulaire; une mère s'est empalée sur un morceau de vitrail, une vierge d'ivoire à la main; sous la porte, écrasé, gît un homme, les poings serrés. La colère et la prière. Appuyée sur un reste de retable, une jeune fille, brûlée vive, a gardé, dans le mouvement de sa chute, un semblant de génuflexion. Cinq cents cadavres attendent, sous les décombres, que les corbeaux viennent les chercher. Sur le petit pont de la Malnaye, une soutane déchirée traîne au fil de l'eau en crue. C'est le brave curé Voyneau. Ils lui ont arraché la langue et le cœur. Quelques jours plus tard, le rapport du chef de cette expédition sera publié : « Nous avons décalotté à peu de frais toute une nichée de calotins qui brandissaient des images du fanatisme. Nos colonnes ont progressé normalement. » Un bulletin de routine pour une journée « normale »; où les hommes et les droits de l'homme ont progressé « normalement ».

Partout, à La Gaubretière, à Chavagnes, ils arrachent les oreilles, ils suspendent des femmes par le menton à des crampons de fer, ils égorgent les anciens. Puis ils « rendent compte de leur sortie ». Comme tous les jours. Normalement.

Beaucoup de mères qui viennent à nous nous confient leur détresse et leur résignation. L'une d'elles — madame de Bonchamps — cachée avec sa fille Zoé dans le creux d'un chêne, le long d'une route passante, se livre à Marie-Anne : « Quand la mort nous parut certaine pour toutes les deux, naquit en moi le sentiment le plus extraordinaire qui ait jamais pu bouleverser l'âme d'une mère : je désirais vivement pouvoir survivre à ma fille, ne fût-ce qu'une heure; je ne supportais pas la pensée de ce qu'elle éprouverait quand je ne lui répondrais plus et qu'elle me verrait inanimée, glaciale, insensible à ses larmes et à ses cris, dans cette excavation de chêne devenue un cercueil pour nous deux. »

Un député de la Convention, Lequinio, rend compte au Comité de salut public de l'ordinaire des Colonnes : « Les soldats de la République outragent les femmes de rebelles sur le bord des routes et les poignardent au sortir de leurs bras. D'autres portent des enfants à la mamelle au bout de la baïonnette qui avait percé du même coup la mère et l'enfant. »

Les jeunes filles, épouvantées, se protègent comme elles peuvent. Elles abritent leur honneur et leur vaillance dans un corset si dur que les Bleus se plaignent de la difficulté de les éventrer.

L'outrage précède toujours la mort. Le général Grignon, quand il fait violer puis massacrer par ses soldats trente Vendéennes à Pouzauges, vante la grande « distraction patriotique » : « Au pied du vieux château, après le dessert, nous avons pris le café de Cythère. » Je pense aux cythériens d'avant-guerre qui, dans les cafés de Brest, vantaient les mérites de « l'état de nature ». Nous y sommes.

La sauvagerie n'a pas de limites. À Soullans, la femme Naulet, des Ardilliers, grosse de six mois, a eu le corps ouvert. Puis les soldats ont mis de l'avoine dans son giron béant pour y faire manger leurs chevaux.

L'éclipse d'humanité se propage jusque dans nos rangs. Il arrive que l'esprit du talion s'invite parfois chez les miens. Des femmes se mettent à hurler au campement : elles songent aux leurs, massacrés ; dans leurs cœurs ulcérés roulent, tumultueux, des désirs de vengeance. Madame du Fief médite de sombres punitions pour la mort de son propre fils, coupé en morceaux par une Colonne infernale. Renée Bordereau, naguère si retenue, rencontre, un soir, un Bleu qui portait, enfilés sur sa baïonnette, un poulet et un petit enfant : « J'ai détruit le Bleu, me rapporte-t-elle, et nous avons mangé le poulet. »

Parfois, la vengeance s'entoure de gestes méticuleux : un brave parmi les braves, jadis un homme doux, le gâs Grolleau, de La Soulicière, en La Verrie, m'a raconté qu'il est revenu, chez lui, un matin, changer sa chemise, mangée de vermine. Il trouve une femme baignant dans son sang, décapitée, la tête posée entre ses pieds ; sur sa poitrine sont attachés deux petits enfants morts, égorgés. C'est son épouse, ce sont ses fils. Alors il se met aux aguets. Tout seul, chaque nuit, sur la route de Mortagne, il attend le passage d'un Bleu isolé, veillant à enlever le molleton de laine qui couvre le chien de son fusil. Après chaque exécution, il trace une entaille sur la crosse. Il ne s'arrêtera qu'après vingt-sept coches sur son arme. Comme dans le temps, avec la baguette de châtaignier qui restait en dépôt chez le maréchal-ferrant.

Marie-Anne qui, dans son accoutrement de cuisinière, écoute derrière les portes des hôtels républicains, à Nantes, m'adresse un message laconique : « Ils ont commencé à noyer. »

J'envoie « ma Bretonne », Marie, du côté de La Sècherie, au port des galiotes et des gabarres, en face d'un bras du fleuve. Elle y rencontre une femme — dénommée Pichot — qui demeure juste en face du quai et affirme « avoir vu des charpentiers faire des trous à une sapine — un bateau à fond plat — pour noyer des mères avec leurs enfants dans les bras ».

Une rumeur court jusqu'à mon état-major : « Les jeunes filles du clocher de Bouin, emprisonnées le six décembre, auraient été noyées dans la Loire. » On me met sous les yeux le *Journal de la Montagne* de nivôse : « Le nombre de brigands qu'on a amenés ici depuis dix jours est incalculable. Il en arrive à tout moment. La guillotine étant trop lente, et attendu qu'on dépense de la poudre et des balles en les fusillant, on a pris le parti d'en mettre un certain nombre dans de grands bateaux, de les conduire au milieu de la rivière, à une demi-lieue de la ville, et là on coule le bateau à fond. Cette opération se fait continuellement. »

Les montagnards, comme ils s'appellent, usent de codes macabres pour désigner l'acte de noyade :

« On envoie à la pêche au corail », « On procède au baptême patriotique ». Le commissaire Benaben rend compte, tous les jours, par écrit, consciencieusement[2].

Marie-Anne me fait savoir que le proconsul Carrier, l'assassin de nos cousines, commande lui-même les opérations ; il fait donner le canon de la métaphore pour ce jeu de massacre : « La déportation verticale », « Le mariage républicain dans la baignoire nationale », etc.

Le fleuve de mes enfances est à jamais blessé. La Loire, si douce et pacifique, coule le sang. Un torrent révolutionnaire. Cette Loire joueuse, qui portait mes petits bateaux de papier sur ses eaux innocentes, ma Loire, ma Loire de Couffé aujourd'hui se jette dans l'enfer.

Un de mes courriers me transmet un message du juge de paix de Ponts-Libres, Claude-Jean Humeau. Il n'en peut plus et s'apprête à témoigner sur les pratiques du quatrième bataillon des Ardennes, dont un officier de santé promu chirurgien-major, le docteur Pequel, écorche les cadavres pour un manchonnier, dénommé Prudhomme. Trente-deux cadavres ont déjà été écorchés[3].

_____

2. Document n° 3 en annexe.
3. Document n° 4 en annexe.

Rien n'est perdu de la peau ou du corps des brigands : aux Ponts-Libres, on sélectionne les peaux d'hommes — « ... d'une bonté supérieure à celle des chamois » —, à Clisson, on préfère la graisse des femmes. Un soldat du général Crouzat, soulevé d'indignation, a parlé, hier, à la comtesse de la Bouëre : « Deux de mes camarades étaient avec moi pour cette affaire. J'en envoyai dix barils à Nantes ; c'était comme de la graisse de momie : elle servait pour les hôpitaux. Nous avons fait cette opération à Clisson, vis-à-vis du château et près de la grenouillère. Nous faisions des trous de terre pour placer des chaudières afin de recevoir ce qui tombait ; nous avions mis des barres de fer et placé les femmes dessus, puis au-dessus encore était le feu. »

La « Nation » est livrée à la barbarie. Il faut tenir, résister. Écouter en soi, chaque matin, l'appel de la vie. Un jour, les loups s'en iront. Quand ils n'auront plus faim.

L'AUBE VOILÉE

Depuis quelques semaines, nous sommes poursuivis par la division du général Haxo. Un vrai soldat. Il sait qu'il commande des Français contre des Français. Il applique la Terreur à la lettre, mais sans jamais se livrer à tous les forfaits que commettent ordinairement les Colonnes infernales. C'est un officier, d'une implacable ténacité, qui nous réduit au dernier état d'épuisement. Il ne fait pas de prisonniers, mais se refuse à passer par les armes les républicains locaux ; il épargne les femmes, les enfants, les récoltes. Il a, paraît-il, promis à la Convention « de lui apporter dans six semaines la tête de Charette, ou d'y perdre la sienne ». Le terme des six semaines est échu et j'ai toujours la tête sur les épaules.

Le jour même du printemps, sous un soleil timide, nous entrons dans le bourg du Clouzeau. Haxo, toujours à la piste, fond avec ses dragons sur mon arrière-garde. Les Bleus nous attendent dans une pièce de genêts. J'y fais entrer deux compagnies de chasseurs. Impitoyable corps à corps à la baïonnette. Une mêlée furieuse. On s'égorge. Joly vient soutenir nos cavaliers. L'ennemi bat le pas de charge, les grenadiers bleus embusqués dans un taillis font feu sur mes hommes. Puis, sous les coups de Joly, leurs bataillons reculent. À leur tour, ils plient sous le feu. La cavalerie de Le Moëlle tient très bien la toile. Elle se déploie pour couper leur retraite.

L'espoir change de camp. Chevauchant sur une éminence, j'aperçois Haxo qui hésite, immobile, blême de rage. Un géant à la crinière blanche, aux yeux étincelants. Il veut faire franchir à son cheval un large fossé. Sa monture s'abat, frappée d'une balle. Atteint de deux coups de feu à la cuisse, il hurle. Soudain esseulé. Éloigné de tous ses hommes, cerné par nos paroisses, il se dégage de son cheval, se relève, tout en sang, et s'écrie :

— Je ne me bats plus en général, mais en soldat. Approchez, canailles !

Un de mes cavaliers lui ordonne de remettre ses armes. Il reçoit pour réponse un coup de sabre qui lui fend le nez. Le colosse refuse toujours de se rendre, jusqu'à ce qu'un de mes gâs, qu'il prend pour un de ses chasseurs, à cause d'un petit casque qu'il lui voit sur la tête, profitant de sa méprise, le renverse d'un coup de mousqueton. En tombant, il fait le moulinet avec son sabre, d'un mouvement si rapide qu'aucun de mes soldats n'ose l'approcher.

Haxo, par terre, se défend encore. La menace à la bouche, il blesse en expirant Arnauld, de la division de Vieille-Vigne, d'un coup de pistolet dans la main. Veste bleue arrachée, culotte déchirée, il gît dans la fougère. Je viens à lui. Même mort, il garde son air majestueux de grand soldat. Consternation chez les Bleus. Cris de joie chez les Blancs. La halte de La Bésilière sera joyeuse. Entouré de mes cavaliers d'ordonnance, j'admoneste Lucas, Joly, La Robrie, Le Moëlle :

— Pourquoi ne l'a-t-on pas pris vivant ?

— C'est lui qui n'a jamais voulu se rendre.

— Oui, mais vous l'avez ensuite dépouillé, comme des calurets en maraude, c'est honteux. On respecte les officiers de sa trempe, qui meurent dans la bravoure, même pour une cause qui n'est pas la nôtre.

— L'annonce de sa mort sème le désarroi dans le camp des Bleus.

— Mais l'annonce de sa capture, vivant, l'eût semé dans la France entière. C'est bien dommage d'avoir tué un si brave homme !

Mes lieutenants surprennent sur mon visage la marque d'une émotion vive. Et puis je suis peiné de voir Joly et La Robrie prendre querelle au sujet du cheval du général mort. Le premier en revendique la propriété à cause de sa contribution au succès de cette journée. Le second, en qualité de commandant de la cavalerie, excipe de l'usage des armées. On en appelle à mon arbitrage :

— Eh bien, que ce cheval soit vendu !

La Robrie l'achète. Joly proteste :

— J'en ai payé le prix par vingt Bleus que j'ai tués dans le combat.

Je ne reverrai plus Joly. Il s'éloigne. Il sera tué dans quelques semaines. Dès le lendemain, une nouvelle marche forcée nous attend. Mon armée épuise les dernières ressources du pays. Les « moutons noirs » tondent les dernières pâtures qui demeurent échappées au fer et au feu. Notre état-major et nos chasseurs aux panaches de poils de bouc veillent sur la cohue. Les paydrettes et les maraîchines s'enhardissent, armées de serpes, portant leurs enfants dans des gibecières à cartouches ou des gibernes de poudre.

Mon vieil oncle chevalier de Saint-Louis, Fleuriot, qui a commandé à Savenay les débris de la Grande Armée, vient à ma rencontre, depuis l'état-major de Stofflet. Il propose la réunion de toutes les forces restantes. C'est au milieu des ruines de la chapelle du château de La Boulaye que les chefs se rencontrent pour un solennel serment, sabre haut, prenant à témoin les arcs des voûtes éventrées.

Stofflet, Sapinaud, Marigny et moi, nous jurons « de n'avoir qu'une âme, qu'une volonté, de ne rien faire dans aucune armée sans préalablement avertir les autres armées. On sévira contre celui qui se conduira d'une manière contraire, quel que soit son grade. Il encourra la peine de mort ».

Hélas, Marigny manque à son serment. C'est un ancien camarade de Brest ; à l'époque, il était commandant des canonniers marins. Belle prestance, avec de l'entrain, il courait un bon bord. Un chef aimé de ses hommes, aux humeurs imprévisibles. Il m'a grugé mes prises à Mortagne. Aujourd'hui, il déserte sa mission. Un conseil de guerre se réunit d'urgence, au cours duquel je demande que la discipline soit la même pour les commandants et pour les volontaires ; la guerre s'endurcit. Il faut durcir les sanctions :

— Un salutaire exemple me paraît nécessaire. Afin que, plus tard, personne n'ose plus enfreindre une loi qui lie tout le monde.

À main levée, les officiers — Stofflet en tête — votent une sentence de mort. Six semaines plus tard, le jugement recevra son exécution. Marigny sera fusillé. La rigueur des lois militaires s'est appliquée. Elle a jeté le trouble, voilà qu'on s'est entre-tués entre généraux. Les plus rudes natures se détournent de cette justice expéditive, fût-elle issue d'un pacte solennel et sacré. On me le reprochera. Sans doute aurait-il fallu la sanction sans le châtiment ? Marquer la faute puis ouvrir la voie du rachat. Pour que cette mort-là ne devînt pas une salissure sur nos drapeaux. C'est trop tard.

La pénurie de munitions nous ramène au combat. La disette nous dicte les prochaines embuscades. On n'attaque plus que « pour aller chercher son pain ». Mes éclaireurs guettent les files de charrettes chargées de farine et de pièces de coutil qu'on destine à faire des culottes.

C'est à La Bésilière — où j'abrite mon état-major — que je confie à un jeune chevalier le soin de remettre une adresse au comte d'Artois ; j'y supplie le prince de prendre la mer pour la Vendée. C'est notre dernière chance de vaincre. Que le royaume en exil vienne se battre avec ceux qui se battent pour lui.

J'indique, dans ma lettre, le site de l'Aiguillon et je sollicite de l'artillerie et des munitions. Je joins à mon message une liste de signaux pour les vigies à placer sur la côte, au moment du débarquement. Au début du mois de juin 1794, je m'installe à Belleville. J'y ramène les canons que nous avons déterrés dans la forêt de Touvois où je les avais dissimulés en son temps. J'ai fait fabriquer, dans le cœur même de la forêt de Grasla, des petits moulins à poudre.

Quelques jours plus tard, en plein été, mon général en second, Couëtus, se trouvant au bivouac sur les bords de la Boulogne, aperçoit des cavaliers qui agitent, sur l'autre rive, des mouchoirs blancs. Surprise. Proposition de paix? Un de nos officiers traverse à la nage la rivière. Un batracien bleu vient à sa rencontre. Au milieu de la Boulogne, le nageur plénipotentiaire brandit une proclamation enfermée dans une bouteille. Elle est signée Vimeux. Je la décachette. « Livrez vos chefs et vos armes et fiez-vous à la générosité de la République. Rentrez chez vous. »

Je fais renvoyer la bouteille, avec, en réponse, le message suivant : « Vous nous engagez à rentrer dans nos foyers. Nous n'en avons plus. Vous avez incendié nos maisons et égorgé nos femmes et nos enfants. Vous voudriez maintenant avoir nos récoltes et nos armes. Réfléchissez et comparez la position de notre malheureuse patrie avec celle où elle se trouvait en 1789 et dites-nous où sont le bonheur et la félicité qu'on nous promettait... » Les Bleus jettent ma lettre dans la Boulogne.

L'été est rude. Dans les champs, les moisson-neurs tiennent la faux d'une main et leur fusil de l'autre. La forêt de Grasla subit une exploration de fond en comble par l'adjudant-général Ferrand. Il n'y trouvera que des lits de plumes, des cases pour deux mille réfugiés, quelques moulins à bras et des échelles attachées aux branches des chênes où les avertisseurs avaient l'habitude de sonner de la corne. Puis c'est la fouille de la Bralière, l'hôpital blanc de Bénigne de Montsorbier. Les Bleus n'emportent que des matelas et quelques bouteilles de vin d'Espagne. Ils brûlent le logis et les borderies. En l'apprenant, Bénigne s'effondre en larmes, à mon quartier général, où j'abrite fantassins et cavaliers qui restent à mes côtés.

On m'apprend que Robespierre est tombé. L'esprit public change. Les torchères ne fournissent plus. Elles n'arriveront pas à tout brûler. Les nouveaux propriétaires des pierres mal acquises et les fortunes récentes des biens nationaux répètent à l'encan l'avertissement d'un député de la Gironde : « On a cru consommer la Révolution par la Terreur, il aurait fallu la consommer par l'Amour. » Plusieurs conventionnels proposent une nouvelle voie, celle de la conversion des campagnes par une rééducation radicale. On remplacera les Colonnes de feu par des brigades de « prédicateurs patriotiques » pour aller parler au peuple des tendresses de la Révolution. Voilà qu'on nous envoie, depuis la société populaire de Rochefort, des « apôtres de la Raison » pour « vicarier les campagnes ». On voit même arriver un ancien brûleur, Garreau, à la tête d'une compagnie de musiciens, qui court avec eux le pays pour ramener les Vendéens à la discipline des cœurs par les charmes de l'harmonie. Sa mélodie se perd dans les buissons aux fournaises mal éteintes. La pression me semble moins forte. À Paris, ils s'envoient les uns les autres à l'échafaud. Une besogne qui leur prend du temps. Les loups se dévorent entre eux.

Je retrouve, à Belleville, un peu de tranquillité. J'habite un pavillon avec un toit, au milieu d'une prairie. Je fais même apprêter des écuries pour abriter nos chevaux. Ma garde personnelle loge dans une vraie maison, à côté du mess des officiers. Je hérisse le bourg de solides défenses, avec des retranchements et des palissades où seront disposés des épaulements de batterie.

Bénigne de Montsorbier s'installe dans un petit abri de basses tuiles à l'ancienne. Avec madame du Fief, admirable au combat, elle veille à la bonne ordonnance de la garnison. Je leur accorde le droit de fouler la tomette du conseil de guerre, où, devant la grande cheminée, je recueille les avis de mes lieutenants.

Le soir, on mange la soupe sur des bancs de châtaignier — un luxe retrouvé —, puis chacun met ses plus beaux haillons pour le bal des lambeaux. Les violons sont morts, mais on a pris sur l'ennemi quantité de tambours et de fifres pour ces nouvelles cadences vespérales.

Un soir, en pleine danse, c'est la surprise. Les musiciens suspendent la farandole quand ils voient entrer dans la grange l'Irlandaise, la Céleste. On l'applaudit. Mon cœur bat. Elle revient de la virée de Galerne. Son mari est mort. Elle est inconsolable. Elle me tend la lettre du maire d'Angers adressée à celui de Paris, dont les autorités, par un geste d'humour macabre, lui ont transmis la copie : « Notre sainte mère Guillotine travaille bien. Elle a fait, depuis trois jours, la barbe à onze prêtres, une ci-devant religieuse, un général et un superbe Irlandais de six pieds dont la tête était de trop ; elle est dans le sac aujourd'hui. » Céleste s'attarde sur chaque mot : « La tête qui "était de trop", sur ce corps trop grand, c'est celle de mon mari, William. »

Elle m'accorde une danse. Je la serre au vent, mais elle est absente ; puis elle s'arrête net et me demande une faveur :

— Envoyez-moi au feu. Je ne suis pas venue pour danser.

Je lui confie le commandement d'une troupe de cavaliers. Elle s'illustre devant le château du Givre par son intrépidité. Elle ne fait pas de prisonniers. L'écuyère fait oublier la musicienne. Elle a le courage des femmes revenues de l'enfer, qui ont tellement pleuré qu'elles n'ont plus de larmes.

Les autres amazones me gratifient de leurs attentions. Parfois même, elles s'exposent aux plus grands
risques pour faire sortir d'une ville un panache
blanc ou une soie à broder qui surpasse le présent
que je viens de recevoir d'une autre main. De quoi
me remercie-t-on ? De vivre, de vivre encore. Et
d'avoir vu juste : il fallait rester au pays et durer,
durer, durer... « Faire durer le problème » comme
disait l'ambassadeur Choiseul. Le problème de la
Vendée.

Je vois se lever, lointaine et pâle encore, une aube
voilée, peut-être la délivrance. La Vendée embrasée
a chassé les brûleurs. Haxo est mort. Turreau est
parti. Les bourgeois des hôtels nantais bougonnent
au sujet de « ces incendies stupides qui ont causé
la famine » dans la Cité des Ducs. Ils réclament
du beurre et des légumes et se disent prêts à les
échanger, avec les Vendéens, contre de la poudre.
La vie reprend. On sort le grain des cachettes.
Quelques poches seulement. On fabrique des pilons
à bras.

Ruinée, blessée, la Vendée respire encore. Elle
n'est pas morte. Elle va même s'offrir trois victoires,
en quelques semaines : le camp de La Roulière, le
camp de Frérigné et le camp des Moutiers. De quoi
démoraliser les Bleus. Je distribue la goutte. Là où
est l'eau-de-vie est la vie...

LA MESSE DE MINUIT

Il fait très froid. L'hiver brûle les mains des lavandières et des cherche-pain.

On manque de bois pour se réchauffer. Les rivières, la Logne, la Boulogne, sont gelées. La Loire elle-même s'est emmitouflée sous les glaces qui ont pris ensemble les rives et le lit. Nantes et la Vendée sont de plain-pied. Il n'y a plus de frontière entre les deux. Les conventionnels s'en inquiètent. Car les convois attelés, depuis Pont-Rousseau, traversent le fleuve gelé pour venir chercher en pays rebelle un peu de viande, de lait ou de farine. De quoi fraterniser.

Le froid pénètre mes humeurs. J'ai le cœur glacé. Surtout au moment où je passe devant la demeure vide de La Métairie, au Poiré, où éclataient de vie mes chères cousines Vaz de Mello. C'est l'anniversaire de leur mort. Triste veille de Noël.

Ma petite troupe se retrouve en ce vingt-quatre décembre 1794, pour la messe dans les bois, la messe de minuit. Rencontre misérable de rescapés et d'estropiés : miraculés de la virée de Galerne, revenus de leur errance jusqu'à mon camp à Belleville ; grands brûlés des Colonnes infernales. La messe de tous les transis.

Blessé à l'épaule, je m'appuie sur un orme décapité. Comme les autres fidèles enfloconnés, j'écoute attentivement l'homélie de notre aumônier, l'abbé Remaud :

« Il est minuit.

Il neige…

Dans ces bois désolés, c'est Noël à la belle étoile.

L'épreuve a tari la source de nos enfantines innocences.

La Vie nous a ébranchés jusqu'au cœur.

Mais c'est justement, dans cette déréliction, que nous accédons à l'honneur de partager, avec l'Enfant à naître, la même condition de misère : lit de paille, étable, mangeoire… Les portes qui se ferment, le dénuement, la traque d'Hérode.

Étoile de Noël…

Petite chandelle de lumière…

Au milieu des torchères,

Voici que nous accueillons le Prince de la Paix.

Les cloches sont parties, hélas, mais le *Minuit, chrétiens* sonne en nos cœurs. »

Alors, Isidore, avec sa voix de charpentier d'église, entonne le *Minuit, chrétiens*. En plein refrain, soudain, il s'arrête. Saisi par une vision incroyable : du fond de la forêt, un petit groupe de Bleus s'approche d'un pas lent. Je me retourne. Les Bleus semblent vouloir se joindre à la messe de minuit. Trêve de Noël ? Piège de Noël ? Stupéfaction : les Bleus s'agenouillent derrière les fidèles qui écoutent, dans la ferveur, le *Minuit, chrétiens*. Silence. Isidore lance un regard de réprobation au fond de la clairière, signifiant à nos gâs qu'il s'agit d'une ruse. Toutes les têtes se tournent. Mes soldats mettent en joue. Les Bleus n'ont rien à faire ici. L'abbé Remaud étend les bras et hausse le ton :

— C'est Noël ! J'ai dit : nous accueillons le « Prince de la Paix ». S'il vous plaît, rangez vos armes.

Une voix féminine reprend le *Minuit, chrétiens* là où le chantre Isidore l'avait laissé. Je reconnais cette petite voix familière. Dissimulée dans une immense harde de voyage et un gros capuchon de laine grise, je la vois qui s'approche de moi. Elle relève son capuchon. C'est elle. Je lui tends la main qui me reste. Elle lit dans mes yeux la surprise :

— Marie-Anne! Qu'est-ce que tu fais là?

Ma sœur me saisit par le bras et m'écarte de l'assistance. À voix basse, elle me glisse à l'oreille :

— Chut! J'arrive de Nantes. Je suis envoyée par la République.

— Tu es folle? Par la République?

— Oui, j'ai gagné leur confiance. Les représentants m'ont diligentée auprès de toi. J'ai tout entendu de leurs conversations. Ils veulent traiter avec toi, à tes conditions. Ils disent que tu as trente mille hommes, des réserves de cartouches venant de l'Angleterre, des greniers remplis pour trois ans.

— Tu veux savoir, Marie-Anne? Mon armée est à l'agonie. J'ai un mois de munitions. Un mois de farine. Et trois cents soldats.

— Mais ils sont convaincus du contraire. Ils se croient de plus en plus faibles. Et ils te croient de plus en plus fort. C'est le moment. À Nantes, c'est la disette des fourrages. La Convention est aux abois. La population veut la paix. À tout prix.

— Marie-Anne, je ne comprends rien de ce que tu me racontes… Mais on ne va pas rester là à mourir de froid.

Mon épaule se rappelle à moi, elle me brûle. J'invite ma sœur et les « mandataires » bleus à me rejoindre dans la salle aux tomettes, devant un bon feu de fougères. On commence par les présentations de cette délégation insolite. Surprise des capuchons qui se relèvent. Sous l'un d'eux, se dégage le visage admirable d'une splendide créole. Cadeau du ciel. C'est Noël. À côté d'elle, un bourgadin aux allures de robin obséquieux, avec des brodequins de notaire, calculés juste. Il m'inspire de la méfiance, avec sa tête de « reste-à-terre ». Quant aux officiers bleus qui accompagnent les plénipotentiaires, je les fais sortir. Le huis clos me paraît plus prudent. Marie-Anne est ravie de son effet. Je ne l'ai pas vue depuis si longtemps, mais j'ai hâte de comprendre :

— Où étais-tu cachée ?

— Devine…

— Je ne sais pas. Chez des paysans, au bord de l'Erdre ? Dans un rocher des côtes de Pornic ? À Couffé ?

— Non, j'étais chez les Bleus… Dans l'hôtel de Carrier… l'hôtel Villestreux.

— Mais tu as perdu la tête ? C'est l'hôtel qui loge toute la Terreur de Nantes…

— … et qui loge cette dame, que tu regardes en cet instant. Ma bienfaitrice, madame Gasnier, qu'on appelle, à Nantes, l'Américaine.

Je me tourne vers l'« Américaine ». Beaucoup d'allure, un brin de ruse dans ses yeux ardents :

— D'où venez-vous ?

— De Saint-Domingue.

— Pourquoi avez-vous choisi, à Nantes, d'habiter l'hôtel Villestreux?

— Parce que c'était l'immeuble le plus dangereux.

— Et pourquoi donc choisir l'endroit le plus dangereux?

— Parce que c'était le moins surveillé, le moins suspect, du fait même de la présence continue des conventionnels. Aucune cachette à Nantes n'égalait en sécurité cette maison des représentants. J'y ai trouvé un logement vacant. Je m'y suis installée, sur le même palier que les généraux et les députés.

— Mais vous étiez toute seule, dans cet appartement?

— J'avais avec moi mes enfants. Ma dernière fille, Zizi, amusait les Bleus avec son zézaiement. Ils ont fraternisé avec elle. Sans doute une ruse citoyenne pour frapper à ma porte. Un soir, ils se sont invités. Le premier que j'ai reçu, c'est Prieur de la Marne. Puis j'ai accueilli, dans mon modeste salon, Hoche, Alexandre Dumas, Vimeux, Canclaux, Bô, Bourbotte, Ingrand, Hentz. Je leur ai mijoté de solides fricots qui ont créé du liant.

— Et vous serviez vous-même ces régicides?

— Non, j'avais deux domestiques.

— Les pauvres, ils sont restés à Nantes?

— Non, ils ont tenu à m'accompagner : mon valet de chambre et ma cuisinière.

— Vous plaisantez ?

Éclat de rire de Marie-Anne et du « reste-à-terre » aux bottes de notaire. L'Américaine reprend :

— Je vous présente mon valet de chambre, monsieur Bureau, ancien magistrat à la chambre des comptes de Bretagne, dûment mandaté par la République. Et voici ma cuisinière, la citoyenne Marianne, dont les soupes flattaient les narines des Bleus.

— Je ne vous crois pas.

— Homme de peu de foi ! reprend Marie-Anne. Eh oui ! Nous étions chez l'ennemi. Et nous avons tout écouté, tout entendu : leurs confidences, leurs plans, leurs doutes.

— Incroyable Marianne ! La cuisinière de combat qui change d'orthographe sans changer de prénom ! Raconte-moi ce qu'ils disent.

— Ils se disputent entre eux. Certains, comme Canclaux, ne veulent plus se battre en Vendée. J'ai entendu le général Dumas grommeler : « Si, à mon arrivée en Vendée, j'avais reçu des ordres incendiaires, plutôt que de les exécuter, je me serais brûlé la cervelle. »

— Et pourquoi vous ont-ils envoyés ?

Silence. Marie-Anne sourit en regardant la dame de Saint-Domingue :

— Le charme des îles, mon général. C'est madame Gasnier qui a mis dans une tête de conséquence que, pour pacifier la Vendée, il fallait traiter avec le Grand Brigand.

— Dans la tête de qui ?

— D'un représentant, venu d'Angers, devenu, semble-t-il, à Nantes, le plus influent des thermidoriens.

— Qui est-ce ?

— Un dénommé « Ruelle ». Il a voté la mort du roi, mais il a voté ensuite le recours au peuple ; son deuxième vote est censé tempérer le premier et lui vaut une réputation de « régicide modéré ».

— Et que dit ce « Ruelle » ?

— Que les armées de l'Ouest sont à bout, que la Convention veut l'amnistie, qu'on ne sait pas du tout comment les choses vont tourner — république ou monarchie ? Depuis que Robespierre est tombé, tout ce petit monde chancelle et hésite à mettre ses œufs dans un seul bonnet phrygien. Les choses ont bien changé à Nantes, avec la famine qui désole la ville. Le peuple veut la paix. Et Ruelle nous a confié : « La paix sera mon œuvre de gloire. »

— Si je comprends bien, Ruelle serait sensible au charme créole et c'est pourquoi il vous envoie vers moi.

— Oui, c'est à peu près cela. Et il est prêt à tout, y compris à une promesse secrète, pour te remettre le petit roi du Temple et sa sœur.

— Tu parles sérieusement ? Il te l'a vraiment dit ?

— Pas à moi, mais à madame Gasnier.

Je questionne immédiatement l'Américaine. Elle se délivre de tout ce qu'elle sait. Avec un aplomb, une désinvolture dignes d'un agent anglais sur les quais de Brest. Elle me dévoile le projet des Bleus. Je comprends, devant tant de facilités, qu'elle a pu enrouler de ses lianes la crédulité des régicides. L'élégance de ses manières les a fait voyager au pays des politesses perdues. Et en même temps, elle tutoie à merveille, elle a le mot cru des nouvelles fraternités. Une vraie citoyenne. Elle saura donner à la concorde, sur les deux rives de la Loire, des allures exotiques. L'idée de la paix ne me déplaît pas. La citoyenne non plus. Ah, l'Amérique !

La berline repart à Nantes avec ma réponse : c'est « oui pour les pourparlers ». Un « oui » du bout des lèvres, pour parler. Un « oui » mangé de scrupules. Comment conclure une paix avec des assassins ? Et comment donc l'établir sur tous ces courages sacrifiés que j'ai envoyés au feu ? Comment peut-on laisser penser qu'ils sont morts pour rien ? Je crains d'être une dupe. Je ne suis pas rompu aux cautèles de la diplomatie. Je ne suis qu'un soldat. Que dois-je faire? Autour de moi, les officiers s'interrogent. Les soldats aspirent à la paix. Les chefs sont plus méfiants. Le Moëlle, Poirier de Beauvais, Savin sont hors d'eux :

— On traite quand on est vaincu, pas quand on est vainqueur. Or, les Bleus sont vaincus. On ne peut donc pas se soumettre.

Je consulte un sage, l'abbé Remaud, qui est à la fois notre commissaire général aux vivres et notre aumônier. Il cite l'Ecclésiaste :

— Il y a un temps pour tout : un temps pour déchirer et un temps pour recoudre.

— Dans quel temps sommes-nous, monsieur l'abbé?

— Dans le second. Il est temps de recoudre.

La mission que je lui ai confiée lui permet de connaître l'état de nos subsistances. Il sait qu'il n'y a plus rien à manger et que notre résistance s'essouffle. Je me dis qu'au fond, engager les pourparlers, ce n'est pas traiter et que traiter, ce n'est pas se rendre, c'est se donner le temps de reprendre son souffle, de refaire de la poudre et de convaincre les Princes qu'il est urgent de débarquer.

Les Bleus ne manquent pas d'habileté. Ils joignent le geste à la parole. C'est bien vu : un matin, c'est la surprise dans mon quartier général. Couëtus court en criant : « Mes filles! Mes filles! »

Et je vois arriver les deux filles Couëtus dont on était sans nouvelles depuis leur arrestation à Bouin, il y a un an. Ruelle vient de les faire libérer en signe de bonne volonté. Mon général en second en est tout retourné, il verse du côté de la paix.

LA MARCHE DU TRIOMPHE

C'est sur la lande du Lion d'or, près du château de La Jaunaye, qu'aura lieu la négociation.

Je quitte mon camp de Belleville, précédé d'une escorte de trois cents cavaliers, montés sur des bidets harnachés de ficelles à foin. Ils ont tous accroché à leur chapeau une cocarde de serge blanche. En arrivant au Lion d'or, j'aperçois la tente dressée pour le rendez-vous. Elle est entourée de fantassins et de chasseurs bleus aux uniformes impeccables. Les représentants ont fait flotter, au-dessus de la tente, un drapeau tricolore. Les deux détachements de part et d'autre s'observent ; les étriers de corde font face aux étriers de cuivre qui montent la garde.

J'aperçois, qui entrent dans la tente, les douze commissaires de la Convention. Ils se retournent et cherchent des yeux « le Grand Brigand ». À mon tour de pénétrer sous la toile chamarrée. Je suis un monument de curiosité pour l'autre côté de la table. On me dévisage, on me couve. J'ai choisi une toilette qui fait impression : les commissaires m'examinent de la tête aux pieds, criblent de leurs attentions ma veste couleur chair aux parements rouges, et surtout mon scapulaire brodé d'un crucifix, avec cette légende qu'ils déchiffrent : « Vous qui vous plaignez, considérez mes souffrances. » Puis c'est mon chapeau qui excite leurs perplexités : car mon panache aux plumes blanche, noire et verte les intrigue. En me décoiffant pour les saluer, je les affranchis et leur décline les trois couleurs : le Roi, le Deuil, l'Espérance.

À mon tour d'observer mes vis-à-vis. Soudain, je songe en les regardant : en face de moi, s'est assise la Révolution ; il va falloir traiter avec ces gens-là qui ont commandé le grand brûlement. Heureusement, je ne suis pas tout seul. Couëtus, Fleuriot, Sapinaud, l'abbé Remaud, Auvynet m'entourent. Douze contre douze. J'ai longuement réfléchi aux balises d'un bon traité : il faut qu'il autorise la liberté de croire. Et que le territoire insurgé soit érigé en un corps de nation, avec la transformation de l'armée vendéenne en une garde territoriale, pour pouvoir, plus tard, faire vivre la clause secrète. Quand le petit roi nous sera remis, ce corps de nation dissident deviendra un petit royaume. Enfin, je veux une indemnisation, qui fixe la responsabilité et souligne que ce n'était pas une guerre, mais une extermination. Je veux que les coupables se désignent eux-mêmes au jugement des temps à venir.

À la fin de la première séance, on nous annonce que, logés dans le château, nous sommes les hôtes de la République. La table de La Jaunaye s'avère d'une qualité supérieure à toutes les auberges du temps de paix. On invite les républicains aux dîners qu'ils nous offrent.

Dès le premier soir, je demande à m'entretenir avec Ruelle, dans la tente vide, gardée par des hussards. Il me confie, seul à seul, que le texte du traité pourrait comprendre deux parties : une partie écrite, émergée, proposée à la signature des parties ; et une partie orale, immergée, reposant sur une convention secrète.

— À quoi correspondrait cette convention secrète ?

— À l'engagement sur l'honneur de rendre la liberté aux Enfants de France et de vous les remettre, à Belleville, dans les quatre mois. Celui de nous deux qui rompt le secret périme cet engagement. Je vous demande le silence absolu. Mais sachez que je suis habilité, au plus haut niveau de l'État, à vous faire cette promesse. Votre soumission à la République, que nous proposerons dans le texte officiel, n'en devient que formelle.

À partir de cet instant, je ne me soucie plus des articles de détail. Mais il faut que mes officiers me suivent, alors même qu'ils n'ont pas les clés. Les clés de la prison du Temple dont on me promet le trousseau. Les conférences se succèdent. Les soirées au château, par l'abondance des agapes, rattrapent, aux frais de la République, des années de privations.

Au soir de la troisième conférence, la délégation vendéenne se lézarde. La dissidence a gagné nos rangs. On ne se mélange plus à table. Il y a le coin de la guerre et le coin de la paix qui ne soupent pas du même appétit. Quand j'entre au Lion d'or pour le dîner, je vois, au fond de la salle à manger, une table hérissée de regards hostiles. Sur des bancs serrés, qui me prennent à partie, ulcérés, se tiennent Launay, Savin, Le Moëlle. On y rédige une « adresse contre la paix ».

Poirier de Beauvais m'interpelle :

— C'est une honte de céder à nos ennemis plutôt que de venger la mort de nos parents.

— Nos parents se sont levés pour la liberté de croire, que nous venons d'obtenir aujourd'hui.

— C'est une folie de penser que les Bleus tiendront leurs promesses. Et c'est une autre folie de leur rendre nos armes, de nous dépouiller de notre artillerie.

— Mais nous avons obtenu une garde territoriale, constituant le pays de Belleville en un corps de nation, qui fera lui-même sa police sur son territoire, une police soldée par le Trésor public.

— Une police soldée par le Trésor public est une police « de » la République. D'ailleurs, dans le préambule, vous reconnaissez cette République !

— Comme tous les rois d'Europe l'ont reconnue...

— Leur faute n'excuse pas votre lâcheté. Où est donc la question du roi dans ce beau traité ? Nulle part. C'est pourquoi nous avons décidé de quitter la tente des douteuses promiscuités, qui abrite le face-à-face des régicides et des traîtres.

La situation m'échappe ; je prends à témoin tous les convives :

— Écoutez-moi, chers amis, je ne peux pas vous dévoiler les motifs qui m'engagent à faire la paix. Je vous demande seulement d'avoir assez de confiance en moi pour les croire honorables. Sachez que l'édifice du traité ne tient que par une clause secrète qui en est la clef de voûte. Ce que je ne puis vous dire aujourd'hui vous sera connu un jour prochain.

Le lendemain matin, c'est la signature. Il y a de la gêne des deux côtés. Puis chaque partie regagne ses pénates.

À Belleville, je fais élever une nouvelle demeure. On l'appellera « le palais royal ». Personne ne dit mot, mais chacun imagine que c'est pour un hôte de haut rang.

On me sollicite pour que je vienne défiler à Nantes, à la demande de la ville. J'hésite. Et j'obtempère. En pensant que cette exhibition favorisera d'heureux augures. Ruelle s'en verra crédité. Donc renforcé. Tant mieux pour la clause secrète.

Les tambours battent. Les fanfares sonnent. Le canon tonne. La foule acclame. La tête de la colonne, derrière les grenadiers de la garde nationale, débouche sur le pont de Pirmil. Toute la population est sur le pas de sa porte. On célèbre la « fête de la Pacification ». Les fenêtres, qui festonnent au vent dans un entremêlement de lys et de cocardes, font pleuvoir sur la « parade de la Paix » des bouquets de fraternité.

On m'a placé en tête du cortège, entre les généraux Canclaux et Beaupuy, qui portent l'habit à larges basques des cérémonies solennelles. De partout fuse le même cri : « Vive l'union ! » Voilà que, soudain, cette ville que nous avons attaquée et qui nous a vaincus, la ville de Carrier, des noyades et de la guillotine, cette ville de la Terreur, dans l'allégresse, se donne à nous. Vertige et gêne.

Qu'est-ce donc au juste que cette « union » qui tourne les têtes ? Et que signifie cette cérémonie des rameaux qui retient les rancœurs et les déguise plus qu'elle ne les dénoue ? On me promène. Comme un vainqueur ou comme un trophée ? Le cortège du triomphe traverse la houle lentement. Je retiens mon cheval caparaçonné de lys d'or, excité par les coups de canon. Mon tailleur, Boetz — un Nantais qui est de la fête —, m'a confectionné une tenue de circonstance : un frac bleu avec un scapulaire à la boutonnière, une large ceinture ornée des marques du commandement. Un énorme panache blanc qui se balance sur mon chapeau à la Henri IV. Flottant au-dessus des tricornes de la cavalcade, il recueille les salves d'honneur et les vivats qui bousculent le cordon des troupes et nous escortent de leur feu. Derrière la crête du défilé, marchent, pêle-mêle, les officiers blancs et bleus des états-majors des deux armées. L'union.

J'interroge du regard Canclaux qui me fait les honneurs de la ville. À son invitation, je m'engage sur les quais, noirs de monde. Je passe sous les balcons des bourgeois négriers qui, naguère, faisaient tomber leurs moqueries sur le petit cadet de marine. Aujourd'hui, ils saluent le retour du « grand frère égaré » en criant : « Vive la paix ! »

Des dames, gloussant sur mon passage, me brigandent de l'œil derrière leurs maris et m'envoient un baiser furtif. Les femmes aiment les vainqueurs.

Mes « moutons noirs », avec leurs selles en peaux de brebis, prennent, sans trop comprendre, leur part de l'ovation et de la liesse. Ils précèdent deux carrosses surmontés de bonnets rouges, qui transportent la Convention. Par les portières, les « commissaires pacificateurs » agitent des petits drapeaux tricolores pour signaler leur participation active au succès de la paix.

La marche triomphale investit le cœur de Nantes. On passe devant le château, la place Cincinnatus, l'hôtel Villestreux où madame Gasnier secoue un mouchoir blanc, puis le quai de la Tremperie, qui ouvre sur la place du Bouffay.

On a osé nous faire passer par là ? Je me retourne vers Couëtus, mon second, qui marche juste derrière moi. Il cherche du regard, sur cette sinistre place du Bouffay, l'emplacement de l'échafaud où son épouse a eu la tête tranchée. Je pense à mes cousines Vaz de Mello. Je les entends supplier, chanter. C'était hier, devant cette foule qui semble revenue, qui exulte et applaudit le bourreau, et se repaît du sang qui ruisselle sur ce pavé de martyrs à jamais souillé par la honte. Nous sommes saisis, pétrifiés. Là-bas, en face de nous, la prison, le haut perron du tribunal qu'ont descendu tant de victimes de notre parenté.

Tout autour de la place, c'est la même assistance. Elle a seulement changé de gourmandise : les têtes qui tombaient hier, les têtes qui défilent aujourd'hui, sont de la même famille. La République assure le spectacle… Les acclamations sont insupportables. Je lève la main vers le public :

— Taisez-vous, s'il vous plaît !

J'impose à mon cheval un temps d'arrêt. Impossible de fouler ce pavé avili. Canclaux et Beaupuy bourdonnent de fureur. Mais, pris au dépourvu, ils s'arrêtent avec moi. Et derrière eux, tout le cortège. Puis la musique interrompt son morceau. Silence des ombres. Je me découvre. Les officiers bleus font de même.

La foule a compris. Elle se tait et se décoiffe à son tour. Plus un cri. Plus un murmure. La place du Bouffay devient, en cet instant suspendu, la place des contritions.

L'idée me vient de tirer mon épée de l'arçon de ma selle. Je salue lentement la figure virtuelle de l'innocence immolée, devinant, à côté de moi, les trépignements des généraux bleus, la main au feutre, agacés par cette « fausse note » qui rompt les nouvelles harmonies et trouble le protocole. Cette scène impromptue marquera les esprits. Ils le savent.

La marche en avant reprend de plus belle. Le cœur lourd, l'esprit ailleurs, j'entends, sous les fenêtres de l'hôtel Villestreux, où on nous a convoqués pour un banquet, qu'on crie maintenant : « Vive Charette ! » On m'appelle au balcon. On veut me voir.

On m'entraîne à la danse. L'humeur me revient. Des grappes de femmes enjouées se tiennent par la main tout autour de moi, dans une figure de contredanse. Me voilà cerné par un essaim de jeunes Nantaises, ravies de me retenir entre leurs mains.

— Vous êtes prisonnier, général !

D'un coup de jarret, je bondis et brise le charme :

— On ne prend pas Charette, mesdemoiselles.

La fête n'en finit plus. On nous présente à la foule, on nous entraîne dans les cercles de bon ton et les cabarets, où beaucoup de Vendéens cèdent à l'intempérance. Je retrouve l'aubergiste de Couffé et la Chantal. De leur balcon joufflu, ils m'envoient un baiser de paix. Cette fête leur rachète une conscience. Une nouvelle vie commence pour eux. Débarrassée des repentirs. Vive l'union ! L'union des patrimoines !

Partout, on cherche à nous retenir. Tous ces bonheurs factices me pèsent, ces douceurs de la paix sont peut-être des poisons. On ne prend pas Charette. Donc je m'en vais. Pour regagner mes cantonnements de Belleville et préparer là-bas le palais des Enfants de France.

Dans tous ces banquets où pacificateurs et pacifiés boivent à la même coupe, une pointe d'amertume me reste au fond du calice. J'ai senti courir un frisson de calcul chez les conventionnels. J'ai juré à Ruelle le silence absolu sur sa promesse. N'est-ce pas un piège ?

N'aurais-je, finalement, échangé que mes candeurs de soldat attaché aux chevaleries d'autrefois contre de simples habiletés ?

LA PRINCIPAUTÉ DE VENDÉE

Bénigne de Montsorbier brode aux fenêtres du petit « palais royal » quelques dentelles aux couleurs impatientes. On attend le roi — l'enfant roi — et on goûte les tranquillités de la paix. Le pays de Belleville a gagné les attributs d'une sorte de principauté capétienne. Les paysans et les artisans de mon escorte ont pris l'uniforme des chevau-légers, mousquetaires et gendarmes… Ce corps de mille huit cents hommes habillés en chasseurs à la française se prépare en secret, pour la fin du printemps, à la garde du petit prince de la Maison de France. Les compagnies républicaines ne peuvent entrer sur mon territoire qu'avec un sauf-conduit. Partout flotte le drapeau blanc à l'ancre de marine.

Les courriers se succèdent à mon « cabinet » : un ancien officier de la Marine royale m'apporte une lettre du Régent qui, à travers mes succès, me salue comme le « second fondateur de la monarchie ».

Même Du Guesclin n'a pas reçu un titre pareil. Et voilà que je suis nommé « lieutenant-général du royaume » — honneur insigne pour le mangeur de hérissons de la forêt de Grasla, mué, par les événements, en interlocuteur des grands de ce monde. Un peu plus tard, le général Souvarov, le chef russe célèbre, m'écrit de Varsovie : « Héros de la Vendée, dernier des chevaliers français, l'Europe étonnée te contemple, l'Univers est plein de ton nom... » En Amérique même, on parle de moi dans les log-houses des bords de l'Hudson. Les jeunes gens des anciennes familles se rêvent en aides de camp de mes lieutenants, à ma cour. Versailles est à Belleville.

Heureuse surprise familiale, mon frère Louis-Marin arrive un beau matin. Il a quitté l'armée de Condé. Retrouvailles de l'affection. Nous pleurons tous les deux.

Quelques jours après, un de mes anciens camarades de Brest m'apporte — écrite sur taffetas de gaze et cousue dans la doublure de sa carmagnole —, une lettre qui me touche au cœur, signée de monsieur Hector : « Je me félicite de commander un régiment qui rassemble plus de deux cents officiers de la Marine et qui désire augmenter, s'il est possible, votre gloire. Vos travaux, vos talents, les titres que vous avez acquis, tout fixe votre place et la nôtre.

Je vous demande seulement, monsieur, de choisir la mienne aussi près de vous qu'il sera possible. »

Monsieur Hector vient donc se mettre sous les ordres du petit Athanase, le garde de marine. Au même moment, la Cour d'Angleterre elle-même propose son aide. Je refuse « l'or anglais » et réponds aux missives venues de Londres : « Les Anglais seront toujours les ennemis de la France. » Mes antipathies demeurent plus fortes que l'intérêt du moment. J'affecte de signer « Chevalier Charette, ancien garde de marine ».

Hélas, bientôt, les nuages s'amoncellent. Les promesses ne sont pas honorées. La solde des gardes territoriaux tarde à venir. Que fait donc le Trésor public ? Les indemnités convenues à La Jaunaye, qui devaient rebâtir les métairies, ne sont pas payées. Les postes républicains multiplient les incidents et les vexations avec mes amis, les « ci-devant révoltés ». Et, le vingt juin 1795, à midi, c'est le coup de tonnerre. J'apprends que le petit prisonnier du Temple est mort il y a près de deux semaines, sans doute empoisonné. Le « palais royal » restera vide. À jamais. J'enrage, accablé de larmes.

Ruelle m'a trompé, la République me trahit. Tout s'effondre. Le traité de La Jaunaye devient un monument d'imposture. On me remet la lettre adressée au représentant breton Guesno, signée par les sept membres les plus influents du Comité de salut public — Sieyès, Cambacérès, Tallien... Cette instruction secrète m'éclaire : « Le moment approche, où, d'après l'article II du traité secret, il faudra présenter aux Vendéens une espèce de monarchie et leur montrer ce bambin pour lequel ils se battent. Nous te répétons, cher collègue : la Vendée détruira la Convention, si la Convention ne détruit pas la Vendée. Il faut que les Vendéens se soumettent au régime général de la République ou qu'ils périssent. Point de milieu, point de demi-mesure, elles gâtent tout en révolution. Il faut employer le fer et le feu, mais surtout rendre les Vendéens coupables, aux yeux de la nation, du mal que nous leur faisons. »

Je convoque toutes les paroisses sur la place d'armes du quartier général, à côté du « palais royal ». Jamais un tel silence ne m'a accueilli ; je vais chercher, au plus profond de moi-même, les mots de l'indignation :

« Chers amis,

Le moment est venu de déchirer le voile qui couvre les véritables clauses secrètes du traité de pacification de la Vendée, et de faire connaître aux Vendéens, à tous les Français et à l'Europe entière, les motifs qui m'ont conduit à cette apparence de conciliation avec la soi-disant République française.

Après deux ans de la plus cruelle et de la plus sanglante guerre civile, dont les fastes de l'histoire des siècles, même les plus barbares, n'offrent point d'exemple, chargé du poids de tous les malheurs d'un peuple dont j'ai été le chef et le soutien, je désirais pour lui, sinon une paix définitive, du moins quelques instants de relâche à ses maux. Ma sensibilité m'entraîna à lui procurer la douceur d'une paix à laquelle il se refusait.

Des délégués de la Convention me furent envoyés. Canclaux, général des armées républicaines, Ruelle, représentant du peuple, se présentent à moi sous les dehors de la bonne foi, de l'humanité. Ils me proposent la paix ; ils connaissent les motifs qui m'ont amené à prendre les armes : mon amour constant pour les malheureux Enfants de nos rois et mon attachement inviolable à la religion de nos pères. Ils m'entraînent dans plusieurs conférences secrètes : "Vos vœux seront remplis, me disent-ils, nous pensons comme vous ; nos désirs les plus chers sont les vôtres ; travaillons de concert, et, dans six mois au plus, Louis XVII sera sur le trône ; la monarchie s'établira sur les ruines de l'anarchie populaire. Vous ajouterez à votre gloire celle d'avoir concouru à cet heureux changement et au bonheur de la France entière. Mais, pour y parvenir, nous vous recommandons la prudence et la circonspection ; il ne faut pas fronder ouvertement l'opinion publique ; car ce n'est que par degrés que l'on peut parvenir à ce nouvel ordre des choses."

Alors nous avons tous senti la joie renaître dans notre cœur ; nous avons senti plus vivement encore que nous étions français ; nous avons cru toucher au moment heureux de voir renaître la douce tranquillité dans ces lieux infortunés ; j'ai donc consenti, quoique avec toute la répugnance possible, à toutes les démonstrations et parades extérieures que l'on a exigées de moi. Nous avons fait taire notre ressentiment.

Mais quelle n'a pas été notre indignation, lorsque nous avons vu notre confiance trompée par la mauvaise foi de ces hommes versatiles et, toujours aux circonstances, lorsque nous avons vu commettre des hostilités en tout genre, lorsque nous avons appris surtout que le fils infortuné de notre malheureux monarque avait été lâchement empoisonné ?

L'honneur et notre attachement au Trône et à l'Autel me dictent aujourd'hui de reprendre les armes. Je renouvelle le serment à jamais irréfragable de ne les déposer que lorsque l'héritier présomptif de la couronne de France sera sur le trône de ses pères et lorsque la religion catholique sera reconnue et fidèlement protégée.

Ô Français! qui méritez encore ce nom-là, ralliez-vous à nous. Sortez de cette lâche apathie dans laquelle vous languissez depuis si longtemps. Ralliez-vous au centre commun de l'honneur et de la gloire des Français. Cessez de servir vos bourreaux. Que l'expérience vous instruise à choisir une mort glorieuse plutôt qu'une vie à jamais flétrie par le crime. »

Dès le lendemain de ma proclamation, affichée partout, la guerre recommence. Très vite, nous mesurons la difficulté de reconstituer une armée après une si longue parenthèse qui a amolli les esprits et les a tournés vers la douceur des jours. Les mauvaises nouvelles s'enchaînent : le débarquement des forces émigrées aura lieu ailleurs que sur les côtes vendéennes. Je ne reverrai pas monsieur Hector. Quelqu'un a décidé pour lui; jamais il n'aurait lui-même choisi d'amarrer sur une presqu'île comme Quiberon qui s'ouvre tel un piège. Hoche s'en amuse : « Les ennemis sont dans la ratière et moi, avec quelques chats, à la porte. » Les anciens de la Marine royale se font massacrer en rangs serrés. La sauvagerie des Bleus appelle de ma part une réponse immédiate : je fais fusiller deux cents prisonniers à Belleville, j'en gracie six, en leur confiant une lettre d'avertissement pour leurs chefs : « Mes camarades officiers de marine ont été assassinés de sang-froid. C'est avec la plus vive douleur que je me suis vu forcé d'user de représailles afin d'empêcher, s'il est possible, de pareilles barbaries. Mais je vous déclare que j'en userai ainsi à l'avenir, toutes les fois qu'on égorgera des prisonniers royalistes. »

Je sens venir le temps des grandes défections. La République m'a trahi, le roi m'abandonne en me couvrant de titres de comédie. Bientôt le clergé me quitte. Les autorités épiscopales organisent, au Poiré, un synode qui réunit tous les prêtres du diocèse de Luçon. Le message est clair : la religion n'a plus besoin de la guerre ; l'Église entend prêcher l'Évangile, ne plus se mêler de politique et traiter directement avec les pacificateurs de La Jaunaye. Les deux vicaires généraux envoient aux administrateurs de la Vendée la « liste des pauvres » des paroisses, pour obtenir directement des secours en leur faveur. Les Bleus prodiguent des indulgences et offrent des soutanes neuves. Pour la République, c'est pain bénit. Pour moi, c'est le coup de grâce. Nous nous sommes levés pour la religion. Le fils aîné de l'Église — qui en recevait l'onction — en était le protecteur, l'oint du Seigneur. *Nisi potestas a deo.* Nul pouvoir qui ne vienne de Dieu. Tout procédait du Ciel de nos pères. Pour nous, la question du roi et de la religion était la même, le corps et l'âme du royaume. Le corps a été décapité et voici que l'âme fugue vers le bourreau qui lui ouvre sa bourse.

Hoche — pas de chance pour moi car c'est un chef habile — va s'engouffrer dans la brèche, pour dissocier le Trône et l'Autel. Il a senti la lassitude des paysans, épuisés par ces courses éperdues, désormais inutiles puisque nous avons obtenu la liberté du culte. Cette guerre, pour eux, n'a plus de but. Les prêtres, traqués, ne le sont plus. Ils reviennent… Où est l'espoir ?

Une petite luciole s'allume au loin sur la mer, qui fait courir un ultime frémissement dans l'intérieur des terres : l'arrivée, la présence d'un prince. C'est l'amiral de Vaugiraud — une gloire de la guerre d'Amérique — qui vient m'apporter la lettre du comte d'Artois : « Me voilà enfin près de vous… »

Le débarquement se fait à l'Isle-Dieu. Dans le sillage du Prince, fait route vers le plus petit port de France — le port de La Meule — un corps déchu de marins fantômes. Dans une autre vie, ces parias d'extraction chevaleresque furent des héros de la mer. Leurs états de service, portés par l'écho des bons vents, sifflaient, dans les haubans de haute rumeur marine, des airs de victoire : Yorktown, Ouessant, Boston, Fort-Royal. Le service et les fortunes de mer leur donnaient à vivre dans l'intimité des malheurs de la France. Ils rentraient au port des triomphes, burinés, invincibles, éternels. Compagnons de Bougainville et de La Pérouse, contemporains des mers savantes, les voilà aujourd'hui frappés de mort sociale : des « aristocrates », des « marins », des « ennemis du peuple ». Leur vie n'est plus une vie, ils n'ont de port d'attache que leurs nostalgies. Ces gloires abolies qui viennent vers moi n'ont plus ni mer ni terre, on les a interdits de leurs patries intimes, de leurs journaux de bord et de leurs fiertés. Ils n'ont plus rien à raconter. Malgré tout, ils ont gardé de leur état et de leur lignée leur ardeur splendide. Ce sont des combattants. Je les vois dans ce petit port de l'Isle-Dieu manœuvrant, parmi les anses déchi-quetées, les misérables voiles des pauvres barques de sardiniers. Ils attendent, la main tremblante sur la garde de l'épée rouillée — comme ils l'ont appris de leurs pères —, les ordres. Pour rejoindre la côte. Et venir fondre leur destin de naufragés dans mon armée de spectres des sables.

Portant le col des Rouges bordé d'or du Grand Corps pour accueillir Monseigneur, je suis là, sur la plage ; je l'attends, avec quinze mille hommes, la faux ou le fusil brandis face à la vague qui porte vers nous le Bourbon du dernier espoir. Le temps passe. La marée monte. Ni chasse-marée ni voile royale.

La mer se retire. Un messager de malheur s'approche de moi :

— Le Prince ne viendra pas.

— Monsieur, allez lui dire qu'il m'envoie mon arrêt de mort. Aujourd'hui, je suis entouré de quinze mille hommes. Demain, ils ne seront que trois cents. Je n'ai plus d'autre issue que de m'enfuir ou de périr. Je périrai.

Hoche — le Pacificateur — a gagné sans combattre. Sur le chemin du retour, j'entends les claquements de sabots qui s'éloignent, je vois quelques volets qui se ferment. Les gens n'aiment pas s'approcher du malheur. La République, le roi, le clergé me tournent le dos. Je suis seul. Les paroisses me quittent. D'un pas de vicaire. Heureusement, le carré de mes lieutenants manifeste sa fidélité. Les officiers de La Fonteclause.

Ce qui nous unit est d'une essence supérieure aux conjectures de nos misères : je suis lié avec eux par un serment, le serment de l'ormeau de La Fonteclause — « Je ne reviendrai ici que mort ou victorieux ».

Il ne s'agit plus de vaincre, mais d'accomplir.

LA DERNIÈRE VEILLÉE

HOCHE gagne les campagnes en achetant les cures qui encensent la Paix. Il désarme les paroisses en désarmant les esprits : « Le conflit est fini. Rentrez chez vous. » Les paysans cèdent peu à peu ; ils livrent leurs fusils pour récupérer leur bétail confisqué et renoncent au combat.

Mon armée fond avec les dernières neiges. Je n'ai plus qu'une poignée de fidèles. Nous quittons Belleville. Une bande de fuyards qui sautent les fossés et s'enfoncent dans les musses renardières. Désormais, je ne fais la guerre qu'à pied. On ne s'arrête plus dans les métairies, ce serait imprudent. Hoche a recommandé à ses officiers de pratiquer l'intelligence et la propagande. Il promet de payer en louis d'or la besogne des espions. Nous multiplions les précautions. Je vois venir vers moi des paysans munis de cocardes blanches. Mais ce sont des hussards déguisés, qui rusent et viennent pour me tuer. Nous sommes entrés dans une guerre soupçonneuse. Les traîtres, que nous appelons des « navettes », passent chez l'ennemi et s'offrent de les guider contre nous. Nous essayons de repérer leur va-et-vient, les « navettes » sont parmi nous.

Dans chaque village traversé, nous attendent les délateurs, les nouvelles fortunes du moment. La méfiance infecte les regards. La discorde s'avance, jusque dans nos rangs, au bras du soupçon et de l'intrigue. On nous vend, on nous trahit, on nous traque. L'idée de la soumission a infiltré mon entourage. Pour nuire, il faut être proche. Je me méfie donc de mes proches qui entretiennent, de nuit, des relations avec les Bleus. Sans me prévenir, ils « sont entrés en pourparlers » avec l'ennemi.

Un soir, à la Bralière, dans le grand salon, Couëtus, La Robrie, Caillaud, me lisent un mémoire rédigé à deux mains — une main blanche, une main bleue —, suggérant une reddition honteuse. J'écoute, impassible ; à la fin de la lecture, on me tend le papier. Adossé à la cheminée, je le jette au feu et entonne la formule de famille : « Tant que la charrette aura une roue, la charrette roulera ! » Je sens monter autour de moi la lâcheté et le déshonneur. Il semble que, pour mes lieutenants, le problème ne tienne plus vraiment à ceux qui nous combattent, mais à celui qui les commande : on m'envoie des émissaires de paix pour venir guetter, chez moi, quelque affaiblissement de mon caractère et cueillir nos lassitudes.

Pageot est mort. Guérin l'Ancien aussi. Le petit Prudent de la Robrie tombe à son tour. Les hussards de Travot mènent la chasse. Ils ont l'ordre de « ne pas laisser respirer leur proie ». Le temps est venu de délier mes fidèles du serment de La Fonteclause. C'est à La Bégaudière que je réunis ma garde expirante.

Au cœur de la forêt, dans la nuit, un feu de camp en voie d'extinction irradie d'une lueur de braise les parois de fougères d'une grotte improbable où j'ai convoqué ma petite troupe pour la dernière veillée. Tout autour, le silence, quelques hululements, un fond de bruit de l'hiver, le givre, le vent glacial. Chaque mort-vivant est accroché à un rocher, dans une crypte de guetteur, revêtu de lourdes hardes déchirées, une petite lanterne à la main. En face de la grotte, assis sur un tronc d'arbre, je tisonne un feu mourant. Levant la tête, je m'adresse, à voix basse, à mes derniers compagnons d'errance :

— J'ai reçu une lettre du général Hoche qui propose de me fournir une escorte de cavalerie pour que je parte à Jersey ou en Suisse…

Familiarité inhabituelle, Bénigne de Montsorbier m'interrompt :

— En exil ?

— Oui.

— Et vous voulez notre réponse ?

— Non, j'ai déjà répondu ce matin.

— Par l'affirmative ?

— J'ai répondu par une question : « Depuis quand ce gouvernement se croit-il autorisé à se faire l'agent de mes voyages et à me dicter la destination de mes séjours ? » Je n'abandonnerai pas mon pays et mes soldats.

Je vois Lucas qui se lève, brandissant sa torche. Il n'en peut plus. Il jette à ses camarades silencieux un regard de colère puis il braque la lumière sur moi.

— Mon général, vos soldats, vous ne comprenez pas qu'ils vous ont déjà abandonné ? Et que ceux qui restent n'ont qu'une envie, c'est de se retirer ? Demandez-leur !

— C'est exactement ce que j'allais faire… C'est notre dernière veillée… Les Bleus sont à quelques buissons, la main sur l'oreille. Ils nous guettent. Nous sommes cernés. Demain matin, ils auront tout bouclé. Pour s'échapper, c'est maintenant. Pour partir, c'est cette nuit. Vous êtes mes derniers fidèles, tous dans mon cœur. Vous avez traversé, avec moi, les grandes épreuves. Le moment est venu pour chacun d'entre nous de fixer son propre sort : partir ou rester…

Je lis, dans le balancement des lanternes, les oscillations de leurs porteurs. La chandelle qui tremble, c'est un cœur qui hésite. La petite lumière qui se pose, cela veut dire : je reste. La petite lumière qui se lève, cela veut dire : je m'en vais. La petite lumière qui va et vient : j'hésite, je pars ? Je reste ? Je ne sais plus... Le premier qui s'arrache à sa paroi est La Robrie, Hyacinthe. Il éteint la flamme de son falot :

— Vous comprenez qu'on puisse partir ?

— Oui, bien sûr. Je comprends que vous ayez envie de vous perdre dans la foule des bois morts, juste pour respirer... Vous avez tellement souffert !

La Robrie veut savoir de quel feu je brûle encore :

— Et vous, mon général, quel est votre choix ?

— Moi ? Je reste. Pour vous, partir, c'est vivre. Pour moi, partir, c'est mourir... à ce pour quoi j'ai vécu.

Lucas baisse les yeux ; il voudrait bien lever un scrupule moral. Il balbutie :

— Mais vous nous déliez...

— Du serment de La Fonteclause ?

— Oui...

— Bien sûr. Ce soir, je vous délie.

— Alors, je pars. Parce que ça n'a plus de sens de rester ici. Ce pays, qui nous a portés, nous abandonne. On est lâchés de partout. L'espoir mis en nous s'est évanoui. Les gens ne demandent plus rien d'autre que la paix.

J'interroge du regard les dernières flammes de la paroi. Savin s'éloigne. Puis revient. Puis repart en courant vers le fond du bois. Que pense mon général en second, Couëtus ?

— On fait peur à toutes les campagnes. Hier, trois métayers ont refusé leur grange. Ils disent tous : « On ne veut pas s'attirer d'ennuis. » Je pense qu'il faut partir.

J'entends Guérin le Jeune qui pleure dans son coin :

— Et toi le « p'tit Guérin » ? Tu décides quoi ?

— Je voudrais bien rester avec vous. Mais j'peux pas. Faut pas m'en vouloir, mais j'ai vingt ans demain. J'veux pas mourir. Je pars.

Je vois Le Moëlle qui promène sa torche nerveuse.

— Et vous, Le Moëlle ?

— Mon général, il faut que vous passiez en Angleterre. Vous reviendrez au printemps. Vous engagerez les Princes et les émigrés à vous suivre. La mort de vos soldats, ici, est inutile. Nous devons accepter la proposition de Hoche au nom même de notre cause ; pour qu'elle survive, il ne faut pas que la petite lumière s'éteigne. Si on meurt, la cause mourra avec nous. Alors…

Bossard fond sur lui :

— Le Moëlle, tu te trompes. C'est l'inverse : si nous vivons, la cause périra. Si nous périssons, la cause vivra. Les Bleus le savent. Pas question de leur tenir la chandelle. La petite lumière, elle est ici! Pas ailleurs! Je reste.

Le Moëlle se lève, vient vers moi, me fixe dans les yeux; lui qui a toujours tenu au front, il esquisse un tour sur lui-même, laisse tomber son fusil et sa lanterne. Puis s'en va en courant.

— Et toi Rezeau?

— Je pars, il faut que j'aille enterrer mes trois enfants et ma femme. Je vous laisse ma poudre.

Rezeau sanglote et me quitte. Il fait un signe d'au revoir avec sa torche. Il se retourne, hésite encore, la main dans le vide nous envoie des regrets : « Ne m'en veuillez pas. »

Le jeune Caillaud m'interpelle :

— Vous dites « partir ou mourir »! Mais il y a une troisième voie, que recommandent beaucoup de nos prêtres : déposer les armes et tendre la main, dans l'honneur…

— Tu dis « dans l'honneur »?

— Oui, vous en sortiriez grandi.

L'Irlandaise se lève d'un trait. Elle prend Caillaud à partie :

— Le général en serait déshonoré pour la suite des temps. Faut-il que ce soit une femme qui appelle au respect du serment de La Fonteclause ? « Mort ou victorieux » ! « Victorieux », c'est trop tard. Mais on peut encore mourir dignement. C'est-à-dire debout plutôt qu'au fond de son lit, avec un petit cri étouffé, égorgés, en pleine nuit, par les Bleus ! Nous, les femmes, on reste !

— Non, l'Irlandaise, toi, il faut que tu partes… Il est temps que vous, les amazones, rejoigniez vos familles.

— Vous savez très bien que, de famille, je n'en ai plus.

— Oui, je sais. Mais je ne peux pas vous garder. Ils vont nous saigner comme des sangliers. Lecouvreur, tu veux dire un mot ?

— Oui, pour poser une simple question : cette course à la mort, à quoi va-t-elle servir ?

Je n'ai pas le temps de répondre, l'Irlandaise lève sa torche :

— À faire vivre un symbole.

Elle vient vers moi et s'avise de me décoiffer. Elle brandit mon chapeau et le serre contre son cœur :

— À quoi ça peut bien servir ce plumet d'oie, roussi par la mitraille, frangé par les balles, emporté par le vent, perdu dans une forêt ?

— À ce qu'un enfant, peut-être, un jour, sur un sentier oublié, le ramasse… C'est un panache !

Je vois s'organiser le défilé du retour au foyer, une procession de petites lumières vacillantes qui s'éloigne dans la forêt. Il ne reste, autour de moi, qu'une grappe de résistants qui ont choisi de mourir ici. Nous somnolons sous la pluie. Mes aides de camp, l'Alsacien Pfeiffer et mon fidèle Bossard, font les cent pas pour la dernière veille, après la dernière veillée. Au petit matin, je réveille mes derniers lieutenants :

— Debout les sangliers !

Alors, en pesant mes mots, je jure, à voix basse :

— Nous verserons, pour la cause, jusqu'à la dernière goutte de notre sang.

LA MARCHE AU SUPPLICE

C'est quand s'ouvre la Semaine sainte que le calvaire commence. Une course effrénée, à travers les bois détrempés, sous une pluie battante. Le Mercredi saint, je franchis une dernière fois la Boulogne. De tous côtés, les limiers bleus nous pressent. Je les dépiste, jusqu'au bois de l'Essart. Mais là, dans ma fuite, je me retrouve nez à nez avec l'adjudant-général Travot et son peloton de chasseurs de montagne. Je me rejette en arrière. Les Bleus tirent. Le bois de la Chabotterie est complètement cerné par des pelotons de grenadiers. Soudain émerge, bondissant d'un trou d'eau juste en face de moi, armé de quatre pistolets, un immense hussard, qui s'arrache à la boue et y laisse une botte. Il fonce sur moi en hurlant. Il me vise comme un lapin, ma tête explose ; j'ai l'impression d'avoir perdu ma tempe et mon œil droit. Le sang coule sur mes joues et je ne vois plus rien. J'entends juste Pfeiffer, à côté de moi :

— Général ! Donnez-moi votre panache !

Il n'attend pas ma réponse et m'enlève mon couvre-chef, le coiffe et entraîne les Bleus dans son stratagème. Il devient la cible. Ils font demi-tour et courent après le plumet de Charette. Un court répit. Je m'échappe du côté opposé. Les tambours poursuivent Charette, le sosie, et l'encerclent.

Les hurlements de joie des Bleus viennent jusqu'à moi. Ils ont abattu le panache. Il est tombé dans un filet d'eau, Pfeiffer est tué. Les hussards s'arrêtent. Travot s'avance. Il prend d'une main ferme le plumet blanc sur le corps effondré du géant alsacien qu'il dévisage. J'entends un Bleu qui hurle : « Ce n'est pas Charette ! »

La traque reprend. Il faut courir. Vite. De plus en plus vite. J'ai de moins en moins de souffle. Je titube. Je brûle de mes fièvres. Bientôt, je n'ai plus assez de jambes, même pour marcher. Il faut me porter. Bossard me charge sur ses épaules, pour franchir une petite rigole de boue. Un coup de feu. Il s'écroule et me laisse choir. Une balle dans le dos. Je ne peux même plus enjamber les branches mortes, mes pieds s'embarrassent dans les épines. Mes forces m'abandonnent. C'est la fin, je le sens, je le sais. Je me traîne jusqu'à une cosse de frêne, au revers d'un fossé. La fusillade s'éteint. Les Bleus s'avancent avec précaution. Ils ont compris : ils tiennent leur proie.

Je n'irai pas plus loin. Je suis allongé, l'épaule plaquée contre la souche. Elle est creuse, calcinée. Une déchirure d'orage. Ma dernière cache. À même la terre, brûlée. La dernière étreinte qui mêle la boue, le sang et les sèves. Je n'ai plus de sensation dans ma main droite. Deux doigts sectionnés. Les arbres chavirent, le bois tourne, ma tête bourdonne, je perds mon sang. Une baïonnette me caresse le menton. C'est l'hallali. On me soulève un peu, pour voir ma figure. Le temps est venu de leur montrer que le courage, dans nos familles, vient de très loin. J'entends une voix, presque timide, haletante :

— C'est vous, Charette ?

— Oui… Où est votre commandant ?

— C'est moi. Je suis le commandant.

— Vous êtes Travot ?

— Oui.

— Un officier français ! Je ne voulais être pris que par vous.

— Vous êtes blessé à la tête ?

— Oui…

Il y a un long temps d'arrêt. Regard d'estime de deux soldats. Travot est ému. Il s'incline et, dans une sorte d'aparté qu'il me fait partager, il pose sa main sur mon épaule douloureuse, la retire, empourprée de mon sang, sort son mouchoir et soupire, en s'approchant de mon visage :

— Que d'héroïsme perdu!

— Non, monsieur. Rien ne se perd jamais!

En s'écartant un peu, arborant un sourire de connivence, il répète, par-devers lui, avec un hochement de tête : « Rien ne se perd jamais… »

On me brancarde sur une civière de branchages jusqu'à la cuisine du logis de La Chabotterie. On nettoie mes plaies et on me rend mon panache au plumet décapité. Je suis prisonnier. Entouré de soins. Ce n'est pas qu'on cherche à me guérir, mais à me rendre présentable à la foule de Nantes. On soigne le trophée, on le lave, on le voulait vivant, on le veut brillant, pour l'ultime promenade. À Pâques.

La cheminée crépite. Les tambours roulent, la troupe roucoule autour d'une barrique en perce. C'est la bousculade. Ils sont dix, vingt, trente, autour de moi. Ils m'ont déposé sur la table et me confectionnent des garrots. On me propose une gorgée de rhum. Un chirurgien vient me poser de sommaires appareils sur mes blessures. On me prend mes derniers souvenirs, une décoration de Saint-Louis, un médaillon de piété, et surtout mon espingole. Le grenadier qui me l'arrache à la ceinture ironise auprès des carmagnoles ; il lève sa gourde et boit à la capture de la bête ; ils ont pris le sanglier :

— Il faut le désarmer et, ensuite, il faudra l'attacher. Une bête comme ça, même prise des quatre pattes, elle aurait juste la gueule de libre qu'elle mordrait encore!

Le lendemain, on me transporte à Cholet, puis à Angers. C'est le Jeudi saint. Je rejoins la prison du Bouffay le Vendredi saint.

RIEN NE SE PERD JAMAIS

DEUX FILES de grenadiers m'encadrent sur la place. Ils ont peur que je m'envole. Devant la prison, se déploie un appareil militaire digne d'un siège plutôt que de l'escorte d'un prisonnier à l'agonie. Je suffoque. On sent, dehors, depuis les soupiraux, la mort et la misère humaine. Tant de Vendéens sont passés par ces allées de l'ultime prière! Tant de cris éteints!

J'entre dans la tour par le porche du grand perron. On me montre à la foule, un instant. Puis deux sentinelles, qui ne me quittent pas des yeux, me conduisent à la geôle, celle-là même où furent emprisonnées madame de Bonchamps et sa fille Zoé, que le brave Haudaudine a fait libérer; c'est là que, plus tôt, mes chères cousines Vaz de Mello ont attendu la mort. Le chirurgien des prisons — un nommé Valteau — vient renouveler mes pansements. Il recouvre ma plaie frontale d'une fine charpie. Mes blessures au bras, au poignet et à la main gauche sont vilaines et exhalent une odeur inquiétante. Le médecin me pose une petite planchette placée sous la paume. Il me fait des recommandations réglementaires. Comme si j'étais là pour guérir. Puis il quitte la geôle.

Je fais le tour du propriétaire. Le mur du fond est aveugle, en plâtre délavé, couvert de salpêtre, avec quelques mots griffés à l'ongle : « Liberté… Vendée. » Je me retourne : une immense grille isole la façade et les murs de côté. Quatre brigadiers de la police urbaine font les cent pas devant cette forêt de barreaux. Le sol est recouvert de paille souillée, avec quelques baquets croupissants et un morceau de pain moisi. J'entends la grande clé, rauque, qui tourne dans la serrure. La grille s'ouvre dans un lugubre grincement d'ancienne servitude.

Un piquet vient me chercher pour me conduire devant mes « juges », qui siègent à l'étage du dessus. Je marche avec difficulté. J'ai gardé mes bottes, qui me font mal, car je n'ai plus de bas et ma peau est prise dedans depuis huit jours. Il n'y a pas de chaise. Je reste debout. Le tribunal est composé d'un président et de deux assesseurs. En face de moi, je vois une brute sombre et grossière, le général Duthil, un ancien Mayençais qui achève de ternir ses galons. Ma camisole gris-bleu, toute déchirée, n'a pas été recousue. Le président du tribunal, qui connaît déjà la sentence, me nargue :

— C'est votre seul interrogatoire. Réponses courtes, s'il vous plaît : nom, âge, profession ?

— François-Athanase Charette. Trente-trois ans. Officier de marine.

— Que sont devenus vos lieutenants ?

— Ils se sont tous rendus.

— Et où sont-ils maintenant ?

— Vous devriez le savoir mieux que moi…

— … Relations avec les puissances étrangères ?

— Aucune !

— Et l'argent… ?

— De nos poches.

— Et la poudre ?

— Vos amis, les bourgeois nantais…

— Comment ?

— Un échange en nature.

— Un troc ?

— Oui. Nous leur fournissions des baricauts de froment contre des barils de poudre.

— Et vos complices ?

— Aucun.

— Les officiers anglais ?

— Monsieur, vous semblez oublier que combattre les Anglais, c'était mon métier.

— Où sont les preuves ?

— La guerre d'Indépendance, ça ne vous suffit pas comme preuve? Je suis lieutenant de vaisseau. Dans ma vie, j'ai porté deux causes : l'Amérique et la Vendée. La liberté des peuples.

Duthil hausse les épaules et ouvre la main vers mon panache :

— Et pourquoi cette plume blanche, qui vous désignait si imprudemment à vos adversaires?

— Une vieille tradition de la Royale. Un officier de marine n'abdique jamais l'honneur d'être une cible.

— Une cible?

— Oui, les Anglais visaient toujours en premier le commandant du bateau, sur la dunette.

— Assez de vantardise! L'interrogatoire est terminé.

Le premier assesseur prend le relais :

— Le tribunal donne le droit, avant jugement, d'exprimer un désir personnel. Alors?

— Me raser.

— La fosse commune, c'est pas un bal!

— Non, mais un officier de tradition part soigné.

— Oui, mais un brigand doit avoir l'air d'un brigand!

Alors, le président du tribunal hèle les gendarmes :

— Nous allons promener le condamné sur le même parcours que l'an dernier. On verra bien si l'accueil est le même.

C'est la revanche des généraux humiliés du cortège de la pacification. La marche au supplice empruntera donc le même trajet que la marche du triomphe.

Je n'ai plus de chapeau. J'enserre mes cheveux dans mon mouchoir, gorgé de sang. Les blessures se réveillent et sonnent à chaque pas le rappel de la mousqueterie finale et douloureuse, à La Chabotterie. Triste promenade, à pied, sans panache, sous une voûte d'insultes et de crachats. Un chevalier qui a perdu ses éperons est à demi dégradé. Pour moi, c'est bien pire : je ne suis plus qu'une charrette démontée, que bouscule la milice citoyenne de la Légion nantaise, ouvrant la marche. Une marée de caisses claires, de cymbaliers, de porteurs de serpents et de clairons, dans les rues étroites, déclenche un vacarme effroyable, appelant tous les habitants aux fenêtres.

Les chasseurs de la garde nationale précèdent les généraux Duthil, Travot, Grigny, qui font danser leurs chevaux et caracolent, empanachés. Implacables vainqueurs. On m'exhibe comme un captif de l'Antiquité. Les compagnies d'infanterie de ligne me pressent d'accélérer le pas. C'est impossible. Ma tête, qui incline à bâbord, ne suit plus mes ordres. Le sang coule dans mon sillage. J'ai le bras gauche en écharpe et le buste enveloppé d'une serviette devenue une flaque de sang. Mon pantalon de laine, à même mes plaies, excite la douleur de mes peaux vives, à chaque mouvement de jambe.

Dans les rues négrières de la déréliction, s'affiche le « Jugement » : « Condamné à mort. Exécution sur-le-champ. » Le quai de la Fosse laisse échapper des cris étouffés, derrière les volets fermés : « À mort le brigand ! » Je croise le rictus des fruitières et la morgue des épiciers des mille et une nuits. J'aperçois, tout en haut de son balcon, la silhouette oblique de l'aubergiste de Couffé et de la Chantal. Pas un regard. Pas un signe. J'entends des voix de femmes, les mêmes que l'année dernière, qui, m'envoyant des baisers furtifs, se pâmaient sur mon passage : « Qu'il est beau, ce Charette ! », et qui, aujourd'hui, ironisent :

— Ah, ce n'était donc que ça, Charette !

— Il n'est même pas rasé !

— Il ne tient plus debout !

— Avec son bandeau, on dirait un pirate !

— Il n'ose même plus nous regarder !

Au bout du quai de la Fosse, mes jambes me trahissent. Je m'effondre. Un gendarme me relève. On me fait entrer dans une boutique de sucre et de café d'Amérique. J'entends une voix méticuleuse, celle du boutiquier, qui s'affaire pour conjurer ma faiblesse :

— Mon général, prenez ce verre d'eau…

Cet élan de compassion m'accompagne par la pensée jusqu'au retour à la prison du Bouffay. Je m'allonge à même le sol. Je perds conscience, c'est la dernière nuit.

Au petit matin, la petite fille du geôlier vient vers moi. Elle a apporté un jeu de l'oie. À demi conscient, je lui raconte des histoires de Quiquengrogne. Elle éclate de rire, avec une ingénuité qui me ranime. Un ange du paradis de l'innocence est descendu sur cette paille honteuse. J'attends les deux dernières visites : celle d'un confesseur, un juroux, l'abbé Guibert, et celle de Marie-Anne qui, en me voyant, éclate en sanglots :

— Retiens tes larmes. J'ai besoin de mon courage, mais aussi du tien.

— Ils viennent de m'avertir : c'est demain matin… Tu as peur ?

— Ma petite sœur, j'ai frôlé cent fois la mort, j'y vais sans crainte.

Marie-Anne me quitte. Que dire ? Je balbutie quelques mots d'affection : je vais rejoindre papa et maman. Je lui recommande — supplication dérisoire de marin — de payer mes dettes chez Le Flamand, mon tailleur. Elle sourit. Et elle me promet qu'à une fenêtre de la rue de Gorges, sur mon passage, un prêtre brandira un mouchoir blanc en signe d'absolution, m'apportant ainsi les dernières consolations de la foi de nos pères.

Le beffroi sonne à toute volée. Un glas joyeux. L'heure est arrivée de l'ultime convoi. On me fait sortir sur le haut perron du Bouffay. Un silence absolu. Seulement troublé par un cri de haine. Je tourne la tête vers l'insulteur, avec des yeux de feu. Il perd contenance et disparaît. Je descends lentement les degrés du perron. Encore une promenade, la dernière. Je vais rejoindre Cathelineau, sur la place où il est tombé. Je regarderai la lucarne d'où est partie la balle mortelle qui nous a arraché le meilleur d'entre nous. J'ai trente-trois ans; un âge exact pour mourir à Pâques. Je récite à voix basse la prière des morts et ajuste mon accoutrement misérable. J'ai cédé à une dernière coquetterie, en dissimulant ma blessure à la tête avec mon foulard des Indes, rouge, noué à la créole : Aimée, Adélaïde, l'Américaine… je vous emporte avec moi dans un dernier sourire.

Les tambours roulent. J'avance au milieu d'une forêt de gendarmes. Le soleil lèche les toits d'ardoise. Nous allons avoir une belle journée. Je guette un volet qui doit s'ouvrir. Le voilà, au-dessus d'un balcon. Avec le mouchoir blanc qui s'agite, et un petit geste d'une main affectueuse et désespérée. Le mouchoir, c'est le prêtre qui me bénit. Et la main, c'est celle de Marie-Anne qui me regarde passer et fredonne le *Miserere.* Oh, mon Dieu, qu'il est dur de partir…

Sur la place, cinq mille hommes de troupe forment un immense carré d'exécuteurs. Au milieu, une dizaine de généraux, derrière Travot. Les roulements de tambours se répondent en écho et s'accélèrent. On m'adosse à un mur. Je refuse qu'on m'attache et qu'on me bande les yeux. Je veux voir la mort en face. Juste à côté de moi, on a préparé une bière en voliges neuves, une dernière attention de la République. Un adjudant s'avance. Il veut faire appliquer le règlement. Ce n'est quand même pas au condamné de commander sa mort. Eh bien, si! On me désigne une pierre sur laquelle on me prie de me mettre à genoux. Je fais signe de la main droite, en relevant la tête : c'est non.

Le chef du peloton hésite, puis hurle :

— Soldats! En joue!

J'en appelle à Travot. Il sursaute. Puis, en imposant la main, il fait arrêter le cliquetis. Il vient vers moi, à pas lents.

D'officier à officier, je lui demande une faveur :

— Pouvez-vous m'accorder la grâce de diriger le feu moi-même?

Il hésite, se retourne. Il se sent surveillé. Conciliabule. C'est accordé.

Je veux que la dernière image de ma mort soit empreinte d'élégance, jusqu'à la manière de m'affaisser. Un officier français ne tombe pas en s'écroulant. N'y aurait-il, à cet instant, qu'un seul regard pour surprendre le geste, cela suffirait. Rien ne se perd jamais. Je sors lentement mon bras gauche de l'écharpe où il est pris. Je relève la tête et j'écarte les mains de mon corps. Le peloton attend. Il obéit. Par un commandement muet, je lui fais signe, en mettant le doigt sur mon cœur : c'est là qu'il faut tirer, c'est là qu'on frappe un brave.

Crépitement du feu. Je pars en arrière, puis en avant. Je retiens mon corps qui hésite un instant. Ma jambe droite fléchit. Puis ma hanche. Mon coude me porte. Lentement, je tombe à genoux. « Entre tes mains, Seigneur, je remets mon esprit. »

François Athanase Charette de la Contrie
fusillé, le 29 mars 1796,
sur la place des Agriculteurs à Nantes.

ANNEXES

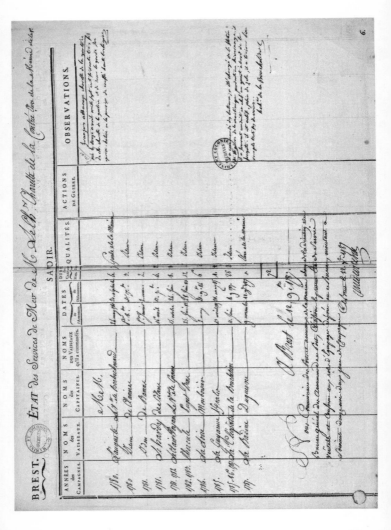

Cliché : atelier photographique des Archives nationales (cote MAR C-7-61).
Document conservé aux Archives nationales, Paris.
États des services de mer de monsieur Athanase Charette de la Contrie.

1.

Extraits des « Annales des départements de l'Ouest pendant les guerres des Vendéens et des Chouans contre la République française, par un officier supérieur des Armées de la République, habitant dans la Vendée avant les troubles », Jean-Julien Savary.

Lettre du général Santerre au ministre de la Guerre, le 22 août 1793 :

« [...] je ne saurais approuver la fabrication des piques, et j'en regrette la dépense. J'en ai déjà soixante mille de faites qui ne serviront à rien ; je n'approuve pas non plus la levée en masse : cela serait bien dangereux, à cause des subsistances et des manœuvres. Il vaudrait mieux distribuer cette levée par partie dans les places et les postes... *Des mines !... des mines à force !... des fumées soporatives ! et puis, tomber dessus...* [...] Un adepte, se prétendant physicien et alchimiste, présenta aux députés qui se trouvaient à Angers une boule de cuir remplie, disait-il, d'une composition dont la vapeur, dégagée par le feu, devait asphyxier tout être vivant fort loin à la ronde. »

Lettre du général Rossignol au Comité, le 11 novembre 1793 :

« [...] Je fais tous mes efforts pour détruire tout ce qui attente à la liberté, mais il y a encore des hommes humains, et en révolution c'est un défaut, selon moi.

P.-S. Il serait à désirer pour le bien, en mesure générale, que l'on envoyât près de cette armée le citoyen Fourcroy, membre de la Montagne, pour nous aider de ses lumières et enfin parvenir à la destruction de ces brigands. C'est le sentiment d'un de vos collègues qui connaît son talent en chimie. »

2.

Lettre de Jean Savin, un des lieutenants de Charette, adressée à Charette, le 25 mai 1793 :

« Nous fûmes vraiment étonnés de la quantité d'arsenic que nous trouvâmes à Palluau au commencement de la guerre. On nous a même constamment assuré qu'un étranger, qu'ils avaient avec eux et qui fut tué à cette affaire, était chargé d'assurer le projet d'empoisonnement. »

Extrait des Mémoires de la comtesse de La Bouëre :

« Voici un fait connu dans le temps de tous les habitants de Jallais. Après la bataille du 11 avril à Chemillé, les chefs royalistes dépourvus de munitions de guerre, et se voyant cernés par les troupes nombreuses de la République, prirent le parti de faire une trouée vers Tiffauges. Rien ne s'opposant à l'invasion des Bleus, le général Berruyer vint à Jallais, où, par parenthèse, ses soldats pillèrent et dévastèrent plusieurs maisons. Ils furent obligés d'évacuer ce poste plus tôt qu'ils ne s'y attendaient ; après leur départ, des femmes de Jallais trouvèrent parmi différentes choses oubliées, une espèce de boule en forme de poire, hermétiquement fermée, qu'elles n'osèrent ouvrir : cette boule était en peau ou parchemin. Elle fut portée au médecin du lieu qui constata qu'elle contenait du poison. Je crois, du sublimé corrosif ; aussitôt le bruit courut que les Bleus avaient le projet d'empoisonner les fontaines et les puits. »

Lettre officielle de Carrier, le 9 novembre 1793 :

« [...] Faites empoisonner les sources d'eau. Empoisonnez du pain que vous abandonnerez à la voracité de cette misérable armée de brigands et laissez faire l'effet.

Vous tuez les soldats de La Rochejaquelein à coups de baïonnettes, tuez-les à coups d'arsenic, cela est moins dispendieux et plus commode. »

3.

Lettre du commissaire Benaben à la Convention, le 6 nivôse, an III :

« Ici, on emploie une tout autre manière de nous débarrasser de cette mauvaise engeance. On met tous ces coquins-là dans des bateaux qu'on fait couler ensuite à fond. On appelle cela "envoyer au château d'eau". En vérité si les brigands se sont plaints quelquefois de mourir de faim, ils ne pourront pas se plaindre au moins qu'on les fasse mourir de soif. On en a fait boire aujourd'hui environ douze cents. Je ne sais qui a imaginé cette espèce de supplice, mais il est beaucoup plus prompt que la guillotine qui ne paraît désormais destinée qu'à faire tomber les têtes des nobles, des prêtres et de tous ceux qui, par le rang qu'ils occupaient autrefois, avaient une grande influence sur la multitude. »

4.

Témoignage judiciaire de Claude-Jean Humeau au tribunal d'Angers, le 16 brumaire, an III (6 novembre 1794), Archives départementales du Maine-et-Loire (1.L /8) :

« Aujourd'hui, seize brumaire, l'an III de la République, est comparu Claude-Jean Humeau, juge de paix de Ponts-Libres, lequel interpellé déclarera les connaissances qu'il a sur la conduite qu'ont tenue les membres de la Commission militaire, et ceux de l'ancien Comité révolutionnaire, lorsqu'ils exerçaient leurs fonctions dans la commune d'Angers, et de Ponts-Libres.

A déclaré

6° Que Pequel, chirurgien au 4ᵉ bataillon des Ardennes, écorcha trente-deux de ces cadavres, les fit porter chez Lemonnier, tanneur aux Ponts-Libres pour les passer ; que le particulier s'y refusa, qu'il sait que les peaux de ces victimes ont été apportées chez Prudhomme, manchonnier à Angers, place Chapellière. »

Extrait du Journal d'Aimée de Coigny, chapitre sur la Convention :

« Trois tanneries de peaux humaines, aux Ponts-de-Cé (près d'Angers), à Étampes, à Meudon, ont été identifiées ; à la fête de l'Être suprême, plusieurs députés en portèrent des culottes. »

Rapport de Saint-Just à la Commission des moyens extraordinaires, le 14 août 1793 :
« On tanne à Meudon la peau humaine. La peau qui provient d'hommes est d'une consistance et d'une bonté supérieures à celle des chamois. Celle des sujets féminins est plus souple, mais elle présente moins de solidité. »

Extrait des Souvenirs de la Comtesse de La Bouëre, La Guerre de la Vendée, 1793-1796 :
« Deux de mes camarades étaient avec moi pour cette affaire ; j'en envoyai dix barils à Nantes ; c'était comme de la graisse de momie : elle servait pour les hôpitaux. Nous avons fait cette opération, ajouta-t-il, à Clisson, vis-à-vis du château et près de la grenouillère. »
Je ne me rappelle pas lui avoir demandé ce que c'était que cette grenouillère, si c'était une auberge portant ce nom, ou la rivière dont il voulait parler...

Au reste, je puis, malgré la promptitude avec laquelle j'ai pris mes notes, faire quelques erreurs, particulièrement dans les dates que je m'étais étudiée à bien retenir, mais qui ont pu faire confusion dans ma mémoire, malgré l'effort que j'ai fait pour retenir tout ce qu'il me disait.

C'est cet effort de mémoire qui m'a fait oublier de demander à cet homme comment il s'appelait.

Il entreprit ensuite de m'expliquer comment il faisait cette horrible opération :

— Nous faisions des trous en terre, dit-il, pour placer des chaudières afin de recevoir ce qui tombait ; nous avions mis des barres de fer dessus, et puis les femmes dessus… puis au-dessus encore était le feu.

— Vous voulez dire dessous ? dit l'artisan.

— Non, répondit ce tigre, cela n'aurait pas bien fait ; le feu était dessus…

— Êtes-vous marié ? lui demandai-je.

— Oh non, me dit-il ; à cause de tout cela, est-ce que j'aurais trouvé une femme ?

Je fus bien aise de cet aveu à l'avantage de notre sexe.

— Et si vous deveniez infirme ?

— J'irais à l'hôpital.

Il a convenu avoir beaucoup pillé dans la Vendée ; il envoyait son argent à mesure à Nantes, on lui achetait des biens nationaux.

Je dis à ce buveur de sang qu'étant riche d'un bien mal acquis, il devrait tâcher de réparer une partie de tout le mal qu'il avait commis, en faisant de grandes charités.

— Je n'y pense pas ; si cela revenait, je recommencerais encore. J'étais si bien connu pour bien travailler et comme boucher de la Vendée, que Carrier m'avait trouvé digne de figurer dans la compagnie de Marat qui servait à faire les noyades. Il nous avait donné deux poignards ou stylets que nous portions toujours à notre ceinture. Je les ai encore, et je m'en servirais si cela recommençait. »

Extrait de Jean-Baptiste Harmand (1751-1816, membre du Comité de sûreté générale), 2ᵉ éd. 1820, « Anecdotes relatives à quelques personnes et à plusieurs événements remarquables de la Révolution ». Les propos ci-dessous ont été censurés lors de la première édition de cet ouvrage en 1814 :

« Une demoiselle jeune, grande et bien faite s'était refusée aux recherches de Saint-Just : il la fit conduire à l'échafaud. Après l'exécution, il voulut qu'on lui représentât le cadavre et que la peau fût levée. Quand ces odieux outrages furent commis, il la fit préparer par un chamoiseur et la porta en culotte.

D'autres monstres s'occupèrent des moyens d'utiliser la peau des morts et de la mettre dans le commerce.

On mit dans le commerce de l'huile tirée de cadavres humains : on la vendait pour la lampe des émailleurs. [...]

Arrêtons-nous un instant sur cette dernière accusation pour dire qu'il ne s'agit pas d'un racontar : il est établi par des faits notoires, en particulier à Clisson où, le 6 avril 1794, des soldats de la compagnie de Marat dressèrent un bûcher sous lequel ils placèrent des barils et, dans une seule nuit, ils firent fondre les cadavres de cent cinquante femmes pour se procurer de la graisse. Ces barils furent transportés à Nantes pour être vendus aux hôpitaux et, dans le registre de Carrrier, on lit que « cette opération économique produisait une graisse mille fois plus agréable que le saindoux ».

Déposition d'un Angevin, Robin, le 31 mai 1852, de scènes dont il fut témoin :
« J'avais l'âge de treize à quatorze ans, je puis affirmer avoir vu, sur les bords du fleuve [la Loire], les corps des malheureux Vendéens dont les cadavres avaient été écorchés. Ils étaient écorchés à mi-corps parce qu'on coupait la peau au-dessous de la ceinture,

puis le long des cuisses jusqu'à la cheville, de manière qu'après son enlèvement, le pantalon se trouvait en partie formé. Il ne restait plus qu'à le tanner et à coudre. »

BIBLIOGRAPHIE

BREST

Boulaire Alain et Le Bihan René, *Brest des Ozanne*, Rennes, Ouest-France, 1992.

Cloître Marie-Thérèse, *Histoire de Brest*, Brest, université de Bretagne occidentale, 2000.

Galliou Patrick, *Histoire de Brest*, Paris, J.-P. Gisserot, 2007.

Ganachaud Guy, *Les Traditions bretonnes*, Rennes, Ouest-France, 1995.

Henwood Annie, *Vivre à Brest au XVIIIe siècle*, Brest, bibliothèque municipale, 2002.

Lepotier amiral, Boulaire Alain, *Brest, porte océane*, Paris, France-Empire, 1968.

Le Tallec Jean, *La Vie paysanne en Bretagne centrale sous l'Ancien Régime*, Spézet, Coop Breizh, 2e éd. rev. et augm., 1997.

Le Tallec Jean, *Un paysan breton sous Louis XIV*, Gourin, Éd. des Montagnes noires, 2003.

Provost Georges, La Fête et le Sacré, pardons et pèlerinages en Bretagne aux XVIIᵉ et XVIIIᵉ siècles, Paris, Éd. du Cerf, 1998.

Service du patrimoine historique de la ville de Landerneau, *Voyage à Landerneau 1750-1950*, 2001.

MARINE ET GUERRE D'INDÉPENDANCE DES ÉTATS-UNIS D'AMÉRIQUE

Acerra Martine, Meyer Jean, *La Grande Époque de la marine à voile*, Rennes, Ouest-France, 1987.

Acerra Martine, Meyer Jean, *Histoire de la Marine française des origines à nos jours*, Rennes, Ouest-France, 1994.

Antier Jean-Jacques, L'Amiral de Grasse, héros de l'indépendance américaine, Ouest-France, 1971.

Archives nationales et Archives du ministère de la Guerre, *Les Combattants français de la guerre américaine*, 1903.

Balch Thomas, Les Français en Amérique pendant la guerre d'Indépendance, Paris, Sauton, 1872.

Bennassar Bartolomé et Lucile, *Les Chrétiens d'Allah*, Paris, Perrin, 1989.

Bernardin de Saint-Pierre Jacques Henri, *Paul et Virginie*, Paris, Impr. de Monsieur, 1789.

Biographie universelle ancienne et moderne, Société de gens de lettres et de savants, Michaud Frères, 1821.

Boudriot Jean, *Le Vaisseau de 74 canons*, Nice, Éd. Ancre, 1970.

Boudriot Jean et Petard Michel, La Marine royale, xviie-xviiie siècle, Uniformes, équipement, armement, Paris, J. Boudriot, 2003.

Bougainville Louis Antoine de, *Voyage autour du monde*, Paris, Dreyfous, 1880.

Bouyer Christian, *Au temps des Isles*, Paris, Tallandier, 2005.

Braud Gérard-Marc, *De Nantes à la Louisiane, Histoire de l'Acadie*, Nantes, Ouest Éd., 1994.

Buc de Mannetot Y. B. du, *Aimée du Buc de Rivery, sultane malgré elle*, Histoire coloniale et patrimoine antillais, Éd. du Buc, 2008.

Buc de Mannetot Y.B. du, *Si la Martinique m'était contée (1493-1848)*, Éd. du Buc, 2008.

Butel Paul, *Histoire des Antilles françaises*, Paris, Perrin, 1991.

Caron François, *La Victoire volée : bataille de la Chesapeake*, Service historique de la Marine, 1989.

Carrer Philippe, *La Bretagne et la guerre d'Indépendance américaine*, Saint-Jacques-de-la-Lande, Les Portes du large, 2005.

Castelot André, *Joséphine*, Paris, Perrin, 1964.

Castex R., lieutenant de vaisseau, *L'Envers de la guerre de course*, Paris, L. Fournier, 1912.

Castries duc de, Le Testament de la monarchie : les émigrés, Paris, Fayard, 1962.

Castries duc de, *La Vie quotidienne des émigrés*, Paris, Hachette, 1966.

Cauna Jacques de, *Au temps des Isles à sucre*, Paris, Karthala, 1987.

Chack Paul, Marins à la bataille des origines au XVIIIe siècle, Paris, Éd. de France, 1938.

Chase-Riboud Barbara, *La Grande Sultane*, Paris, Albin Michel, 1987.

Chevalier É., Histoire de la Marine française pendant la guerre de l'Indépendance américaine, Paris, Hachette, 1877.

Clark Ronald W., *Benjamin Franklin*, Paris, Fayard, 1986.

Dan Pierre, *Histoire de Barbarie et de ses corsaires*, Paris, Rocolet, 2e éd., 1649.

Daney Sidney, Histoire de la Martinique depuis la colonisation jusqu'en 1815, Fort-Royal, impr. de E. Ruelle, 1846.

Dévigne Robert, *Le Légendaire des provinces françaises*, Paris, Pygmalion, 1978.

Diesbach Ghislain de, *Histoire de l'émigration 1789-1814*, Paris, Perrin, 2007.

Dugast-Matifeux Charles, *Nantes ancien et le pays nantais*, Nantes, Morel, 1879.

Dupouy Auguste, *Kerguelen marin*, Paris, La Renaissance du livre, 1928.

Forester C.S., *Aspirant de marine*, Éd. Phébus Libretto, 1950.

Forrer Claude, commandant et Roussel Claude-Youenn, « *La Bretagne* », *vaisseau de 100 canons pour le roi et la République (1762-1796)*, Spézet, Éd. Keltia, 2005.

Gaubert Jean-Pierre, *Las Cases, l'abeille de Napoléon*, Éd. Loubatières, 2003.

Grammont Henri Delmas de, Histoire d'Alger sous la domination turque (1515-1830), Paris, Leroux, 1887.

Granier Hubert, *Marins de France au combat, 1715-1789*, Paris, France-Empire, 1994.

Gréhan Amédée, *La France maritime*, Paris, Postel, 1837-1842.

Haudrère Philippe, Le Bouëdec Gérard, *Les Compagnies des Indes*, Rennes, Ouest-France, 2011.

Hennequin Joseph-François-Gabriel, Biographie maritime ou notices historiques sur la vie et les campagnes des marins célèbres français et étrangers, Paris, Pélout, 1835.

Huart Annabelle et Tazi Nadia, *Harems*, Paris, Chêne-Hachette, 1980.

Jardins botaniques de la Marine, Mémoires du chef jardinier de Brest Antoine Laurent, Spézet, Coop Breizh, 2004.

Journal de campagne de Claude Blanchard, commissaire des guerres, sous le commandement du comte de Rochambeau, Paris, Revue militaire française, 1869.

Kérallain René de, *Bougainville à l'armée du comte de Grasse : Guerre d'Amérique 1781-1782*, Paris, Librairie orientale et américaine, 1929.

La Landelle Gabriel de, *Le Langage des marins*, Paris, Dentu, 1859.

La Landelle Gabriel de, *La Vie navale*, Paris, Hachette, 1862.

La Landelle Gabriel de, *Le Gaillard d'avant*, Paris, Dentu, 1862.

La Landelle Gabriel de, *Les Nouveaux Quarts de nuit*, Paris, Brunet, 1864.

La Landelle Gabriel de, *Les Marins*, Paris, Hachette, 1865.

La Landelle Gabriel de, *Le Tableau de la mer : Naufrages et sauvetages*, Paris, Hachette, 1867.

La Landelle Gabriel de, *Mœurs maritimes*, Paris, Hachette, 1866.

La Vie et les Mémoires du général Dumouriez, Paris, Baudouin Frères, 1822-1823.

Lacour-Gayet Georges, *La Marine militaire de la France sous Louis XVI*, Paris, Champion, 1905.

Las Cases comte de, *Mémorial de Sainte-Hélène*, Paris, Bourdin, 1842.

Launay Jacques de, La Croisade européenne pour l'indépendance des États-Unis, Paris, Albin Michel, 1988.

Masson Philippe, *Histoire de la Marine, l'ère de la voile*, Paris, Lavauzelle, rééd. 1992.

Mémoires du Chevalier de Cotignon, 1805 ; rééd. Grenoble, Éd. des 4 Seigneurs, 1974.

Mémoires militaires, historiques et politiques de Rochambeau, Paris, Fain, 1809.

Panzac Daniel, Les Corsaires barbaresques, la fin d'une époque, Paris, CNRS, 1999.

Pluchon Pierre (dir.), *Histoire des Antilles et de la Guyane*, Toulouse, Privat, 1982.

Pouliquen Monique, Les Voyages de Jean-Baptiste Leblond, médecin naturaliste du roi 1767-1802, Paris, Éd. du CTHS, 2001.

Randier Jean, de l'Académie de Marine, *La Royale : La vergue et le sabord, des origines à la fin de la voile*, Éd. Marcel-Didier Vrac, Brest, Éd. de la Cité, 1998.

Roche Jean-Michel, lieutenant de vaisseau, *Dictionnaire des bâtiments de la flotte de guerre de Colbert à nos jours*, Toulon, J.-M. Roche, 2005.

Roy Bernard, *Le Bailli de Suffren*, Paris, Éd. Baudinière, 1942.

Service historique de la Marine, Fonds *Marine de Campagnes*.

Sizaire Pierre, *Traité du parler des gens de mer*, Chauray, Patrimoines et médias, 1996.

Souvenirs du comte Mathieu Dumas de 1770 à 1836, Paris, Gosselin, 1839.

Souvenirs maritimes de Scipion de Castries, Paris, Mercure de France, 2005.

Taillemite Étienne, *Bougainville et ses compagnons autour du monde 1766-1769*, Paris, Imprimerie nationale, 1977.

Taillemite Étienne, *L'Histoire ignorée de la Marine française*, Paris, Perrin, 1988.

Taillemite Étienne, *Dictionnaire des marins français*, Paris, Tallandier, 2002.

Taillemite Étienne, *Louis XVI ou le navigateur immobile*, Paris, Payot, 2002.

Taillemite Étienne, Marins français à la découverte du monde de Jacques Cartier, Paris, Fayard, 2005.

Thibault de Chanvalon Jean-Baptiste, *Voyage à la Martinique*, Paris, Bauche, 1763.

Université de Bretagne et Ville de Brest, *La Mer aux siècles des encyclopédies*, 1987.

Van Gennep Arnold, *Le Folklore français*, rééd. Paris, Laffont, 1998 et suiv.

Vergé-Franceschi Michel, *La Royale au temps de l'amiral d'Estaing*, Paris, La Pensée universelle, 1977.

Vergé-Franceschi Michel, *La Marine française au XVIIIᵉ siècle*, Paris, Sedes, 1996.

Vergé-Franceschi Michel, *Dictionnaire d'histoire maritime*, Paris, Laffont, 2002.

Vicomte de Noailles, Marins et soldats français en Amérique (1778-1783) pendant la guerre de l'Indépendance des États-Unis, Paris, Perrin, 1903.

Vital Christophe *et al.* (dir.), *Cinq siècles de chasse en Vendée*, La Roche-sur-Yon, conseil général, 2009.

Waliszewski Kazimierz, *Le Roman d'une impératrice, Catherine II de Russie*, 1902 ; rééd. Paris, Perrin, 2011.

Wismes Armel de, *Nantes et le temps des négriers*, Paris, France-Empire, 1992.

Wismes Armel de, *Pirates et corsaires*, Paris, France-Empire, 1999.

Wismes Armel de, *Les Grandes Heures de Nantes*, Paris, Perrin, 2001.

Yole Jean, Les Marais de Monts en Vendée, 1938.

Auvynet, *Éclaircissements historiques* in *Mémoires de la marquise de La Rochejaquelein*, Paris, Baudoin Frères, 1823 ; rééd. Paris, Mercure de France, 1984.

Baron W.J. *et al.*, *Amiraux du bas-Poitou dans la guerre d'Indépendance américaine*, La Roche-sur-Yon, Société d'émulation de la Vendée, 1977.

Bazin René, *La terre qui meurt*, Tours, Maison Alfred Mame et fils, 1904 ; rééd. Paris, Grand Caractère, 2007.

Bernet Anne, *Charette*, Paris, Perrin, 2005.

Berville J.-F., Barrière S.-A., *La Vie et les mémoires du général Dumouriez*, Paris, Baudoin Frères, 1822-1823.

Billaud A., *La Guerre de Vendée*, Fontenay-le-Comte, impr. Lussaud, 1945.

Bittard des Portes René, *Charette et la guerre de Vendée*, Paris, 1902 ; rééd. Cholet, Éd. du Bocage, 1996.

Bonnemaison Joël, *Moi, Charette, « Roi de Vendée »*, Paris, Éd. du Rocher, 1993.

Bordonove Georges, La Vie quotidienne en Vendée pendant la Révolution, Paris, Hachette, 1970.

Brem Adolphe de, *Chroniques et légendes de la Vendée militaire*, Nantes, impr. Forest, 1860.

Chabot Auguste de, comte, *Paysans vendéens*, Abbeville, Paillard, 1892.

Charette Gilbert, *Le Chevalier de Charette, roi de la Vendée*, Châteaugiron, Éd. Salmon, 1983.

Chateaubriand François-René de, *Mémoires d'outre-tombe*.

Chauveau Jacqueline, *Charette et l'épopée vendéenne*, Paris, Éd. du Scorpion, 1964.

Chauveau P.M., Vie de Charles-Melchior-Artus marquis de Bonchamps, Paris, Beluet, 1817.

Collinet André, *Les Sables et la guerre de Vendée, Manuscrits de Collinet, 1788-1804*, La Roche-sur-Yon, Centre vendéen de recherches historiques, 2003.

Coutau-Bégarie Hervé, *Histoire militaire des guerres de Vendée*, La Roche-sur-Yon, ICES, 2010.

Crétineau-Joly J., *Histoire de la Vendée militaire*, Paris, Éd. Montpensier, 1973.

Crétineau-Joly J., *Histoire des généraux et chefs vendéens*, rééd. Paris, SPM, 1989.

Crosefinte J.-M., Le Sacré-Cœur, insigne du combattant vendéen, 1983.

Crosefinte J.-M., Le Costume du combattant vendéen, 1986.

Doré-Graslin P., Itinéraire de la Vendée militaire : Journal de la guerre des géants 1793-1801, Paris, Garnier, 1979.

Dugast-Matifeux Charles, *Duchaffault, marin laboureur*, archives départementales de la Vendée.

Dugast-Matifeux Charles, *Nantes ancien et le pays nantais*, Nantes, Morel, 1879.

Dumarcet Lionel, François-Athanase Charette de la Contrie, Une histoire véritable, Paris, Éd. les 3 Orangers, 1997.

Fournier Élie, *Ouragan sur la Vendée*, Les Sables-d'Olonne, Le Cercle d'Or, 1982.

Gazette nationale, n° 50, 10 novembre 1793.

Gérard Alain, *Par principe d'humanité*, Paris, Fayard, 1999.

Gérard Alain, *Sur les traces de Charette*, Fromentine, L'Étrave, 1993.

Harmand Jean-Baptiste, Anecdotes relatives à quelques personnes et à plusieurs événements remarquables de la Révolution, Paris, Maradan, 1820.

Heckmann Thierry, *Charette, l'homme et sa légende*, cat. exp., La Roche-sur-Yon, Association départementale de diffusion culturelle, 1996.

Hérault Augustin, Les « gâs » du Bocage vendéen de 1760 à 1960, chez l'auteur, 1962.

Kermina Françoise, *Monsieur de Charette*, Paris, Perrin, 1993.

Launay Arsène, *Correspondance et papiers de Benaben*, Paris, A. Sauton, 1886.

Le Bouvier-Desmortiers Urbain, *Défense de Charette*, Urbain, 1802.

Le Bouvier-Desmortiers Urbain, *Vie du général Charette*, Bouère, Morin, 1996.

Lenôtre G., *Les Noyades de Nantes*, Paris, 1912 ; rééd. Perrin, 1971.

Lenôtre G., *Monsieur de Charette*, 1924.

Lenôtre G., Vieilles maisons, vieux papiers, Paris, 1901.

Lequinio Joseph-Marie, *Guerre de la Vendée et des Chouans*, Paris, Maret, 1795.

Marambaud Pierre, *Les Lucs, la Vendée, la Terreur et la Mémoire*, Fromentine, Éd. de l'Étrave, 1993.

Mémoires de la marquise de La Rochejaquelein, Paris, Baudouin frères, 1823 ; rééd. Paris, Mercure de France, 1984.

Monti Alexandre de, Archives familiales, *La Maison de Charette*, Nantes, Grimaud, 1891.

Muret Théodore, *Histoire des guerres de l'Ouest*, Paris, Proux, 1848.

Pichot Pierre-Amédée, *Un Vendéen sous la Terreur, Mémoires de Toussaint-Ambroise de la Cartrie*, Paris, Société des publications littéraires, 1910.

Poirier de Beauvais B., *Mémoires inédits*, Paris, Plon et Nourrit, 1893.

Prouteau Gilbert, *La Bataille de Cholet ou la guerre en sabots*, Paris, Éd. du Rocher, 1993.

Revue du Bas-Poitou et des Provinces de l'Ouest, 1943 et 1962.

Revue de Défense nationale, avril 1947.

Rézeau Pierre, *Voyageurs en Vendée, itinéraires*, La Roche-sur-Yon, Éd. du CVRH, 2010.

Rousse Joseph, *Les Lieutenants de Charette*, Nantes, Cier, 1899.

Rousseau Julien, *Charette, Chevalier de légende*, Paris, Beauchesne, 1963.

Roussière Valentin, *Haut Pays, les logis de Vendée*, Les Sables-d'Olonne, Éd. Le Cercle d'Or, 1972.

Roussière Valentin, *À l'écoute de la Vendée*, La Roche-sur-Yon, 1975.

Saint Pierre Michel de, *Monsieur de Charette, chevalier du roi*, Paris, La Table ronde, 1977.

Savary Jean-Julien, Annales des départements de l'Ouest pendant les guerres des Vendéens et des Chouans contre la République française, par un officier supérieur des Armées de la République, habitant dans la Vendée avant les troubles, Paris, Baudoin Frères, 1824.

Secher Reynald, La Vendée-Vengé : le génocide franco-français, Paris, PUF, 1986.

Secher Reynald, *Vendée : du génocide au mémoricide*, Paris, Éd. du Cerf, 2011.

Souvestre Eugène, *Mémoires d'un sans-culotte bas-breton*, Paris, Souverain, 1840.

Tulard Jean, Buisson Patrick, *Vendée, Le Livre de la mémoire 1793-1993*, Clichy, Valmonde, 1993.

Turreau Louis-Marie, Mémoires pour servir à l'histoire de la guerre de la Vendée, Paris, Baudouin, 1824.

Valin Claudy, *Autopsie d'un massacre, les journées des 21 et 22 mars 1793*, Saint-Jean-d'Angély, Éd. Bordessoules, 1992.

Veuillot Eugène, Les Guerres de la Vendée et de la Bretagne, Paris, A. Bray, 1868.

Villiers Marie de, Archives familiales, *Madame de Montsorbier*.

Volkaersbeke Kervyn de, *Charette et la Vendée*, Cholet, Éd. du Choletais, 1983.

Walter Gérard, *La Guerre de Vendée*, Paris, Plon, 1953.

Wismes Armel de, *Histoire de la Vendée*, Paris, Hachette, 1975.

ARTICLES ET DOCUMENTS

Capitaine de vaisseau de Maupeou, « Les premiers Russes en Méditerranée (1770-1807), les corsaires moscovites », *Revue de Défense nationale*, 1946.

Jean Matheix, « Sur la marine marchande barbaresque au XVIIIe siècle ».

Jean Matheix, « Trafic et prix de l'homme en Méditerranée ».

Claude Mercier, « La fin de la Rabinaïe », *Arts et traditions du pays vendéen*.

Jean-Yves Carluer, La Révolution et l'Empire à Brest.

Rapport au nom du Comité de salut public par B. Barère, 1er août 1793.

Rapport sur la Vendée au nom du Comité de salut public par B. Barère, 1er octobre 1793.

Le Moniteur universel, 10 novembre 1793.

REMERCIEMENTS

Je remercie les familles bretonnes et vendéennes qui m'ont ouvert leurs archives privées, tout particulièrement les familles : Guy de Charette, Monti de Rezé, Robet, Montsorbier, d'Arexy, Guerry de Beauregard, Du Buc, Favre.

J'ai eu la chance de pouvoir bénéficier des conseils de nombreuses personnalités reconnues pour leurs travaux sur la Marine française de la fin du XVIIIe siècle. J'ai pu m'entretenir longuement avec certains d'entre eux. Leur délicatesse, leurs connaissances et leurs conseils m'ont été précieux. Je voudrais remercier particulièrement :

M. le professeur Étienne Taillemite, hélas décédé, un des grands spécialistes français de l'histoire maritime, qui a signé le fameux *Dictionnaire de la Marine* où Charette a toute sa place.

L'amiral Jean-Pierre Beauvois, membre de l'Académie de Marine, à la fois marin et technicien, qui a su transformer le Service historique de la Marine et qui est le président de l'Association internationale des amis de Pierre Loti.

M. Philippe Haudrere, professeur à l'université d'Angers, membre de l'Académie de Marine, spécialiste de la Marine de Louis XVI.

Mme Martine Acerra, professeur à l'université de Nantes, ingénieur au CNRS et spécialiste de la marine de guerre du XVIIIe siècle et des arsenaux.

L'amiral François Caron, auteur du fameux livre *La Victoire volée*, connaisseur incomparable de la bataille des Saintes.

M. Hervé Lemoine, directeur général des Archives de France.

M. l'ambassadeur Frédéric Baleine du Laurens, directeur des Archives diplomatiques du ministère des Affaires étrangères.

M. Boell, conservateur du musée national de la Marine.

M. Guilloud, conservateur du musée national de la Marine du château de Brest.

M. Alain Boulaire, dont l'œuvre sur Brest et la Bretagne est majeure.

Mme Guyot, conservateur du Service historique de la Défense de Brest.

Mme Françoise Daniel, conservateur du musée des Beaux-Arts de Brest.

Mme Anne-Marie Prigent, déléguée au Patrimoine culturel à la mairie de Landerneau.

Mme Marie-Pierre Cariou, directrice du Service du patrimoine historique à la mairie de Landerneau.

Mme Sophie Mevel, conseillère municipale de Brest, historienne remarquable de la ville de Brest.

M. Marc Savina, historien.

M. Patrick Prunier, historien.

M. Alain Chrétien, un ami personnel, l'un des fondateurs du Puy-du-Fou, grand Breton devant l'Éternel.

Je remercie aussi, pour leurs conseils ou pour leurs travaux sur la Vendée :

M. Alain Gérard, professeur à la Sorbonne, créateur du Centre vendéen de recherches historiques. Ses travaux sur la Vendée ont changé la donne.

M. Thierry Heckmann, directeur des Archives départementales de la Vendée, un très grand archiviste, un érudit.

Mme Thérèse Rouchette, professeur d'histoire.

M. Philippe Jaunet, président du Cercle ligneronnais d'Études patrimoniales, historiques et environnementales qui m'a énormément aidé sur les voisinages historiques de La Fonteclause.

M. Claude Mercier, rédacteur en chef de la revue *La Fin de la Rabinaïe.*

M. Dominique Souchet, député de la Vendée et ami personnel d'Alexandre Soljenitsyne, qui a bien voulu me relire.

M. Hervé Coutau-Bégarie, directeur du cours de stratégie au Collège international de défense, auteur du renouveau historiographique sur la guérilla vendéenne.

TABLE

Déjà parus :

Gonzague Saint Bris, *Les Romans de Venise,* 2019
Xavier Patier, *Le Roman de Chambord,* 2019

Achevé d'imprimer par Estellaprint,
en avril 2019
N° d'imprimeur : 2019/1392

Dépôt légal : mai 2019

Imprimé en Espagne